The Mystery Collection

AMERICAN STAR

天使の迷い道 上

ジャッキー・コリンズ／佐藤知津子 訳

わたしの人生の輝く光となった夫オスカーに捧ぐ

天使の迷い道——上巻

主要登場人物

ニック・アンジェロ……………ヒーロー
ローレン・ロバーツ……………ヒロイン
プリモ・アンジェロ……………ニックの父親
アリーサ＝メイ・アンジェロ……プリモの法律上の妻。ブラウニング家メイド
シンドラ…………………………プリモとアリーサ＝メイの娘
ハーラン…………………………アリーサ＝メイの長男
フィル・ロバーツ………………ローレンの父親
ストック・ブラウニング………ローレンの婚約者
ベンジャミン・ブラウニング……ストックの父親。デパートの経営者
メグ………………………………ローレンの親友
ジョーイ・ピアソン……………ニックの親友
ドーン・コバック………………ニックのガールフレンド
ベッティー・ハリス……………高校の演劇教師
Q．J．……………………………シカゴのレストランバー経営者
リース・ウェブスター…………芸能マネージャー
サム・メーソン…………………ニューヨークのモデルクラブ経営者
ネイチャー………………………トップモデル

プロローグ

一九九二年十二月

カリスマ的スーパースター、ニック・エンジェルは今日三十六回目の誕生日を迎えた。世界じゅうの何百万というファンが、彼の誕生日と最新作『キラー・ブルー』の公開を祝っていることだろう。

バンサースタジオは、ニックは当初予定されていたロサンゼルスのプレミア試写会には出席しないと発表した。

ニック・エンジェルの専属スポークスマンの話によると、ニックは誕生日をニューヨークで過ごす予定だという。

一九九二年十二月『USAトゥデイ』

一九九二年十二月十五日火曜日　ニューヨーク

ニック・エンジェルにとっては朝はいつも憂鬱なものだ。ベッドで目を閉じ、このままずっと安らかな闇のなかにとどまっていたい。起きだして今日もまた新たな一日を迎えるのかと思うとぞっとする。特に今日は。三十六歳の誕生日の今日は……。

ニック・エンジェルは今日、三十六歳になる。

新聞はまたこのことをでかでかと書きたてるだろう。彗星のごとく現われ、映画界に清新の気を吹きこんだニック・エンジェルは、もういないのに。老いはじわじわと忍び寄ってきているのに……。

彼はじっと動かなかった。もう昼は過ぎただろうが、起きだすのは遅いにこしたことはない。いったん起きてしまったら、またみんなにまとわりつかれるからだ。同棲中の恋人、ハニー。いわゆる身のまわりのお世話係のハーラン。それに、空手師範でもある忠実な秘書のテレサ。

不意に部屋のなかでなにかが動く気配がした。かすかに聞こえる衣ずれの音、ホワイト・ダイヤモンド（エリザベス・テイラー愛用の香水）のほのかな香り。ハニーはリズ・テイラーの大ファンなのだ。

ところで……どうしておれは彼女と一緒にいるんだ？

鋭い質問だ。おれの人生はあまりにも問題だらけで、それでいて答えがさっぱり見つからない。困ったもんだ。

ハニーが近寄ってきた。魅惑的な肉体とからっぽのおつむのブロンド美人。ベッドのそばに立って目を覚ましてほしげにじっとおれを見ているのがわかる。

——あいにくだね。スイートハート。出て行けよ。そんな気分じゃないんだ。

ハニーが出て行ったのを確かめると、ニックはすぐさまベッドから飛び起き、スチールとガラスを素材にハイテク感覚でしつらえたバスルームに駆けこんで、ドアをロックした。

ああ……、起き抜けのニック・エンジェル……。もう昔のままの彼ではないが、ハンサムだということに変わりはない。五キロも体重がふえ、目を充血させてすさんだ生活を送っているとは言っても——。

彼は自分の姿が嫌いだった。余分な肉がついたのが腹立たしい。酒をやめ、生活改善しなくては。

ニック・エンジェル……。長めにのばした黒髪。インディアン・グリーンの瞳。青白い肌。無精髭ののびた顎。身長は一七七センチあるが、威圧感はない。完璧な美男子というわけじゃない。どこか暗い影を感じさせる……魂を惹きつける魅力がある。たとえ充血していても、緑の瞳は鋭い光を放ち、人の視線をとらえて離さない。昔、骨折したせいで少し曲がっている鼻は、彼の必要とする危険な雰囲気を作っている。

そして今日、彼は三十六歳になった。

年をとった……。

こんなに年をとるなんて思いもしなかった……。

とはいえ、世界じゅうの人びとがいまも彼を愛している。彼のファンはずっと彼を崇拝しつづけるだろう。年をとってもニック・エンジェルはニック・エンジェル。みんなのニック・エンジェルであることに変わりないのだから。ファンは彼を常人には昇りつめることのできない場所にまつりあげてしまう。そこは誰一人正気ではいられない、狂った世界だ。

もうたくさんだ——彼は苦々しく思いながら、冷たい水で顔を洗った。おべんちゃらに、絶えることない視線。押しつぶされる……息が詰まる……このままじゃ、窒息してしまう……もういやだ、もううんざりだ。

彼は皮肉な笑みを浮かべた。

——狂気の世界にようこそ。

——おれの人生にようこそ。

彼は電話をとって地下のガレージを呼び出すと、運転手兼ボディーガード軍団の一人に告げた。

「いま降りていく」低いしゃがれ声で言う。「フェラーリを出しといてくれ。運転手はいらない。それから空港に電話して、おれの飛行機を用意しとくように伝えてくれ。それに乗ってくから」

「了解、ニック。それから、誕生日おめでとう」

誕生日なんて、くそくらえ。今日は一日じゅうこればかり聞かされることを彼は知っていた。

バスルームから出ると、さっさと服を着る。身に着けるのはいつもトレードマークの黒。パンツもシャツも革のジャケットも、テニスシューズもだ。身支度をすませたら、あとはこれ以上お祝い攻撃にさらされないうちにマンションを抜け出すだけだ。

廊下に出たとたん、やつらがやってきた。ハニー——真珠のように白く輝く歯、ピンクのアンゴラのセーターに包まれた丸い乳房。短いスカートをまとったセクシーな太腿。

ハーラン——髪にはワイルドな付け毛《エクステンション》をして、薄化粧したいかれた黒人。

そしてテレサ——身長は一八三センチ、男みたいな顔をしてる。

なんてミスマッチなトリオだろう。しかし、彼らを支配しているのはおれだ。おれが主人だ。彼らの行動すべてをおれが丸がかえしている。

「出かけてくる」ニックはいらだたしげに言った。

「どこへ?」ハニーがアンゴラセーターの下の膨《ふく》らみをニックのほうへ突き出すようにしながら尋ねた。

「どこへ?」テレサがなじるような目をして繰り返す。「わたしがついていかないと」

「そうよ、どこへ行くの?」ハーランも加わって、三人のコーラスになる。

「すぐ戻るさ」

——たぶんね。

——でも戻らないかもね。

エレベーターが着くのと同時に「すぐ戻る」と言い残し、それ以上足止めを食わないうちに階下に下り、首尾よくフェラーリに乗りこんだ。全速力でぶっとばして、マンハッタンから抜け出す。

四十五分ほどで民間飛行場に着いた。ここには双発エンジンのセスナ機を配備してある。整備士が飛び出してきて、誕生日祝いの挨拶をする。

不意打ち《サプライズ》祝い続きだ。今日はろくでもない日になるだろうと彼にはわかっていた。

彼は自分のセスナ機に乗りこんでコックピットに着席し、滑走路を進んだ。やがて離陸許可が出て、小型飛行機はこの季節らしからぬ青空に向かって飛び立った。

彼は溜息をついた。長く重い溜息だった。何もかも思いどおりにいかなくなりだしたのは、いつからだろう？

ニック・エンジェル……。

やっと自由になれた。

そして、おれは答を見つけた。あとは計画を実行に移すばかりだ。

——とにかく、やるっきゃない。

1

一九六九年　ケンタッキー州ルイビル

「早くしてよ！」若い女のきれぎれにあえぐ声が、もう我慢できないとせきたてる。「早く、早く！」

「頑張ってるんだってば――」ニック・アンジェロはカッとしながら答えた。ほんとうに必死で頑張っているのに、彼女のあそこが濡れすぎていて、いくらやっても滑って外れてしまうのだ。

命令口調で女はなおも甲高く叫ぶ。「早く！」ニックを迎え入れようと身をよじる。「早く来て、ニッキー。早く、早く、早くぅぅぅ！」

パニクりだしたニックはもう一度、彼女の入口の場所を確かめ、所定の位置になんとかうまくおさめた。ありがたや。

「あっ、ああ……」悲鳴のような金切り声が、しだいに歓びの声に変わっていく。「うっうっ……うぅぅぅ」ニックがせっせと腰を動かすのに合わせて、彼女は甘い吐息をもらしつづける。

ニックは頑張った。汗びっしょりで気持ち悪かったが、それでも頑張りつづけた。彼女のなかに自分自身を埋めこむことは、そのときの彼にとっては世界じゅうでいちばん重要な行為だったから。

ある友だちがセックスは乗馬みたいなもんだと言っていたのをニックはぼんやりと思い出した——上に乗る。鞍に尻をおさめる。そしてトリップする——。

だけどその旅がこんなに熱くて危険でベタベタしているなんて、聞いてない。

やがて、これまで経験したことのない快感がやってきた。エキサイティングで、もはやコントロール不能。メッチャ気持ちいい！　出ちゃうよ！　いま本物の女のなかに入ってるんだ——自分の手だのエロ雑誌だの、メじゃない。

彼女は悦びの叫びを上げた。

ニックは自分も同じように叫びたくなった。だが、ニックはクールだった。男はいつだってクールじゃなきゃいけない——たとえ、初体験のときであっても。

ニック・アンジェロはついに男になったのだ——十三回目の誕生日を迎えるにあたり、これほどまで気分爽快な祝いをニックはほかには思いつかなかった。

一九七三年　イリノイ州エバンストン

「お願い、ニック、お願い……もう我慢できない」

――もうすぐだよ。

――でも、まだかも。

二十分もやってやって、彼女はようやく求めだしてきた。もっとも、求めるというよりはむしろ、苦悶するほどのエクスタシーの叫びだったが。

「ああ、ニッキー、あんたって最高よ！」

そう？　ずっとそう言われてきたよ。あとはニッキーなんて呼ぶなって言えたら……。

セックスはニックの特技だった。宿題だの勉強だの、くそくらえだ。セックスの愉しみがあれば、うちでオヤジと顔つきあわせてるのだって耐えられる。オヤジは正体もなく飲んだくれている。母親はこのぐうたらオヤジをビール浸けにするために、二つの仕事をかけもちして必死こいて働いているというのに。

家族の暮らし。そんなもの、ケツの穴に突っこんじまえ。スージーだかジェニーだかって子のあそこに突っこむみたいに。

ニックはいつかはこの家を出ようと考えていた。母親もいっしょに連れてこのゴミためみたいな場所から抜け出すのだ。でも、まずは仕事に就《つ》いて金を貯めなくちゃ。そうしたらすぐにでも出て行ける。

いまは学校があるから動きがとれない。母親は教育は大切だと思っているからだ。メアリー・アンジェロは、いつの日か息子が奨学金を得て大学に進むというクレイジーな夢を持っていた。

そう――セックス大学だったら入れるよ。

メアリー・アンジェロは現実を直視できない。彼女は夢の世界に生きていた。三十七歳なのに十歳は老《ふ》けて見える。美貌は色褪せ、髪も薄くなり、痩《や》せておどおどした鳥のような女。ニックの父親のプリモとは、十六歳のときにブラインドデートで知りあった。そのとき、プリモは三十歳――。結婚してちょうど一週間後にニックが生まれ、それからは一日としてまともに働いていない。大工だったプリモは、実際に自分で仕事をするよりも失業手当をもらいながら、女房を外で働かせたほうがはるかに都合がいいことに、すぐに気がついたのだ。

アンジェロ一家はしょっちゅう住まいを変え、州から州を転々とした。いつプリモが引っ越すと言いだしてもいいように、住むのはいつも貸し家だった。実際、彼はしばしば引っ越しの虫にとりつかれた。

物心ついてからというもの、ニックは一つの町に数カ月以上住んだ記憶がない。やっとなじんできたかと思えばまた引っ越しだ。そうするうちに彼は持続的な人間関係を築くことを断念した。新しい町。モノにすべき新しい女の子。そしてまた次へと進む。いまはもうそれにも慣れた。

「明日、映画に行かない？」スージーだかジェニーだかいう名前の子が訊いた。「あたしがおごるから」

「だめ」ニックは首を振って立ち上がると、ズボンを穿《は》いた。ここは小さな車のショールームの奥にあるオフィスのなかだ。彼はときどきセールスマンの使い走りをする見返りに、ここの鍵を借りてたびたび利用していた。

「なんでだめなの？」彼女が尋ねた。ニックより二つ上の十八歳。髪はショートカットでそばかすがあって、胸はよく発達している。ケンタッキーフライドチキンの店で働いているのを昨日ナンパしたばかりだ。

　ニックはあわてて言いわけを考えた。彼のセックスは抜群だ。でも、このまま深い関係になるのはまっぴらだった。本音を言えば喜ばないのは過去の経験からわかっている。ナンパ相手はナンパ相手にすぎない。それ以上のものを誰が求めるだろう。

「仕事があるんだ」ニックは乱れた黒髪を手で梳《と》かしつけた。

「仕事って何してるの？」興味深そうに訊いてきた。

「葬儀屋の助手をしてるんだよ」と、しれっとして嘘をつく。

　彼女は黙った。

　ニックは彼女が服を身に着けるのを待ち、着るのを手伝ってさえやった。それから彼女をバスの停留所まで送って行ってから別れ、自分は家まで二キロ近い道のりを歩いて帰った。

　このところニックの一家はメアリーの妹にあたるフラニー叔母さんの家に身を寄せていた。フラニーは髪を黄色く染め、鼻の下の産毛《うぶげ》を脱色した大柄な女だった。いいかげん荒れ果てたちっぽけな家だが、テレビが見られてビールが山ほど買い置きしてありさえすれば、プリモはそれだけでご機嫌なのだ。

　ニックは母親が仕事から戻っていることを願った。それなら何か食べられるかもしれない。

フラニーは絶対に料理をしなかった。リーシーズ・ピーナツバターカップス（ピーナツバター入りのミルクチョコレート）とダイエットソーダでダイエット中のため、食事作りは放棄しているのだ。

当然、フラニーはますます太り、ほかのみんなは飢え死にしそうになった。

セックスするとかならず腹がへる。いまならハンバーガー一個のために人殺しだってできる。でも実際にできるのは母親の手伝いをしてご機嫌を取ることだけだった。たいして手伝いなどしなくても母親はニックを褒《ほ》めた。誰よりも息子を大切にし、夫よりも優先しようとしたが、それは滅多にできなかった。プリモはメアリーが家にいるときは彼女を独占することを要求したからだ。

父親と極力関わりあいにならないことがニックの人生のゴールだ。プリモがメアリーに対してとる行動をニックは憎んだ。母親を口汚く罵り、あらゆることに文句をつけるのを聞くのは耐えられなかった。何よりも彼がいやだったのは、プリモが太った大きな尻で座りこんだまま、何一つしないことだ。

ニックが父親を恐れていたのも真実だ。プリモは大男で力がありあまっていた。機嫌が悪いといつも拳や革ベルトでニックの背中を殴った。メアリーはいつもプリモが息子を殴るのをやめさせようとした。必死に息子を守ろうとした。そのためには自分が殴られることも辞さなかった。プリモは自分を邪魔する者は誰かれかまわず殴りつけた。

ときどきニックは父親を殺してやりたいと思った。これは人生の現実なのだと甘んじて殴られるときもあった。怒りを抑え、封印した。彼にはどうすることもできなかった——大人になって母親といっしょにここを出て行くまでは。

家に帰る途中、雨が降りだした。古びたデニムのジャケットの衿を立て、頭を低くして道路の縁石に沿って走りだす。こんなとき車があったらどんなにいいだろう。いつの日か、自分が車を手に入れたときのことを想像する。クロームメタルのホイールとしゃれたラジオつきのピッカピカの赤いキャデラックだ。

そう、いつかきっと……。

フラニーの家の前で父親が外の階段にしゃがみこんでいるのが見えた。ニックは体をこわばらせた。何かあったんだ。そうじゃなきゃ父親が大好きなテレビから離れて、雨のなかに座りこんでいるはずがない。

ニックは緊張しながら近づいた。「どうしたの？」進むのをやめてその場で足踏みしながら訊いた。

プリモは手の甲で鼻を拭くと、血走った目でにらみつけるように息子を見上げた。「どこに行ってたんだ」ぼそぼそした声で父親は詰問した。

ニックは冷たい雨のしずくがうなじを転がり落ちるのを感じた。体が細かく震えだした。何か悪い知らせに違いない。「友だちと出かけてた」彼はつぶやいた。

プリモは陰気なビール臭い溜息をついて、よろよろと立ち上がった。シャツが体に張りついている。豊かなグレーの髪は脂で団子になり、飛び出たおでこに垂れている。鼻の先から雨のしずくが滴り落ちつづけている。

「死んじまったよ」プリモは沈んだ声で言った。「おめえのおふくろが、くたばっちまいやがったんだよ」

2

一九七三年　カンザス州ボズウェル

十六歳のローレン・ロバーツは、通りで見知らぬ男に呼び止められた。これまでモデルになりたいと思ったことはないかと男は尋ねた。ローレンはあっさり笑いとばした。このおじさんは誰なの？　なんでわたしを選んだの？

男はたまたま町を通りかかった映画の撮影班《クルー》の一人だった。映画屋はハンパ者ばかりだよ。関わりあってはいけない。ほかにもローレンは学校の級友とも深く関わりすぎてはいけないと言われていた。

ローレンは家に帰ると、今日の出来事を父親に話した。

フィル・ロバーツは厳粛な顔でうなずいた。「かわいい女の子はそうやってうるさくつきまとわれるものなんだよ。だけどそんなことに目もくれないのが賢い子だよ」

ローレンも同感だった。かわいいのもいいけど、賢いほうがもっといい。父親は頭のいい人間で、娘にその類《たぐい》まれな美しさを武器に生きていこうとするのは間違いだと常に教えてきた。それよりよき学生であれ。よい成績を取り、スポーツが達者で、地域社会のためにもよく働く。ボズウェルは人口六千人足らずのちっぽけな町にすぎないが、社会のための仕事はいつも山ほどあった。

ローレンはたしかに美しかった。身長は一七〇センチもあって、クラスでいちばん高かった。長い脚にすらりとした体。卵型の顔を縁取る、栗色の豊かな髪は肩の下まである。まっすぐな鼻。長いまつげに表情豊かなべっこう色の瞳。大きめの唇がほほ笑むと、人の心を自然になごませる眩しい笑顔になった。

ローレン・ロバーツは学校でもっとも人気のある女生徒の一人だった。教師も含め、みんなから好かれていた。

ローレンは親友のメグと二人で校庭に立っていた。メグはローレンを肘でつついてささやく。「ほら、彼が来たわ。ちゃんと見なさいよ！」

〝彼〟とはストック・ブラウニング。ボズウェル高校の誇るフットボールの花形選手だ。最近、ローレンに対してあからさまに関心を寄せている。

ローレンは顔をしかめた。「静かになさいよ」と小声で文句を言う。「彼に聞こえるじゃないのよ」

「聞こえたっていいじゃないの」メグはブロンドの巻き毛をかきあげながら言った。「まあ、見てなさいって。絶対にデートに誘ってくるわよ」

「こないわよ」

「くるってば」

ストックはカウボーイのように大股で、大きな体を揺するようにして歩いてきた。日焼けした顔。白っぽいブロンドの髪はごく短く刈りこんだショート。目は氷のような冷たいブルーだ。自分が望めば物でも人でもなんでも手に入れられることをよく知っている。それは町で唯一のデパート、ブラウニングスの経営者である彼の父親の力によるところが大きかった。

「やあ、ローレン」ストックは言った。彼はトレーニングパンツに隠された自分のペニスを撫でたくてたまらなかったが、必死にその衝動と闘っていた。

ローレンはストックとずっと同じ学校だったが、名前で呼ばれるのは初めてだった。

十六というのは魔法の数字なんだわ、きっと——ローレンは不安げに心のなかでつぶやいた。

「こんにちは、ストック」ローレンは、ストックの両親は〝在庫品〟を意味するこんな名前をどうして息子につけたのだろうと、いつも考えることをまた考えた。

「いっしょに映画に行かないかい?」彼はずばり言った。

ローレンはどうしようかと考えた。悪い気はしない。なんといってもストック・ブラウニングは学年でいちばん素敵な男の子と目されているのだから。それでもローレンはほかの女生徒と違って彼を素敵だとは思わなかった。ストックは彼女の好みのタイプではなかった。

「ううん……そうねえ……」いきなり言われたので、即答を避けて時間稼ぎをする。

ストックは彼女がほんとうにためらっているとはつゆほども思わず、「ってことはオーケーかい?」

「それっていつ」彼女は用心深く言った。

彼は青い目を細めた。「いつって、何がさ?」

「何って、映画でしょ。いつのつもりでいたの?」ローレンは努めてなんでもないふうに言った。

なんでこんなに手こずらせるんだよ。ほかの子はおれとデートできるとわかったら、みんな飛び上がって喜ぶのに。「今夜でも、明日の晩でも——。いつでもきみの好きなときでいいよ」

わたしにかまわないでよ——ローレンは心を決めた。ボーイフレンドはたしかにいないけれど、だからといって彼とデートする気にはなれない。絶対にいやよ。だって、あんまりうぬぼれすぎているんだもの。

「で?」ストックはローレンに覆いかぶさるようにして言った。もし万一、彼とセックスすることになったら、この汗まみれの大きな体にのしかかられるのかしら。といっても、そんなことをする気はさらさらない。愛する男性とでなければ、それも結婚するまでは、絶対にしないつもりだ。たとえどんなに愛する人とでも。

ローレンはどんな相手でも——たとえストックでも心を傷つけたくなかったので、ふたたび答えをはぐらかした。「わからないわ。今週は忙しいから」とさりげなく逃げを打つ。

今度は彼が顔をしかめる番だった。今週は忙しいだって……。このローレン・ロバーツちゃんは、本気でおれさまとのデートを断わるつもりなのか? そんなのって、ありかよ?

「気持ちが決まったら電話をくれよ」彼はぶすっとして言うと、いばった足取りで行ってしまった。

一部始終をそばで見ていたメグはそわそわしている。「でも、行かないとは言わなかったんでしょ?」にこっとして言った。

ローレンは首を振った。「ちゃんと行かないって言ったわよ」

「ウッソー!」メグは手で自分の口を押さえた。

「ホントだってば!」

二人は同時にぷっと吹き出し、抱きあった。

「すっごいじゃん!」メグが感きわまって言った。「彼、断わられたのは絶対これが初めてよ」

「長いことわたしたちのことなんか無視してたんだもの。自業自得よ」ローレンはきっぱり言った。

「うん、言えてる」メグも同意したが、もし自分がストック・ノラウニングにデートに誘われたら、うれしくってメインストリートでそのニュースを知らせるチラシを配ってまわるのに、と思った。「もし、また誘われたら?」と興味津々で訊く。

ローレンは肩をすくめた。「そのときになってから考えるわ。それに正直言って、こんなこと二度とないと思うわ」

「あら、あるわよ」メグはきいたふうな口で言った。

「そしたらそのときはうまくやるわ」ローレンはストック・ブラウニングのことで時間をと

られるのはもうたくさんだと思った。「ね、麦芽乳《モルト》（麦芽を加工して牛乳と混ぜた、ココアに似た甘い飲料）を飲みに行かない？」

その夜遅く、ローレンは両親に今日のストックとのいきさつを話した。彼女はストックが甘やかされたお金持ちのお坊ちゃんで、たとえ町いちばんの裕福な家庭の子息でも、その誘いをはねつけたのは正しかったと思っていた。当然、両親もそう言ってくれるものと期待していた。

母親のジェーンと父親のフィルは結婚して二十五年になるが、最初の十年近く子供に恵まれなかった。二人が諦めたときに生まれたのが、ローレンだった。彼女は両親の愛と献身を受けて育った。ロバーツ家ほど強い絆で結ばれた家庭を探すのはむずかしいだろう。だからストックの一件で、自分のとった行動を肯定してくれなかったのはショックだった。どうやら両親は、ストックのことを輝かしい将来のあるすばらしい男の子だと考えているらしい。一人娘がデートするにはうってつけの相手、と。

両親がそんなふうに感じていると知って、ローレンはがっかりした。「わたし、彼とはデートしないわ」頑として言い張ると、自分の部屋に駆けこんだ。

二十分後、父親がローレンの部屋のドアをノックした。フィル・ロバーツは明るい茶色の髪を真ん中分けにして、鼻の下に少し髭をたくわえ、細い顎《あご》をした、感じのよい男性だった。

「ローレン、わたしたちは常に、おまえには最善を願っているんだよ。そのことはおまえもわかってるはずだね」彼はなだめるような口調で言った。

最善って、それは大金持ちになるってこと？

「ええ、お父さん。わかっているわ」

フィルは部屋のなかを落ち着かなげに歩きまわっている。「一度くらい、つきあってみたらどうだい。彼にチャンスを与えてみては」

チャンスってなんの？　わたしの純潔を捧げる？

「わかったわ、お父さん。きっと、そうします」ローレンは今夜のフィルがいやに疲れて見えるのに気づいて、そう言った。父親を悲しませたくはなかった。

「いい子だ」フィルはほっとした顔になった。

メグの言葉は正しかった。すぐにまたストックが誘ってきたからだ。数日後、彼はいとこの二十一歳のバースデイ・パーティーにローレンを招待した。「黒い蝶ネクタイをつける準正装のパーティーだよ」彼はおごそかに告げた。

「わたし、黒い蝶ネクタイなんて持ってないわ」ローレンはまじめくさって言った。

ストックは笑わなかった。いやな感じ。

「六時半に迎えに行くから」彼は自分の股をさすりながら言った。それはストックお気に入りの癖らしい。

ローレンの両親は言うまでもなく喜んだ。「ブラウニングスに行きましょう。新しいドレスを買ってあげるわ」

ローレンはうなずいた。ストックに襲わせてあげたら、値段を割引してもらえるかしら。

約束の夜、赤く日焼けしたストックは、ぴったりサイズの白のディナージャケットを着こんで現われた。今日は汗をシャワーで流し、短く刈りこんだブロンドの剛毛に櫛《くし》を入れている。ローレンの両親は彼に好印象を抱いたらしい。実際、母親は二人を並ばせ、手早く何枚も写真を撮りながら、少女のように声をたてて笑った。ローレンはそんな母親を見るのは初めてだった。

ローレンの新しいドレスはくすんだグリーン。本人は全然気に入っていなかった。「ニューヨーク製ですのよ」売場の女性はとりなすように言った。そのあと、母親はそれ以外のドレスを見ようともしなかったのだ。

写真を撮るとき、ストックはローレンの体に腕をまわした。薄いドレスの生地ごしに彼の手の熱さが伝わってくる。彼女は息を止めた。噂によると、エレン＝スー・マスィソンは彼に妊娠させられたために町を出て行かざるをえなかったとか。それにメリッサ・ソムリンソンも彼にレイプされかけたと断言している。

ローレンはぞくっと体を震わせた。

「寒いのかい？」ストックが心配そうに訊いた。

「いいえ、大丈夫よ。ありがとう、ストック」答えたのはローレンの母親で、いやに浮かれている。

「どうだい、一杯」フィル・ロバーツがシャンパンをたっぷり入れたオレンジジュースのグラスを、ストックのがっしりした手に握らせた。「挨拶がわりの一杯ってやつだ。別にかまわんだろ?」

　ローレンは両親の知られざる面を見たように思った。それが好ましいものかどうかの確信は持てなかった。

　ストックはイカすフォード・サンダーバードに乗ってきていた。彼はローレンのためにドアを開け、乗りこむのに手を貸したが、抜かりなくこっそりスカートのなかを覗きこもうとした。

「いいご両親だね」運転席に座りながらストックが言った。

「いい車ね」つまらなそうにローレンは答えた。

「このおかげで、いつもおれはばっちりなんだよ」

　おあいにくさま。わたしにはそううまくはいかないわ。

　せっかくデートに連れ出したのに、ストックは何を話せばいいのかわからない。ローレンは助けてやる気はなかった。彼女は間違ってここにいるだけ。ストックがちょっとでも怪しげな動きを見せたら、ものすごく後悔することになるのだ。

3

一九七三年　イリノイ州エバンストン

暗く凍りつくような金曜日の夜明けがやってきた。冷たい雨が地面に容赦なく叩きつけ、ぬかるみができた。

タクシーの後部座席でフラニー叔母さんと父親にはさまれ、ニックは喉《のど》に苦いものがこみあげるのを感じた。二人からは防虫剤の匂いがぷんぷんする。近所のミセス・リフキンから借りた喪服が匂うのだ。気のいいミセス・リフキンは自分も葬式に参列すると申し出てくれた。

そのミセス・リフキンは前の座席でチクレッツ（ガムの名前）を噛みながら、黒人の運転手にしきりに話しかけていた。運転手のほうは彼女とのおしゃべりより、スピード違反をしてでも早くこの客たちを降ろすことのほうに関心があった。どうせろくにチップも寄越さないのはわかっている。彼にしてみればそれほど腹が立つことはなかった。

フラニーは古びたバッグから、溶けかかったピーナツバターカップスを取り出して口に放りこむと、プリモに言った。「それでさ……いつ、引っ越すつもりなの？」

たいしたもんだよ、とニックは心のなかで毒づいた。じつの姉さんの体にまだぬくもりが残ってるうちから、もうおれたちを厄介払いしようとしてるんだぜ。家族のつながりなんて、しょせんその程度のものなんだ。

プリモが口を開くと、ただでさえビール臭い息に虫歯の口臭が混じりあって、防虫剤の匂いも引っこんでしまうくらいの悪臭が漂った。

「なんでそんなに急いでるんだ、フラン？」派手にげっぷをしてプリモが訊いた。

「メアリー姉さんの給料も入らないっていうのに、あんたたちを置いとくわけにはいかないわ。そんな余裕はないの」フラニーはチョコレートをむしゃむしゃ頬張った。

「だからっておれたちを放り出すってのか？　そういうことかよ？」プリモは恨みがましく言った。

フラニーはスカートの折り目を手で撫でつけた。安っぽい生地に新しくついたシミを見つけ、こすり落とそうとする。亡くなった姉のぐうたら亭主が居候するのを許したら、とんでもないことになる。早いとこ縁を切りたいと思ってるのよ。プリモのみっともない顔は、もう見るのもいやだ。「あんたたちの部屋を貸したいと思ってるのよ。早けりゃ早いほどありがたいわ。なにしろ――」

「あたしゃ、黒人はごめんだよ」うろたえた声でミセス・リフキンが口をはさんだ。自分が誰の隣に座っているのか、すっかり忘れている。

タクシーはいきなり猛スピードでカーブを曲がり、ニックの体はその反動で叔母の豊かな胸にぎゅっと押しつけられた。この乳牛ババアの頭にゲロを吐けたらどんなに気分がいいだろう。このババアにはそのぐらいのこと、してやって当然だ。

「それじゃ、ニックはどうするんだ?」本人がいるのもおかまいなしに訊く。

「連れてけばいいじゃないの」フラニーは、甥を引き取るなんて気はさらさらない。

「ここにいたほうがこいつのためにはいいんだよ」プリモはなおも食いさがる。

フラニーはバッグのなかを引っ掻《か》きまわして、またチョコレートを取り出した。「十六歳になる男の子を、あたしにどうしろっていうのよ?」と、とげとげしい。

プリモは引きさがらない。「とにかく、やつには家庭が必要なんだ」

父親はほんとうに息子のことを考えているのだろうか。それとも、自分が自由になりたいという思いからそう言っているだけなのだろうか。

「そうね。でも、家族といっしょにいさえすればいいってもんじゃないわ。余分に食べ物を買わなきゃならないのよ。ほかに着るものだとか、若い子に必要なものは全部いるんだからね」フラニーは憤慨して言った。「冗談じゃないわよ。この子はあんたの息子なのよ。あんたといっしょに行くべきよ」

ということで、この件はけりがついた。

ニックは体を折り曲げて、突き上げてくる絶望を抑えこもうとした。絶望が大きすぎて、息もできない。たしかに母さんはここにいたのに、次の日にはもういなかった。あまりにもあっけない。死因は心臓麻痺ということだった。

三十七歳で心臓麻痺だって? 死因は〝見殺し〟というほうが近い。これ以上耐えられなくなったから、彼女は息子をプリモのもとに残して行ってしまったのだ。

墓地の外でタクシーを降りても、プリモはもじもじとその場に立ったままだった。フラニーは自分がタクシー代を払うことを期待されていると気づいて、汚い物を見るような目でプリモをにらみつけた。

「どうやら財布を忘れてきちまったらしい」プリモはばつが悪そうにもごもご言った。

「このしみったれ!」吐き出すように言うと、フラニーはタクシー代だけをきっちり数えて渡した。「その腐った根性は死ななきゃ直らないね」

タクシーの運転手は金をひったくると、車を急発進させた。タイヤが四人に泥を引っかけていった。

ミセス・リフキンはむっとして、小声でぶつぶつ言いながら色褪せた傘をさした。「だからあたしは言ってるんだよ。あんな連中に運転なんかさせちゃいけないって」

ニックは震えていた。なんで母さんはおれを置いてっちゃったんだよ。オヤジとたった二人にして……。

絶望が怒りに変わった。ニックは声を上げて叫びたかった。もし母親の肩をつかむことができたら、きっと心臓が飛び出すまで揺さぶりつづけていただろう。

しかし、もう手遅れだ。彼女は死んでしまったのだ。

へんなフードがついた、グレーの光る素材でできた雨合羽を着た痩せた男が、墓前まで案内すると言った。「これで全員かい?」とがっかりしたように鼻を鳴らす。

「そうだよ、なんか文句でもあんのか」プリモが喧嘩腰で言い返したが、男は相手にしなかった。

「ぼくたち、こっちに越してきたばかりなんだ」ニックは延々と並ぶ墓の列に沿って重い足取りで歩きながら、そう説明せずにはいられなかった。「母は友人を作る暇もなかったんです」

「ほう、それはそれは……」男にとっては金魚が一匹死んだくらいの関心しかなかった。さっさと終わらせて、このおかしな集団を早く追い出したい。

「でも、すばらしい女性だったんだよ。ほんとうにすばらしい……」あまりに早口だったので、その言葉はたがいの上をすりぬけていった。

「そうだろうともさ」男はうなずいた。

ようやく一行は、新しく土を掘り返したばかりの場所に着いた。そこには粗末な木の棺桶が、穴のなかに下ろされるのを待っていた。

母さんはあの箱のなかにいる——そう思ったとたん、ニックはわれを失った。あんまりだ！　母さんはあの箱のなかにいる。

そして短い葬式が始まった。雨が激しく打ちつけた。ニックは自分が泣いているのかいないのか、わからなかった。水滴がひっきりなしに頬を伝わり、ずっと顔を濡らしつづけていたから……。

その三日後、プリモとニックは町を出た。フラニーは彼らが出て行くことになって、心底ほっとしたらしい。干からびたチーズサンドと、ぬるくなったインスタントコーヒーの魔法瓶を荷物のなかに入れてくれた。まだ雨が降っていて肌を刺すほどの寒さだというのに、家の外に立って去っていくニックたちに手を振りつづけた。

「クソッ、あのデブ女め！」もう十年も乗っているくたびれたバンを運転しながらプリモがぶつくさ言った。

「どこに行くんだい？」ニックは思いきって訊いた。

「何も訊くな。そうすりゃ、おれも嘘つかないですむからよ」プリモがぴしゃっと言った。

「ちょっと思っただけなんだよ。その――」

「何も考えるんじゃねえ」プリモが語気荒くさえぎった。「そのだらしねえ口を閉じて、おとなしくそこに座ってろ。おめえのことに責任持ってだけじゃ、不足だってえのかよ」

ニックの胸にこみあげるものがあった。たしかに引っ越すのはこれが初めてじゃない。二、三カ月ごとにせっかくできた友だちと別れて、新しい生活を始めるのはもう慣れっこになっている。だけど母親の庇護《ひご》がない状態にはまだ慣れていなかった。母親はいつだって身を挺してプリモからニックをかばってくれた。いまはもうニックのことを気づかってくれる人は誰もいないのだ。

「目的地に着いたら、すぐ仕事を探すよ」ニックは窓のワイパーに目をやった。ワイパーは鈍い音をたてながら窓をこすって、容赦なく叩きつける雨を払っている。

「いや、おめえは学校に行くんだ」

「行かない」ニックは抵抗した。

「そりゃ、おめえの了見違いだよ。おれはおまえのおっかさんと約束したんだ」

「なんの約束だよ」

「ガキには関係ねえよ」

いま話してるのはおれの人生なんだぞ。知る権利があるはずだろ。それにいつからオヤジは、約束を守るなんて殊勝なことを考えるようになったんだ？

プリモはそれきり黙りこんだ。充血した目は道路の前方を見据え、大きな手はハンドルをがっちり握っている。

ニックの思いは土のなかに埋められた母親のことへと返っていった。安物の木の柩《ひつぎ》のなかに雨がしみこんでいた。彼は息もできないほどの耐えがたい寂しさに襲われた。

母さんは寒いだろうか？

母さんの体は少しずつ腐っていくんだろうか？

悲鳴のように激しく泣き叫ぶ声が、ニックの頭のなかで割れるように響いた。

どうして、プリモじゃなかったのか。

どうして、このクソオヤジじゃなかったのか……。

その二時間後、彼らは給油のために車を停めた。ニックは車から降りて両脚をストレッチした。プリモはトイレに行って、二十分も戻ってこなかった。ようやく姿を見せると、息子を無視してコンビニに直行し、キャメルを一箱とビールの六罐パックを買った。それから公衆電話で電話をかけはじめた。

ニックは誰に電話をしているか訊こうとしなかった。誰でもかまわない。父親がなんと言おうと、できるだけ早く仕事を見つけて金を貯め、オヤジとおさらばするんだ。

ニックはぶらぶら外を歩いて、バンに戻った。ガソリンの匂いが鼻をつく。窓ガラスを下ろし、ミニスカートにブーツの女の子が車から飛び出して雨のなかを一目散にトイレに駆けていくのをぼんやり眺めた。雨よけにもならないびしょびしょの雑誌をかざしたブロンドの髪は、根元が黒くなっていた。

女の子はみんな同じだ。いろんな子と寝たから、女の子がどういうものかよくわかっている。これまで各地を転々としてきたなかで、望んで手に入れられなかった女の子は一人もいない。気の毒なオマヌケ男たちが、なんで女の子と寝るのにあんなに苦労するのかよくわからない。だって、じつに簡単なことだからだ。釣りかなんかみたいに――。針に餌をつけたら糸を垂らす。かかったら、ゆっくりあわてずにたぐり寄せる。仕留めにかかる。そのあとはすみやかに立ち去るのだ。

ニック・アンジェロはどんな相手でもモノにできたし、事実そうしてきた。何度も何度も。それだけが彼に、自分が自分であるという実感をもたらしてくれるからだ。

プリモがどかどかとバンに戻ってきて、ビールの六罐パックをシートに放り投げると、エンジンをかけた。もうすでに一罐減って、五罐パックになっている。

「飲酒運転は違法だよ」ニックは小声で言った。

プリモは手の甲で鼻を拭いた。「なんだよ、てめえはいつ、ポリ公になったんだ？」

「違法だって注意しただけだよ」

「注意なんざ、しなくていい」

そうさ、黙れ、おとなしく座ってろ、うっせえ、口出しをするな。ずっとそう言われつづけの人生。

ニックは背をもたせかけて目を閉じ、うつらうつらとした。と、そのとたんバンが横滑りし、高速道路の片側に停めてあった大型トラックの後部にあやうく突っこみそうになった。ニックは跳ね起きた。

「クソッたれどもが！」プリモは毒づいた。「やつら、どこに停めようが屁《へ》とも思いやしねえ」

「運転、かわろうか？」ニックは言ってみた。暗くなってきたし、プリモは三罐めのビールをグビグビやっている。

「おめえが運転だって？　いつから運転してんだよ」プリモはせせら笑った。

「学校で運転教育講習を受けたんだ。テストを受けて運転免許証をもらったんだよ」

「そんなの覚えちゃいないな」

そうさ、あんたは覚えてないだろうよ。それにもし覚えていたとしても、絶対にバンを使わせてはくれなかっただろう。それでもニックはプリモが酔っぱらって前後不覚に陥って見つかる危険が全然なかったときに、一度ならずバンに乗って出かけたことがある。

バンはまた横滑りした。プリモはぶつくさ言いながら、やっとこれが限度だと諦めた。車を脇に寄せて停めると、ニックを冷たい雨のなかに押し出し、自分はそのまま助手席に腰を移した。

ニックは車の後ろを走って前へまわり、急いで運転席に飛び乗った。「どこに行くのさ」ハンドルを握って尋ねる。どこでもいいから早く着きたかった。

プリモはビールを飲み終えると大きな手で罐を握りつぶし、窓の外へ放り投げた。「カンザスさ」そう言って大きなげっぷをする。「ボズウェルっていう、小便臭い町だよ」

「なんでそんなとこに？」

「そこにおれの女房がいるからさ」

ニックにとってそれはまさに青天の霹靂《へきれき》だった。

4

一九七三年　カンザス州ボズウェル

一回だけのデートのつもりだったのにいつのまにか交際が始まっていて、ローレン本人を除く全員がそれを喜んでいた。ストックとのデートはいつも同じ繰り返しで退屈だった。金曜日の夜は食事と映画。毎週、土曜日はダンスにパーティー。それに両方の家族でとるブランチ。それがもう六週間も続いていた。

「いったい、どうしちゃったのかしら」ローレンはメグに泣き言を言った。「わたしは自由な人間のはずだったのに、どうしてこんなふうになっちゃったんだろう」

「彼、もうなんかしようとした？」メグは禁止されている煙草に火をつけた。

「まだよ」ローレンは首を振った。「ねえ、いつもいつもわたしから訊き出そうとするの、やめてくれない。まるで検事みたい」

「そんなことないよ。エッチ関係のことがどうなってるのか、すごく知りたいだけだもん」

「なぜ？」

「んもう、ローレンたら」メグは懇願口調になった。「あたしたち、なんでも話し合う仲でしょ。彼、最低でもキスくらいしてるはずよ」

「さあね」ローレンは気をもたせるように言った。

「キスしたの？」メグが迫る。

「さあね」とまた繰り返す。

二人はローレンの部屋にいた。メグはベッドの上で飛びはねはじめた。親友から思うように話を訊き出せないのが不満で、顔を紅潮させている。「教えてよ、ケチンボ、この意地悪女！」

ローレンは別にメグに打ち明けたいとは思わなかった。結局のところ、そんな胸をときめかせるようなことはなかったからだ。でもいまは話すより仕方なさそうだ。「じゃあ、言うわ。彼はわたしにキスしたわ。すごいでしょ。で、この話はおしまい」

メグは目を輝かせた。「彼、キスうまかった？」

「歯が大きいの」

「何それ、どういうこと？」

「歯が邪魔なのよ。それにね……」ローレンはふうっと溜息をついた。「言ったでしょ、彼にはなんにも感じないんだって」

メグはベッドから飛びおりた。「ねえ、もしかして、あたしが彼をもらいうけるべきかもね。どう思う、それ？」

「いい、いい！」

「まさか、本気で言っててんじゃないでしょ？」

メグは焦《じ》れていらいらしている。「町でいちばんセクシーな男の子がさ、ウハウハ言って追っかけてるってのに、あんたったらまるでたいしたことないみたいな顔をしてさ」

「だって、そうだもの」

「だったら、どうして会うのをやめないのよ？」

ローレンはまた、溜息をついた。「だって、やめられないからよ。うちの親が彼のこと気に入ってるの。彼のご両親のことまで気に入ってるのよ。あなたがほんとうのことを知りたいんなら言うけど、じつはね……うちの父が彼のお父さんに大口の保険を売りこんでるみたいなんだ」

メグはいかにも吸い慣れた様子で煙草をふかしている。「へえ……それって、ちょっとヤバいじゃん」

「そうなのよ」ローレンは顔を曇らせ、どうしてこんなことになったのか、ことの起こりから思い返してみた。最初のデートはなにごともなく終わった。ストックの行動は完璧だった。まわりにいたフットボール仲間は全員がいまにもひっくり返りそうなゾンビ状態だったのに、彼は酔っぱらいもしなかったのだ。

ローレンにはストックの二度目の誘いを断わる理由はなかった。両親にせっつかれては、なおさら断われなかった。そして突然、ローレンの父親がストックの父ベンジャミン・ブラウニングに保険を売りこみはじめた。せっかくの父の苦労を台なしにすることはできない。

「本気だってば！」

そして気がつくと、誰もがローレンとストックは恋人同士だという目で見るようになっていた。

いまやローレンはにっちもさっちもいかなくなっていた。そして、ちっとも幸せではなかった。

ボズウェル高校の歴史の教師、ミスター・ルーカスの授業はだらだらと続いていた。ローレンは懸命に集中しようとしたが、そうするのはむずかしかった。ミスター・ルーカスの話は退屈で、彼の授業から何かを得るのは不可能に近かった。彼はいかにして生徒の想像力をかきたてるかということが、まるでわかっていない。彼の前に座った二十四人の退屈しきった生徒たちは、それぞれ自分の席でさまざまな活動にいそしんでいた。クラスいちばんのひょうきん者、ジョーイ・ピアソンはせっせとエッチな詩を書いてはクラスじゅうに回覧している。ボズウェル高校の〝させ子〟で通っているドーン・コバックは、お昼休みに何をさせてあげるかを男子生徒の一人と交渉中。メグは世界史の表紙に隠してファッションのデザイン画をスケッチするのに忙しかった。そしてローレンは一人空想の世界を漂っていた。

彼女の最大の夢はニューヨークで暮らすことだった。まだ小さいころ、両親に連れられてオードリー・ヘップバーンの『ティファニーで朝食を』を見に行ったことがある。スクリーンのなかの大都会を目にしたときの胸の高鳴りをローレンは決して忘れることができなかった。

ニューヨーク……彼女はいつの日か、オードリー・ヘップバーンのようにかならずニューヨークに行くと決めていた。そして自分のアパートメントとやり甲斐のある仕事を持つ。それから猫。そうよ、絶対に猫は飼わなきゃ。それから、もちろん恋人。正真正銘の恋人だ。白っぽい髪を短く刈りこんで、マッチョな歩きかたをするストック・ブラウニングなんかじゃない。もっとロバート・レッドフォードかポール・ニューマンの系統の男性——同じブロンドの髪でももっと暗めの色が好みなのだ。

「ローレン！」ミスター・ルーカスのいらだった声が、いきなり彼女の空想をさえぎった。「では、質問に答えなさい」

質問って、なんの質問？　ローレンはあわてて黒板に目をやった。いま何をやっていたかをとっさに判断し、さっと正解を導きだした。

「よくやるよね！」メグが笑いたいのを我慢しながらささやいた。「ついさっきまで中国のどこかをさまよってたじゃないの！」

「ニューヨークよ」ローレンはささやき返した。「中国もいつか行ってみたいけどね」

「行けるチャンスなんてないってば——」

メグとローレンはそれぞれ将来に対して違う見通しを持っていた。メグはボズウェルで結婚して、子供を産んで幸せに暮らしたいと思っていた。ローレンはこの町の外にはことは全然違う世界があるのを知って、それを探検してから身を落ち着けるつもりでいた。

そこに授業の終わりを告げるベルが鳴った。

ストックは食堂のカウンターにもたれてローレンを待っていた。「今晩六時半に迎えに行くよ」

「あら、そう？」

「まさか忘れたなんて言うんじゃないだろうな」

「忘れたって何を？」

「うちの両親と食事をするって言っただろ」

「ああ、そうだったわね」と、気のない返事をする。

「うれしくてはしゃぎすぎるなよ」

彼はローレンに何を望んでいるのだろう？　彼女は食事に行くと言っているではないか？それで充分ではないのか？

ストックは体をかがめてローレンの頰にキスをした。汗と樟脳《しょうのう》の匂いがする。汗だけなら我慢もできるけど、樟脳臭いなんてまるでお笑いだ。ミスター・ブラウニングに売りつけている保険のことで、いいかげんに父親と話をしなくちゃいけない。もう契約はすんでしまったのだろうか。もしわたしがストックと会うのをやめたら、みんなご破算になってしまうのだろうか。ストックはいつなんどき迫ってくるかわからない。フォード・サンダーバードの狭苦しい車内で、ストックの巨体に組み敷かれて必死にもがいている哀れな被害者役を演じるのは、まっぴらごめんだった。

学校の帰り道にローレンは父親のオフィスに寄ってみた。彼はメインストリートのブレークリー・ブラザーズ金物店の二階に小さなオフィスをかまえている。ドアには鍵がかかっていた。ブラインドが下りているので、ガラスごしになかを覗くことができない。ドアには〝フィリップ・M・ロバーツ保険代理店〟の文字がある。いつだったか、父親はこれを〝フィリップ・M・ロバーツ・アンド・ドーター《娘》〟にしたいとほのめかしたことがある。ローレンには自分は保険ビジネスに進むつもりはない、と言いだすだけの勇気がなかった。

父親がいなかったので、ローレンはがっかりして家に帰った。

家では母親がキッチンでケーキを作っていた。

「お父さんはどこ？」そう訊きながら、ボウルのなかのケーキ種を指ですくいとった。

「およしなさい！」ジェーン・ロバーツがたしなめた。母親は黒髪で頬骨の高い、整った顔立ちの女性である。ローレンの美貌が誰から受け継がれたものかは一目瞭然だった。

「うわあ！　おいしい！」ローレンはまた指を突っこんだ。

「およしなさいって言ってるでしょ」ジェーンが厳しい声で繰り返した。「なくなってしまうじゃないの。このケーキは今夜ブラウニングのお宅にあなたが持っていくんだから」

「いやよ、そんなの！」ローレンはぞっとした。「わたし、ケーキなんか持ってかないわよ」

「だったら、ストックにことづけるしかないわね」

「やめてよ、お母さん！　そんな恥ずかしいことしないで」

ジェーンは手を止め、エプロンで両手をぬぐった。「あちらのお宅のためにケーキを焼くことの、どこが恥ずかしいの？」

ローレンはためらった。「それは、その……わかってるでしょ。つまり……なんだかご機嫌取りみたいだから」

ジェーンは険しい目つきになった。「ご機嫌取り？」

「言いたいこと、わかるでしょ」

「いいえ、わからないわ」ジェーンは一人娘をぐっとにらみつけた。〝お母さんにそんな口をきくなんて――お父さんが帰ったら怒ってもらいますよ〟というような目つきだ。

あーあ、お母さんを怒らせちゃった。ちょっと言いすぎたかも。「わかったわよ。そのケーキ、持っていけばいいんでしょ」ぼそっと言うと、二階の自分の部屋に駆け上がった。

このゲームがご機嫌取りという名であることは明らかだった。いまのローレンにはそれに対してなすすべがなかった。


ダフネ・ブラウニングは、三重顎で唇を真っ赤に光らせた大柄な女性だった。彼女はローレンを愛想よく迎えた。「お母さまはなんておやさしいこと、ほんとうにこれ以上ないお心づかいをいただいて」ダフネはとうとうとしゃべりたてた。「もちろん、お医者さまはあたくしにチョコレートを食べてはいけないっておっしゃってますけどね。でも、ベンジャミンはそれはもう大好物なんですのよ。ねえ、あなた？」

ベンジャミン・ブラウニングは新聞からろくに顔を上げようともしなかった。腰のまわりにしっかり肉のついたストックの父親は、目鼻立ちの鋭いはっきりした容貌で、髪も太い眉毛も同じ濃い灰色をしていた。「ダイエットしようとしているところだ」とうなるように言った。

ストックは部屋のなかをうろうろ歩きまわっていたが、ローレンは重厚な感じのリビングルームのダマスク生地の椅子にコチコチになって座っていた。そばにいたメイドがさっさとケーキを持っていってしまい、二度とケーキは戻ってこなかった。

「食事はまだかよ」とストックが訊いた。

ダフネは息子を無視してローレンに顔を向けた。「教えていただきたいことがあるのよ」と、真っ赤な唇を震わせて尋ねる。「ストックはあなたの最初のボーイフレンドなのかしら?」

ローレンはそんな立ち入った質問をされたことが信じられなかった。彼女が礼儀正しい少女でなかったら、余計なお世話よと言い返していただろう。そうは言えないかわりにブラウニング夫人のペキニーズをやたらとかまいはじめた。この犬はチビのくせに獰猛《どうもう》で、歯をむきだして激しくうなった。

「なんてかわいいワンちゃんなんでしょう!」本心からそう思っていることを装って、ローレンは大きな声で言った。「この子は男の子ね、いくつですか?」

「女の子です」ダフネが訂正する。

「お名前は?」

「プリンセス・ピンク・ポンツーンよ」

「ずいぶん、珍しい名前ですね」ローレンが子犬を軽く叩くと、子犬はその鋭い歯で咬みつこうとした。

ストックがげらげら笑いだした。「油断すると手を咬み切られるぜ」

「ストック!」ダフネがたしなめた。「プリンセスちゃんがそんなことするわけないでしょう」

「お食事の用意ができました」黒人のメイドが部屋の入口に現われて告げた。

ベンジャミンは新聞を下に置いた。「まったく、どれだけ時間がかかってるんだ」といらだたしげに言った。

食事はうんざりするほど退屈だった。ローレンはこんな夜は二度とごめんだと思った。ミセス・ブラウニングは淑女気取りで、ミスター・ブラウニングは単なる無礼者だった。で、ストックはというと……ストックはストックだった。帰りの車のなかで彼はストレートに要点を話した。「二人ともきみを気に入ってる」

「それはよかったわ」

「きみは若いけど、それは関係ないって」

そういう自分だって十八歳じゃないの?「ドキドキするわ」とそっけなく言う。

ストックは彼女の皮肉に気がつかなかった。「お許しが出たんだよ」

「お許しって、なんの?」ローレンは欠伸《あくび》をかみ殺しながら尋ねた。

「おれたちの婚約さ」

5

アリーサ＝メイ・アンジェロはトレーラーのドアを開けると、昨日会ったばかりのようにプリモをにらみつけた。実際は彼がアリーサのもとを去ってから十七年の歳月がたっている。だが彼女は十七年の空白などものともせず、激しい罵声を浴びせた。

バンのなかで体を丸めていたニックの耳に、彼女の罵る言葉が残らず飛びこんでくる。

「いったい、なんの用さ？　この大嘘つきのろくでなし。よくものこのこ戻ってこれたもんだね。女を泣かせるだけの甲斐性なしのくせして。早く出てってよ。聞こえてんのかい？出てけって言ってんだよ」

さっさと失せろとばかりに息巻く彼女に、プリモはなんだかんだと哀れっぽく言いわけを重ねている。果たして何がどうなったのか、ニックにはさっぱりわからないうちに、彼女はわめきたてながらもプリモをトレーラーのなかに引きずりこみ、ぴしゃっとドアを閉めた。

ニックはバンのなかで先週のことを考えていた。自分は十六歳で――もうじき十七歳になるけれど――人生が終わってしまった。もうどうなってもかまやしない。自分の存在自体が欺瞞《ぎまん》だったんだから。

メアリーとプリモ。愛しあった両親。二人の結婚は法律の手続きさえ踏んでいなかったのだ。だって、プリモはメアリーと結婚の誓いを交わしたとき、まだこの女性と結婚していたのだから。

プリモ・アンジェロは二人の妻を持つ重婚者だったのだ。

となると、自分はどうなるのか。

ニックはそのことを考えたくなかった。

雨足は弱まって霧雨になったが、身を切るような寒さは変わらない。ニックはバンのなかで縮こまっていた。空腹で疲れきっていた。なんの感情もなくなっている。

しばらくしてプリモがトレーラーから出てきた。アリーサ＝メイも後ろについている。プリモはバンのドアをぐっと開けると、汚れた毛布を突き出した。「おめえはここで寝ろ」とそっけなく言う。「トレーラーのなかはいっぱいだからよ」

ニックを見ようとしてアリーサ＝メイが身を乗り出した。

彼女の顔を見たニックは息を呑んだ。彼女の肌は黒かった。父親の戸籍上の妻は黒人だったのだ。

朝には雨は上がっていた。運転席と助手席に身を渡して寝ていたニックは、ガラスを引っ掻くかすかな音で目を覚ました。一瞬、自分がどこにいるかわからなかった。半身を起こした拍子に頭を天井にぶつけた。空腹すぎて胃が痛い。それに我慢できないほど尿意を催していた。

横の窓から小さな黒人の男の子がじっとニックを見つめていた。一人は爪で窓ガラスを引っ掻いている。ニックが目を覚ましたのに気づいたとたん、二人はぱっと逃げ出した。

朝の光のなかでニックはあたりを観察した。バンが停まっているのは人がまばらにしか住んでいないトレーラー・パークのど真ん中だった。老朽化したトレーラーが集まっているまわりを、痩せこけた犬が二、三匹うろついている。トレーラーの周囲の地面は雑草が生い茂り、片側はゴミ捨て場で山のようにゴミが溢れている。

この場所から見ればエバンストンのフラニー叔母さんの荒れ果てた家は御殿に思える。

ニックはバンから出た。彼を待ち伏せするかのように、先ほどの黒人の少年たちが少し離れた地面にしゃがみこんでいた。あいかわらずこちらをじっと見ている。

「やあ」ニックは声をかけた。「どうしたんだい?」

二人は返事をしない。

「おしっこがしたいんだけど」

少年の一人がゴミの山の隣にある、いまにも倒れそうな小屋を指さした。

小屋にすっとんでいってニックは顔をしかめた。鼻が曲がりそうなすさまじい臭いだった。なんとか我慢して用を足し、バンに急いで戻った。しきりにお腹が鳴るが、ポケットのなかには三五セントしかない。これでどうしろっていうんだよ。

バンにもたれ、ニックはこの先のことを考えた。これ以上は悪くなりようがない。見知らぬ町のみすぼらしいトレーラー・パークで、父親が昔の女とよりを戻すのをあてどもなく待っているだけ。父親はその女と十七年も前に結婚していたのに、誰にもそのことを口外しなかったのだ。

少年の一人がこちらにやってくる。きらきらした目と濃いチョコレート色の肌をした、整った顔立ちの子だ。「あんた、なんて名前？」少年は好奇心に目を輝かせて尋ねた。

「ニックだよ、そっちは？」

「ハーラン、十歳。あんたは？」

「十六歳だ」

「ここで何してんの？」

ニックは肩をすくめた。「さあね」

しばらくしてプリモが薄汚いパンツ一丁で太鼓腹を掻きながら、トレーラーから出てきた。髭も剃ってない顔に、珍しくにやにや笑いを浮かべている。この顔には見覚えがあった。例の〝いま、アレしたばかりだぜ、おれは絶倫の色男だ〟という表情なのだ。

「よく眠れたか？」まるで一流ホテルに泊まったみたいな言いかたをする。

「眠れなかった。お腹が空きすぎて……」ニックはぼそっと言った。父親に怒りを感じていたが、どうやってそれを表わしたらいいかわからなかった。できることなら父親の頭を殴りつけて、嘘ばかりついてるいいかげんな脳味噌を叩き出してやりたい。

「心配すんなって」手抜かりはないと言わんばかりの陽気な口調だ。「アリーサ＝メイはとびっきりの料理上手だからよ」と息子の肩をぱんと叩く。「さあ、あいつに会わせてやるよ」

ニックは仕方なく父親に続いてトレーラーのなかに入った。二人の少年もぴたっと後ろについてくる。

トレーラーのなかは足の踏み場もないほどの散らかりようだった。衣類に雑誌、古新聞などのがらくたが至るところで山をなしている。一方の隅には寝乱れたままのベッド。床にはカビの生えた寝袋が二つ。

アリーサ＝メイは石油コンロに向かい、ギトギトのベーコンの油でハムとポテトをせっせと揚げていた。細かい縮れ毛を赤く染め、骨張った体つきをして目は用心深く光っている。

「そこに座んな」と肩ごしにニックに声をかける。「お腹ぺこぺこだろ」

ニックは破けたビニールカバーのかかったベンチに腰かけた。ガタガタのテーブルには汚れた皿が積んであった。

アリーサ＝メイは汚れた皿を脇へどけると、ニックの前に料理をのせた皿をどんと置いた。

「さあ、お食べよ」

プリモはこれで息子にも家庭ができたと思ったのか、満足そうにほくそえんでいる。「おめえら二人がうまくやってけるってのは、おれにはわかってたよ」

「うっさいね」とアリーサ＝メイ。「その話はあとでつけるからさ。ここに転がりこんでこようなんて考えるんじゃないよ」

ニックは彼女の度胸のよさに感心したが、同時に父親がその口を殴りつけることをなかば予期していた。

プリモは手をあげなかった。腹をかかえて笑っている。「あいかわらず、血の気の多いアバズレだよ。おれはそういう女が好きなんだ。おめえはちっとも変わんねえな」

アリーサ＝メイは険しい目をしてにらんだ。「うちの子たちの前で悪い言葉を使わないでよ」と、ドアのところで押し黙っている少年たちを顎でしゃくった。

「よく言うぜ」プリモは腹を掻きながら言い返した。「自分だってしょっちゅう言ってたじゃねえかよ」

「あんときとはあんときよ」アリーサ＝メイは厳しい顔つきをして言った。「もう昔のことなんだから」

プリモはなおも笑いながら、いきなり彼女のお尻をつかんだ。「そりゃあそうだ」

アリーサ＝メイはプリモの手をぴしゃっと払いのけると、ニックに顔を向けた。ニックは油っこいがおいしい料理を夢中で頬張っていた。「あんたのオヤジさんはあたしのこと、なんて言ってんの？」彼女は訊いた。「あたしたちが結婚してること、あんたに話した？ あたしが妊娠したらさっさと逃げ出したって聞いてる？ あんたの腹違いの姉さんのことは？オヤジさんが一度も会ったことのない、ましてや養いもしてない娘のことをさ」

ニックは食べる手を止めた。姉さんだって？ 今度はどんなひどい話なんだ？

「おりゃあ、知らなかったんだよ……」プリモが哀れっぽい声を出す。「おめえにほっぽりだされてよ。妊娠してるなんて知らなかったんだ」

「嘘ばっかり！」アリーサ＝メイは咬みつくように言った。「あたしに赤ん坊ができたから、逃げ出したんじゃないの」彼女はものすごい目つきでにらみつけた。「その後、あんたは何をしたのよ。ほかに女をこさえて、どうにも抜け出せなくなっちゃったんじゃないか。このできそこないのろくでなし！」

プリモはアリーサ＝メイを後ろから抱きすくめると、骨張った体を愛撫しはじめた。「……なあ、いいじゃないかよ、戻ってきたんだからさ」と猫なで声を出す。「おめえにはわかってたはずだ、おれが戻ってくるって。違うか？」

アリーサ＝メイは喉の奥で不機嫌そうな声を出した。実際はそれほど不機嫌そうでもなかった。それどころか、プリモが誘うようにまわした腕をいやがっていないのがしだいにはっきりしてきた。

ニックは墓のなかで眠る働き者だった母親のことを思った。脂ぎった料理が胃のなかでもたれ、吐き気がした。彼は父親を憎んだ。いま置かれている状況が、何から何までいやでたまらなかった。

ニックはいきなり立ち上がった。「さっき言ってた姉さんって？」

「いまは、ここにいないよ」アリーサ＝メイが即座に答えた。「カンザスシティーの親戚んとこに行ってるんだよ」

「おれには娘がいたんだな」プリモは感動して言った。「おりゃあ、ずっと女の子がほしかったんだよ」

「そうさ、あんたには娘がいるんだよ」とアリーサ＝メイ。「そうだともさ。たしかにあんたには娘がいるんだよ」

ボズウェル唯一のモーテルで三晩過ごしたのち、プリモとニックはアリーサ＝メイのトレーラーに転がりこんだ。一軒のトレーラーでは全員が住む余裕はないので、プリモは隣の夫婦にかけあって、倉庫がわりにしていたトレーラーの廃車を譲り受けた。ネズミの住みかになっていたそのトレーラーは、車輪もなく、窓の部分は厚紙で塞《ふさ》いである。「子どもたちが眠るぶんには十分さ」プリモはアリーサ＝メイを安心させた。「きれいに掃除をさせりゃあいい」

ネズミとゴキブリと蜘蛛をよけながら、ニックは三日がかりでがらくたを運び出した。ハーランと弟のルークも手伝った。アリーサ＝メイはしょっちゅう二人を怒鳴りつけていたから、彼らは怖がっていつもびくびく母親の顔色をうかがっていた。

ハーランとルークは毎朝六時にトレーラー・パークを出て、何キロもの道を歩いて学校に通っていた。アリーサ＝メイはそれより少し前に家を出る。ボズウェルの金持ちの家のメイドをしているのだ。だから、プリモには一人の時間がたっぷりあった。アリーサ＝メイには仕事を探すと約束したものの、まるでその気はない。彼女が出て行ったとたんに、白黒の小さなポータブルテレビの前に座りこむ。もちろんビールの六罐パックは忘れない。プリモの生活は何一つ変わっていなかった。自分にとっていちばん重要なものは何かをよく知っていて、それにしがみついていた。

ニックは所在なく、そのへんをうろうろしているしかなかった。行くところはどこにもない。

二、三日してプリモが言った。「おめえを学校にやんなきゃな」

「すぐに仕事を見つけるよ」ニックは追いつめられた気分になった。「きっと――」

「おれはおめえのおっかあと約束したんだ」プリモはテレビを見つめたまま、さえぎった。

「そう言っただろうが」

「だからどうだってんだよ」

バシッ！　いきなり、口にもろにビンタをくらった。不意をつかれたニックの唇の端が切れた。血の味がしてくると、全身に怒りがこみあげてきた。もうかばってくれる母親はいない。目の前に学校が待ちかまえていて、そこから逃れるすべはない。少なくともいまのところは。仕事を見つけしだい、金を貯めて出て行くんだ。

ニック・アンジェロはここを逃げ出す計画を立てていた。それをとどめる者は誰もいなかった。

6

「やったね、すっごいじゃん！」とメグは歓声を上げた。

「あなたのために、これほどうれしいことはないわ」と母は喜んだ。

「こいつはすごいニュースだぞ」と父は言った。娘が困難な保険の契約をまとめでもしたかのように。

言わなきゃよかった、とローレンは後悔した。ストックが婚約の話を持ち出したと言っただけなのに、あっというまに町じゅうの噂になっていた。いまやローレンは何がなんだかわからないうちにますます深みにはまって、動きがとれなくなっていた。

ローレンは十六歳。まだ若すぎる。たしかに母親は十七歳で結婚している。でもそれはたがいに夢中になった末の恋愛結婚だった。その話はさんざん両親から聞かされている。

ローレンとは状況が違う。ストックのことはよく知りもしないのだ。おまけに知っているのは好きになれないところばかりだ。

「わたしは婚約なんかしないわ」ローレンは焦って両親に告げた。

ジェーン・ロバーツはほほ笑むと、まるで興奮しやすい子犬か何かをなだめるように、よしよしと娘を撫でた。「神経が昂《たか》ぶっているのよ。結婚はおおごとだもの。充分に婚約期間をとっておたがいによく知ることが大切だわ。ストックは立派な家庭の立派な息子さんよ。わたしもお父さんもとても幸せよ」

へえ、お父さんとお母さんは幸せなんだ。じゃあ、わたしは？　普通だったら、ついついにやにやしちゃってふわふわ空中を歩いている心地になるんじゃないの？

恋……。いままで見たり聞いたりしたのは、どれもこれもうっとりするようなすばらしい話なのに、実際に経験したのはうんざりするものばかりだった。

小学校二年生のとき、サミー・ピルスナーにお熱を上げた。八歳にして恋に恍惚となった。彼を見るたびにぞくぞくっとして体じゅうが震えた。

十二歳になって、いとこのブラッドに恋をした。三つ年上の痩せこけた少年で、家族揃ってクリスマスに訪ねてくるだけなので成長につれて恋も卒業してしまった。

十三歳にして初めてのデート。最悪……。

十四歳で初めてのキス。もっと悲惨。

そして十五歳のとき、サミー・ピルスナーとステディな仲になり、満ち足りた半年を過ごした。

サミーを見ても八歳のときほどぞくぞくはしなかったけれど、彼はとてもキスが上手だったので、二人は情熱のおもむくままに幾晩も濃厚なペッティングを繰り返した。それでもローレンは、絶対に最後までは許さなかった。妊娠するのを恐れていたからだ。サミーは八〇キロ以上もある隣町まで車を飛ばし、コンドームを買ってきて懸命に説得したが、彼女はどうしても聞き入れなかった。

そのうちサミーの父親の栄転でピルスナー一家はシカゴに引っ越した。さすがのローレンも少し悲しかった。二、三カ月文通を続けたがしだいに彼の手紙が来なくなり、ローレンはもう自分はフリーで会いたければ誰と会ってもかまわないのだと気づいた。それで何人かの男の子とデートした。彼らが望むことはただ一つ。けれどもサミーにさえ与えなかったものを、どうでもいいデート相手にみすみす許してしまっていいだろうか。

それでストックはというと、彼はローレンを襲ったりしていない。少なくともいまのところは。

「わたし、婚約なんてしたくないわ」彼女はメグに打ち明けた。

「みんな、すごぉぉぉく、うらやましがってるのに！」メグは金切り声を上げた。「もう指輪はくれたの？　アレはいつするの？　婚約したからにはしないわけにいかないわよ」

「でもわたし、しないもの」ローレンは抗議した。

メグは顔をしかめてローレンを見た。「しないって何を？　婚約？　それともアレ？」

「婚約に決まってるじゃない、このバカ女！」

「バージンのくせに、なんて口きくのよ！」

「バカ女だからバカ女よ」ローレンは繰り返した。

もしローレンの父親がこれを聞いたら、娘を殺しかねないだろう。両親はどちらも口汚く罵るようなことは絶対にしなかった。少なくとも、娘の前では。けれども、一度だけ父親が大声で「コノヤロー！　コノヤロー！」とわめいているのを聞いたことがある。それはローレンが十一歳のときで、両親の寝室の外で耳にしたのだ。

男がセックスのときどんな言葉を吐くか、ローレンも知識としては知っている。でもサミーは違った。ちゃんとした女の子はやらないとされていることをしてもらって絶頂に達するとき、彼はいつもこう叫んだ。「カウボーイにインディアン！　突撃だ！　行け！　行け行けぇ！」

サミーのことを考えると、ローレンは思わずにやにやしてしまう。彼女がペニスというものを見たのはサミーが初めてで、いまもほかにはいない。それ以外にはシャワーから出てきた父親のを見てしまったことはある。そのときローレンは十歳だった。父親は顔を赤くして、早く出なさいと甲高い声を出した。そのすぐあとで母親に隅のほうに連れていかれて、両親のバスルームに入るときはノックをするよう言い渡された。

トントン。トントン。

そこにいるの、だあれ。

パパのおちんちん……。

あたし、見ないってお約束したもん。

サミー・ピルスナーは自分のペニスをとても誇りにしていて、何かというとローレンに見せたがった。じつのところ、見せるだけでなくそれ以上のこともしてほしがった。

ローレンは聞き入れてやった。そのときは彼を愛していると思っていたからだ。それに少なくとも妊娠する心配はなかったし。

彼女は『プレイボーイ』を読んでいたので、オーラルセックスのことならなんでも知っていた。父親は自分が読んだ『プレイボーイ』を地下室の物置に隠していた。ローレンはある日それを見つけて、それから二、三週間のあいだに全部読んでしまった。どの号も裸の女性の写真ばかりで、女性蔑視の漫画やあらゆる性的な行為に関する記事が満載されていた。見ても別に面白くはなかったけれど、たしかに教わることは多かった。サミー・ピルスナーは自分のまたとない幸運を喜んだ。

けれども、それはもう過去のこと。いまはストックをなんとかしないといけない。

数日後、彼はお昼休みにそばに寄ってきて、彼の両親が二人のために盛大な婚約パーティーを開いてくれると言った。

ローレンは、「だけど、わたしは婚約するなんてこれっぽっちも言ってないわ」と言いたかったが、そうもできずに気のない顔でうなずいた。

もしかしたら、彼女のそういう点がストックは気に入っているのかもしれない。その、まるで熱のないところが――。フットボールのヒーローで町いちばんの金持ちの息子だから、彼は六年生のころから女の子にモテモテだった。おそらく彼は、ほかの子と違うローレンの冷《さ》めた態度をはっとするほど新鮮に感じたのだろう。

「土曜の夜だよ」ストックはローレンの肩に腕をまわした。「うちのおふくろがきみのお母さんと話したいって」

たいへんだ！　今度こそ待ったをかけないと。このまま、なりゆきにまかせていくほうが簡単そうだけど。『卒業』の女の子みたいに、教会で結婚式を挙げるところまで待っててもいいかな。そしてダスティン・ホフマンでなくても誰かハンサムなヒーローが駆けこんできて、わたしを助けてくれるのよ。わたしはその彼と逃げ出すの。おいてけぼりを食ったストックは口をぽかんと開けて、たぶん股を撫でてるわ。行きがけの駄賃に、わたしがペニスを持ち逃げしちゃったんじゃないかと心配になって。

疑問が一つ。わたしを救い出してくれるヒーローっていったい誰？　サミー・ピルスナー？　いいえ、違う。たぶんいまごろサミーは、脚が長くて口の大きなかわいいシカゴ娘にペニスをしゃぶってもらってるはずよ。

ローレンはふと、自分の母親もあんなことを父親にしたことがあるのだろうかと思った。そう考えただけで鳥肌が立つ。とんでもない。父親はおそらく、母親に見せようとさえしないだろう。

「きみをすごくびっくりさせることがあるんだよ」ローレンのブラジャーのストラップをセーターごしに盗み見ながら、ストックが言った。

「なんなの？」ローレンは焦れったそうに尋ねた。

「まあ、いいじゃん。いまにわかるよ」

このオタンコナス！

学校の帰り道、ローレンは父親のオフィスに寄ってみた。またしても父は早々とオフィスを閉めていた。念のため取っ手をガチャガチャ動かしてみたが、誰もいない。

一階に下りて、彼女はブレークリー・ブラザーズ金物店に入っていった。ブレークリー兄弟は一卵性双生児で五十歳。どちらも太っていて、陽気な笑顔にもじゃもじゃの下がり眉。どうやって見分けたらいいのか、ローレンはさっぱりわからない。

「こんにちは。ミスター・ブレークリー」彼女は明るく声をかけた。「奥さんは元気?」

相手はぱっと顔を輝かせた。「元気だよ。もしもおれに女房がいたらだけどね」

またやっちゃった。片方は結婚してて片方は独身。町の噂では独身のほうはホモなんだとか。

ローレンはにんまりした。「ちょっとカマかけてみただけよ。おじさんだってわかってたわ」

「いや、わかってないね」彼は片目をつぶってみせた。「聞いたよ、婚約したんだって。よかったね。ローレン」

お父さんのおしゃべり。明らかに秘密でもなんでもなくなっている。

「父を見かけませんでした?　また早じまいしたみたいなの」

「帰ったのは気がつかなかったな」

山ほど宿題があるから、父親がいないほうがよかったのかもしれない。話しこんでしまったら家に帰るのが遅くなって、食事もそっちのけで宿題をするはめになっていただろう。

ローレンは父親に『プレイボーイ』を隠してるの知っているわとは一度も言ったことがない。母親にも話してはいなかった。

「お母さんから電球の注文をもらったんだけど」ミスター・ブレークリーが言った。「お父さんがもう帰っちゃったんなら……」だんだん声が小さくなった。

「わたしが持って帰るわ」ローレンは自分から引き受けた。

ミスター・ブレークリーはかさばった茶色のスーパーマーケットの袋を手渡した。母親は一度に大量に注文する。そのほうが割安になると考えているのだ。

荷物は重くはなかった。持ちにくくて面倒なだけだ。ローレンは学生鞄を肩からさげると、袋を両手でかかえた。「それじゃね。ミスター・ブレークリー」

「またね、ローレン。きみの嫁ぎ先は指折りの立派な家庭だよ」

わたしはどこにも嫁がないわ、ミスター・ブレークリー。わたしは婚約するだけだもの。とりあえず、しばらくのあいだだけね。だって、婚約をやめるのに大騒ぎしたくないから。わたしはいつだってみんなを喜ばせたいと思っているから。誰の気持ちも傷つけたくないから。

——それは、わたしが大馬鹿だからよ！

ドスン！　どこかのアホがスイングドアのところで、ローレンに正面衝突した。かかえていた袋が地面に落ちて、ガラスの割れる音がした。

「クソッ！」と、そのアホは言った。「ごめんよ」でも「すみません」でもない。そっけない「クソッ！」だけだ。

ローレンは待った。

「ちゃんと前を見て歩けよ」無礼にもそいつは言った。

ローレンはカッとなった。「わたしが？」

「ああ。そっちがおれにぶつかってきたんだ」

「わたしがぶつかったんじゃないわ」

「いや、たしかにそうだ」

「いいえ、違います」

二人はたがいににらみあった。見知らぬ他人同士が、どちらも猛烈に腹を立てている。

相手は痩せていて、そんなに背は高くない。漆黒の髪はウエーブがかかっていて、肌は白い。顎の真ん中にかすかなくぼみがあり、目はきわめて濃い緑色。薄汚れた白のTシャツの上に、よれよれのデニムのジャケット。汚れきって破けたジーンズに履《は》き古しのスニーカーを履いている。

ローレンは自分の意に反して、ぞくぞくっと興奮を覚えた。「落ちたのを拾う手伝いもしてくれないの？」この人はいったい誰なのかしら？

ニックもじっと見つめ返した。うん、悪くないね。ちょっとお堅い感じだけど。いつもの女の子のタイプとは全然違う。なのにむらむらっときた。おい、嘘だろ。むらむらっときちゃったぜ。

「わかったよ」彼はぼそっと言うと、身をかがめてローレンに手を貸した。

「電球が割れちゃったわ。どうしてくれるの？」二個割れているのを見つけて、彼女は言った。

「店に持ってって取り換えてもらえば。まだ店の敷地内にいるんだから」ニックは彼女をモノにするまでにどのくらい時間がかかるか考えながら答えた。ちっちゃい田舎町だし、たぶん処女。絶対に一回のデートじゃだめだな。

ニックは彼女の匂いを嗅ぐために身を寄せた。レモンの石鹸みたいな匂いがする。安売りショップの安っぽい香水の匂いなんかじゃない。それに彼女の髪は長くてつややかな栗色だ。体にも目をやる。痩せてるけど全然オーケーだ。

「そんなの、できないわ」眉をひそめて口をきゅっと結ぶ。「あなたが弁償するべきよ」

ニックは笑いだした。〝誰にそんな口きいてると思ってるんだ〟とでもいうような皮肉っぽい笑い方だ。

「あのねえ、おれはやっと煙草を一箱買えるくらいの金しかないんだよ」

「じゃあ、わたしに払えって言うの？」ローレンは言い返した。

「そんなこと言ってないよ」ニックは、ミスター・ブレークリーが忙しく客の相手をしているカウンターを顎でしゃくった。「言っただろ、あのデブに話してみろって。返金してくれるよ」

「ミスター・ブレークリーのこと、デブだなんて言わないでよ」ローレンは声をひそめ、文句を言った。

「聞こえやしないって」

「聞こえてるかもしれないじゃないの」

「へえ、あいつの耳はレーダーなんだ」

ローレンが言い返そうとしたそのとき、父親がオフィスから続く階段を急ぎ足で下りてきた。

「お父さん!」一瞬、緑の目のよそ者のことを忘れ、ローレンは声を張り上げた。

ニックは〝お父さん〟の言葉を耳にしたとたん、その場から立ち去った。父親という人種からはできるだけ遠ざかっていたほうが賢明だと、幼いころから学んできたからだ。

「いままでどこにいたの?」父親の腕をつかんで、ローレンは尋ねた。

「上にいたよ。仕事をしていた」

「でもわたし、上に行ったのよ。ブラインドが下りてて、ドアも鍵がかかってたわ」

「それはおかしいな……おや、これはいったい、どうしたんだ?」父親は床に散らばった電球のかけらを指さした。

ローレンはあわててあたりを見まわした。彼女にぶつかったあの無礼千万な少年は姿を消していた。「あのね、ママから頼まれた電球を落としちゃったの」

フィルはくっくっと笑いだした。「まったく、あの人はどういう人なんだろうね……向こう三年分くらいも買いだめして」

ローレンもくすくす笑った。母親は物を買いすぎだと、二人でいつも陰で言っていたからだ。「お母さんのこと、よくわかってるじゃない」

「ああ、たしかにな……。ところでローレン、なかなか改めて言う機会がなかったんだが、おまえの婚約のことをお父さんはほんとうにうれしく思っているよ。ストックは昔ながらの価値観を重んずる立派な青年だ。申し分のない家庭だしね」そこで、ひと息ついた。「お母さんもわたしも、おまえのことをとても誇りに思っているよ」

クソッ！　よそ者がそう言うくらいなんだから、わたしも心のなかでつぶやくくらいかまわないでしょ。

どうやらわたしはもう婚約してしまったみたい――ローレンは暗澹《あんたん》たる思いになった。逃れるすべはない。少なくとも、いまは。

7

アリーサ＝メイはニックをボズウェル高校の二学期から編入させる手続きを取った。「シンドラもあそこに通ってるからね」

「シンドラって？」

「あんたの姉さんだよ。忘れんじゃないよ、あの子は器量よしだからね。それがあの子にとっては悩みの種なんだけど。だからって、あんたもあの子に惚れるんじゃないよ。あの子もあんたたちといっしょに眠るんだから」

ハーランとルークのあいだに体をねじこむようにして、ようやく寝てる。狭くてたまらないっていうのに、まだもっと狭くなるってのか。

ニックは父親に二ドルほどタカると、町に足を向けた。ガソリンスタンドが一軒しかないような町をずっと渡り歩いてきたが、ボズウェルはそのなかでも群を抜いてしみったれた町だ。ニックはメインストリートを探険し、金物店に入りこんで、そこで女の子と鉢合わせした。文字どおりぶつかったのだが、一瞬ナンパしようかと考えたときに父親が現われたので、そそくさと逃げ出した。どっちみち彼女は好みのタイプじゃない。いかにもいいところのお嬢さんって感じで、すごくおカタそうだもの。

それならこのドラッグストアのウエートレスのほうがいい。二十代半ば。巨乳でいくらか斜視気味だ。

ニックはカウンター席に座って、コーヒーを頼んだ。

「ブラック？」彼女が訊いた。ほとんどこちらに関心を示さない。

彼は注意を惹こうとウインクした。「いや、クリーム入りで。たくさん入れてね、彼女」

「お客さん、この町は初めてね？」

「なんでわかったの？」

「それじゃなきゃあたしに言い寄ろうとなんかしないからよ。デイブがあたしの亭主だって知ってるはずだもの」彼女はファーストフード専門のコックのほうに親指を突き出した。彼女よりも十歳は年上で、筋肉質のたくましい男だ。

ニックはめげなかった。「旦那さんはきみを幸せにしてくれてるかい？」

彼女は皮肉めかして眉を上げた。「坊やがお外で遊んでるの、ママは知ってるの？」

二人は同時に吹き出した。

「わたし、ルイーズよ」ウエートレスは言った。「ボズウェルにようこそ」

「デイブは幸運なやつだな」

「あんたもなかなかイキのいい男の子よ。それはそうと、ここで何をしてるの？　少年院に送られる途中かなんか？」

「オヤジと引っ越してきたんだ」

ルイーズはニックにコーヒーを注ぐと、クリームをたっぷり入れた。「で、オヤジさんは何をしてるの?」

「女とアレばっかりしてる」

ルイーズは溜息をついた。「みんな似たようなもんだけどね」

「おれ、学校は行かなきゃならないんだけどね」彼はごくっとコーヒーを飲んだ。「夜と週末は働いて金を稼ぎたいんだよ。なんか、仕事の心当たりない?」

「あたしをなんだと思ってるの? 就職斡旋《あっせん》のエージェント?」ギンガムのエプロンを撫でつけながらルイーズは言った。

「訊いてみただけだよ」

彼女は態度を軟化させた。「もしかしたら、デイブがなんか知ってるかもしれないわ」

そのとき高校生のグループがワイワイ騒ぎながら入ってきて、ルイーズはそちらに顔を向けた。彼女は注文を取りに行った。

ニックは彼らを観察した。学期の途中で転校するのは慣れっこになっている。いつも同じ仕打ちを受けた。ほかの生徒たちの胡散《うさん》臭そうな目。どこでもたいてい、喧嘩をふっかけてくるバカがいて、大半の女生徒は気のない素振りをする。実際は大いに気があるんだけど。

そのたびにニックは自分の力を証明しなければならなかった。いつもいつもだ。それはつまり、学校のいじめっ子をこてんぱんに叩きのめし、学校いちばんの美人をものにすることだった。なんとかいつも両方ともこなしてきた。

ニック流処世術の鉄則。フェアにやってはいけない。これは絶対だ。

いつかは学校と縁を切るつもりだ。いつも同じことばかりで、ほとほとうんざりする。いったい何度、自分の力を誇示しなければならなかったことか。

高校生の集団はルイーズにニックのことを尋ね、じろじろこちらを見ている。女生徒が二人、たがいに肘でつつきあっている。ブロンドの髪を短く刈った大柄な男生徒が何かきいたふうなことを言って、一同はどっと笑った。

ニックは本能的に自分がやっつけなければならないのはこいつだと悟った。

運が悪かったな。デカいあんちゃん。おまえのタマタマに一発お見舞いしてやるから、マイアミまで往復旅行を楽しんできな。

ルイーズが戻ってきて、ニックのカップにコーヒーを注いだ。

彼はショートカットのあんちゃんのほうに顎をしゃくった。

「あの子にはちょっかいを出さないでよ」ルイーズが警告した。「この町のほとんどは、あの子の父親のものなんだから」

「へえ」

「ほんとうよ、手を出さないでね」彼女はさらっとした茶色の髪が目にかかったのをかき上げた。「さっきのことだけど、デイブに話してみるわ。彼の兄さんのジョージがガソリンスタンドをやってるのよ。あんた、車のことわかる?」

「車が動かなくなったのを直せるよ。それだけじゃ、だめ？」

「ま、とにかく、待っててよ」


トレーラーに戻るといつもの光景が待っていた。プリモはテレビの前に陣取ってげっぷをし、プレッツェルをつまみにビールをあおっている。

アリーサ＝メイは石油コンロの前に立ち、背中を丸めて、二日前のミートローフを温めていた。メイドをしている家でもらったもので、その家の主人は日にちのたった残り物は捨てるなり家に持ち帰るなり、アリーサ＝メイの好きにさせていた。

ハーランとルークは表で古いアルミの空罐を蹴ったり、骨組みだけになった車に飛び乗ったりして遊んでる。

ニックはふらっと外に出て、二人のそばに行った。「いつか、おれキャデラックを買うんだ」と彼は言った。「クロームメタルのバンパーに革のシート、真っ赤なすごいキャデラックだぜ」

「おれたちも乗れるの？」ハーランが疑いもせずに訊いた。

「もちろんさ。毎日だって乗せてやるよ」

翌朝、ニックはアリーサ＝メイといっしょに学校へ行くバスに乗った。彼女はどこで降りればいいか教えて、一ドルくれた。

「なんだい、これ？」ニックは彼女から施しを受けるつもりはなかった。

「なんかのときのために、持ってなさい」アリーサ＝メイはまっすぐ前を向いたまま、平然と答えた。

ニックはボズウェルのメイドの仕事に対する報酬の相場はどのくらいなんだろうと考えた。もしかすると彼女の雇い主は残り物や古くなった衣服を山と与えることで充分な給料を払ったつもりでいるのかもしれない。

ボズウェル高校は薄いグレーのコンクリート造りの建物で、建物の片側は緑の芝生、もう片側には広い駐車場がある。

生徒の一群が豪勢な構えの正門に向かって歩いていく。大半は駐車場から歩いてくる。ニックはいつものように、胸に穴があいたような気分になった。彼は気にするまいとした。冷静でいろ。ビビるんじゃない。

くだらない連中のことなんか、気にするな。

尋ねるまでもなく学務課はすぐに見つかり、彼は入学手続きをすませた。学務課の職員はニックの制服である薄汚いジーンズとTシャツ、ジャケットに非難がましい視線を向けた。

「このボズウェル高校には服装規定はありませんが、うちの生徒には清潔できちんとした恰好をするよう求めています」彼女は言った。「つまり、いつも洗いたてでアイロンをかけた服ということですね。破れたジーンズもだめです」

「わかりました」できることならあんたとは二度と顔を合わせたくないよ。

「三番教室よ。ミスター・アンジェロ。必要な教科書は担任の先生が教えてくれるわ」

「ありがとうございます」

クソババア。おれがその気になれば、あんたを惚れさせることだってできるんだよ。もっとも、その気になんかならないけどね。

8

「ああ……彼を見てると目の保養になるわ」メグは興奮してローレンを小突いた。「まばゆいばかりっていうのは、彼みたいなことを言うのね」

ローレンはうわのそらで机から顔を上げた。「誰のこと？」と、ぼんやりしたまま尋ねる。

「ほら、ドアのそばに立ってる子。きっと例の転入生よ。昨日ドーンがドラッグストアで見かけて、すっかりお熱になっちゃったんだから」

「ドーンは毎日、誰かに熱を上げてるじゃない」

「そりゃそうだけどさ。だけど、彼って……なんていうか、暗い顔をしてるわ」メグは勢いよく立ち上がった。「あたし、歓迎の挨拶をしてこようっと」

ローレンはドアに目をやった。そしてあわててもう一度見た。メグの言ってるのは、ブレークリーの金物店でぶつかった少年だった。緑の瞳に生意気そうな口もとの……。

「あれ、誰？」ローレンは訊いたが、もう遅かった。メグは教室のなかほどまで行っていたし、ドーンも別の場所から急いで近づいていく。

ローレンは自分の席から動かなかった。彼女たちがバカをやりたいんなら、勝手にやってればいいのよ。あの子、そんなカッコよくなんかないじゃない。ちょっと変わってるだけ……。

メグはもう彼と話をしている。目を輝かせ、頬を紅潮させている。ローレンは彼女が捨て身の攻撃をかけるのを眺めていた。二人は小学校時代からの親友だったが、メグはあまりにも衝動的すぎる。しばらく待って、彼のほうから追いかけさせなければだめなのだ。そんなの誰にでもわかることだ。男の子は女の子を追いかけるのが好き。逆は敬遠される。

メグはふわっとした黄色の髪と青い目をしたかわいい女の子だ。五キロほど体重オーバーしていて、しょっちゅうダイエットをしている。二本の前歯が不揃いで、ときどきウサギみたいな表情になる。

一方のドーン・コバックは早い話が〝させ子〟。髪を黒く染め、豊かな胸を強調し、メイクも濃すぎる。十六歳には見えなくて、三十歳で通るくらいだ。

ローレンは二人の行動を見守った。片や親友、片や学校のさせ子こと、ドーン。

彼はおそらく、黒い髪とオッパイの大きなドーンを選ぶだろう。男子生徒はいつもそうだ。

メグはわたしは処女です、と顔に書いて歩いてるみたいなものだから。

ところが意外にも、彼はメグを選んだ。誘われるままに唯一空いていた席に座り、関心をすべて彼女一人に向けておしゃべりに耳を傾けている。

ローレンはちょっぴり嫉妬を覚えたが、すぐに馬鹿馬鹿しいと思いなおした。だって彼とはなんの関わりも持ちたくないもの。わたしはストック・ブラウニングと婚約してるのよ。

おかげさまで、とってもとっても忙しいんだから。

だけど……ちょっと挨拶してきたほうがいいんじゃないの？

――そんな必要はないわよ。どうやらメグは、彼に対して単なる歓迎以上の気持ちをうまく表現してるみたいだし。

ローレンは見るのをやめて、英文学の教科書を開いた。なかなか集中できない。メグが何をしてるか、ちらっと盗み見せずにはいられなかった。メグは勝ち誇ったような顔で自分の机に戻ってくるところだった。

それと同時に、教師が教室に入ってきた。

「彼、もう最高！」メグは席に座りながらささやいた。ふぬけたへらへら笑いを満面に浮かべている。「それにね、デートに誘ってくれたのよ」

「デートに？」

「どこ行くの？」

「そっ、今夜」

「そんなの、知らないわ。八時にドラッグストアの前で待ち合わせてるの」

「学校のある日は、夜の外出は両親が許してくれないんじゃないの」

「あんたんちに勉強しに行くって言うから」

「彼のことなんにも知らないのに、よくデートなんてできるわね」

「やめてよ、ローレン。うちの母親みたいな言いかた、しないでよ」

「してないわよ」

「してるってば」

「そこの二人！」英文学の教師ミス・ポッターの甲高い声がさえぎった。「勉強する気はあるの？」いやみたっぷりに続ける。「それとも、外にテーブルを出して好きなだけおしゃべりする？」

「すみません。ポッター先生」二人はいかにも優等生らしく声を揃えて言った。

ローレンは転入生をもう一度見てみたい気持ちを抑えられなかった。ニックは彼女の視線を受け止め、自分も見つめ返してきた。

メグは笑みをこらえて教科書を取り上げた。「もう、すっごいドキドキ」とささやく。「ホントにホントに素敵！」

「バカ」ローレンはつぶやいたが、ほんの一瞬、自分がそのバカだったらどんなにいいだろうと思った。


ころころしたチビのブロンドがガサ入れの刑事《デカ》そこのけの勢いでやってきた。ニックが彼女を選んだのは、黒い髪のほうは学校じゅうの男生徒とやりまくっていそうだったからだ。黒髪と寝るのはいいけど、性病をうつされたら困る。淋病なんかうつされたら、目もあてられない。

ブロンドの豆タンクを落とすのはじつにチョロかった。いつものとおりだ。緑の瞳にはそれだけの力がある。この瞳で女の子をじっと見つめる。ほんの一瞬でたちまち恋の虜《とりこ》にしてしまう。いわば、催眠効果だ。

そう、人はそれぞれ神から贈り物を与えられている。神はニックにその瞳を与えたもうたのだ。

彼は昨日自分とぶつかった女の子が教室の向こうからこちらを見ているのに気がついた。見るつもりはないのに、見ずにはいられないのがよくわかる。ブロンドの子をいただいたあと、彼女を口説くのもいい。安っぽいスリルを味わわせてやる。

いままで通わされたのは都会のスラム地区にあるろくでもない学校ばかりだったが、それに比べるとこのボズウェル高校はやりやすそうだった。この田舎臭い学校なら、自分の好きなものを選ぶことできる。

いまのところ、例のショートカットのがっちりしたあんちゃんの姿は見かけない。あのアホはたぶん学年が違うのだろう。そのほうがいい。うまくすれば、ずっと避けとおすことができるだろう。

心の奥底ではニックはそれは不可能だとわかっていた。どこにもかならず一人は彼の喉笛を狙ってくるろくでなしがいるものだ。

ニックはその日、学校が終ったらまたドラッグストアに行ってルイーズに仕事を見つけてくれたか訊くつもりでいた。運がよければ食事をタカって、ブロンドの子と会うまで時間をつぶせるだろう。

ミス・ポッターがニックに気づき、立たせて生徒たちに紹介した。

やめてくれよ！　ニックはこんなふうに見せ物みたいにじろじろ見られるのが大嫌いだった。なら、いっそのこと、等級《ランク》と製造番号でも訊いてこいよ。

お昼休みにニックは、みんなのあとをついて学校のカフェテリアに行き、チーズサンドとコーラを買って隅のテーブルの席についた。

まもなく例のショートカット野郎が入ってきた。彼の言葉をひと言も聞き逃すまいとしている取り巻き仲間を従えて。

ニックはサンドイッチを食べながらその様子を眺めた。ブロンドが向こうから手を振ってきた。おそらく、また話したくてたまらないのに冷静なふりをすることに決めたのだろう。

ふん！　彼女たちの心のなかまでこっちは見通すことができるのに。

それから金物店で会った女の子がやってきて入口で足を止めた。

ニックは彼女がこちらを見たので、寄ってくるかとなかば期待したが、彼女は来なかった。で、これはどういうことなんだ？　ショートカット野郎が席を立って彼女のそばに駆け寄り、腕をまわして自分のテーブルに連れていく。クソッ！　彼女はあいつのガールフレンドだったのか。

すぐさまニックは彼女を手に入れられるかどうか考えた。

できるさ。やってやろうじゃないか。いつだってチャレンジ精神で生きてきたんだから。

「パーティーの準備はばっちりだよ」ストックが言った。

「そう」とローレン。「あなたのお母さまとうちの母って、こんな感じね」と人差し指と中指を揃えて見せた。ぴったりくっついた二本の指は二人の関係そのものだった。

ストックはにやにやした。「おふくろはきみのお母さんにいばりちらすのが好きなんだ」

ローレンはむっとした。「それ、どういう意味?」

彼は肩をすくめた。「おふくろは誰にでも親分風を吹かすのが好きなんだよ。おれに対してもそうさ」

一瞬、彼女はストックを気の毒に思った。ダフネみたいな母親を持つのはさぞたいへんなことだろう。真っ赤な唇で誰に対してもああしろこうしろとうるさく指図する堂々たるオバタリアン。

「メグは今夜、デートなのよ」知らぬまに口が動いていた。会話の種はなんでもよかったのだ。

「へえ?」まったく関心を示さない。

「相手は今度新しく入ってきた子よ」ローレンはつけ加えた。

「新しく入ってきた子?」

「ほら、今日転入してきた子よ」

「ふうん」明らかに関心がないらしい。

ローレンは諦めた。彼女にできるのはそれしかなかった。

メグはデートの一時間前にローレンの家に来た。いかにも興奮した様子でローレンの部屋に駆け上がってきて、鏡の前に突進した。「ねえねえ、あたし、どんなふうに見える？」洗いたての髪をふわっとかき上げて訊いた。

「最悪！」ローレンはからかった。

「何よ、それ！」

「冗談よ」

「冗談なんて言わないでよ」メグはくしゅんとなった。「あたしにとっては何カ月かぶりのちゃんとしたデートなんだからね」

ローレンはベッドの上にあぐらをかいた。「彼がちゃんとした人だって、どうしてわかるの？」

メグは怒りだした。「いったい、どうしたのよ？」

「どうしたのって、わたしのこと？」ローレンは言い返した。「もう一度、鏡を見てごらんなさいよ。よく知りもしないやつのことでそんなに浮かれて。変態だとか強姦魔だとかかもしれないのよ。それに――」

「やっぱり、どうかしてるわよ」メグは頭を振った。「絶対にヘン」

「それはどうも、お褒めの言葉はありがたく頂戴しますわ」

「そんなだと誰でも、あんたも彼を好きなんだって思うわよ」

ローレンは真っ赤になって、ベッドから飛びおりた。「バカ言わないでよ」

「よしましょうよ、もう。あたしが最初に彼を見つけたんだからね。彼はあたしのものよ。どっちみち、あんたはもう婚約してるんじゃない。それとも都合よく忘れてたの？」

彼女は顔をしかめた。「できれば忘れたいわ」

「……それはそうとさ」メグは新しいスカートのウエストを調節して丈を短くした。「あたしの脚、どう見える？」

「ちゃんと人間の脚に見えるから、心配ないわ。ところで、お母さんから電話がかかってきたら、なんて言えばいいの？」

「トイレに入ってるって言ってよ。どっちにしても、かけてきやしないって」

「かけてくるかもよ」

「頼りにしてるからさ」

「家についたらすぐ電話してよ。報告は詳しくね」

メグは陽気にウインクした。「当然よ、まかしといて！」

メグはニックに近づいて「ハーイ」と声をかけると、急に恥ずかしくなった。彼はドラッグストアの表の壁にもたれて煙草を吸っていた。

メグが来たのに気づいて、吸殻を派手なしぐさで歩道の縁石にはじき飛ばした。「ハーイ」と応じると何カ月も前からデートしているみたいにメグの腕をとった。「似合うよ、その恰好」

「ありがと」メグは落ち着かなげに笑った。

「ほんとうだよ。すごく素敵だ」彼はルイーズからはハンバーガーをもらい、デイブからは土曜の夜、彼の兄さんのガソリンスタンドで働く約束をとりつけた。どうやら運が向いてきたらしい。いまやるべきことはただ一つ、女の子と寝ることだ。たぶん、これで夜もよく眠れるだろう。もっとも、ハーランとルークが一晩じゅう、咳きこんだりおならをしたりするので、そう簡単には眠れないけれど。

「どこ行くの?」ニックにうながされてメインストリートを歩きながらメグが訊いた。

「映画でも見ようかと思ったんだ」ニックは答えた。

メグはボズウェルで上映中の『ポセイドン・アドベンチャー』はもう見てしまった。それでも彼を喜ばせたくて「いいじゃない、サイコー」と言った。

サイコー、か。ふうん……。黒髪の子にするべきだったかな。あの子なら確実だったのに。この子はまるでネンネじゃないか。

映画館に着くと、ニックは入場券売り場に向かうメグを、脇に引っ張った。「きみは自分のチケットを買ってなかに入って。それで、おれを非常口から入れてくれよ。おれ、文なしなんだ」とそそのかすように彼女の腕をぐっとつかんだ。「いいね?」

自分でチケットを買えって? 普通、デートでは男の子が払うもんなのに。ローレンだったらそのほうがいいって言うだろうけど。でも……こういうほうが人生、面白い。「わかった」メグはうなずいた。

ニックは彼女の背を軽く押した。「簡単だって。まあ、やってごらんよ」

メグは自分のチケットを買い、ガラ空きの映画館に入った。それから誰にも見られていないのを確かめると、大急ぎで脇の通路を非常口まで走り、重いドアを開けてニックをなかに入れた。

「やったぜ！」ニックはそう言って、おあつらえむけに誰もいない後方の席に、メグを連れていった。

映画はもう始まっていた。ニックはメグの肩に腕をまわし、背もたれに体をあずけて、映画を見る体勢になった。二、三分たつと、彼はメグに身を寄せてきた。「きみを見たとたん、おれときみはうまくいくってすぐわかったよ」と声をひそめて言う。「まるでさ……わかるだろ……おたがいに特別な存在なんだって感じ」

「わかるわ」メグもささやきかえす。二人とも同じことを考えていたなんて、胸がワクワクする。

「そういうことって、ときにはあるんだよ」ニックはセーターごしにメグの背を撫でさすった。

「そうね」メグはうなずいた。なんだか体がほてってくるみたい……。

「最初からこうなるのが決まってたみたいにさ」彼はそっと手を胸のほうに這わせていった。左の乳房に触れるか触れないかの、きわどいところまで。

メグはふたたび、そうねと言おうとして口を開いたところを、いきなりニックの唇に塞がれた。彼のキスは執拗《しつよう》で、舌で激しくまさぐってくる。

彼女は息ができずにあえいだ。何もかもあまりにも早く進みすぎる。最後にデートした相手は、まる三週間ものあいだ、何もしないでじっと我慢したのに。いまやニックの手はしっかりとメグの乳房をとらえていた。彼を押しのけるべきだとはわかっているけど、でも、せめて一分くらいなら楽しんだっていいわよね。

ニックは乳首を、セーターの上から親指と人差し指でそっとつまむと、円を描くように愛撫を始めた。

メグが思わずあえぎ声をもらすと、ニックはゆっくりと彼女のセーターを押し上げ、暗がりのなかでブラジャーのホックを探った。

「やめて」これ以上はまずいと気づいて、メグはやっと声を出した。

彼は耳を貸さなかった。ブラジャーを外すのに夢中になっている。

左の乳房をそっと手におさめると、顔を近づけ、慣れたしぐさで乳首を口に含んだ。

メグはニックの頭を押しやろうとした。「やめて！」切迫した声でささやいた。

「やめない！」彼もささやきかえす。

「人に見られるわ」

「誰もいないよ」

「こんなこと、されるのいや」

「嘘だ、されたがってるくせに」

そう、そのとおりだわ。あたしはされたがってる。一瞬、メグは体の力が抜けて、めくるめく快感が全身に広がるのにまかせた。こんなにいい気持ちになるのって、そんなに悪いことなのかしら。

ニックは乳首を吸いながら、メグの手をつかんで、いつのまにかむきだしになっていたペニスに押しつけた。

やだ、どうしよう！　さわるのなんて、これが初めて。ああ、どうしたらいいの。こんなこと、絶対にしちゃいけないのに。ちゃんとした女の子はこんなことはしない。もちろん、お手軽女とか、させ子とかのレッテルを貼られたいなら別だけど。あのドーン・コバックみたいに――。

メグは突然、意を決して、自分の手を引っこめようとした。

ニックはまるで意に介さない。「ちゃんと握れよ」彼は命じた。「俺のムスコは別に咬みつきゃしないからさ」

「できないわ」メグは必死に言った。

「できるって」彼はうめくと、メグの手に自分の手を添えて、激しく上下に動かした。もっと早く、もっと……、もっと……。

で、それは起きた。彼はメグに向かって、熱いねばねばした液体をほとばしらせた。

「ううっ！」ニックはふたたびうめいた。「うあっ……あぁぁ！」

「あたしのスカート！」メグは恐ろしくなって泣き声を上げた。「あたしの新しいスカートにこんなことして！」

ニックは頭を椅子の背もたれにあずけ、目をつぶると満足げに深い溜息をついた。

ボズウェルへようこそ。今日は最高の日だったぜ。

9

ニックは家までの長い道のりを歩きながら、ブロンドの子のことを考えていた。オッパイはイカしてたけど、ネンネすぎるよ。おれには合わない。マスターベーションなんて、ハーランくらいの年ごろのガキのすることさ。

相手が悪かったね。ときには、マスも悪くないけど。何もしないよりはましだし、それに無理にやろうとすれば、あの子は逃げ出してただろう。つまんないスカートのことでヒステリーを起こしたくらいだからね。女ってのは服のことになるとどうしてああなんだろう。

あの子とはもう会うのはやめよう――ニックは思った。コンドームを一箱、奮発して黒髪の子にチャンスを与えてやるほうがずっといい。

女なんてみんな同じさ。じつにチョロい。それに、これまでどの女の子とも二度と会いたいとは思わなかった。いったん寝てしまえば、あとはむなしさが残るばかり。心のすきまを風が吹きぬけるような殺伐とした思い……。

トレーラーに戻ると、ハーランとルークは毛布を重ねた上に座って手垢で汚れた漫画本を読んでいた。

「今日はどうだった？」ニックはジャケットを脱ぎながら陽気に尋ねた。

「そっちはどうなんだよ」ハーランが言い返した。

「いつもとおんなじさ」ニックはルークのほうを顎でしゃくった。「なんで、こいつは全然口をきかないんだよ？」

「しゃべんないから、しゃべんないんだよ」急にムスッとして、ハーランが答えた。

「なんか、あったのか？」ニックは残りの服も脱ぎ捨てた。

「余計なお世話だよ」

「おれはさ、もしかしたら力になってやれるかって思ったから、訊いただけなの」

「余計なお世話だってば」ハーランはむきになって繰り返した。

ニックは肩をすくめると、でこぼこになった自分のマットレスの、いくらかましな場所を探して、腰を落ち着けた。「今夜は屁をこくなよ」威嚇するように怖い顔をして二人をにらみつけた。

ハーランは立ち上がるとパンツを下ろし、かがんでニックのほうにお尻を向けると一発ぶっぱなした。

「うわあ、この野郎！」ニックはげっそりして鼻に皺《しわ》を寄せた。「こんなにへろへろに疲れてなかったら、おまえの痩せこけたケツをトレーラーの外までぶっとばしてるところだぞ」

ハーランは大きなげっぷをした。ルークが声をたてて笑った。こいつも笑うことはできるんだ。

ニックは目をつぶり、自分でもわけがわからぬままに別の女の子のことを考えはじめた。ショートカットのガールフレンドだ。だめだ。彼は自分にきつく言い聞かせた。面倒なことに関わりあうな。実際のところ、暗い場所では女はどれも同じだし、これまで女の子を見ても勃起するだけでそれ以上の感情を抱かせるような子に出会ったことはない。

朝になるとニックは朝食をあてにして、ハーランたちのあとについて隣のトレーラーに行った。アリーサ＝メイは、冷えて固まったベーコンの脂肪を干からびかけたパンに塗ったものを寄越した。ニックはその一枚にかぶりついた。

プリモは乱れたベッドに大の字になって、盛大ないびきをかいている。

アリーサ＝メイは疲れた顔で目をくぼませ、口をきつく結んでいた。彼女は両手を打ち合わせ、息子二人に言った。「さあ、行ってきな。さっさと出かけないと遅れるよ」それからニックを振り向いた。「バス代をあたしがもつのは今週いっぱいでいい？　あとは自分でなんとかしてよね」

「心配いらないよ。バイト先を見つけたから」彼は急いで言った。「土曜の夜はガソリンスタンドでバイトをするんだ」

アリーサ＝メイは、ニックがぐうたらな父親に似なかったことに安心した。「そりゃよかった」古びた布巾で手を拭きながら言う。「ほんとうによかったわ」

ニックは大きくうなずいた。

メグは遅刻してきた。自分の席にこそこそっと座ると、いかにも勉強家のように教科書を揃えはじめた。

「電話、くれなかったじゃないの」ローレンが低い声でなじった。「こっちはアリバイ作りに協力してるのに、そういう態度は感心しないわね」

「もっと重要な心配ごとがあってさ」メグも声をひそめて言い返す。

「心配ごとって何よ?」

「スカートをだめにされたの」

ミスター・ルーカスが意味ありげに空咳をして、教壇から二人をにらみつけた。

ローレンは教科書に集中を戻した。今朝は両親が婚約パーティーについて騒ぎたてて、さんざんだった。二人はローレンの目の前でいきなり上流階級の仲間入りをめざす俗物夫婦に変身してしまったみたいだ。やれ、何を着るか、誰が来るか、どう振舞うべきか、くどくど、くどくど……。

「今日、新しい服を買いに行ってくるわ」ジェーンは張りきって言った。「それからローレン、あなたにもかわいいドレスを買ってあげるわね」

ローレンは〝かわいい〟という言葉が嫌いだった。ピンクのフリルのついた服が思い浮かんでくるからだ。「わたし、新しいドレスなんかいらないわ」

「何を馬鹿なことを言ってるの。今日学校が終わったらお買物に行きましょう。メグも誘ってね」

どうにも逃げようがなかった。婚約のことはもうローレンの手に負えなくなりつつあった。ミスター・ルーカスが授業の終了を告げるのを待ちかねて、ローレンはメグの手をつかんだ。「それで?」息をはずませて尋ねる。

メグは巻き毛を揺らした。「あんたの言うとおりだったわ。あいつ、変態よ」

「ウッソー!」

「ほんとうよ」

「ホントにホント?」

「あたしは嘘なんかつかないもん」

「何があったの?」

「あいつ、あたしにメロメロなのよ」

「わかったから。で、あなたはどうしたの?」

メグは溜息をついて、話す気になった。彼女が口を開く前に、この日初めてニックが姿を現わした。数学のクラスに行く前に立ち寄ったらしい。あたしのものよと言わんばかりに彼の腕にぶらさがっているのは、ドーン・コバックだった。

彼はメグにウインクして、無神経に声をかけてきた。「やあ、元気?」

「元気よ」メグはどうにか声を絞り出した。怒りと屈辱で頬が燃えるように熱くなった。

「庭にテントを出すんだってさ」ストックは、柔軟運動をしながら言った。

「寒すぎるんじゃない?」ローレンは尋ねた。

彼はにたっと笑った。「暖房器具があるさ」

「どうして庭にテントを張るの? あなたのおうちはあんなに大きいんだもの。なかに全員入りきるんじゃない?」

ストックは、今度は膝の屈伸運動を始めた。「さあね」

「ストック……」ローレンはためらいがちに切りだした。

「なんだい?」

「わたしたち、盛大なパーティーなんて必要ないかもよ」

ストックはまだ屈伸運動を続けている。「必要に決まってるじゃん。年寄りを追っぱらっちまったら、あとはどんちゃん騒ぎだ」

「でも、今度のことではみんな、すごい大騒ぎしてるわ。わたし、あんまり、こういうの好きじゃないのよね。わたしは——」

「そんなに堅く考えんなよ」ストックはローレンの言葉をさえぎると、立ち上がった。「せっかく楽しい話をしてるんだからさ。もっとリラックスしろよ。絶対、気に入るから」

「ホントにそう思う?」

「もちろんだよ、絶対、気に入るって」

「わかったわ」依然として確信のないまま答えたとき、母親の運転するファミリータイプのステーションワゴンが道に出てくるのが見えた。「わたし、もう行かないと。これから買物

ねった。

「うんとセクシーなのを買いなよ」彼は思わせぶりな目をしていきなりローレンのお尻をつに行くのよ」

彼女はその手を払いのけた。「やめてよ!」

ストックはケラケラ笑った。「なんでだめなんだよ。おれたち、婚約したんだぜ。尻をつねることなんかよりもっとすごいこと、もうじきしてやるからさ」

そんなことさせるもんですか——ローレンは憤然として心のなかでつぶやいた。両親に打ち明ける勇気さえ奮い起こせたら、すぐにこんなことやめさせてやる。

「それじゃ、ベイビー。またな。どっちみち、おれはフットボールの練習があるんだ」彼はローレンの頰にブチュッとキスをすると、のしのしと歩み去った。

「この幸せ者!」後ろから来たスージー・ハーデンがうらやましそうに言った。

幸せ者、ねえ。まったくだわ! ローレンは自分が幸せ者だなんて思えなかった。追いつめられた野ネズミが、ネズミ捕りの罠の蓋がパチンと閉まるのを待ってるみたいな気分だった。

ストックとのセックスなんて考えられない。あの汗ばんだ大きな手が全身を這いまわる。あの巨大な体にのしかかられ、押しつぶされる。絶対にいやだ!

「メグはどうしたの?」スージーが訊いた。「あなたたち、いつも二人いっしょにいるのに」

「気分が悪くて早退したわ」

誰がメグを責められるだろう。ニックがドーン・コバックといっしょに現われたのを見て、すっかり意気消沈してしまったのだ。いまメグにのぼせあがっていたかと思ったら、次の瞬間には〝やらせのコバック〟とイチャイチャしている。まったく男なんて！　男心なんてとうてい理解できないし、したくもない。

ローレンは母親が道路の脇に止めたステーションワゴンに乗りこんだ。

「メグはどうしたの？」バックミラーを調節しながら、ジェーンが訊いた。「いっしょに行くものだとばかり思っていたのに」

ローレンはこう書いたプラカードでもつけて歩こうかと思った。

――メグは来ません。

――メグは侮辱されたんで、落ちこんでいるんです。

――人類のオスはどいつもこいつもみんな色情狂の獣です。

ローレンは肩をすくめた。「買物する気分じゃないんだって」

ジェーンは心配そうな顔になった。「病気なの？　じゃなきゃ、いいんだけど。あなたにまでうつって病気になっちゃ困るから……」

「彼女は恋の病いにかかってるのよ」

ジェーンは笑いだした。「まあ、なんて子たちなんでしょうね」

まったくとんだお笑いぐさだわ――ローレンが苦々しく思ったところへ、ドーン・コバックを腕にかじりつかせ、ぶらぶらと下校途中のニック・アンジェロの姿が見えた。いまやドーンが不動の座を獲得したのは明らかだ。

ニックの不機嫌そうな様子はいかにも不良っぽく見える。関わりあいになっちゃだめだってメグに忠告したのに、言うことを聞かないからよ。

ニック・アンジェロか……メグの話では、すごくキスがうまいんだって……。

でも、それがなんだっていうの？

ニックが人生で学んだことの一つは、女の子を捨てるなら、すばやくやれということだった。言いわけはしない。ぐずぐずしない。ひと思いにばっさり切り捨てて、それでおしまいだ。

ブロンド娘は失敗だった。ドーンのほうがずっと好みのタイプだ。

「ずいぶん、時間がかかったわね」通学途中のニックに近づいてきて、彼女は言ったものだ。

「それは、どういうことだい？」彼女の値踏みをしながら、ニックは答えた。

ドーンは真っ赤に塗った長い爪で、そっと彼の頬に触れた。「あんたみたいな男があたしの人生に現われるのを、ずっと待ってたからよ」

運命の相手《ソウル・メイト》ってやつか。そいつはおれの口説き文句だぞ。

「そして……」ニックは言った。「おれはここにいる」

「そして……」ドーンは挑発するように、片目をつぶってみせた。「あたしはいつでもオーケーよ」

ドーン・コバックはアル中の母親と裏町に住んでいた。トレーラー・パークほどひどくはないが、ここも似たようなもんだ。ドーンはなまめかしい曲線を描いた体と官能的な容貌のほかにはこれといって取り柄はなかったから、それを最大限に活用した。やらせのコバックかもしれないが、少なくともそのおかげで彼女は人気があった。その日、彼女はニックにボズウェルという町の事情をいろいろ話して聞かせた。狭い町。狭い了見の人びと。なんの面白みもない。なんにも起きない。何か起こりそうなところはいちばん近くても、八〇キロは離れているリプリという町——。そこにはバーも踊るところもあるし、イカしたオートバイ野郎のたまり場もある。

「あんた、車持ってる?」というのが彼女の最初の質問だった。

「一台、手に入れられるよ」ニックはプリモが酔いつぶれたときバンを使ってやろうと考えた。

「あんたとあたし——うんと楽しくやろうね」ドーンは誘いかけるように言った。

当分のあいだ、ね。ニックは思った。こっちに都合のいいあいだだけ。あまり深入りしないことさ。しょせん、おれは通り過ぎていくだけなんだから。

10

ブラウニング家はやると決めたらここぞとばかりに派手にやる。庭にはテントが張られ、三重奏団がダンス音楽らしきものを演奏している。料理はケータリングだ。どのテーブルもきれいなピンクのテーブルクロスがかけられ、上等の銀食器がセットされている。なんといっても、ブラウニング家はこの町いちばんの資産家なのだから、ときどきはそれをひけらかしたくなるのだ。

ストックは早々とローレンを迎えに来て、車でまっすぐ家に連れてくると自慢たらしくパーティーの支度を見せびらかした。

「オヤジたちが寝てるあいだにおれたちでディスコの装置をセットしたんだぜ」彼は鼻高々だ。「ビールもたっぷりあるし、好きなだけ飲めるぜ」

ストックはローレンが大酒飲みみたいな言いかたをする。「それはすごいわね」仕方なくそう言って、薄い黄色のドレスの身ごろを引っ張った。このドレスは母親に説得されて買ったものだったが、ローレンは嫌いだった。これを着るとまるで結婚式で花をまいて歩くフラワーガールみたいに見える。

「きみにいいものがあるんだ」ストックはそう言うと、ローレンの手をつかんで庭の隅に連れていく。

ああ、だめよ！　これが決定的瞬間ってやつ？　ついに猛攻撃開始？

「なんなの？」どうか襲ってきませんようにと祈りながらつぶやく。——もっともテントを張りめぐらした自宅の庭で、六十人からの招待客がいまにも到着しようというときに、まずありえないことだったが。

「ほら、これ」と、ためらうローレンの手に小さな革の箱を誇らしげに押しつけた。

彼女はおそるおそるそれを受け取った。

「さあ、開けてみろよ」ストックがうながした。

そう言うのは簡単だ。でも、これを開けたとたんに、網がぎゅっときつく絞られる。どんな馬鹿でもこれが婚約指輪だってことくらいすぐに気づくもの。

「わたし、ずっとニューヨークに行くのが夢だったの」ローレンは逃れられない運命のときを先延ばししようとして唐突に言った。

「行こうよ」とストック。「きみがそうしたいなら、新婚旅行にでも」

それはいつのこと？　来週？　何もかもあまりにも早く進みすぎて、ローレンは息をつくこともできない。

「結婚は、おれが大学を終えたらって考えてるんだけど」まるでローレンの心を読んだみたいに言った。「ずいぶん先の長い話に聞こえるのはわかってるけど、正式に婚約しちゃえば、結婚したも同然だからね。だろ？」

まだ先だ！　まだ先だ！

「もちろん、もしきみが妊娠したらもっと早くできるけどさ」ストックはつけ加えた。

妊娠！　冗談でしょ？　妊娠するためには、まずセックスしないといけないのよ。あなたとは、絶対に何もするつもりはありません。絶対にしないわ。

ローレンはこれで問題はすべて解決すると気がついて、ほっと胸を撫でおろした。セックスしないなら、婚約もなし。セックスを拒めば、ストックは婚約を解消するだろう。彼のほうから取り消せば、こっちは被害者なんだから、両親だって怒ることはできないはず。やったね!!　これでやっと逃げられる。

元気を取り戻してローレンは箱の蓋《ふた》を開けた。なかには一ダース以上もの小さなダイヤに取り巻かれたハート型のサファイアの指輪が燦然《さんぜん》と輝いていた。彼女は目をみはった。「すごい！」思わず声を上げた。「きれいだわ」

「気に入るのはわかってたよ」鼻にかけたようなニヤニヤ笑いを浮かべる。「おふくろが選んだんだ」

「ロマンティックだこと」ローレンはそっけなく言った。いつものようにストックに皮肉は通じなかった。

「はめてみろよ。サイズが合うか見てみないと」

ローレンは指にはめた。この指輪を返す日のことを思い浮かべながら。

ニックは彼女の手をとると、タキシードのズボンの上から自分の股ぐらに押し当てた。

「さわってみろよ」ふたたび自慢げなニタニタ笑いを浮かべて言った。「きみのせいでこんなになったんだからな」

ローレンは、ぱっと手を引き戻した。わたしたちの婚約は、きっと誰も想像がつかないくらい短命に終わるわ。

ドーン・コバックは、ニックにとって理想的なセックスパートナーだった。いつでもオーケーで、喜んで応じてくれて、常に満足させてくれる。ニックは彼女の噂を知っていた。それを聞いても別にびっくりしなかったのは、前もってジョーイ・ピアソンから聞いていたからだ。ジョーイはいいやつだ。面白くて利口で、ちょっぴりのんびり屋。二人ともガソリンスタンドで土曜の夜のバイトをしてるとわかって、すぐに意気投合したのだ。

「おれはどうせここに長くはいないんだ」ニックはジョーイに言った。「彼女が町じゅうの男とやってたってどうってことないさ。おれの好きなタイプなんだ。なにしろベテランだからね」

それにジョーイは笑って答えたのだ。「うん、自分のするべきことをちゃんと心得てる女の子は最高だよ」

ニックとジョーイはブラウニング家のパーティーで駐車場の整理係として雇われていた。臨時収入が入ってくるなら、二人ともなんだってやる。

海老茶色のキャデラックが円形の車寄せに入ってきた。ニックは運転席の側に走って行ってドアを開けた。男が降りてきた。彼の妻は助手席に座っている。後部座席からはメグが飛び降りて、脱兎《だっと》のごとく屋敷のなかに駆けこんだ。

「彼女と何があったんだよ」ジョーイが尋ねた。「映画に連れてったんじゃなかったのかい?」

「何もないさ」ニックはしれっと嘘をついた。詳しく説明する気もなかった。「マズったんだよ。悪い子を選んじゃったんだ。なにしろ、ここへ来てまだ一週間たってなかったからね。わかるだろ?」

そう、ジョーイにはよくわかる。彼は母親といっしょに一年前、シカゴからボズウェルにやってきた。警官だった父親は銀行の襲撃事件で殉職した。母親は即座に安全な田舎町に移ることに決めたのだ。

「おふくろはここに着いて開口一番、これはあなたを守るためなのよって言ったんだ」ジョーイは顔をしかめた。「十八歳になったら、即、おれはここを出る。それでシカゴに戻る。お笑《スタンド・アップ》いをやりたいんだ」

ニックは怪訝《けげん》な顔をした。「お笑い?」

「わかるだろ、ジョークとか連発してさ、客の笑いをとるんだよ」

「面白そうだな」

ジョーイはポケットに手を突っこんで、ひしゃげた煙草を一本つかみ出した。半分にちぎってニックに渡す。二人は一本のマッチで火をつけた。

ジョーイは深々と煙草を吸いこんだ。「そういうわけでおれはここにいるんだけど、おまえはなんでこんな吹き溜まりに流れてきたんだ」

ニックは半分の煙草を吸った。「オヤジのせいさ」

「オヤジさんは何してるんだ?」

ニックは苦笑いした。「ファックしてるよ」

「そいつはいいな」

「じつにいいだろ。ずっと結婚してたんだもんな……あの黒人女と……」ニックは言葉を切った。ジョーイは知らなくてもいいことだ。誰もそんなこと知らなくていい。「まあ、つまんない話だよ。どうってことない」

「話してくれよ」ジョーイはうながした。

ニックは自分のことを打ち明ける気分ではなかった。「そのうち、いつかね」と話を打ち切った。

ジョーイは肩をすくめた。「ま、おれはどこにも行かないからさ」

車が次つぎに到着して、二人は忙しくなった。

「ストック・ブラウニングってやつは、とんでもないクソッたれだぜ」ジョーイはビュイックを誘導した場所から駆け戻ってきた。「あのうすのろ、おれのことぶん殴ろうとしたことがあるんだ。あいつのキンタマを蹴り上げてやったら、あいつ、それからはナイフを肌身離さず持ち歩くようにしてる」

　ニックは笑いだした。「おまえとは気が合うと思ってたよ」

「おかしいのはさ」ジョーイは続けた。「シカゴの学校に通ってたときは、一度も殴られたことなんかなかったんだよ」

「オヤジさんがおまわりだったからだよ、たぶん」

「違うって。ストック・ブラウニングみたいなクソガキがまわりにいなかったからさ」

「よっぽどあいつが気に入ってるみたいだな」

「まったくサイテーな野郎だよ。なんでローレンがあいつなんかと婚約したのか、わけが知りたいよ。馬鹿なことをしたもんだな」

「彼女をデートに誘ったこと、あるのかい？」

「とんでもないよ。なんたって彼女とメグは処女の鑑《かがみ》だからな」

「彼女はもう違うかもしれないぜ」

「そうだな」ジョーイは吐き捨てるように言った。「ありうるな。だから、女ってのは！札束を見せれば、脚を広げて楽しくやろうね、だもんな」

　また一台、車が入ってきて、屋敷の前に停まった。

「どっちが行くかコイン投げで決めようぜ」ニックが言った。

「どっちだって同じことだろ」とジョーイ。「どっちみち、チップは全部、山分けにするんだから」

ニックは「言えてるな」とうなずいた。

メグはすごい剣幕だった。「あいつが外にいたじゃないの!」とローレンに食ってかかる。

「あいつって誰よ?」

「誰だなんて、訊かないでよ!」メグは咬みつくように言った。「わかってるでしょ。あいつよ、ニックよ。学校で会っただけじゃ足りないっていうの? ここで駐車場の整理をしてるじゃないのよ。あたし、思いっきり恥をかかされたんだからね。両親といっしょに来たんだもの。よくもあたしにこんなこと、できたわね」

「ちょっと落ち着いてよ、メグ。彼がここにいるなんて、わたし全然知らなかったもの」

「ええ、ええ、そうでしょうよ。自分の婚約で忙しくて、なんにも気づかなかったってわけね。あたしがどんな気持ちでいると思ってんのよ?」

「メグ」ローレンは辛抱強く言った。「彼とデートしたのは三週間も前じゃないの。もう忘れなさいよ」

「そんなに簡単に言わないでよ。あたしの身にもなってよ」しだいに声が甲高くヒステリックになる。「あいつにレイプされたも同然なんだから!」

ローレンは心配になった。「このあいだは、そんなこと言わなかったじゃない。ブラを外されて、スカートをだめにされたって聞いただけよ。レイプしようとしたなんて絶対言ってなかったわ。もしそうなんだったら警察に届けなきゃ」

「もう遅いわ」

「それが事実なら、遅すぎるってことは絶対にないわ」

メグは顔をくしゃくしゃにゆがめた。「あいつなんか大っ嫌い！」彼女は泣きだした。

「わたしもよ」ローレンは同意した。いついかなるときも、友だちは支え、励ましてやらねばならない。けれども、じつは大嫌いとは言えなかった。嫌いになるにしても、彼のことをよく知りもしないのだから。

もちろん、彼の目が緑で、黒く波打つ髪で、しっかりした顎で、ジェームズ・ディーンみたいにいつも何かにもたれかかっているのは知っている。ガソリンスタンドでバイトをしてるのも、ジョーイ・ピアソンと友だちなのも知っている。そして夜はたいてい、ドーン・コバックと会っていることも。

たしかに彼は魅力的だと思うけど、絶対にメグには言えない。そうしたたぐいのことについては口を固く閉ざさなくてはならない。

「パーティー、楽しんでる？」ローレンは話題を変えた。

メグは青い目を細めて、水で割ったシャンパンのグラスに手をのばした。「最初の子供にはストック・ジュニアと名づけるんでしょ？」いやみったらしく訊いた。

「女の子だったら、違う名前にするわ」ローレンはにっこり笑うと、両親のそばに歩いていった。ローレンの父と母は、ブラウニング一族の誰彼となくおべっかをつかって、最高のひとときを過ごしている様子だった。

ドーンは文字どおり、招かれざる客だった。少なくとも彼女の名前は正式名簿《オフィシャル・リスト》には載っていなかった。

「びっくりしたでしょ」じきに日付が変わろうという真夜中に、彼女は仲間をおおぜい乗せた車で到着して、ニックに声をかけた。革の服を着こんだ連中はまるで『ウエストサイド物語』から迷いこんできたように見える。「ストックが遅くなってから来いって言うもんだから」

彼らは裕福な家庭の子息ではなかった。もっとしたたかで年をくった連中で、マリファナは吸うわ、酒はくらうわ、昼も夜もジャニス・ジョップリンや、ジミ・ヘンドリックスの曲をガンガンかけている。

ニックはかならずしも彼らの仲間だったわけではないが、ドーンのおかげで大半と顔見知りだった。彼らはニックのことをカッコいいやつだと認めてくれている。

車の後ろにはオートバイが六、七台続いていた。ドーンはリプリでさらに仲間を集めてきていた。

「ハーイ、ニッキー」ドーンはニックの耳を舐めると、思わせぶりに舌を耳の奥まで突っこんだ。「これでパーティーも本格的に盛り上がるわよ。オンボロ車なんかほっぽっといて、なかに入ろうよ」

「そうさ、行けよ」ジョーイも勧めた。「もう何台も来やしないさ。あとはおれが引き受けるよ」

「おまえに押しつけちゃ悪いよ――」ニックが言いかけるのをジョーイはさえぎった。

「行けよ。チップは明日、分ければいい」

そうだな。ドーンが招待されてるなら、おれがついてって悪いことはないだろう。この連中に比べりゃ、おれのほうがずっとましだもの。

一同は思いきり楽しもうとにぎやかに騒ぎながら入っていった。

ストックが出迎えた。ストックのまわりにいるフットボール仲間はすでに酩酊《めいてい》状態に突入しかけている。

「ハーイ、色男」ドーンが声をかけた。今夜の彼女はオフショルダーのセーターに短いタイトスカートという挑発的な恰好だ。彼女はストックに顔を寄せるとディープキスをした。

「すっかりつきあいが悪くなっちゃって、許せないわ」

ストックはげたげた笑うと、片目をつぶってみせ、ついでにげっぷをした。「さあ、ディスコを始めようぜ。せいぜい盛り上げてくれよ、ドーン」

「まかしといて、ハンサムくん。なんでもお望みのままに。ホントになんでもいいわよ」

彼は舌を突き出すと、卑猥なしぐさで左右に振った「じゃあ、やっぱアレしかないな」

ストックの仲間は爆笑した。ドーンも笑っている。

ニックはバーに向かった。するとストックも彼女とやったのか。こいつはたまげたな。

ニックは自分で冷たいビールを取ってラッパ飲みしながら、あたりをじっくり観察した。

よくもまあ、これだけ揃えたものだ。ずいぶん金がかかっているだろう。テントに本格的なバー、何ダースものテーブルに椅子。ほかにも飾りの花とかいろいろ――。ダンスフロアまであって、地味な三重奏団のあとを引き継いだディスクジョッキーが、今度はぐっとくだけたローリング・ストーンズの『サティスファクション』を大音響でかけて、全員を席から立ち上がらせていた。ドーンもストックをここに引っ張ってきている。

最後に残った大人たちがあわてて出口に急ぐ。ブラウニング夫妻はとっくに姿を消していた。

ニックは自分でまた、もう一本ビールを空けた。

「やだ、どうしよう！」メグが悲鳴を上げた。「あいつがいるわ。いったい、ここで何をしてるのかしら？」

ローレンはほとほとうんざりしていた。一晩じゅう、口を開けば文句ばっかり。

「あたし、帰るわ」逆上してメグは叫んだ。

ローレンは引き止める気にはなれなかった。「じゃあ、また明日ね」と気のない返事をする。

「まだ、いるつもりなの？」メグは意外そうに訊いた。

「これはわたしの婚約パーティーなのよ。忘れた？」

「あんたは最後までいないといけないだろうけど、あたしは帰ってもかまわないわよね」

実際はかまうのだけれど、メグに残ってちょうだいと泣きつくことはできない。「ええ、いいわよ」

「そんじゃね」メグはそそくさと立ち去った。ローレンは溜息をついた。親友なんてこんなものね。メグに「ここにいて。わたしにはあなたが必要なの」と言えたらどんなにいいだろう。そしてストックに「バイバイ、あなたはお呼びじゃないの」と言えたらどんなにいいだろう。

ローレンの両親にとっては有意義な晩だった。フィル・ロバーツは愛想よさ全開で、あとで思い出せないくらいたくさんの客に有望な保険を勧め、興味を持たせた。ジェーン・ロバーツは、さすがボズウェル一の美人だけあって、町じゅうの熟年男性のダンスの相手を務めた。

ローレンはストックだけでなく、彼のフットボール仲間とも踊った。ベンジャミン・ブラウニングとも踊ったが、ぐいっと引き寄せられてウイスキー臭い息を顔に吹きかけられた。彼女はもういいかげんに終わりにしたかったが、ストックはそうは思わなかった。これから本格的に楽しめるように手筈を整えていたのだ。

彼はふらつきながらダンスフロアを離れると、いまドーンといっしょにいたばかりなのにローレンの手をつかんだ。「おいでよ、ベイビー。さあ、踊ろうぜ」

「わたし、すごく疲れてるの」ローレンは言った。「もう、夜も遅いし」

「冗談だろ?」彼は目をむいた。「夜はまだ始まったばかりだぜ」

「ご両親はあなたがあの人たちを呼んだの、ご存じなの?」ローレンはあとからやってきた連中を身振りで示した。

「そんなこと気にしてたのか？　オヤジとおふくろには、あとからダチがちょっと来るって言っておいた。二人とも全然気にしてないよ。これはおれのパーティーなんだから。おれのしたいことはなんだってしていいのさ」

「おれのパーティーじゃなくて、わたしたちのパーティーよ」ローレンは言いなおした。

「それにわたしは家に帰りたいの」

ストックはわけがわからないというふうに頭を振った。「きみはときどきどうにも頑固になるよな。パンチを飲んで、リラックスしてパーッといこうよ」

「パンチはもう飲んだわ」

「じゃあ、もう一杯いけよ。連中がアルコールを入れたからさ。パーティーはこれからが本番なんだぜ」ストックはキスをしようとしたが、ローレンは体を引いてよけた。

彼は苦笑いをした。「まったく、たいした婚約者だよな」

音楽はローリング・ストーンズに続いてロッド・スチュアートのロックが流れている。ローレンはストックをダンスフロアのほうに軽く押しやった。そこでは彼の仲間が全員揃って浮かれていた。「ドーンとまた踊ってくれば。彼女はダンスが好きなんでしょ。わたしは嫌いだもの」

「おれといるなら、ダンス好きになるよう学習したほうがいいぜ」彼はドーンを手招きしながら、呂律《ろれつ》のまわらない口で言った。

いったいここをなんだと思ってるの、学校かなんか？　わたしが学習するのは自分の気に入ったものだけなんだから。

ドアのところでニックはずっとその様子を見ていた。ドーンと離ればなれになったが、別に気にならなかった。いま興味があるのはローレンだ。それは自分でもわかっている。何か行動を起こすなら、いまこそチャンスだ。

ニックがローレンのほうに行こうとしたちょうどそのとき、聞き覚えのある声がした。

「あんた、こんなところで何をやってんの？」

アリーサ＝メイだった。いつもと感じが違う。赤い縮れ毛をピンで後ろに留め、痩せこけた体を糊《のり》のきいた白いメイド用の服に包んでいるからだ。

「それはこっちが訊きたいよ」ニックも負けずに答えた。

アリーサ＝メイは彼をにらみつけた。「あたしはここで働いてるんだよ。あんたもさっさとここを出て行きな」そう言い捨てて、お盆に汚れたグラスをのせて上手にバランスをとりながら奥に運んでいった。

大きなお世話だよ。おれのおふくろでもないくせに。あんたの言うことに耳を貸す義務なんかないんだからね。

ローレンはまだ一人でいる。この機会を逃がすまいと、ニックはぶらぶら歩いていって彼女のそばに腰を下ろした。「やあ、どう、元気？」とさりげなく声をかける。

ローレンは振り向いてニックを見た。二人はこれまで正式に自己紹介しあったことはない。でも、そのことで何か問題でもあるの？

——そうよ、大ありよ。もし彼と話したら、メグがかんかんになるわ。

「ええ」彼女は、彼と同じくらいさりげない声で答えた。

ニックは、ダンスフロアのドーンとストックのほうに顎をしゃくった。「あの二人、お似合いのカップルだと思わないか？」

「そうね」ローレンはどっちつかずの返事をした。

「ほんとうならきみがあそこで彼と踊ってるはずじゃないのかい？」ニックはテーブルの上にあった煙草の箱から一本取り出した。

カンにさわる発言だ。そんなこと百も承知のくせに。

「なんでやつと踊らないのさ？」とあくまでもしつこい。「ダンスは嫌いなの？」

「そういうあなたは？」ローレンは切り返した。

ニックは切り札の緑の目でじっと見つめた。「誰か特別の人と踊るんならね」

ローレンは一瞬、彼の目に見入ったが、危険すぎると悟ってすぐに視線をそらした。「わたし……わたし、そろそろ帰らないと」そう言って立ち上がった。

「フットボールの花形スターは、とてもきみを家に送れる状態じゃないぜ」ニックも立ち上がった。

ローレンはなぜこんなに胸がドキドキするのか不思議だった。「あなたに関係ないでしょ」

ニックはなおも目を離そうとしない。「そうじゃなくなるかもしれないよ」

「なんですって？」

この子はほかの女の子みたいな反応はしない。もう少しやさしけりゃいいのに。「なんでそんなにカリカリしてんだよ」彼は少し動揺させてやろうとして言った。

「別にカリカリなんかしてないわ」ローレンは負けじと言い返した。「あなたってほんとうに失礼ね」

「へえ？」彼はあおるような言いかたをした。「おれが何をしたっていうの？」

「別に何もしてないけど……その、わたしに対してはね」彼女は急いでつけ加えた。

「どういうこと？」

「わかってるくせに」

「いや、わからないね。なんのことだよ」

ローレンはこんな話をするんじゃなかったと後悔したが、もう止められなかった。言葉が勝手に飛び出してくる。「メグをあんなふうに扱ったくせに。彼女を連れ出して、彼女に襲いかかって。で、そのあとはポイ。彼女がどんな気持ちでいると思ってるのよ？」

クソッ！　だから女はいやなんだ。やつらはいつもたがいに秘密を打ち明けあう。「彼女が話したのかい？」

「メグはわたしの親友だもの」

ほんとうのところはこのローレンにしたかったことを、あの子にやっただけなんだ。「彼女はいい子だよ」彼は弁明した。「だけどおれとは合わなかったんだ。それでおれはその……もう会わないことにしたんだ。彼女によかれと思ったからなんだよ」

ローレンはニックに向きなおると、メグにかわって戦闘態勢に入った。「よかれと思った？」疑わしげに言う。「人をその気にさせておいて、それから捨てるなんて」

ヤバい、そろそろ話題を変えよう。「……それはそうと、なんであんなろくでなしと婚約したんだい？」

ローレンは頬がカッと熱くなった。「ろくでなしはあなたよ。彼のこと、知りもしないくせに」

「よせよ、やつがろくでなしなことはきみだって知ってるじゃないか」ニックはそこで言葉を切った。「きっと〝わたしは世界でいちばん幸せな女よ〟とかなんとか言うんだろうけど」

「いったい自分のこと、何様だと思ってるの？」ローレンは憤慨して言った。

「おれ？　おれは単なる通りすがりの人間さ、彼女」

「彼女なんて言わないで」

「なんでさ？」からかうように言う。「彼女って言われるとドキッとする？」

つかのま、二人の視線がぶつかった。ニックは目をそらさなかった。またしてもローレンが、そこを立ち去ることで視線を断ち切った。

なぜかわからないけれど、急ぎ足で表に出てもローレンの胸はまだ高鳴っていた。ニック・アンジェロは危険だ。彼女はそのことに気づいていた。

11

何時間もバスの旅を続けたシンドラ・アンジェロは、疲れてどんよりした気分だった。着ているものもくしゃくしゃで気持ちが悪い。足は痛むし、お腹もぺこぺこだ。窓の外を覗くと、雨が降っている。ずっと雨ばかり……。

彼女はこれまで三回も席を変わらなければならなかった。バスが停まって新しい客が乗りこんでくるたびに、誰かしら隣に座ってくる男がいる。しばらくすると男は体を必要以上に寄せて話しかけてくる。それでシンドラはまた席を移動するはめになるのだ。

男たちをその気にさせるようなことは何もしていないのに、彼女が好むと好まざるとにかかわらず彼らはモーションをかけてくる。スケベ！

カンザスシティーでの滞在は悪夢だった。母方の遠縁の親類のところにいたのだが、その家の男たちはしつこくしきりに迫ってきた。なんだか出会う男という男は一人残らずあたしをベッドに誘いこみたがっているみたいだ。それはどういうことなんだろうか。彼らの劣情を挑発するようなことを何か、あたしはしているのだろうか。

そんなのまるで心当たりはない。

シンドラは古びたトートバッグから鏡の欠けたコンパクトを取り出すと、しげしげと自分の顔を見た。自分は白人じゃない。黒人でもない。何者でもないのだ。

白人と黒人のいいとこどりをしているなんて、思ったこともなかった。その肌が輝くばかりに美しいオリーブ色で、滑らかでシミ一つないことも。漆黒の髪は長くて豊かで、目は濃い茶色をしていることも……。力強い顎の線と、くっきりした頬骨。彼女はほかの誰とも違っていた。シンドラはほんとうに美しい娘だったのだ。

バスが停車し、男が二人乗ってきた。すぐに一人が体を斜めにして通路を歩いてくると、シンドラの隣に座った。「やあ、ベイビー」男は南部特有のゆったりした口調で言った。「どこへ行くの？」

「余計なお世話よ」そう答えると、彼女はくるっと背を向けて、窓に顔を向けた。

「そんなにつれなくしなくたっていいじゃないか」男は文句を言った。

シンドラが相手にしなかったので、男はようやく諦めて席を移っていった。

カンザスシティーに残っていれば仕事も見つけられるというのに家に戻るなんて、あたしはへんなのかもしれない。

そう、きわどい仕事ならたしかに……。売春婦、コールガール、ストリッパー、ゴーゴーダンサー……。シンドラのような女の子には仕事のチャンスはいくらでもある。けれどもシンドラにはもっと大きな夢があった。なんとかして自分の人生を切り開いて、成功させたい。それは誰にも止められなかった。

カンザスシティーに行ったのは堕胎のためだった。おそらくその費用はレイプした相手から出ているのだろう。もちろん、そいつにレイプされたなんて誰も認めないに違いない。母親はシンドラ自身の落ち度だと言った。彼女がそそのかしたのだと。

そんなことは絶対にない。その男のことは最初からずっと大嫌いだった。

ミスター・ベンジャミン・ブラウニング。やりての経営者。幸せな結婚生活を送っている所帯持ちの男。大嘘つきのゲス野郎。

ブラウニング家。母親の雇い主。ご立派で、非のうちどころのないブラウニング家。

そう、ご立派ですばらしいブラウニング一族のことなら、一つや二つ町じゅうにふれまわれることがある。シンドラは物心ついたときから彼らのことをよく知っていた。彼女のこれまでの生涯はずっと彼らと知り合いだという不幸な境遇にあったのだ。

シンドラが小さいころ、母親は彼女をいつもブラウニングの屋敷までいっしょに連れていって、自分が働いているあいだ奥の部屋で一人で遊ばせていた。ときおりベンジャミン・ブラウニングがその部屋にやってきて、シンドラの体にさわった。初めシンドラは幼すぎて彼が何をしているか理解できなかったが、だんだん大きくなると屋敷に行くのをいやがるようになった。

五歳のとき、シンドラはそのことを母親に訴えようとした。アリーサ＝メイは娘を激しく打ちすえて言った。「ミスター・ブラウニングのことをそんなふうに言うなんて、まったくとんでもない子だよ。あたしはあの人たちのところで働いているんだよ。そんなひどい話、二度とでっちあげたら承知しないからね」

それでシンドラは口をつぐむことを覚えた。母親も屋敷に連れていくことだけはやめた。そのかわりに彼女を幼稚園に入れて、仕事に行くときは預けていくようになった。

シンドラは学校でもひどい目にあった。肌が黒いといってはからかわれ、母親がメイドをしているといっては仲間外れにされた。年かさの子にぶたれることも何度もあった。ついに彼女は、自分の身は自分で守ることを覚えた。それで万事うまくいくとは思えなかったけれど……。

下劣きわまりないベンジャミン・ブラウニング。田舎町ボズウェルを仕切る、成り上がりの大ボス。あいつも、あいつの金も、あいつに関する何もかもが忌まわしい。

シンドラは一月ほど家を離れていた。堕胎は文字どおり、血の凍るような恐ろしい体験だった。中絶手術は荒れ果てた家で、とがった細面の女と、骨張った白い手をした白髪混じりの男によって行なわれた。男はシンドラのことを姉ちゃんと呼び、まるで売春婦のように扱った。その後、何時間も血が止まらなくて手に負えなくなったので、二人はあわててシンドラを近くの病院にかつぎこんだ。玄関の階段にシンドラを下ろし、極上肉の宅配便かなんかのように置き去りにしたのだ。

「いったい、何があったんだ?」その病院の医者が問いただした。「相手の名前を言いなさい。誰がこんなことをしたか、教えてくれ」

しかしそうもできなくて、シンドラは黙っていた。物心ついてからずっと黙りとおしてきたように――。

　そしていま、シンドラは家に帰るバスに乗っている。うれしいのか悲しいのか、自分でもわからなかった。

「きみの年は？」カンザスシティーの医者にそう訊かれた。

「二十一歳です」シンドラは嘘をついた。

「そうは思えないね」と医者は答えた。

　医者は正しかった。彼女は十七歳だったから。咲き初《そ》める花のような十七歳だったから……。

　深い溜息をついて、シンドラは白昼夢の世界に入っていった。いつかきっと、ボズウェルを出て行こう。いつかきっと、シンドラ・アンジェロの名前が特別な意味を持つ日がやってくる。

　バスを降りるまでに雨はほとんどやんでいた。運転手がシンドラにバイバイと手を振った。シンドラはバッグを提げてトレーラー・パークまでの長い道のりを歩きだした。家に帰るのが全然うれしくないわけではない。少なくともハーランとルークに会うのは楽しみだった。二人ともいい子で、シンドラは心から愛していた。アリーサ＝メイのことは愛していなかったが、それでも女手一つで三人の子供を育てながらしぶとく生き抜いてきた母親を、癪《しゃく》だけれどすごいと思っていた。

　六歳のとき、お父さんはどんな人なのと訊いたことがある。

「余計なことを訊くんじゃないよ」というのがアリーサ＝メイの答だった。「これはあたしの問題なんだからね。おまえの知ったことじゃないよ」

父親が白人だということはわかっている。シンドラが知っているのはそれだけだった。ハーランとルークの父親はジェドと呼ばれていた黒人で、二年ほどいっしょにトレーラーに住んでいたが、ある日アリーサ＝メイが仕事に行っているあいだに出て行った。それきり彼を見た者はいない。噂も聞かない。それでよかったのだろう。なぜなら幼いシンドラに対する彼の興味は、義理の父親の分を超えていたのだから。

人気《ひとけ》のない歩道を歩きながら、シンドラはいつしかベンジャミン・ブラウニングのことを考えていた。そして彼に対してやりたいことを。真っ先に彼を殺してやりたい。それができないなら、二度と回復できないほど傷つけてやりたい。しなびた薄汚い睾丸を紐でくくって、あいつを吊りさげてやりたい。

実際にはどれ一つとしてできないことを、心の底ではよくわかっていた。それはシンドラにとっての汚れた秘密であり、彼女につきまとって離れなかった。

シンドラはそのときのことを思い起こし、なんとか防ぐ手だてはなかったのかと自分に問いかけた。

いや、不可能だった。あいつは獣になっていた。おまけに身長は一八〇センチを超えていて、体重は少なくとも九〇キロはある。シンドラは一六五センチで五〇キロそこそこしかない。とても太刀打ちできない。

それは火曜日のことだった。流感にかかったアリーサ＝メイは、シンドラに学校を休んで自分のかわりに手伝いに行くよう言いつけた。ブラウニング家にはもう一人メイドがいたが、彼女も病気で休んでいた。それで屋敷にはシンドラ一人だった。ミセス・ブラウニングは買物、ストックは学校で、ミスター・ブラウニングはオフィスに出かけていた。

彼は盛大に咳きこみながら、早めに帰宅してきた。「ひどい気分だよ。このいまいましいインフルエンザはそうとう、はやってるみたいだな」彼はネクタイをゆるめながら、ぶつぶつ言った。「いい子だから熱い紅茶にレモンを添えて持ってきてくれ。二階にいるから」

シンドラは彼を嫌いだったが、恐れる理由は何もなかった。もう小さな子供ではないのだし、五歳のとき以来、彼に体に触れられたことはなかった。

広々としたキッチンで紅茶をいれて、陶器のカップをお盆にのせた。カップとお揃いのソーサーにはスライスしたレモンを添えた。それからお盆を二階の主寝室に運んでいった。

彼はバスルームにいた。「ナイトテーブルに置いて、ベッドカバーを外しておいてくれ」となかから声がかかった。

シンドラは言われたとおりにした。上等のリネンのシーツに触れると、こんな贅沢《ぜいたく》なシーツにくるまれて眠るのはどんな気分だろうと思わずにはいられなかった。

ミスター・ブラウニングはパイル地のバスローブを羽織ってバスルームから出てきた。暖かい日で、窓は開け放してあった。家の外では庭師が芝の手入れをしていた。

「窓を閉めてくれ」彼は咳払いをすると、そう言った。

シンドラは窓を閉めに行った。彼女が振り向くより早く、ミスター・ブラウニングは後ろから彼女を羽交い絞めにすると、ベッドに押し倒した。スカートをまくりあげ、綿の下着をはぎとった。

あまりに驚いたので、抵抗するまもなかった。「やめて！」やっとの思いで声を上げ、懸命にもがいて逃れようとした。

「おまえのその黒いオマンコをくれ」彼はひどく興奮してつぶやきながら、荒々しくシンドラのなかに入ってきた。

シンドラはあまりのショックに悲鳴を上げることすらできない。何もかもが一瞬の出来事に思えた。

彼は恍惚となってうわごとのように言った。「ああ、いいよ。このズベ公……もっとくれ……もっとオマンコをくれよ」

シンドラは半狂乱になって抵抗し、彼の体を押しやろうと必死にもがいた。

「ああ、すごく感じる！」彼は感きわまって叫んだ。「もっともっと動け。おまえが暴れれば暴れるほど、おれは感じるんだ」

ミスター・ブラウニングはシンドラのなかに彼自身を突き立て、彼女の内側を切り裂いた。耐えがたい痛みが全身を貫いた。彼女は自分が悲鳴を上げたような気がしたが、よくわからなかった。シンドラがどんなに抵抗しようが、彼はやめる気などなかった。もう抑えがきかなくなっていた。やがて、ウグッと長いうめきをもらすと、ミスター・ブラウニングはようやく果てた。

彼はしばらくシンドラの上に突っ伏したままでいたので、彼女は窒息しそうだった。それから起き上がると彼はバスルームに入っていった。

両脚を縮め、体を丸めて、シンドラは泣きじゃくった。

数分後にミスター・ブラウニングはバスルームから出てきた。きちんと身づくろいをすませ、なにごともなかったかのような平然とした顔をしている。「シャワーは使わなかったよ」ごくあたりまえの会話の口調で言う。「一日じゅう、おまえの匂いをつけておきたいからな」彼は戸口まで行って足を止めた。「そう言えばうちの奥さんがそろそろ帰ってくるころだ。もうめそめそ泣くのはやめてそのシーツを交換しておけよ。血がついてるからな」

それから六週間後、シンドラは自分が妊娠していることを知った。母親のほかには相談できる人もなく、母にすべてを打ち明けた。

アリーサ＝メイは怒りに顔を曇らせ、黙って耳を傾けた。

シンドラが話しおわると、母親は厳しい声で言った。「あの人たちのことで、よくもそんな話をでっちあげたもんだよ」

「だって、ほんとうのこ――」シンドラは言いかけた。

アリーサ＝メイはシンドラの顔をひっぱたいた。「お黙り。もう何も言うんじゃないよ。わかったかい？　すべてあたしにまかせときな。ただし、おまえはもう二度とこのことを口にするんじゃないよ。絶対にだよ」

そして何をどうしたのか、アリーサ＝メイはお金を調達してきて、中絶手術を受けさせるために娘をカンザスシティーに送り出したのだ。

そしてシンドラは帰ってきた。彼女は、母親が学校を続けろと無理強いしないことを願っていた。中退して仕事に就《つ》くほうがどんなにいいかしれない。そうすれば確実にお金が入ってくるからだ。

雨はやんだが地面はまだぬかるんでいる。闇のなかを歩くのは怖くなかった。街灯は一本もないが、トレーラー・パークのなかなら目をつぶってでも歩ける。彼女が知っている家はここしかなかった。

トレーラーにたどりつくと明かりがついていて、テレビの大きな音ががんがん響いてきた。シンドラはびっくりした。こんなに遅くまで起きているなんて、母親らしくもない。

シンドラはドアを開け、なかに入った。

男がベッドの上に大の字に寝そべって、テレビを見ていた。ビールの罐を手にして、マヌケな顔で笑っている。コメディアンのジョニー・カーソンの冗談がおかしかったらしい。

シンドラはぴたっと足を止めた。「誰なの？」彼女は警戒しながら尋ねた。

男はぐらぐらしながら、半身を起こした。「おれが誰かって？　おめえこそ、いったい誰なんだよ？」

「母さんはどこ？　アリーリ＝メイはどこにいるのよ？」

プリモの目が、ようやくこの美しい娘の上に焦点を合わせた。「ひゃあ、なんてこった！」

彼は声を張り上げた。「おめえがおれの娘かよ。さあさあ、こっちに来ておまえの父さんに元気よくただいまと言ってくれよ」

12

婚約パーティー以来、ストックはすっかり意気消沈していた。あまりにもたくさん人を呼びすぎて、パーティーをまるで収拾のつかないものにしてしまったことで、両親にさんざんお目玉をくらったのだ。ローレンが屋敷を出たとき、ストックは足もともおぼつかない酩酊状態だった。彼といっしょにいた、いわゆる〝ダチ〟連中はそこらをさんざんに荒らしまわった。グラスや瓶を叩きつけ、テントをひっくり返し、パーティー会場は惨憺《さんたん》たるありさまになった。ミスター・ブラウニングが喜ぶはずはなかった。

「おれのせいじゃないよ」ストックはローレンに泣き言を言った。「きみもあそこにいたのに、おれがあいつらを引き入れるのを、なんで止めてくんなかったんだよ」

「だって、わたしはあなたの保護者じゃないもの」彼女はむっとなった。「あなた自身の責任よ」そう、彼のせいなのだ。わたしのことを、なんだと思ってるのかしら——あなたのお母さんじゃないのよ。

ローレンはときどきストックと言い争って情けない思いをすることがあったが、それでもどうしたらいいのかわからなかった。婚約指輪を返すべきなのだろうか。そうすべきだとはわかっていたが、ストックが両親ともめているあいだはそうしたくなかった。父親は彼のお小遣いを減らし、母親は口をきこうともしないという。そんなときに、自分まで彼に背を向けるわけにはいかなかった。

ストックはぶつくさ文句ばかり言っている。ローレンは彼が文句を言わなくなったら即、行動を開始することに決めた。それまでは生徒の制作による『熱いトタン屋根の猫』に打ちこんだ。彼女は主役のマギーに抜擢《ばってき》され、亭主のブリックは上級生のデニス・リバーズが務めた。その整った容姿を抜きにしても、デニスはじつにすぐれた役者だった。女の子よりも男のほうが好きだという噂があるが、ローレンは彼の好みがどうだろうとちっとも気にならなかった。彼といっしょにお芝居ができるなんて光栄なことだから。

演劇部の担当はベッティー・ハリスという教師で、週に何度か、放課後に古い教会で稽古が行なわれた。

ベッティーはほかの教師とは一風変わっていた。背の高いふっくらした体つきの五十歳になる女性で、麦藁色の髪は一度も櫛《くし》を入れたことがないように見えるほどボサボサだ。ゆったりした服を好んで身に着け、頬を紅潮させ、声をからして生徒たちを叱咤激励する。

ローレンにとってはこの演劇部が週間予定の最重要ポイントになっていた。

「婚約したんですってね、ローレン」会った早々、ベッティー・ハリスが言った。

ローレンはうなずいた。

「若すぎるわね」ベッティーは首を振りながら、何もかもわかったように言った。「あまりにも若すぎるわ」

ローレンはまたうなずいた。少なくとも一人はわかってくれる人がいるのだ。

生徒が全員集まると、ベッティーは告げた。「みんなをあっと驚かせるニュースがあるのよ」彼女は大きく両手を動かした。「弟のハリントン・ハリスのことは知ってるわね。わたしがしょっちゅう話してるから。ニューヨークの有名な舞台俳優よ。それがね、なんと来週、ボズウェルにわたしたちを訪ねてくるのよ」

わっというどよめきが部屋じゅうに広がった。

「これでみんなも、彼のことはわたしの作り話じゃないってわかるわよね」ベッティーは燃えるように頬を輝かせて続けた。「もうすぐみんなも弟に会えるわ」そこでひと息ついて、やや飛び出し気味の目をきょろきょろさせて、後方にいたある人物の上に視線を合わせた。「それから、今日のお稽古に入る前にもう一つお知らせがあります。わたしたちのグループに新たに加わる生徒を紹介するわ。みんな、歓迎してね。ニック・アンジェロよ」

ローレンははっとして部屋の後ろを振り向いた。おなじみの汚いデニムのジャケットとジーンズという恰好で壁にもたれた姿は、まぎれもなくニックだった。

メグがローレンを肘でつついた。「もう、死にそう！」とささやく。「彼をドーンから引き離しておけさえすれば、あたしにももう一度チャンスがあるかもね」

「まだ、彼を狙ってるの？　嫌ってるんだとばかり思ってたわ」

「そうなんだけどね」メグは認めた。「でもさ、ほかに誰がいるのよ？　つまり彼が素敵だってこと、あんただって認めるでしょ」

そうね。ローレンもしぶしぶ認めざるをえない。その強烈な個性において、彼が魅力的であることは確かだった。

シンドラはショックを受けたと同時に、母親に対して怒りを感じた。自分のいないあいだに、長いこと行方知れずだった亭主ばかりか、その薄汚い息子まで転がりこむのを許したなんて。母親にそんな夫が存在することすら、シンドラは知らなかったのだ。そればかりか、その男はあろうことか、彼女の父親だと主張している。父親だなんてとんでもない。貧乏白人のクズなんて顔を見るだけでむかむかする。

「あたし、ここを出てくわ」シンドラは母に脅しをかけた。

「どこに行くっていうのさ」アリーサ＝メイは口をゆがめて訊いた。

シンドラは泣きそうになった。「何か仕事を見つけるわ。ここにはもう住まない」

母親とさんざん言い争ったあげく、シンドラは家を出ても無意味だと悟った。お金もなければ行くところもない。またしても彼女はのっぴきならない状態に追いこまれてしまったのだ。

「あんたは弟たちといっしょに向こうのトレーラーで暮らすんだよ」アリーサ＝メイは娘が戻ってきたのはうれしかったが、彼女のことでもめごとが起きるのは困ると思った。

シンドラはしぶしぶ隣のおんぼろトレーラーに移っていった。それでなくてもぎゅう詰めのトレーラーをシーツで仕切り、ニックと口をきくのを拒んだ。「あんたはそっちから出ないでよ。絶対トラブルは起こさないでちょうだい。いいわね」

ニックは彼女の顔を一瞥しただけだった。彼は自分に腹違いの姉がいて、しかもそれが黒人だったという事実をなんとか受け入れようとしていた。

「おれがあんたに何をしたっていうんだよ」ある日、ニックは言った。「おれたちがここに押しこめられてるのは、おれのせいじゃないぜ」

「あんたと、あんたのダメオヤジのせいよ」シンドラの茶色い目が鋭く光った。「あいつのことなんか、あたし、屁とも思ってないわ」

「そうだろうとも。でも、やつはあんたの父親なんだよ」

「あたしの父親って、あんたのクソオヤジのことじゃないの」と激しい口調で切り返す。

「あんたたちなんか、二人とも大っ嫌いよ」

彼女は顔はかわいいのに、じつにむかつく人間だった。ニックはそれきりシンドラに話しかける気をすっかり失った。

一方、ガソリンスタンドのバイトは順調だった。土曜の夜のほか、いまは日曜の午前中も詰めている。毎週何ドルかをアリーサ＝メイに渡し、残りはほとんど隠しておいた。プリモはニックがアルバイトを始めたことを知ると、たちまち金をせびった。

「金はもう残ってないよ」ニックは言った。

「じゃあいったい、おれはどうすんだよ」プリモはぶつくさ言った。

「なんで仕事を探そうとしないんだよ」ニックは、一度くらいは怖がらずに父親に立ち向かおうとして答えた。

シュッ！　プリモがすばやく繰り出したパンチはむなしく空を打った。ニックは成長して、いつパンチが来るか、いつ身をかわせばうまくよけられるかがわかるくらい利口になっていた。

シンドラは朝の通学で、ニックといっしょに歩くことも、バスの座席に並んで座ることも拒否した。ニックは彼女が学校で自分よりもっと一人ぼっちでいるのに気づいた。それでも土曜の夜にはバイクに乗った連中と近くのリプリまで繰り出している。

プリモはどうやら自分たちの生活は偉大なるアメリカンドリームそのものだと思いこんでいるらしかった。シンドラが帰宅すると、彼は娘を気づかう父親の役を演じようとした。

「女の子がしょっちゅう夜遊びをするのはいただけないな」彼はアリーサ＝メイに告げ口した。

「あの子に命令しようったって、もう手遅れだよ。あんたの言うことなんか、聞きやしないさ」

「あいつはおれの娘だ」プリモは息巻いた。「で、ここの決まりはこのおれが作るんだ」

アリーサ＝メイはうんざりして首を振った。彼女は十七年たってプリモを取り戻した。だが果たして自分がほんとうに彼を望んでいるかどうかは疑問だった。

『熱いトタン屋根の猫』の稽古は順調に進んでいた。マギー役のローレンは輝かんばかりで、演じることが楽しくてならなかった。とりわけ、ブリック役のデニスと共演できるのがうれしかった。

稽古のあと、ベッティー・ハリスはローレンを褒めた。「すごいわ、ローレン。あなたにはほんとうに才能があるわ」

ローレンは喜んだ。「ほんとうですか。わたし、いつかはニューヨークに行きたいんです。わたしにもチャンスはありますか？」

「役者稼業は楽じゃないからね」ベッティーは答えた。今日はゆったりしたカフタン（長袖で帯を腰で結ぶ丈の長い中東の衣服）に、金のネックレスを何本もつけている。彼女が口を開くたび、ネックレスがぶつかりあってジャラジャラ音をたてた。「ちょっぴりしかない役を、おおぜいの役者がひしめきあって狙ってるのよ」

「でも挑戦してみたいんです」ローレンは熱っぽく言った。

「挑戦するのはいいことよ。でも芝居で食べていこうとするのはやめたほうがいいわ。これほどあてにならない職業はないから」

放課後、ストックはローレンを迎えに来て、おれのものだと言わんばかりに彼女の腕をとった。彼はニックに気づいて言った。「あの蛆虫《うじむし》野郎はここで何をしてるんだ？」

ローレンはすかさずニックの弁護についた。「彼は蛆虫なんかじゃないわ」

「へえ、そうかい。やつの恰好を見てみろよ。いつもバカみたいに同じ恰好でさ。ジェームズ・ディーンかなんかのつもりでいんのかよ」

「みんながみんな、あなたみたいな恰好をしなきゃならないわけじゃないでしょ」ローレンはそっけなく言った。

「みんながおれみたいな恰好をできるわけないじゃないか」ストックは自慢げに言った。

　二人はドラッグストアにソーダを飲みに行った。地元の映画館では『追憶』をやっている。ローレンは見たかったが、ストックは興味を示さなかった。

「おれ、ああいうお涙ちょうだいものは苦手なんだよ」彼は鼻で笑った。「クリント・イーストウッドの西部劇ならいつでもオーケーだぜ」

　ローレンは溜息をついた。「今夜見に行くって、約束したじゃないの」

「ほかにしたいことがあるんだ」

「どんなこと？」

「ドライブに行っておれたちの将来のことを話すのさ。もうそろそろ話さなきゃいけないころだからな」

「そうね」ローレンは気が進まなかったが、そう言って深い溜息をついた。彼との将来を考えてはいないことを告げるのに、ドライブはいい機会かもしれない。

　ストックはいかにも金持ちのドラ息子らしい、これ見よがしの運転をする。彼の父親は態度を軟化させ、クリスマスには新しい車を買ってやると息子に約束していた。それでフォード・サンダーバードでメインストリートをドラッグレース（直線コースで速さを競う自動車競走）さながらの加速で飛ばした。まさに壊れよと言わんばかりの猛スピードで疾走したのだ。

「そんなにスピード出さないでよ」ローレンはダッシュボードにしがみついた。

「いいから、落ち着けよ。落ち着けよ」

彼女は「落ち着けよ」と言われるのが大嫌いだった。まるでヒステリー女に対するみたいな言いぐさだからだ。「どこに行くの？」

「古い競技場だよ」ストックは片手をハンドルから離して、ローレンの肩を抱いた。

町はずれのさびれた競技場はカーセックスの名所として悪名を轟かせている。「いやよ」

ローレンはすかさず言った。

「なんでさ」

「わかってるくせに」

「おれたち婚約してるんだぜ。どこに行ったっていいだろ」

「わたしが話したかったのも、そのことなの」

「そのことで話したがってたのは、おれのほうだと思ってたけどな」

「二人とも話すべきなのよ」ローレンは真剣に言った。

危険だとは思いながらも、結局彼女はストックが競技場のはずれまで行くのを許してしまった。彼は車を停めてヘッドライトを下向きにすると、待ってましたとばかりに飛びかかってきた。

「何すんのよ」ローレンは彼を押しのけた。

「二カ月前にやるべきはずだったことさ」彼は大きな手でローレンの全身をまさぐりながら答えた。

彼女はその手を強く払いのけた。「やめてよ、ストック。そんなことしないで」

「きみはなんなんだよ、ローレン。雪の女王かなんかかよ?」彼は強引に唇を重ねようとした。

彼女は自由になろうと必死にもがいた。「やめてったら!」

ストックは体を離すとこぶしを握りしめた。「なんだよ! じゃあ、いつになったらABCのAまで行けるんだよ」

「いつになっても、だめなものはだめよ」ローレンはカッカして言い返した。「この婚約自体が大失敗だったのよ。わたしたちはいっしょになる運命じゃなかったのよ」

ストックはまっすぐ身を起こした。「いったい、どういう意味だよ?」

「わたしは絶対にイエスと言うべきじゃなかったのよ。なんで言ってしまったのか、わからないわ。うちの両親にうるさくけしかけられて……二人ともあなたのこと、気に入ってたし……あなたのおうちのことも……あたしたちがお似合いの夫婦になるって思いこんでるのよ」あまりにも話を急ぎすぎるのはわかっていたが、始めてしまったからにはもう止められない。「あなたとそんな関係になる心の準備ができてないのよ」

「サミー・ピルスナーとはやってたじゃないか」ストックは陰険な言いかたをした。

「わたしとサミーのこと、あなたが何を知ってるっていうの?」ローレンはぴしっと言った。

頰が熱くなった。

「べつにたいしたことじゃないさ。きみにおフェラをしてもらったって、男全員にふれまわってたってことだけだよ」

ローレンはサミーの裏切りが信じられなかった。「信じられないわ」彼女は激怒していた。

「事実なんだろ？　あいつにしたんだったら、おれにも同じことをしてくれよ」そう言うと、ふたたび彼女の上にのしかかってきた。

わたしはどっかのろくでなしにあやうくレイプされかかったメグとは違うんだから。「やめないんなら、わたし、車から降りるわ」またしても手を払いのけながらそう脅した。

「やってみろよ」ストックはやれるはずがないとタカをくっている。「家まではうんと歩くぜ」

「そう言うとわたしが諦めると思ってるの？」

「なんだよ、さっきから聞いてりゃさ、まるで頭の足りない女みたいなことばっか言ってさ」と泣きが入る。「ほかの子はみんな、おれとここに来るのを喜ぶのに」

彼は自慢屋のいじめっ子にすぎないんだわ。ローレンはストックをにらみつけた。「わたしは、ほかの子とは違うわ。もうそろそろ、そのことに気づいてもいいころよ」

ローレンが本気で怒っているのを察すると、ストックはたちまち作戦を変えた。「ねえってば、ローレン……」猫なで声で言いくるめにかかった。「ちょこっときみを抱きたいだけなんだよ」そしてまた両手が全身をまさぐる。

彼が攻撃をしかけてくるたびに、ローレンは自分がきわめて弱い立場にいるのを感じた。ストックは体もとびぬけて大きいし、力も強い。彼女を力で押さえこむなど、赤子の手をひねるに等しかった。一刻も早く行動を起こさなければならない。彼女はドアのハンドルを手探りすると、急いでドアを開けて、外へ飛び出た。「わたし、帰るわ」ローレンは叫んだ。

「あんたは単なる色情狂よ！」

「じゃあ、おまえは男を焦らしてもてあそぶズベ公じゃんか！」ストックも叫び返した。

「ストック・ブラウニングなんて、いなくなっちゃえ！」怒りに燃えてローレンは道を走りだした。

　ストックはそれでローレンが本気なことに気がついたらしい。エンジンをかけると車をUターンさせて、あとを追ってきた。ウインドウを下ろし、身を乗り出す。「戻ってこいよ。バカな真似はやめてさ」

「その必要はないわ」そう答えると、でこぼこの田舎道をずんずん歩いていく。

　ストックは後悔していた。「もう二度ときみに触れないからさ。誓うよ」

　ローレンは足を止め、くるっと彼に向き直った。「何に賭けて誓う？」内心では八キロもの道のりを歩いて帰るのはたまらないと思っていた。

「オヤジの命！」

「おおげさすぎるわ」

「わかった、わかったよ。おれ自身の命を賭けるよ。それで満足かい？　さあ、車に戻ってくれよ」彼が助手席のドアを開けたので、ローレンは車に乗りこんだ。「ちゃんとお行儀よくするからさ」来た道を引き返しながら彼は言った。「結婚するまで待つよ。約束する……」

長いこと待つことになるわよ――ローレンは心のなかでつぶやいた。すごく長くね。

13

劇の上演は十二月のクリスマス休暇の数日前に行なわれる予定になっていた。ローレンは自分の役どころにのめりこんでいたので、競技場での出来事は忘れることに決め、ストックとのことはクリスマスが終わってから対処することにした。彼女はストックときっぱり縁を切ることを、新年の抱負にするつもりだった。

ローレンは両親のおかげで頭がおかしくなりそうだった。なにしろ話すことといえば、結婚式の日取りをいつにするかということだけなのだから。

「わたしがあなたのお父さんと結婚したときは、まだ十八歳になってなかったのよ」と母が言った。

「わたしはまだ十六歳よ。まだ結婚しないわ」

「どうして?」ジェーンとフィルが声を揃えて言った。

いったいうちの両親はどうしちゃったんだろう。娘を早いとこ厄介払いしたいのかしら。それともブラウニング家と縁続きになることで、いろんな役得の分け前にあずかれるのを期待しているのかしら。

芝居の稽古はローレンの生活のなかでいちばん重要なことになってきた。唯一、邪魔が入ったのはベッティーの弟がやってきたときだ。ハリントン・ハリスはいかにも売れっ子役者という感じの人物だ。四十代前半の長身の男で、生え際が後退してきたのを埋めあわせるかのようにもみあげを長くのばしていた。女好きそうなまなざしに柔らかな物腰。女生徒は全員、たちまちお熱を上げた。メグも例外ではなかった。

「ハリントンって、これまで出会った男性のなかでいちばん刺激的――」そうローレンに打ち明けた。

「わたしにはオジンすぎるけどな」

メグはウインクした。「あたしには全然オジンすぎるなんてことないよ。それに彼、あたしをデートに誘ってくれたんだもん」

また始まった――ローレンは心のなかでつぶやいた。「奥さんがいるかもよ」

メグは黙りこんだ。

「えっ、そうなの？」

「どうしてわたしがそんなこと知ってんのよ。彼とデートするつもり？」

「もちろんよ。アバンチュールってやつね」

「で、また、わたしがアリバイ作りに使われるの？」

「当然でしょ」

少なくともニックのことはようやくふっきれたようだ。ということは、彼と話してもいいということかな。長時間おたがい視線を合わせることがあるというのに、彼に注目してないふりをするのはたやすいことではない。彼のとる行動すべてを痛いほど意識していた。

メグはハリントン・ハリスとのデートに、いつものように勇んで出かけた。次の日、その情熱は怒りに変わっていた。「彼、あたしを襲おうとしたのよ」メグは憮然として言った。

ローレンはあきれた。「いったい、何を期待してたの？ 一杯のコーヒーに知的なおしゃべり？ 彼が襲いかかってくるのは当然よ。男はみんなセックスを求めてるんだから。メグのお母さんはそう教えてくれなかったの？」

メグはくすくす笑った。「じつを言うと、教えてくれたわ」

「で、今回はどうなったの？」

「あたしは処女だって、彼に言ったのよ。で、ビビっちゃっておしまい」

「多少は学習したというわけね」

数日後、メグはおたふく風邪にかかった。その二十四時間後にハリントン・ハリスもかかった。不幸なことにこの厄介な病気にかかった者が、この劇の配役《キャスト》のなかにほかにも何人かいた。デニスもその一人で、ローレンはとてもがっかりした。

「わたしたちのお芝居、どうしましょう？」彼女はベッティーに尋ねた。

ローレン同様、ベッティーもあわてていた。彼女は演劇部の若さと熱意に燃えた生徒のなかにデニスの代役が務まりそうな顔を探し、結局ニックに白羽の矢を立てた。彼はとにかくハンサムである種の激しさを備えており、いかにもうまくやってのけそうに見えたからだ。

彼に演技ができるかどうかわからなかったが、ベッティーはとにかく舞台に上がって、ローレンと読み合わせをするように彼に言った。

教室の後方に座っていたニックを、みんながいっせいに注目した。「おれ……ぼくにはそんなの、できません」彼は口ごもりながら言った。

「いいから、いらっしゃい」ベッティーは断固として言った。「あなたはこの部に入ったんだもの。試しにやってみるだけの力は絶対にあると思うわ」

ニックはやむなく立ち上がると、舞台に向かった。舞台ではローレンが仮ごしらえのドレッサーの前に座って、髪を梳いているところだった。

「ここは始まりの場面で、マギーとブリックが対立するところなの」ベッティーが説明する。

「ずっと見てきたからできるわよね、ニック」

彼は台本を握りしめた。なんてこった！ ローレンに近づくために演劇部に入ったが、まさかこんなに近くに寄れるなんて予想もしなかった。もししくじって笑われたらどうしよう。

ニックは台本を広げ、そこに書かれた台詞を当惑して眺めた。デニスがこの台詞を言うところを見ていなかったわけではないし、彼にできるならおれにもできるはずだ。追いこまれたことで自分に腹を立てながら、台詞を声に出して読みはじめた。

ローレンが振り向き、目を輝かせてニックの台詞に反応した。

すぐに彼はリラックスして役に入りこんでいった。へえ、想像してたほど悪かないぞ。突然、ニックはもはやニックではなくなった。いまの彼は役を演じている一人の役者になりきっていた。おい、こいつはしびれるぜ！

その場面が終わったとたん、ニックの手から台本が床に落ちた。現実がいっきに戻ってきた。

ローレンがじっと見つめている。こんなにきれいな目はいままで見たことがない。ニックはベッティー・ハリスがどんな反応を示すか心配で、彼女に顔を向けた。

「すごくよかったわよ」ベッティーはうれしそうに顔をほころばせた。「感動したわ。あとは台詞を覚えることだけね」

台詞を覚える？　先生はおれをからかってるのか。「ああ……はい、そうですね」ニックは言った。その声は彼の実際の思いよりはるかに自信たっぷりに響いた。

「これで混乱は回避できたわ」ベッティーはほっと息をついた。「みんな、安心して。これでブリックの役は大丈夫よ」

古い教会の外は暗くて寒かった。いつのまにか白い雪が舞いだし、音もなく地面に落ちていった。ニックは表に出て、デイブの兄さんが貸してくれた古いバイクに寄りかかった。どんなに古くてもバスに乗るよりははるかにましだ。彼は辛抱強くローレンが出てくるのを待った。アリーサ＝メイの話では、いまストックは一族の葬式に参列するために両親とカンザスシティーに行ってるそうだから、やつがここらをうろつく心配はないわけだ。

二、三分してローレンが出てきた。

ニックは前に進み出た。「あの……どうも、さっきはありがとう」彼は石ころを蹴飛ばしながら言った。

　ローレンは足を止めた。「なんのこと?」

「ほら、おれがバカみたいに見えないように、うまく合わせてくれたこと」

　彼女は雪をひとひら、手に受けた。「あなたはすごく上手にやったわ。きっと、前にお芝居をやったことがあるのね」

　ニックは笑いだした。「おれが?　まさか」

「だったら、天性のものなんだわ」

　彼はどぎまぎした。「映画とか、たくさん見てるからね。それでかな」

「初めて人前で舞台に立つのって、容易じゃないのよ。でも正直言って、あなたには自分のしてることがちゃんと見えてたもの」

　彼は体を温めようと足踏みした。「ありがと。いいプレゼントになったよ」

「プレゼント?」

「うん、その……今日、おれの誕生日なんだ」

「ホント?」

「うん」

「どうして誰にも言わなかったの?」

「だって……もう十七歳だぜ。大騒ぎするようなことじゃないさ」

「うちの両親はわたしの誕生日にはかならず大騒ぎをするわ。大きなケーキを焼いて、友だちを家に呼んで、プレゼントもたくさん……。あなたは何をもらったの？」

「うちの家族はプレゼントなんかくれないよ」

ローレンは彼の家族はどんな人たちなんだろうと思った。たしかに学校ではさまざまな噂が飛びかっていたが。「じゃあ、お祝いは何もしないの？」ドーンが現われて、ニックを引っ張っていくのをなかば予想しながら尋ねた。

彼はデニムのジャケットの衿を立て、また足踏みをした。「うん、しないと思うよ」

「何かしなきゃだめよ」それから一瞬のまをおいて続けた。「じゃあ、せめてわたしにコーヒー一杯とケーキ一個おごらせて」

ニックはこの誘いを断わる気にはなれなかった。「いいね」彼は急いで答えた。「それじゃ、行こうか」

「わたし車で来てるの。あなたのバイクはここに置いといて、あとで取りにくればいいわ」

「おれに運転させてくれる？」

「ファミリータイプのステーションワゴンなの」ローレンはすまなそうに言った。「ほかの人に運転させちゃいけないって言われてるのよ」

ニックはにやっとした。「他人に運転させるとどうなるんだい？　銃殺刑？」

「命は助けてくれると思うわ」ローレンもほほ笑み返した。

ああ、なんでこんなことをしてるのかしら。ただ彼をかわいそうに思っただけだと、ローレンは自分に言いわけをした。誰だって誕生日に一人ぼっちでいるべきじゃないもの。けれども、それだけでないことは自分でもわかっていた。ニック・アンジェロにはこちらの興奮をかきたてるものがある。ローレンはそうした興奮を求めていたのだ。

二人は車まで歩いていった。

「いつかおれ、ピッカピカの真っ赤なキャデラックを買うんだ」ニックは言った。「車を買うならキャデラックって決めてるんだよ」

「なんでキャデラックなの？」

「わかんない。なんとなく、カッコいい車だからさ。性能もいいし、いかにもアメ車って感じじゃん」

ローレンはまたにっこりした。「けっこう、愛国主義者なのね」

「望みは大きく持たないとね、違う？」

二人の目が合った。「たしかにそうだわ」とローレンは言った。

雪のせいで人の出足が途絶え、二人がドラッグストアに着いたときは店内はがらがらだった。ニックはローレンをボックス席に座らせ、自分も向かいあって腰をおろした。「なんにする？」

「わたしのおごりよ」ローレンは念を押した。

「おれが運転してきたんだから、おれがおごるよ」ニックも負けてはいない。

ローレンは笑った。「ダメよ。あなたの誕生日なんだから」

ルイーズがやってきた。注文票を指でせわしく叩き、ニックに非難がましい視線を向けた。

「ご注文は?」とペンを握る。

「わたし、お腹ぺっこぺこ。チーズバーガー二つでどう?」

「いいよ。それと、チョコレートモルトも二ついこう」ニックはつけ加えて、ルイーズにウインクした。

「それと、フライドポテト……」とローレン。

「……のケチャップ添え……」ニックがあとを続ける。

「……と、フライドオニオンも」

「そう、そうこなくっちゃ!」

ふたりがお腹をかかえて笑うと、ルイーズはさっさとキッチンに戻っていった。

「おれ、よく食べる女の子が好きなんだ」ニックはにやっと笑った。

「わたしが聞いた話じゃ、あなたは女の子なら誰でも好きだっていうじゃない」そう答えたとたんに後悔する。なんでこんなこと言っちゃったのかしら。まるで焼きもち妬《や》いてるみたいじゃないの。

「だっておれ、婚約なんてしてないから」ニックはローレンの指輪をじっと見つめながら答えた。

ローレンは彼が見ているのに気づくと、あわてて両手をテーブルの下に隠した。「ストックはすごくいい人よ」と弁解がましく言う。

「すごくいい人なんかじゃないさ」

「わからないけど……もしかしたら、みんなが考えているようなことにはならないかもしれない」なんで、そんなことを彼に打ち明けているの?

ニックはテーブルごしに身を乗り出した。「それは婚約を取り消すってこと?」

ローレンは一瞬ためらったが、思いきって話しはじめた。「わたしが言ってるのは、なかには過剰な期待を抱いてる人たちがいるってことよ。うちの両親はわたしたちはお似合いの夫婦になると思ってるわ。でもわたしがほんとうにしたいのは、ニューヨークに行ってお芝居に賭けてみることなの。もちろん、まだ先のことだけど」

「カッコいいじゃんか。やつには話したの?」

「ううん。彼に話す必要はないわ。わたしの未来はかならずしもストック・ブラウニングとともにあるわけじゃないもの」

ニックは力を入れてローレンを見つめた。「だったら、やつの指輪を外しなよ」

「わたしは婚約を解消するなんて言ってないわ。わたしの未来はかならずしも彼とともにあるわけじゃないって言っただけよ」

そこへルイーズがずかずかとやってきて、注文した品をどんとテーブルの上に置いた。ふたたびニックを鋭い目で見る。あんた、この子といったい何をしてんのよ、と言わんばかりに。

ローレンはチーズバーガーにかぶりついた。「今夜はドーンはどこにいるの?」また言ってしまった。どうしてドーンのことを黙っていられないんだろう。

ニックは肩をすくめた。「さあね。彼女とは会いたいときに会ってるだけだから」

ローレンはニックのことをもっと知りたかったけれど、尋ねる勇気がなかった。

ニックもローレンのことをもっと知りたかったけれど、無理強いは禁物だと思った。

それで、二人は無言で食べつづけた。

「なんだかんだ言っても、今日はいい誕生日だったな」ようやくニックが言った。

なぜこんなに頭がぼうっとするのかしらと、ローレンは思った。「そう?」

「うん。だってきみといっしょにいられたし、芝居の役はもらえたし、最高の日になったよ」

「それはもしもデニスが治って出てこられなかったらの話よ」

「なんだっていいさ」ニックは別に気にしていないふりをして答えたが、演じる快感を知ってしまったいま、デニスに役を取り返されたら、とおおいに気になった。「おれの母さんが死んでから、これが初めての誕生日なんだ。ケーキとか、そういう誕生日らしいことは一度もしてくれなかったけど。いつも仕事ですっごく忙しかったからね。でも、ときには一〇ドルそっと渡してくれたよ」

「いつ、亡くなったの?」ローレンはやさしく尋ねた。

「二、三カ月前だよ。それでおれたちはここに来たんだ。オヤジが十七年前にアリーサ＝メイと結婚して、それから町から姿をくらましたってことがわかってさ。オヤジは離婚してなかったから、母さんとは正式な結婚じゃなかったんだ。そのことを母さんは知らなかった。誰も知らなかったんだ。母さんが死ぬとおれとオヤジは叔母さんにおっぽりだされて、それでここへ来たのさ。おれたちはトレーラー・パークに住んでいるんだよ」

「どんな感じ？」

「きっと、聞かなきゃよかったたって思うよ。腹違いの姉貴がいて、そいつはおれにはひと言も口をきこうとしない。あと、この姉貴とは父親の違う弟が二人いる。ハーランとルークっていうんだけど、こいつらはいい子なんだ。この三人といっしょに、一軒のトレーラーに住んでるんだよ。オヤジはアリーサ＝メイが仕事に出かけたあと、一日じゅう、尻に根っこが生えたみたいに動こうともしない。おれはいまは動きがとれないけど、金を貯めていつかはここを出て行くつもりなんだ」

「どこへ行くの？」ローレンは目を見開いて尋ねた。

「さあ、ニューヨークかな、たぶん」そこでひと息つくとにっこり笑った。「おれといっしょに行きたい？」

「うちの両親が大喜びするわ、きっと」

ニックは急に真顔になった。「両親に知らせる必要はないさ。ただ、逃げ出しちゃえばいいんだから。そんなふうなこと、一度も考えたことない？」

なぜわたしはこんなにもクラクラきちゃうのかしら。「何バカなこと言ってるの、ニック。わたしはあなたのこと、ろくに知りもしないのよ」

ニックは真剣そのものの顔でローレンを見つめた。「いつかきっとよく知るようになるよ。誓ってもいい」

14

「あのさ……もうじきクリスマス劇をやるんだけどさ」ニックは言うべきか言わざるべきかわからなくて、ぼそっとつぶやいた。

プリモは乱れたベッドの上にひっくり返って、ビール腹を掻いていた。「なんだ?」と一瞬、ホームコメディーの『家庭ですべてを』から目線を離して訊いた。

「学校で劇をやるって言ったんだよ」ニックは繰り返した。「でさ……劇の出演者の一人がおたふく風邪にかかっちゃってさ。それでおれがその役をやることになったんだ」そこで一瞬、言いよどんだ。「なんとなく……あんたが見に来たいかと思ってさ」

「おれ、行きたい」ハーランが甲高い声を上げた。「おれもルークも行く」

「だめだよ」アリーサ=メイが忙しく石油コンロに向かいながら口をはさんだ。

「大丈夫だよ。ちゃんと席はキープしておくから」とニック。

「行きたいよ。ルークを連れていきたい」ハーランが歌うように繰り返す。

「だめだったら」アリーサ=メイがぴしゃっと言った。

「なんでだよ?」ニックは尋ねた。

「あたしたちは、あの連中とは違う種類の人間だからさ。ごたいそうな劇場に陣取ってあんたがしくじって笑いものになるのを見物するわけにはいかないんだよ」

「おれはしくじったりしないよ」ニックは言い返した。「おれ、うまいんだから」

「うまい？」アリーサ＝メイは眉を上げ、唇をゆがめた。「あんたは何一つ、うまくなんかやれないじゃないか」

どうして彼女はこんな意地の悪いことばかり言うんだろう。毎週、金だってきちんと渡している。この家族のほかの誰がそんなことをしてるっていうんだ。冷たく当たるんならプリモにしろよ。このぐうたらオヤジは仕事を見つけようともしないじゃないか。

「町に行ってくるよ」そう言ったところで、誰も気にかけてくれる人はいなかった。

ニックはトレーラーを出ると、遠乗りに出かけるつもりでバイクに乗った。凍えそうなほど寒い。今日は日曜なのに、しかも何もすることがないのに、なんで町に行く気になったのか自分でもわからなかった。町の人間はみんな、午前中教会に行ったあと、家に引きこもってしまい、それきり姿を見せない。ドラッグストアもガソリンスタンドも映画館もみんな休みで閉まっている。さて何をしようか。メインストリートをぶっとばす？　すごい興奮するってか。

そういえばここのところドーンと会ってないから、ひさしぶりに訪ねてみようか。そう決めたとたん、むらむらっとしてきた。劇の練習を始めてから、ローレンのほかはほとんど誰とも会っていない。そのローレンに対しても、何一つ行動を起こすことはできなかった。

ローレンか……。ニックは彼女のことがよくわからなかった。いま最高の友だちだと思うと、次の瞬間には芝居以外には重要なことはないと言わんばかりの他人行儀な態度になる。二人は稽古場で顔を合わせ、いっしょの出番のある場面を練習した。稽古が終わるとローレンは稽古場を飛び出していく。外ではいつもストックが待っていて、彼女を家まで送り届けるのだ。

ニックはハンバーガーをいっしょに食べて、家の事情を打ち明けあったあの夜から、何かが変わるのではないかと思っていた。だが、そんなことはなかった。以前とは何一つ変わらない。

彼は自分が心を開いて、アリーサ＝メイや父親のことをローレンに話したことを後悔した。彼女の知ったことじゃなかったのに。ほかのみんなと同じ、高慢ちきな金持ちのお嬢さんだ。

ドーンの家に着くと母親が出てきて、彼女はこの週末は出かけているという。まったくすごいや。心の憂さを晴らそうにもドーンさえもいないなんて。

「いつ帰ってくるんですか」ニックは尋ねた。

「明日だよ」ミセス・ノバックは真っ赤なカーディガンを引っ張って、貧弱な胸を隠した。ドングリ眼の鶏ガラみたいな女で、乾いた薄い唇をひっきりなしに舌で舐めている。ウイスキーと煙草の匂いがむっと漂った。

「ともかくもお入りよ。レモネードでもどう？」

ニックは彼女とプリモをくっつけたらパーフェクトなカップルになると思った。デブと痩せ。二人して飲んだくれて、べろべろに酔っぱらう。

ニックはミセス・ノバックの誘いを断わり、あわてて逃げ出した。


「気分はどう、デニス？」ローレンは電話で訊いた。

デニスはいっしょに劇に出られなくてがっくりしてるよと言った。

「心配しないで」ローレンは慰めの言葉をかけた。「なんとかあなたの穴は埋めるから。あなたと同じってわけにはいかないけど」

嘘つきね。電話を切るなり、ローレンは心のなかでつぶやいた。ニック・アンジェロがあなたの役をやってるから、前よりもよくなりそうなのよ。

彼女はデニスに申し訳ない気がしてとまどいを覚えたが、ニックが原因であることは察していた。同時に、自分が何かというとニックを見ずにはいられないこともわかっていたし、彼と芝居をするのも楽しかった。けれど、一種の防衛本能によって、彼と距離を保つことが肝心だと気づいてもいた。というのも、マギーとブリックがからむ冒頭の場面を演じるたびに、二人のあいだに強烈な電流のようなものが走るのを感じていたからだ。

もうじき町の半分もの人の見ている前で、舞台で演じるときがくる。彼女はぞくっと身を震わせた。わたしたちのあいだに通いあうものをみんなに見抜かれてしまうんじゃないかしら。

ストックはローレンの生活にすっかり復帰していた。偉そうにいばりくさって、自信満々だ。というのも彼の新車——超高速の出るコルベットが納車されたからだ。ローレンはできるだけいつも彼にくっついていた。ニックがそばに近づくのを許すよりもそのほうが安全だった。

「お芝居にもし来たくなければ来なくてもいいわよ」ローレンはストックに言った。

「行くともさ。きみはおれの彼女なんだから、見逃すわけにはいかないよ。うちの親といっしょにいちばん前の席に陣取ってやる」

堪弁してよ。ありがたくて涙が出るわ。

「どうしても行かなきゃいけないなんて思わなくてもいいのよ。わたしは全然、平気だから。あなたが……その、退屈するかもしれないし」ローレンは口ごもりながら言った。

ストックには通じなかった。「デニスはもう治ったのかい?」

「ううん、まだよ……あの転校生が代役をやってるわ」

「あのクズ野郎のことか」ストックは吐き捨てるように言った。

ストックもニックも、ことあるごとにたがいを侮辱しあうようプログラミングされているらしい。

ときどきローレンは爆発しそうになった。誰にも心を打ち明けることができない。両親にも話せないし、ましてやメグにはとても言えない。こんな気持ちをニックに抱いているとわかったら殺されるだろう。

胸の奥深くにしまいこむのよ。ローレンは自分に言い聞かせた。それにニック・アンジェ口はじきにここから出て行ってしまうわ。彼はふらりとこの町にやってきて、もめごとを起こし、そして立ち去っていく。

　クリスマスにはボズウェルでは盛りだくさんの催し物がある。その皮切りが例の劇で、続いて大晦日《ニューイヤーズ・イヴ》に学校でダンスパーティーが開かれる。当然ストックは計画を立てていた。

「ダンスのあと、何人かでモーテルの部屋を予約してあるんだ。おれたちだけのパーティーをやるんだよ」

「どんなパーティー？」

「音楽をかけて、思いっきり騒いで楽しむのさ。もっとリラックスしろよ、ローレン。きみはときどき堅物になるからさ」

　彼女はリラックスしろと言われるのが大嫌いだった。何よ、偉そうに――。「このあいだのことを忘れたわけじゃないでしょうね」そういった口ぶりが母親そっくりで、ローレンはぞっとした。「ついこのあいだまでお小遣いを減らされてたじゃないの。あの人たちを呼んじゃいけないって注意しなかった、わたしが悪いんだってあなたは言ったわよね」

「あれとこれとは違うよ。そうだ、きみのダチのメグに訊いてみてくれよ。マック・ライアンといっしょに行きたいかって」

　マックはストックの親友で、ストックよりも体が大きく、ストックよりも濃い金髪だが、彼ほど金持ちではない。

「なぜ、彼は自分で訊かないの？」

「訊きたくないからだろ。男ってのは断わられるのがいやなんだよ」

メグは大喜びで二つ返事で承諾した。少なくともこれで四人になる——ローレンは思った。ストックと二人きりじゃなければ、なんだっていいわ。

上演の日が迫ってくると、ベッティーはもっと稽古をふやすと主張した。ローレンはかまわなかった。それどころか、うれしかった。

ある日、帰ろうとするローレンの腕をニックがつかんだ。「あのさ、来年の誕生日まで待たないとおれはきみに人間並みに話しかけてはもらえないのかい?」

「いま話してるじゃないの」彼女は冷静さを保とうと努めた。

ニックは苦笑した。「きみはまた、以前と寸分変わらない生活に戻ったんだ。金持ちのボーイフレンドのいる、判で押したみたいな申し分のない生活にさ。それでおれとは口をきく暇もないんだろ」

「わたしたちは芝居仲間なのよ。それ以上のものがあるなんて、どうしてそんなふうに感じたのかしら?」

ニックは思いのこもった目でローレンを凝視した。その視線に焼かれて彼女は融けてしまいそうな気がした。

「きみはわかってるはずさ、それ以上のものがあるってこと」

「……わたし……なんのことを言ってるのか、さっぱりわからないわ」

「いや、きみはわかってる。認めようとしないだけさ」

ローレンはニックの手を振りほどくと、外に飛び出した。ストックが待っていたのでほっとした。ストックはいつも彼女を待っていた。

劇が上演される夜は猛吹雪になった。ベッティー・ハリスはひどく機嫌が悪かった。あてにしていたハリントンがおたふく風邪がひどくてまだ隔離されていたからだ。

ローレンは震えが止まらなかった。なぜ主役なんて引き受けてしまったんだろう。町じゅうの人の前でマギー役を演じたいと本気で思っているの？　肌をあらわにした絹のスリップ姿で、自分よりずっと年上の官能的な女性の役をやるなんて。きっとみんなに笑われて、舞台の上でいたたまれなくなるだけよ。

ニックも緊張していた。なんでおだてにのって、こんなことをするはめになってしまったんだろう。

芝居を始める前に二人はたがいに幸運を祈りあった。「脚を折れ！」とローレンが言った。

ニックは信じられない顔で彼女を見た。「脚を折れって？」

「舞台に出る役者に、幸運を祈ってそう声をかけるんですって」

「役者ってのはまともじゃない人間の集まりだって、ずっと思ってたよ」

ローレンはにっこり笑った。「わたしもそう思うわ」

ニックは喉がからからに乾き、逃げ出したい衝動に駆られた。「とにかく客を参らせてやらなきゃな。そうだろ？」

「そういうこと！」

ローレンが先に舞台に出た。ニックは舞台の袖で待った。心臓がどきどきする。なんとか舞台に出ると不安はすっかり消えて、彼は役になりきった。

おれはやれる——彼は思った。ほんとうにうまくやれる。実際、そのとおりだった。劇は大成功だった。ボズウェルのような小さな町では、この芝居は衝撃的できわどすぎる。上演は大きな賭けだった。だが、とにかく観客には大ウケしたのだ。

ローレンが客の喝采に応えるためにステージに進み出ると、ストックがぶすっとした顔で最前列に両親と座っているのが見えた。彼女は客の歓声に応えるのに忙しく、彼のことはまるで気にならなかった。

五度目のカーテンコールを終えて、出演者一同は夢見心地で舞台裏に引き揚げた。ローレンはニックの顔を探して、見つけると走り寄った。「すごくよかったわよ」とやさしく言った。

「きみもだよ」彼は顔をほころばせた。「そうだよ、おれたちは二人ともよく頑張ったよ」

ベッティー・ハリスがビーズと金の鎖をジャラジャラ言わせながらやってきた。「大成功よ。みんなすばらしかったわ。わたしの弟がここにいて成功を喜んでくれたら、言うことはないのに」といっきにまくしたてる。

「まだ治らないそうでお気の毒です」ローレンが言った。

「容態が悪い日は、きっとタマタマが腫れて象みたいになってるんだぜ」ニックがローレンの耳もとでささやいた。

「なんですって？」彼女は自分の耳を疑った。

「それがおたふく風邪の特徴なんだよ」とまじめくさった顔で答える。「あれにかかるとかならず、そうなるんだよ」

ぱんぱんに腫れ上がった象みたいな睾丸をぶらさげたハリントン・ハリスの姿がローレンの目に浮かぶようだった。彼女は吹き出しそうになるのをこらえるのに苦労した。幸い、笑いだす前に両親が姿を見せた。彼女はニックに両親を紹介しようとしたが、彼は姿を消していた。

両親の後ろには不機嫌そうな顔をしたストックが立っていた。「半裸で舞台に立つなんて、一度も言わなかったじゃないか。みんなに見られたんだぞ」と、文句を言う。

よかったよ、おめでとうって祝ってくれる気はないの？

「だって、一度も訊かなかったじゃないの」

「それじゃわたしたちは、またあとで」ローレンの母親はそう言うと、父親を連れてそそくさと去っていった。

「おれがどれほど恥をかいたと思うんだよ」ストックは迫った。「相手役のあのクズ野郎と舞台に二人で立っててさ。今夜のきみはしっかりおれをコケにしてくれたんだぜ」

「コケになんてしてないわ」ローレンはカッとなった。

「いや、したね」と彼は食いさがる。

ローレンは息をついた。「せっかくの気分に水を差すようなことをしないで。わたしにと

って は特別の夜なのよ」

「おれにはそうじゃないね」

「だったら、家に帰れば」

「きみはどうすんだよ？」

「わたしはここに残って劇の仲間といっしょに打ち上げをするわ」

「おれ抜きでか？」

「ええ、あなた抜きで」

「じゃあ、そうしろよ」ストックは憤然として去っていった。

おあいにくさま。ローレンはそれほどがっかりもしなかった。

ベッティー・ハリスは隣の部屋に、出演者のために食事を用意していた。みんな興奮冷めやらぬままにあたりを歩きまわってはたがいに成功を祝福しあった。全員が席についたとき、ローレンは気がつくとニックの隣に座っていた。

「……ついに終わっちゃったね」ニックは小さなロールパンを一つ取った。「来年、学校が始まるまできみとは会えないんだね」

ローレンはグラスの水を飲んだ。「来年なんていうと、すごく先みたいに聞こえるわ。クリスマス休暇はたったの二、三週間じゃないの。それに大晦日のダンスパーティーで会えるわよ。行くんでしょ？」

「いや、行かないと思う」

「どうして？」

「きっちり全部お膳立てして、さあ、みんなで楽しみましょうっていうようなやつは、どうも苦手なんだよ」

ローレンは唇を嚙んで言うまいとこらえたが、やっぱり口に出してしまった。「ドーンはきっといっしょに行きたがってるんじゃない？」

ニックはとまどった顔になった。「前に言ったと思うけど、おれとドーンは別に恋人とかじゃないよ」

「言ってることが彼女と違うわよ」こらこら、ロバーツ、黙んなさい！

「なんでそんなにこだわるんだよ。ここんとこ、おれとろくに口もきかなかったのに」

「いまは話してるわ」

ニックはローレンをじっと見つめた。「おれ、話すだけじゃ、足りないのかもしれない」

ローレンは目をそらした。そうよ、彼がわたしを襲いたがっていることを肝に銘じておくべきだったわ。メグにだってしたんだから。なんで男の子ってそんなにセックスに興味があるんだろう。誰かを深く知りたいとか、おたがいの気持ちとかは、関係ないのかしら。

「ちょっと失礼」彼女は椅子から立ち上がった。

「どこに行くの？」

「車からハリス先生へのプレゼントを取ってくるの」

わたしにかまわないで、ニック・アンジェロ。わたしは興味ありません。

――嘘よ、興味を持ってるくせに、ロバーツ。興味津々のくせに……。

ローレンは急いで外に出て、小走りにステーションワゴンに向かった。ドアを開け、きれいにラッピングしたプレゼントに手をのばす。

「ローレン」声がして、すぐ後ろに彼がいた。

彼女は振り向いた。自分が自分でないみたいに頼りなく感じられる。

彼は何も言わずに体を寄せて、そっとキスをした。

それはこれまで経験したどんなキスとも違っていた。彼の唇は執拗で、それでいてとても柔らかだった。彼の舌に深く探られても、征服された感じはしなかった。ローレンは知らぬまに、自分も彼にキスを返していた。

「初めて会ったときから、ずっとこうしたかった」ローレンを引き寄せ、彼はつぶやいた。

ローレンは深く息を吸った。「ブレークリー金物店ね。わたしが床を這いまわっていた……」

「ああ、あの日のきみはすごく素敵だったよ」

彼女は「あなたもよ」と言おうとしたが、言葉にする前にニックがふたたび唇を重ねてきた。二度目のキスは信じられないほどすばらしくて、思わずわれを忘れた。男の子とキスをしたことは何度もある。サミー・ピルスナーやストックのほかにも、デートしてキスをした相手は何人かいる。でも、一度もこんなことはなかった。ただの一度も。

彼はローレンの長い髪に両手を差し入れた。「きみはとても……その、なんて言ったらいいのか……美しい《ビューティフル》」

ローレンは美しいと言われたのは初めてだった。かわいい《プリティ》——そりゃそうでしょ。素敵《ナイス》——あたりまえでしょ。でも、美しいという言葉には違った響きがある。だけど、それでも……流されるわけにはいかないのよ。「こんなことしちゃいけないわ」彼女は、そっとささやいた。

「無理強いはしないよ」とさらに強く抱きしめる。

ローレンはふたたび深く息をつくと、思いきって行動を起こすことにした。「わたし、行くわ」そう言うと、答えを待たずに身をひるがえし、走って戻った。

その夜、お祝いの会が終わるまで、ローレンはずっとニックのほうを見ないように努め、考えもしないようにした。

ベッティー・ハリスは出演者全員の健闘をたたえた。会がお開きになったとき、ニックは彼女のすぐ後ろにいた。「家まで車で送ってもいい?」

「だめよ。車で来てるのはわたしなのよ、忘れた?」

彼はにっこり笑った。「そうだったね」

「おやすみなさい、ニック」ローレンはよそよそしい口調で言った。

「おやすみ、美しい人」

トレーラー・パークに帰るあいだ、ずっとニックはローレンのことを考えていた。それから、いきなり心が別の方向に走りはじめた。芝居は大成功だった。観客に自分の所作の一つ一つを注視される気分は最高で、彼はすっかり芝居の魅力にとりつかれてしまった。舞台に上がればニックはニックでなく、ブリックだった。なんの取り柄もないガキじゃない。観客が好意的な反応を示してくれる、それなりの人物だったのだ。

それから彼の思いはふたたびローレンに戻っていった。彼女とのキスは、これまで知っていたどのキスとも違った。そう、たしかに彼はたくさんの女の子とつきあってきた。けれども彼女のような子は一人もいなかった。ニックはこれまで一度も女の子に対して何かしてあげたいとか、守ってやりたいとか、いつもいっしょにいたいとか思ったことはなかった。これは女の子をモノにするということとはなんの関係もない。そんなこととはまったく違うのだ。

おれは恋をしてるのかな？

——そんなこと、考えるなよ。

もしかしたら、おれは俳優になれるかもしれない。思いもかけなかった考えが頭のなかに忍びこんできた。

まさか。なれる見込みなんかないよ。

いや、あるかも？

15

やりたいことが決まるとニックはさっそく行動を開始した。まず最初にしたのはベッティー・ハリスのところに行って演技の個人教授をしてもらえないかと頼むことだった。

「おれ、金は払えませんけど、いつかきっと成功して、そのときにはうんと払いますから」

ベッティーは笑った。「マーロン・ブランドやモンゴメリ・クリフトみたいになれると思いこんでる男の子全員から一〇セントずつもらえたら、わたしは大金持ちになれるわ。あなたも同じよ、ニック。あなたはたしかに上手よ。でも、やっぱり同じだわ」

「わかってないな、先生。おれは核の研究をする科学者になろうとしてるんじゃないんです。大統領選に打って出ようっていうんでもない。何かこれはってものをめざしたくて、で、それが役者になることだって思ったんです」

「あら、わたしはちゃんとわかっているわよ」ベッティーは狭いリビングルームを行ったり来たりした。「若いころ、わたしもおんなじ大きな夢を抱いていたんだもの。じつを言うとね、ニューヨークまで行ったのよ」

ニックはびっくりした。「先生が？」

「そう、何度もオーディションを受けたけどだめだった。やれ、背が高すぎるだの低すぎるだの、太りすぎだの痩せすぎだのって言われてね。不細工すぎる、美人すぎるって、言われたこともあるわ。ほんとうなのよ、ニック。オーディションをするほうだって、自分たちが何を求めているか誰もわかってないのよ。彼らにわかっているのはすでに成功した誰かのそっくりさんを求めてるってことだけ」

「で、先生はどうしたんですか?」

「結婚したのよ」とベッティー。「わたしの服をこっそり着て喜んでるような男とね。で、よそに女ができて捨てられたわ」と、皮肉っぽく笑う。「相手が男じゃなかったのは救いだったけど!」

「それで?」

「だんだん年をとって前より賢くなってきたのね。ときどきチョイ役がつくようになったんだけど、結局はボズウェルに戻ってきたの」そこで溜息をついた。「いまはこうして高校の演劇部を受け持ってるってわけ。あなたたちがどんなに頑張ったってチャンスをつかめないものを、せっせと教えてるのよ」

「誰にだってチャンスはありますよ、先生」

ベッティーは苦笑した。「すごく楽観主義なのね。いまいくつ? 十六歳?」

「十七歳です」

「ねえ、ニック。わたしがニューヨークへ行ったのは二十歳《はたち》の年で、戻ってきたときには三十になってたわ。いまは五十歳。この二十年はね……」ベッティーはあとの言葉を呑みこんで、かぶりを振った。この二十年の歳月はいったいどこへ消えてしまったのだろう。

「だけど弟さんは成功したじゃないですか」

「何を成功と呼ぶかにもよるけどね」彼女は割りきったものの言いかたをした。「ボズウェルみたいな町でなら、彼はスターだわ。でも、ほんとうのところはこの六年間にブロードウェイで執事役を三回やっただけ。スターっていったって、しょせんそんなもの。彼はその程度のスターなのよ。いちばん最近の仕事は、痔の薬のテレビコマーシャル」

「ハリントン・ハリスが？」

「そう、大スター、ハリントン・ハリスが、よ。でも、彼がここに帰ってくるとみんな喜ぶの。彼のこと、スターだと思ってるから。そういうことなのよ」

「先生」ニックは緑の瞳でベッティーを見つめながら熱っぽく言った。「おれに手を貸してください。おれはうんと勉強しなきゃならない。それにはいろんなことを教えてくれる人につかないといけないんです」

彼はひじょうに真摯だった。ベッティーはいたずらに彼に希望を与えてはいけないとは思ったが、そうしたところで自分には失うものは何もない。冬は冷たくわびしい。学校が始まり、演劇部の稽古を再開するまでには五週間もある。そのあいだ、ほかにすることがあるだろうか？

「いいわ」ベッティーは言った。「それじゃ週三回、午後にここに来て。十二時から四時までやりましょう。やるからには必死にやる覚悟を決めてよ。ほかにやりたいことができたなんて電話、絶対に寄越さないでね」

「誓います」ニックは声をはずませた。「ちゃんと通ってきます」

ベッティーはにっこりした。「結構。これがスタートよ」


トレーラー・パークでの生活は、冬はことにつらかった。どこのトレーラーも雨漏りがひどく、湿気のためにむっと悪臭がして、あちこちに小さな水たまりができた。戸外で暮らしているのと大差はなかった。

それに対してプリモはまったく対策をとろうとしなかった。「腕が痛えんだよ」と泣き言を言う。「修理なんてなんにもできねえよ」

「だったら、ビールの罐を持ち上げても痛いんじゃないか」ニックはうんざりしてつぶやいた。

「ごたいそうな口をきくようになったたな。おれはいつだって、おめえを放り出すことができるんだぜ」

「おれを高校まで出すって、母さんと約束したんじゃなかったか？」

「あんまり、あてにしないほうがいいぞ」プリモはぶつぶつ言った。

学校がないのでルークとハーランは退屈していた。毎日、町へ遊びに行くのを、アリーサ＝メイも止められなかった。ある日、ハーランがさんざん殴られて帰ってきた。

「何があったんだよ」ニックは問いただした。

「なんでもない」ハーランはぶすっとして言った。

ニックはルークに向きなおった。「おまえの兄ちゃんはどうしたんだよ？」

ルークはぼうっとニックの顔を見つめるだけだ。

「クソッ！」ニックは叫んだ。「口を開けてなんかしゃべれよ、この野郎！」

ルークは泣きながらトレーラーから飛び出していった。

アリーサ＝メイは流しで平然と洗い物を続けている。プリモはいつもの場所でいびきをかいていた。

「あんたたち、どっちも子供のことが気になんないのかよ」ニックは追及した。

「自分の身は自分で守ることを覚えさせたほうがいいのさ。喧嘩なんてこれから何回もやるに違いないんだから」

シンドラは罐詰工場の仕事を見つけた。朝早く出て夜遅くまで帰ってこない。ニックの存在などほとんど気にしていない。

「ったく、あんたにはむかつくよ」ある日、ニックはブチキレた。「いつになったらおれに対してやさしくなるんだよ」

「あんたが出てったらね」シンドラはにべもなく答えた。

「そいつはあまり期待すんなよ。おれは自分の都合で出て行くんだから。あんたの都合に合わせるんじゃなくてね」

「上等じゃない。できるだけ早く頼むわね」

ニックは忙しかった。ガソリンスタンドのバイトのかたわら、週に三回はベッティー・ハリスのところに行く。おまけにトレーラーの修理もやらなければならない。自分自身の時間はまるでなかった。

ベッティーから演劇について教わるのはとても面白かった。彼女はニックが興味を持ちそうな劇を選んでくれた。彼は特に『欲望という名の電車』が気に入った。ベッティー演じるブランチに合わせて、スタンリーの台詞をしゃべるのは最高に気分がよかった。何よりうれしかったのは自分が打ちこめるものがやっと見つかったことで、胸がわくわくした。

アリーサ＝メイとプリモにとっての蜜月期間は終わりを告げた。彼女が家にいるときは年がら年じゅう、ひどい罵りあいが続いている。プリモはさんざんにアリーサ＝メイを殴りつけた。このろくでなしは殴ることしか知らないらしい。

ニックはできることなら父親のかわりに謝りたかった。おれのせいじゃないよと言いたかった――おれたちを放り出してくれよ。どこかへ行くから。どこへだって行くよ。おれたち、あんたの人生までめちゃめちゃにしたらいけないんだ。

けれどもせっかくプリモを取り戻したアリーサ＝メイには、プリモを放り出すつもりは毛頭なかった。

クリスマスがやってきた。わびしい祝日だった。アリーサ＝メイはブラウニング家の七面鳥の残りを家に持ち帰り、それで濃厚なスープを作った。クリスマスのお祝いも彼らにとってはその程度だった。クリスマスツリーもない、プレゼントもない。ないないづくしのクリスマス。

ニックは多少なりともそうしたクリスマスには慣れていたから平気だったが、義理の弟たち——特にハーランのことはかわいそうに思った。ルークには意志の疎通をはかろうとするだけ無駄だったけど。

ときおりニックはジョーイと出歩いた。ジョーイは大晦日のダンスパーティーに出るかどうか、訊いてきた。

「考えてなかったな」ニックは答えた。

「ほかにすることはないんだろ。計画立てようぜ」

「入場するにはどうするんだ？」とニック。「チケットを買わないといけないのかい？」

「いや、高校の催しだからさ。ドーンを誘ってやればいいじゃんか」

そういえばここのところ、ドーンのことは頭になかった。あんまり忙しすぎて、寝たいという欲求も起きなかったのだ。「ああ、電話してみるよ。おまえは誰を連れてくの？」

ジョーイは煙草を吸うと、さりげない調子で言った。「おまえの姉さんを誘うかな」

ニックはびっくりした。「おれの姉さんって？」

「シンドラだよ……つまりさ、彼女が承知すると思ってるとか、そういうことじゃなくてさ。彼女って、なんかいつも……ほら、一人ぼっちみたいじゃないか」

ニックは顔をしかめた。「タマタマを握りつぶされてもいいんだったら、誘ってみろよ」

ニックはシンドラに対してなんの感情も持っていなかった。弟としてはかばってやるべきなんだろうが、とんでもない。あんなやつ、誰と出かけようと知るもんか。

「パーティーには何を着るんだ？」ニックは訊いた。

「タキシードさ。リプリに行って二着借りよう」

翌日の午後、ニックとジョーイはリプリに出かけた。ジョーイは中古のバイクを持っているので、それに乗って二時間で着いた。貸衣装店は大晦日に着る服を探しまわる人でごった返していた。ジョーイは客をかきわけてカウンターに進むと、店員をつかまえてタキシードを二着選んだ。「なんか、アホになったみたいな気分だな」試着しながらニックは言った。

「っていうか、アホそのものだよ」ジョーイがげらげら笑った。「でもいいじゃん。大晦日にはみんなアホに見えるから」

ニックは鏡の前に歩いていった。ズボンは長すぎるし、上着は大きすぎる。「マジでこんなの着なきゃいけないのか？」

ジョーイはニックの背中をバンと叩いた。「たったひと晩だけさ。死にゃあしないって」

二人は金を払って店を出た。

「裸の女の子のいるバーを知ってるぜ」ジョーイがウインクしながら言った。「オッパイもお尻も丸出しだぜ」

二人とも偽《フェイク》の身分証明書を入手済みだったから、大いばりでバーに乗りこんだ。誰にも制止されなかった。誰も気にしていない。

店内は建設作業員でいっぱいだった。誰もが半裸のウエートレスが歩きまわるのを眺めるのに忙しい。彼女たちが身に着けているのは黒のストッキングとフリルのついたエプロン、見せかけの微笑。

ニックは目の前の光景を信じられない思いで眺めた。彼はジョーイを肘で小突いた。「こういうのを取り締まる法律ってないのか?」

ジョーイはにやっとした。「トップレスバーは初めてだなんて言わないでくれよ。これがいますごくイケてるんだから」

「イケてるって、イケるってことか。ああ、イク、イク!」ニックはおちゃらけた。

ジョーイは笑いだした。「ここではちょっと抑えてくれよ。見るだけならいいけど、さわるのはダメ」

「やらせてくれるのかな」

「金さえあればね」

ニックはデニムのジャケットの胸ポケットを叩いた。「あるある。昨日、給料日だったんだ」彼はすでに一人の女の子に目をつけていた。甘い顔立ちのブルネットで、どこかローレンに似ている。ローレンとはあの劇の発表以来会っていない。ときおり、どうしているだろうと思うことがある。けれど、努めて考えないようにしている。彼女は手の届かない存在だからだ。ニックはそのウエートレスが注文を取りに来ると、さっそく交渉を始めた。「このあとはどうなってるの?」

彼女は腕時計を見た。「あたしは三時に上がり。それで、ここを出るわ」

「おれはいまでも出ちゃいそう」ニックはからかった。「いくら？」

彼女は侮辱された顔をしようとした。「あたしのこと、娼婦かなんかだと思ってるの？」

「もちろん、そんなこと思っちゃないよ」とニック。「で、いくら？」

「三〇よ」

「二〇ね」彼は繰り返した。「どんなアレだよ。ミンクの毛皮でも張ってあるの？」

「一〇でいいわ。あんた、かわいいから」

「部屋はある？」

「あたしんところに来たいんなら、五ドル追加よ」

ニックはどうしようか慎重に考えた。これまでお金を出してヤッたことは一度もない。でも、なんだかそうしてもいいような気がする。自分への新年のプレゼントってことで、わざわざ口説く手間のいらない女の子と寝るのも悪くないかもしれない。ニックは、一〇ドルで手を打った。

彼女の名前はキャンディ。ワンルームに猫二匹とハムスターといっしょに住んでいた。ハムスターは籠《かご》に入っていたが、悪臭のする猫は、わが物顔に部屋のなかをうろつきまわっている。

「いつもなら、ここには人を連れてこないんだけど」コートを脱ぎながらキャンディが言った。「でも、あんたはいい人みたいだからね。ところであんた、いくつ？」

「三十一だよ」ニックは嘘をついた。「きみは?」

「二十歳よ」

三十には見えるぞ――ニックは心のなかでつぶやいた。「この仕事は長いの?」

「どの仕事?」彼女はバッグのなかを引っ搔きまわし、マリファナ煙草を取り出した。

「本業以外のバイトのほうだよ」

「ああ、このこと。別にやってるってほどじゃないわ」あいまいに言って火をつけた。「今週は、いろいろ物入りだったから……それにさっきも言ったけど、あんたちょっとかわいいから」

もちろんだよ――ニックは思った。

キャンディは彼にマリファナを渡すと、ブラウスのボタンを外しはじめた。

ニックは深々とマリファナ煙草を吸いこんだ。マリファナは前にもやったことがある。彼はキャンディがゆっくりとブラウスを脱いでいくのを眺めていた。すでにバーであらわになった胸を見たあとだったが、自分だけのために少しずつ脱いでいくのを見るのはまた格別だった。

ブラウスの下には、大胆な黒のブラジャーに小さめの乳房が包まれていた。芝居がかった鮮やかな手つきでブラウスを床に脱ぎ捨てるとスカートのジッパーを下ろし、手際よく両足を抜いた。下着なんて面倒なものはつけない主義らしい。彼はおなじみの衝動がむらむらと突き上げてくるのを感じた。

「何を残してほしい？」キャンディが訊いた。

彼女がガムを嚙んでいるのにニックは気づいた。「イヤリング」と答える。

キャンディは笑いだし、さりげなく自分の乳首をいじった。「そんなこと言われたの、初めてよ」

ニックは着ていた服を脱いだ。これは一つの挑戦だった。キャンディはプロだ。いままで寝たほかの女の子たちと同じように彼女をイカせることができるかどうか知りたかった。

キャンディはベッドにどさっと身を投げ出すと、ニックを手招きした。

彼は猛スピードで突進して、ベッドに上がった。

キャンディはもう一服マリファナを吸い、ベッド脇の欠けたガラスの灰皿に置いた。

「あんた、ほんとうは二十一じゃないでしょ」こずるそうな口調で訊く。「白状したら」

絶対に十七歳だなんて認めるわけにはいかない。「いや、二十一だよ」そう嘘をつき、せっせとピストン運動を始めた。

どうやらキャンディは全精力をバーで使い果たしてしまったらしい。彼がアンジェロ・マジックを繰り出しても、うつろなまなざしでガムを嚙みつづけ、死体のように横たわっているだけだった。

ニックは果てるとさっさと彼女から離れた。彼女を喜ばせようなんてとんでもなかった。金を出して女と寝るのはこれが最初で最後だ。彼は金をテーブルの上に置くと、部屋を飛び出した。

その後、バーでジョーイと落ち合い、バイクで家へ向かった。

「どうだった、相棒？　お楽しみの話を聞かせてくれよ」ジョーイは興味津々だった。

「知りたきゃ、自分で金を払ってヤレよ」

「なんだよ、いったい。ひょっとして恋しちゃったのか？」ジョーイはからかった。

ニックはうなるように言った。「そんな言葉、聞きたくもないよ」

恋。ローレンに感じている思いはそれなのだろうか。ニックは彼女に会いたかった。だが、学校が始まって顔を合わせるのが不安でもあった。どうなっていくのかわからないからだ。

これまで彼は、女の子に対しては自分を完全にコントロールすることができた。家ではさんざん殴られていたが、人生の少なくともある部分では、自分で支配できるものがあったのだ。

だがいまはこのわけのわからない感情にとらえられ、振り切ることができないでいる。

ローレン・ロバーツ。彼女はニックにとって、これまで出会ったなかでただ一人の特別な女の子だった。だが彼女はほかの男のものだ。

それに対して何か手を打つときが訪れている。

16

ローレンは惨《みじ》めなクリスマスを過ごした。休暇中、母の兄のウィルと妻のマーゴがフィラデルフィアからやってきた。十九歳になるブラッドは今回はいっしょではなかった。ローレンがお熱を上げたのは昔のことだったから、彼が来なくても別に寂しくはなかった。クリスマスの翌日は、ブラウニング家で過ごした。ストックはカシミヤのセーターと料理の本を二冊くれた。どう見てもこれは彼の母親の見立てによるものだった。ローレンは錫製のシンプルな札ばさみ《マネー・クリップ》と写真立てを贈った。そして一日じゅうニック・アンジェロはいまごろ何をしているのだろうと思っていた。

夜はベッドで自分の将来について考えた。

あと二年もすれば高校を卒業する。ローレンは東部の大学に入学するための受験勉強を始めていた。両親には遠くてもカンザスシティーの大学どまりだと言われているが、彼女は行くのはニューヨークと心を決めていた。

メグが大晦日のダンスパーティーのことでローレンの家にやってきた。「何を着て行く?」いつものごとく、メグは着るものが気になって仕方ない。

「考えてなかったわ」ローレンは気のない返事をした。「婚約パーティーのときのドレスでも着ようかな」

メグは顔をしかめた。「同じものは二度と着られないわよ」

「あら、着られるわよ」ローレンは頑として言い張った。

「いったい、どうしたのよ？　このごろ……なんか……すごく、変わったみたい」

ローレンは自分は変わったのだろうかと思った。考えられるのはニックのことくらいだ。彼の誕生日、彼はとても思いやりがあって、こちらの気持ちをよくわかってくれるような気がした。そして公演の夜にキスをされた。あれは間違いなく特別なことに感じられた。彼がほんとうにメグを襲ったなんて信じられない。おそらくメグが仕向けたあげく、土壇場になって逃げ出したというのが真相だろう。メグはいつもそういう危ない真似をするからだ。

「あたし、黒を着るわ」メグは意を決したように言った。

「それはいいわね」ローレンは小声で応じた。正直なところ、どうでもよかった。


大晦日のダンスパーティーの夜は雪になり、厚く降り積もった。ローレンは窓の外に目をやり、雪の舞うさまを眺めていた。このぶんなら出かけなくてもすむかしら、という思いが頭をかすめた。

ところがそうは問屋が卸さなかった。ストックが電話してきて、七時に迎えに来ると言う。

「ちゃんと支度しておけよ」と彼は言った。

何よ、偉そうに。これまでわたしが待たせたことある？　新年の抱負――この婚約をきれいさっぱり解消すること。ウジウジ考えるのはもうやめて、実行あるのみ。

ブラウニング家ではクリスマスプレゼントにドレスを一着あげるから、ローレンがブラウニングスに来て好きなのを選ぶようにと言って譲らなかった。彼女はやむなくそうした。母親がしつこくそうするよう言うから、断われなかったのだ。ローレンは丈の短いオフショルダーの黒いドレスを選んだ。そのドレスを見て、母親は卒倒しそうになった。「こんなものは着られませんよ。まるで場違いじゃないの」

「どうして？」

ジェーンは困ってしまった。「大人っぽすぎるわ。それに若い子は黒なんて着ないものよ」

「この若い子は着てみたいのよ」

ジェーンは溜息をついた。「いったい、このごろのあなたはどうしたの。何かというと口答えするようになって」

ふうん、お母さんとメグでそんな話でもしたのかな。

ストックは白の蘭のコサージュを手にして現われた。ローレンを見て目を丸くし、「うわあ、すっげえ――」セクシー、と言いかけたが、ロバーツ夫妻が表玄関にいたので、あわてて「素敵だよ」と言いかえた。

ローレンはにっこりほほ笑んだ。今日はまともなことを言うじゃないの。

ジェーンはカメラを持ってきた。「さあ、写真を撮るわよ！」と楽しげだ。

ローレンは義務を果たすべく、ストックと並んで写真のポーズをとった。それから両親にキスをし、「行ってきます」を言って家を出た。いつもなら門限のことでひと悶着あるのだが、今日は大晦日。おまけにストックがいっしょだから、まったく問題にならなかった。両親の関心といえば、取り決めを揺るぎないものとすることだけなのだ。

マック・ライアンが車のなかで待っていて、一同はメグを迎えに行った。彼女の家に着くと、メグはローレンをいやな目つきで見た。「黒のドレスを買うなんて、言わなかったじゃないの。なんで買ったのよ。あたしが黒を着るのよ」メグはいきりたった。「そのこと、あんただって知ってたじゃない」

ローレンは肩をすくめた。正直な話、すっかり忘れていたのだ。「そんなの、どうだっていいじゃない。わたしたち、全然似てないんだし」

「あたしはめだちたかったのよ」いらだたしげに、頭を振る。「これじゃ、まるでふたごみたいじゃない！」

「大丈夫、メグはめだってるから」彼女はまた一キロ近く太ったんじゃないかと、ローレンは思った。

「違うわ、めだってるのはあんたよ」メグが言い返した。「いつだって、あんたばっかり！」

一同は車を停めて車内でシャンパンを飲んだので、パーティーには遅れていった。ローレンはお酒に慣れていなかった。匂いからしていやだったのだが、このニューイヤー・パーティーはこれまでとは違うものにすると決めていた。いいかげんに大人になりたかった。

会場に着くと、まさにダンスは最高潮に達していた。ストックはローレンの腕をつかむと、仲間たちのなかを派手に突っ切ってダンスフロアに彼女を引っ張っていった。「今夜のきみはすっごく刺激的だぜ」ストックは言った。「きみの両親の前じゃ言えなかったけどさ。マジでナイスバディなんだな」

そんなこと初めて気がついたの？　ローレンは同じノリで答えることにした。「あなたもマジでナイスバディよ！」

ストックは彼女の言葉をどう受け取ったらいいかわからなかった。それで聞こえなかったふりをした。地元のバンドがローリング・ストーンズの『ホンキー・トンク・ウイメン』を演奏するのに合わせて、腰を回転させはじめた。ミック・ジャガーのようにはいかない――どころか、似ても似つかなかった。

踊りはじめてローレンはちょっとめまいがしてきた。視線はずっと会場のなかを探している。

――何を探しているの、ロバーツ？

ニック・アンジェロを探しているの。何かが起きることを望んでいるのかな。

シンドラがジョーイの誘いを承諾したと知って、ニックはびっくりした。「パーティー、ジョーイと行くんだってな」彼はシンドラに言った。

シンドラは彼をにらみつけた。

「いつかきっと、相手を間違えたことに気づくと思うよ」ニックは馬鹿げた蝶ネクタイと格闘しながら言った。

「その日が来たら、知らせるわ」長い髪を梳きながら言い返す。

「ああ、期待して待ってるよ」ニックは彼女の不愉快な態度がいらだたしかった。

二人の会話をさえぎるようにそのとき、隣のトレーラーから何かのぶつかる音がして悲鳴が上がった。いまに始まったことではない。クリスマスからこのかた、プリモとアリーサ＝メイのあいだには激しい喧嘩が絶えなかった。

シンドラはニックを恨みがましい目つきでにらみつけた。まるであんたのせいよと言わんばかりに。「あんたは、ここにはそんなに長くはいないかもね」

「何度言ったらわかるんだよ。おれだって好きこのんでここへ来たわけじゃないよ」

「あんたはあいつの付録でしょ。あいつはただのクズよ」シンドラは呪うように言った。

「そんなら言わせてもらうけどさ。そっちだって、あのオヤジの付録じゃないか」

シンドラの目が怒りに燃えた。「そんなこと、信じないわ」

「じゃあ、あんたのママがおれに嘘をついたっていうの？　そういうこと？」

シンドラの黒い目はめらめらと炎を上げている。「あのぐうたら男があたしの父親だなんて、絶対に信じない」

「だけど父親なんだよ。いいかげん認めろよ」

そこへジョーイがバイクに乗ってシンドラを迎えにやってきた。

シンドラは怒った顔でトレーラーの戸口に立ち、外を見た。「雪が降ってる」彼女は言った。「あんなちゃちなバイクじゃ、どこへも行けないじゃない」

ジョーイは折り畳みのビニールのレインコートを広げると、シンドラに着せかけた。「さあ、これでよし。こんなんでどう？」

「ええ、上等よ」シンドラはぶすっと言った。「すごく上等のデートだわ」

「何を期待してたわけ？　ケネディ家の誰かと間違えてんじゃない？」

「別に何も……」皮肉っぽく唇をゆがめる。「まったく何も期待してなかったわ」

ニックはプリモにバンを貸してもらえるか訊くつもりでいたが、トレーラーから悲鳴や何かが聞こえてきたので、バイクでドーンのところまで行き、彼女の母親の車を借りられるかどうか訊くことにした。

ニックは借りてきたタキシードが気に入らなかった。大きすぎるし、だいいち靴はいったい何を履いたらいいのか。

とはいえ、スニーカー以外に履くものはない。もしそのことで後ろ指をさすやつがいたら、口にパンチをお見舞いしてやる。

タキシード姿のニックを見て、ハーランはカッコいいと言った。ルークはゾンビでも見るような目でじっと見つめている。ニックはふと、この子は何か専門家の助けを受けるべきじゃないかと思った。改善の見込みはゼロに等しいけれど。

「おまえら二人は今夜何をするんだ？」ニックは訊いた。

くだらない質問だ。一人に何ができるっていうんだ。二人が町に行くには歩き以外の手段はない。雪はかなりの深さまで積もっている。アリーサ＝メイとプリモが死闘を続けているおかげで隣のトレーラーに行ってテレビを見ることさえできないのだ。

「あのさ、いい考えがあるんだ」ニックは二人を喜ばせてやりたかった。「明日、二人に映画をおごってやるよ」

ハーランはぱっと顔を輝かせ、こくんとうなずいた。

ニックはバイクでドーンの家に向かった。着いたときにはびしょ濡れになっていた。

出迎えたドーンはこれまで見たどの服よりもタイトなドレスを着ていた。想像の余地を残すということは、彼女の流儀ではなかった。

「まったく、最高のデート相手じゃないの！」ドーンはやれやれと首を振った。「乾かしてからじゃないと、どこにも行けないわよ」

「きみのお母さんの車を借りられるかな？」

「全然オーケーよ。自分が使うつもりでいたみたいだけど、もう酔いつぶれちゃってるから。さあ、服を脱いで。あたしが乾かしてあげる」

ニックはドーンについて二階の彼女の部屋に上がり、服を脱いだ。二枚の大きなエルビス・プレスリーのポスターが、彼を冷笑するように見おろしている。

ドーンはニックの体に賞賛の視線を走らせた。「ねえ……ホントにダンパに行きたい？うちの母さんは明日まで目を覚まさないわよ」

「おいおい、家でじっとしてるくらいなら、なにもリプリくんだりまで、わざわざタキシードを借りになんか行かないよ」

ドーンは思わせぶりにウインクした。「あたしが考えてたことは、家でじっとしてるってのとは違うんだけどな」

「それはあとでもできるよ。だろ？」

「あんたがよければそれでいいわ」

そこがほかの女の子と違うドーンの取り柄だ。こちらに合わせすぎるくらい合わせてくれる。


ローレンはニックが入って来た瞬間、彼に気づいた。心のどこかで彼は来ないような気がしていた。とはいえ、別のどこかでは来てほしいと願っていたのだ。そしていま、彼はここにいる。その腕に蛭《ひる》みたいにドーンをまとわりつかせて。

ローレンはじっと見つめないようにした。ニックに気づかれたくなかったのだ。タキシードがすごく似合っている。ちょっと大きすぎるけど。明らかに彼は努力をしたのだ。それはみんな、ドーンのため？　悔しい！

すぐにローレンは後悔した。問題はドーンが性悪女なんかじゃなくて、じつに感じのいい女の子だということだ。たまたま学校のさせ子だというだけだ。ストックも彼女と寝たことがあるんじゃないかしら。彼が認めたわけじゃないし、わたしも気にしてないけど。

ストックはローレンをダンスフロアじゅうところ狭しとばかりにくるくるまわして、あいかわらず意気軒昂だった。

「何か飲みましょうよ」ローレンは彼から体を離し、息を切らして言った。

ストックはぱっと顔を輝かせた。「そうこなくっちゃな。シャンパンの残りを車のなかで飲むってのはどうだい?」

「ソフトドリンクが飲みたいの」

「えっ、なんだって?」

ストックにおちょくられるのがローレンはすごくいやだった。

バーでニックはドーンに水で割ったパンチのグラスを手渡した。「さあ、この毒をあおろうぜ」

ドーンはさっと会場を見渡したあとで首を振った。「ここであたしたち、何をしたらいいの。リプリに行けばよかったわね」いたずらっぽい目でニックを見る。「それとも、家に残ってたほうがよかったかしら」

ニックもそう思わざるをえなかった。ここは二人には場違いな場所だった。

ドーンは欠伸するふりをした。「あたしたちはここに来たし、見たし、退屈したわ。もうこんなとこ出ようよ。あたしんちに帰ればもっと楽しいことができるじゃない。あんたが頑張ってくれれば、あたしも張りきっちゃうからさ!」

ニックはローレンに会うまではここを去りたくなかった。なんといっても、タキシードでめかしこんでここに来たのは彼女に会うためなのだから。

「あのさ、きみはすごくダンスが上手なんだって言ってたじゃんか。ほんとうにダンスがうまいってのはこういうんだって、みんなに見せつけてやれよ」

ドーンは常に挑戦は受けて立つ。「そうよ、あたしは誰にも負けないわ。いつでも、どんなダンスでもね」

「だったら、なんでぐずぐずしてるんだい？」彼はドーンを人でいっぱいのダンスフロアに引っ張っていった。ダンスが好きなわけじゃないけど、その気になればステップを踏むことくらいはできる。

ドーンはダンスのうまさを披露するのを楽しんでいた。彼女にはダンスの才能があるし、見る人をぞくぞくさせるツボを心得ていた。とりわけ、お気に入りのぴちぴちのドレスを着ているときは――。

二人が踊りはじめると、人が集まってきた。

そのときニックはローレンを見つけた。彼女はストックやその仲間といっしょのテーブルにいる。言うまでもなく、彼女は際立ってきれいだった。

行動を起こすべきだとは、ニックにもわかっている。わからないのは、何をすればいいのか、いつすればいいのかということだ。だが、行動に移すまでは絶対にここを去るわけにはいかなかった。

17

「どう？」ジョーイは小さなテーブルごしに乗り出すようにして訊いた。「踊りは好き？」

「嫌いよ」不機嫌な目で会場を見渡しながら、シンドラは答えた。ジョーイはなぜあたしを誘ったのかしら……。

「なんで？」

「なんでって何がよ？」と声をとがらせる。「あたしが黒人のハーフだから、リズム感があるはずだって？」

「そんなこと、言ってないよ」

「言ってないけど、絶対そう思ったはずよ。だから今夜、あたしを誘ったの？　黒人の小娘にはモラルなんかない、たやすく落とせるって」

「なんだって？」

「聞こえたでしょ」

「なんか、こだわりがありそうだって話ならね」

「なんのことよ」

「つまんないこだわりがあって、何かというと突っかかってくるってこと」

シンドラが着ているグリーンのベルベットのドレスは、古着屋で買ったものだ。彼女はそのスカートを撫でて、なんとか気持ちを静めようとした。言い争いをするために、おめかしをして出かけてきたわけじゃない。「なんにもこだわりなんかないわ」癇癪《かんしゃく》の虫を抑えて言う。

「あって当然かもしれないよ」ジョーイは言った。「だってたいへんなことだもの。お母さんは黒人で、お父さんは白人――じゃあ、自分は黒人と白人のどっちなんだって」

思いがけず、シンドラの目に涙が溢れた。彼の言うとおりだった。自分はどっちつかずで、それがつらいのだ。

「うちのオヤジはユダヤ人だったんだよ」ジョーイは続けた。「シカゴの警官だった。結婚相手はアイルランド人でカトリックのちゃんとした娘だったけどね。でもおれは自分が半分ユダヤ人だって、誰にも話したことはない。わざわざ悩みの種をふやすことはないからね」

「悩みの種って？」シンドラは思いきって尋ねた。

「ほら、何かというと悪口を言われる、それも卑猥な言葉でさ。わかるだろ」

そう、よくわかる。ミスター・ブラウニングが感きわまって〝黒いオマンコ〟と叫んだから。これまで出会った男たちはみんな、いつでもただで手に入るという目であたしを見た。

「だからさ、うまくそれと折り合いをつけて生きてくことを学習しなきゃいけないんだよ」ジョーイはわかったふうな口を聞いた。「おれはそうしてるよ」

シンドラはこっそり彼を観察した。ジョーイはファニーなルックスで、痩せて背が高い。くしゃくしゃの茶色い髪に、反っ歯のいびつな笑顔。なぜ彼の誘いにのったのかわからなかった。きちんと誘われたのはこれが初めてだったからかもしれない。

「踊る?」ジョーイは混んだフロアに向かって親指を突き出した。

シンドラはそこでニックがドーン・コバックと『シュガー・シュガー』の曲に合わせて踊りまくっているのを見た。「そうね……やっぱり、やめとくわ」

ジョーイはシンドラの視線に気がついた。「あいつの何が気に入らないの?」

彼女は不愉快そうに視線を戻した。「誰のこと?」

「ニックだよ。あいつ、きみに何かした?」

「この町に来たわ。それだけでいやなのよ」と声を荒らげる。

「やつだって、好きこのんで来たわけじゃないさ」ジョーイはポケットからキャメルの箱を取り出し、シンドラに差しだした。「あいつはいいやつだよ。仲良くするチャンスをやれよ」

彼女は手を振って煙草を断わった。「あなたにはわからないわよ」

「いつか、おれに説明したくなるかもよ。話すと楽になるってこと、あるじゃん。心を開けよ」ジョーイはいま話題にしてるのは、もっと微妙で厄介な問題なのだと気づいて、言葉を切った。「いつでも気が向いたらさ、おれがいるから……。いいね?」

シンドラは眉をひそめ、疑わしげに見た。「あたしの何が欲しいの?」

ジョーイは肩をすくめた。「別に何も。きみさえ幸せならそれでいい」

ている。

「いま何時？」メグが訊いた。まるで婚約者みたいにマック・ライアンにべったり寄り添っている。

ストックは両親から贈られた高級防水時計に目をやった。「十二時まであと二十五分だ。五分過ぎになったら行こうや」

「そうだな」マックはメグのうなじをそっと撫でながら言った。「このお嬢さんとおれには、二人だけの場所が必要なんでね」

メグはくすくす笑った。「あら、そうなの？」ブリッ子して言う。

そうでしょうとも。ローレンは心のなかでつぶやいた。そして明日になればこのお嬢さんはもう少しでレイプされそうになったって、グチャグチャ言いだすのよ。「さあ、今夜は思いっきり楽しもうぜ！」ストックが高らかに宣言した。

ローレンはパンチをがぶっと飲んで、たちまち後悔した。とんでもない味のしろものだった。

「さあ、行こうぜ」ストックはローレンを椅子から立たせた。「おれのお気に入りの曲をやってる」

彼のお気に入りというのは『ロケットマン』を甘ったるくアレンジしたものだった。ローレンの大嫌いな曲だ。特にストックが妙にうっとりしてローレンを引き寄せ、自分の股ぐらを彼女の脚にこすりつけて、調子っぱずれの歌を耳に吹きこんできたときには、もうげっそり、と言うしかなかった。

いよいよ今夜ね――ローレンは気が重くなった。ストックは行動を起こしてくるはず。そうしたら、婚約指輪を突き返してやるわ。

もう、そうしてもいいころだもの。


ニックはドーンをリードしてダンスフロアを移動し、少しずつローレンに近づいていった。ついにはドーンもニックが何かをたくらんでいるのに気づいて、突っけんどんに言った。

「どこに行くのよ？　掃除機みたいにあたしのこと、あちこち引っ張りまわして！」

「これからちょっとした茶番劇をやるんだよ」

「何よ、それ？」

「おれはローレンをダンスに誘うから、きみはストックを頼むよ」

「あたしが？」

「うん、パーッと盛り上げるためにさ」

「たしかに盛り上がるでしょうね」状況を呑みこんだドーンは言ったが、別にうれしくはなかった。もしニックがあのお堅いロバーツを狙っているのなら、とんでもない思い違いをしているのだ。いとしのローレンは二度と振り向きもしないだろう。そして大事な婚約者にちょっかいを出されたストックは、脳味噌が飛び出すまでニックをぶん殴るだろう。

まんまとローレンとストックの隣まで行くやいなや、ニックはドーンを軽く押しやった。

「さあ、頼むよ！」

ドーンは誘うような笑みをストックに向けた。なんだかんだ言っても八年生のときからときどきこっそり寝ている仲だから、彼女はストックのことならなんでもわかっているのだ。婚約したからといって彼のセックスライフにはなんの変わりもなかった。「さあ、あたしの番よ」にこやかに言うと、ストックをローレンから引き離した。肩ごしに「かまわないかしら？」というおざなりの挨拶を添えて。

「どうぞ」ローレンは片目でニックを見ながら言った。彼は〝おれの考えた筋書き、気に入った？〟と言わんばかりにウインクした。

ストックは簡単にのせられてしまった。どうしてもあなたじゃなきゃだめ、と女の子から言われてどうして断われよう。ドーンはきちんと自分の役割を演じた。彼にしがみつくようにして、ダンスフロアの真ん中へ引きずっていく。

「きみにもダンスの相手が必要みたいだね」ニックはローレンの目をじっと覗きこんだ。

彼女は心臓がいつもと違う鼓動を始めたのを感じた。不意に息が苦しくなる。「ええ、そうね」

ニックはローレンの体に腕をまわして、ぐっと引き寄せた。「今夜、きみは婚約を解消するんだ」静かな声で彼は言った。

「わかってるわ」思わず、ローレンはそう答えていた。

ニックはさらにローレンを引き寄せた。「わかってればいいんだ」

「こいつはえらいことになるぞ」ジョーイは言った。

「えらいことって何よ？」とシンドラ。

「どえらいことだよ」ジョーイはダンスフロアのほうを顎でしゃくった。

シンドラにはなんのことだかさっぱりわからなかった。彼女が見るかぎりでは、誰も彼もがダンスを楽しんでいるように見える。

「ピンとこない？」

シンドラは何をピンとくればいいのか、頭をひねった。

「ストック・ブラウニングだよ」

その名前を聞くだけでぞっとする。ブラウニング家の人間はみんな大っ嫌いだ。最悪の人種だ。

「ストックがどうしたの？」努めて冷静でいようとする。

「きみの弟が、やつの彼女にちょっかいを出してるのさ」

シンドラは顔をしかめた。「何回言ったらわかるのよ。ニックはあたしの弟なんかじゃないわ」

「どっちでもいいけどさ。やつはケツを蹴っ飛ばされるぞ」

「いいじゃないの」

「あいつがこてんぱんにされてもいいの？」

「別にかまわないわ」

「そうかい……だけどおれは、関わらないわけにはいかないからな」

「なんで？」

「なんでって、やつはおれのダチだからさ」

シンドラはダンスフロアをしげしげと見た。ストックはドーンとも、あいかわらずくるくる踊っている。ニックは離れたところで、ローレンとゆったりステップを踏んでいた。「何も起こらないわよ」シンドラは言った。

「だといいけどね」

「あたしの言うことはたいてい当たるのよ」


「ローレンてば、彼と何してんのよ」メグはダンスフロアの反対側から、すごい目つきでにらみつけた。

「あのさあ」マックはメグの言うことなど、聞いちゃいなかった。「おれ、ずっときみに目をつけてたんだ。おれにガールフレンドがいたときからだよ」

メグは悩んだ。彼の関心を独り占めできるのはすごくうれしい。その一方で、自分の親友がニック・アンジェロに言い寄っているのを見るのは面白くなかった。「ストックはどこ？何やってんのよ。こんなこと、やめさせなきゃだめなのに――」

「きみのちっちゃなお尻、おれがいままで見たなかでいちばんイカしてるよ」

褒め言葉は褒め言葉――。メグはしばらくローレンのことは忘れることにした。「ホント？」

「そうだよ、お尻もかわいい。顔もかわいい。おれ、きみが好きだよ、メグ。ずっと好きだったんだ」

「ホント？」

「ここを出て、ちょっと車んなかに行かないか」

「だって、寒いでしょ」

「ヒーターをつければいいさ。ラジオを聴きながら、シャンパンを飲もうぜ。なあ……うんと言ってくれよ。初めてきみに気づいたときのこととか、話したいからさ」

そこまで言われて、どうして抗《あらが》えよう。「じゃあ……なんにもしない？」

マックは傷ついた顔をしてみせた。女の子というものは、世界でいちばん馬鹿な生き物だ。そんなのしょせん、言葉のうえだけのことだってほんとうに思いもしないのだろうか。「おれがかい？　おれ、きみのこと、すごく大切に思っているんだよ、メグ。ほんとうだってば」

メグは説得されることにした。なんといってもマックもすごくカッコいいのだ。

「なら……いいわ」

タッチダウンまであと十分！　彼はメグのふっくらと実った乳房から必死に目をそらしつつ、外に連れ出した。

夜の十二時が近づくにつれて、誰の胸にも期待感が膨らんできた。場内はまさに熱気と興奮に包まれている。

バンドがビートルズメドレーを演奏しだすと、ニックはローレンをきつく抱きしめた。

「今夜は、特別の夜だよ」低く穏やかな声で言った。「新しい何かが始まるんだ」

「わかってるわ」ローレンはやさしく答えた。

「いまから十年後には、おれたちも年をとってる」

「まあね」

「すごく年とってるよ」

「そうね」

「で、おれたちはいっしょになるんだ」

ニックの声には確信があったが、ローレンはそんなにたやすくはないとわかっていた。ストックのことならどうにかなる。でも両親は娘がニック・アンジェロとデートをするようになったら気が変になってしまうだろう。

——弱気になっちゃだめよ、ロバーツ。

わかってる、わかってる。気楽に行くのよ。できるだけ前向きになるのよ。

ビートルズメドレーが終わると、バンドは『イージー・ライダー』の挿入曲『ワイルドで行こう』をやかましく演奏しはじめた。

ドーンはストックが戻ろうとそわそわしだしたとたん、その手をつかんだ。「どこに行くの？　ようやくノッてきたところじゃないの」誘うように唇を舐めると、腰をくねらせる。「ここであたしから離れないでよ」

ストックは頭がすっぽり、もやで包まれているような気がした。「ローレンを探さなくっちゃ。もうじき十二時になっちまう」

「ああ、そうね、十二時ね」ドーンは鼻でせせら笑った。「別にいいじゃない。あんなお利口さんよりも、あたしのほうが楽しませてあげるわよ。あんただって知ってるくせに」

「彼女を探さなくっちゃ」ストックは繰り返した。呂律がまわらなくなって顔は真っ赤だ。父親のスコッチの銀の小瓶をくすねてポケットに忍ばせていたのを、飲みすぎたのだ。

ドーンは自分の役目は充分果たしたと思った。どうしてもとすがる気なんかない。ニック・アンジェロの馬鹿。こんなふうに大晦日を過ごすつもりじゃなかったのに。

ダンスフロアの片隅で、ニックとローレンはまわりの目など気にせず、しっかり抱きあっていた。ストックが二人を見つけて、向かっていく。

ジョーイは立ち上がった。「さあ、行くよ」低く言って、煙草をもみ消す。

シンドラはパンチのグラスをいじっていた。「何も起きないわよ」

バンドのリーダーがマイクをつかんだ。「十二時まであと五分だよ！」興奮してがなりたてる。「五分したら、バーンと行くからね。用意はいいかい《アー・ユー・レディ》？」

「イエーイ」一同は怒鳴り返した。「用意はいいよ《ウイ・アー・レディ》！」

バンドの演奏はエルトン・ジョンのヒット曲、『クロコダイル・ロック』に変わった。

「ローレン……」ストックは彼女の肩に手を置き、哀れっぽく泣きついた。「こんなに長いこと、ドーンと踊るつもりじゃなかったんだよ。さあ……もう、行く時間だよ」

ローレンは、はっとした。つかのま、ニックのこと以外は何もかも忘れていた。ストックの存在は消えてしまっていたのだ。彼女はストックに向きなおった。「……わたしは、行きたくないわ」彼女は静かに言った。心臓が激しく打っている。

「なんでだよ」ストックは気色ばんだ。

「行きたくないから」

ストックはカッとなった。ローレンはおれがドーンと踊ってたから、グチャグチャ言ってるのだろうか。一瞬、体がぐらっと揺れた。その瞬間、自分がドーンと踊っているあいだ、ローレンもニック・アンジェロといちゃついていたことに気がついた。

「なんでこんなクズ野郎と踊ってたんだよ」と詰問する。「こいつの恰好を見てみろよ。タキシードにスニーカーだぜ。靴も買えないんだもんな」

ニックの体がこわばった。ローレンには彼がストックの挑発を受けて立つ気でいるのがわかった。彼女はなんとか争いをやめさせたくて、急いでニックの腕に触れた。

「十二時まであと三分！」バンドのリーダーが叫んだ。

「おれと来るんだ。きみはおれのものなんだから」ストックが言った。

「いやよ」

「おまえはおれの婚約者なんだぞ。黙って言うとおりにしろ」

ローレンは無言で婚約指輪を外すと、ストックの手に渡した。

ストックはあっけにとられた。「なんだよ、これ？」きらめくダイヤモンドに囲まれたサファイアの指輪を呆然と見つめている。

「もう終わりよ、ストック」ようやく落ち着きを取り戻してローレンは言った。

「終わり？」信じられない、というようにストック。「終わるはずがないだろ」

「終わったのよ」ローレンは溢れんばかりの開放感を感じながら、静かに繰り返した。

ストックはますます真っ赤になって声を張り上げた。「おれが終わりだって言わないかぎり、なんにも終わらないいんだよ」

ローレンは吹き出しそうになるのを必死でこらえた。わたしの想像力がたくましすぎるのかしら？　それとも、ほかの人にもストックがゆでたロブスターみたいに見えるかしら？

「大声出さないでよ」なんとか笑いださずにすんだ。

「あと二分！」とバンドのリーダー。

「チクショー！」とストック。

さすがにまわりもなにごとか起きたことに気づいて、興味深々の目を向けはじめた。

ニックはそろそろ自分の出番だと思った。ローレンの腰に手をまわし、「さあ、行こう」と言った。

「おまえはすっこんでろ」ストックは怒り狂って怒鳴った。「おまえの出る幕じゃない。おまえにゃ、なんの関係もないことだ」

「そいつは違うな」ニックは冷静に答えた。「何もかも、おれに関係があるのさ」

「クソッたれ！」ストックが叫んだ。

「さあ、カウントダウンするよ」バンドのリーダーが、会場の騒音に負けじとマイクでがんがん怒鳴る。「さあ、みんないっしょにいってみよう。六十からいくよ。五十九、五十八、五十七……」

「クソッ！」ストックは自分の額を手のひらで叩くと、ものすごい目つきでローレンをにらみつけた。「なんでおまえのクソいまいましいパンツのなかにもぐりこめないのか、これでわかったよ。こいつのチンポが先に入りやがったからだ！」

「わたしに向かって、よくもそんな口がきけるわね」

「おれは自分が言いたいように言うんだよ。おまえなんか安手の淫売じゃないか。おふくろの言うことを聞いてりゃよかったよ」

ニックが踏み出した。「このクソ野郎は自分から喧嘩を売ってきたんだからな」

「よして！」ローレンはニックをさえぎろうとした。

「十九、十八、十七……」

「そこをどけよ」ストックが呂律のまわらない口で言った。「この貧乏白人のゲス野郎に思い知らせてやるんだからさ」

「やめてったら！」ローレンは二人を止めようとした。わたしはこんなことになるのを望んでいたんじゃないわ。

「……十一、じゅーう。さあ、みんないっしょに。みんなでカウントダウンだ！」

会衆は騒々しく唱和した。

ジョーイは衝突は避けられないと見て、なんとか食い止めるために人混みをかきわけて進んだ。シンドラもあとについてくる。

「……ごー、よん、さん……」

ストックはローレンを手荒に脇に押しのけた。彼女をかばおうとニックがそばに寄った。そしてニックが気づくより早く、ストックが不意打ちをかけてきた。思いきりパンチを浴びせる。

「……にー、いーち。ハッピー・ニューイヤー！」

ニックに勝機はなかった。彼はコンクリート板のようにどっと倒れた。意識を失う直前、たくさんの風船が見えた。何百、何千というおびただしい数の、きれいなピンク色の風船が空を舞っていた。

18

しだいに意識が戻ってきた。ニックは息を切らし、あえいだ。頭が破裂しそうに痛い。うめきながら片手を顔に当てると、べったりと血がついた。ゆっくりと目を開ける。

ローレンが床に座っていた。膝枕をしてくれていたのだ。二人がいるのは、体育館の外の廊下だった。何人かがまわりに立って、見おろしている。彼が死んだかどうか確かめようとしているのは間違いない。

今夜のお目付役の一人、ミスター・ルーカスが見おろしている。「とんでもない真似をしてくれたな、アンジェロ」と厳しい声で言った。「この学校では喧嘩は御法度だぞ」

「先生、彼は何もしてません」ローレンが抗議した。「ストックが彼を殴ったんです」

ミスター・ルーカスは耳を貸そうともしなかった。「誰か、家まで送ってやれ」イライラしながらそう言うと、いかにも自分は偉いんだと言わんばかりの尊大な調子でつけ加えた。

「わたしはなかに戻らないといけないからな」

これでひとまずけりがついたので、数人いた野次馬は引き揚げていった。ジョーイだけが残った。シンドラもそのすぐ後ろにいる。

「ひどい目にあったな。大丈夫か」ジョーイが訊いた。「おれがそばに行きかけたときに、あいつがおまえを殴りつけたんだ」

ニックはきちんと考えようとした。気持ちが悪い。ずきずき痛む鼻に、おそるおそる手をやった。「なんか……どうも折れてるみたいだな」

「だったら、救急処置室《ER》に連れていこう」とジョーイが言った。

「どこのERよ？」シンドラが口をはさんだ。「ここはシカゴじゃないのよ。町にはお医者さんは二人しかいないし、たぶん、新年のお祝いに出かけてるわ」

「折れてるのは確か？」ローレンは申し訳ない気持ちでいっぱいになって尋ねた。

ニックはもう一度、鼻にさわってみた。「ああ、確かだ」

彼の顔は血だらけで、その一部はローレンのドレスにも滴り落ちて大きなシミを作っていた。

「こんなことになるなんて思ってなかったのよ」ローレンはそっとささやいた。「ほんとうにごめんなさい」

ニックは努めて軽く言った。「これで、きみの人生からあのうすのろを追い出すことができたら、鼻を折った甲斐があるってもんさ」

ローレンはニックの言葉を噛みしめた。そうよ。ストックがいなくなったのは確かだわ。それは疑う余地のないことだった。「彼はわたしの人生から出て行ったわ」彼女は静かに言った。「永遠にね」

「さてと」ジョーイは言った。「じつにいい雰囲気だけど、これからどうしよう?」

「リプリの病院に連れていくのよ」シンドラが提案した。「あそこならERがあるから」

「どうやって連れていこうか」顎を掻きながらジョーイが言う。「外は雪が降ってて、凍えちまいそうに寒いぜ。おまけに大晦日だし。どうしたもんかな。おれのバイクに乗せてくか」

「それは無理よ」とシンドラ。

「だけどトレーラー・パークには帰せないわ」ローレンがきっぱりと言った。「遠すぎるもの。わたしの父に電話して迎えに来てもらうわ。今晩はうちに泊めるから」

「何を馬鹿なこと、言ってんだよ」ジョーイが叫んだ。「ストックとは終わったって聞いたら、きみの両親は錯乱状態になるぜ」

「そのとおりね」ローレンは顔を曇らせた。「だけど彼が怪我をしたのはわたしのせいなんだもの。責任はわたしがとるわ」

ニックはうめいた。「あいつのタマを蹴っ飛ばしてやる」

「なんで、あいつにタマがついてると思うの?」シンドラが冷ややかに言い放った。

ニックは弱々しく笑おうとした。「さすがにこういうことがあると、おれと話す気になるんだな」

シンドラは肩をすくめた。「あまり感動しないでよ」

ローレンは急いで両親に電話をかけに行った。公衆電話の前で両親が出るのをいらいらしながら待つ。そのうち、二人ともパーティーに出かけたのを思い出した。おそらくまだ戻っていないのだろう。そのほうが反対される前にニックをこっそり家に連れこめるから好都合だ。彼女は地元のタクシー会社に電話し、運よく一台まわしてもらえることになった。

戻ってみると、ニックは起き上がっていた。

「もう歩けるから。あんまり、大騒ぎしないでほしいんだ」彼はばつが悪そうに言った。

「ほんとうに大丈夫？」

「ああ、大丈夫だよ」彼はシンドラを見た。「今夜は帰らないってみんなに言っといてくれよ。どうせみんな、気にしないだろうけどな」

「家に帰って、みんなと話す気になったら言っといてあげるわ」彼女は皮肉っぽく答えた。

ローレンは家に着くと、まっすぐ自分の部屋にニックを連れていった。「気分はどう？」と心配でたまらない。

「すごいバカになったような気分だよ。きみのボーイフレンドは不意打ちをかけてきたからな。外でやりあうべきだったんだ。そうすりゃ一方的にやられるなんてこと、なかったのに」

「〝ボーイフレンド〟じゃなくて、〝元ボーイフレンド〟よ」ベッドのカバーを引きおろしながら、あたりまえのように言った。「あなたはここで休んでね」

ニックはなんとか弱々しい笑みを浮かべた。「きみといっしょに？」

ローレンもほほ笑み返した。「お利口にしてて」

ニックはベッドの片側に腰を下ろした。「わかってるよ。ちょっと訊いただけだよ」

ローレンは洗面タオルを水で濡らし、そっとニックの顔の血を拭った。

「痛っ！」

「赤ちゃんみたいに騒がないで」

ローレンが血を拭き終わるとニックは言った。「さあ、お次は？　服着たままでベッドにもぐりこんでいいの？」

「みんなわたしがやるからまかせておいて」

彼はまた、にやっとした。「脱がせるのもやってくれる？」

ローレンはほほ笑みながら言った。「いつかね……たぶん。だけどいまは自分でやれるでしょ。それから少し眠ったほうがいいわ。話は朝でもできるから」

「ドレスが台なしになっちゃったな。きみの両親に見られないうちに着替えたほうがいいんじゃないの？」

彼の言うとおりだ。新品の黒いドレスにはどす黒い血のシミがべったりついている。「どっちみち、このドレスは嫌いだったの」ローレンは顔をゆがめた。「ブラウニング家からの手切れ金になっちゃったわ」

「でもさ、ローレン」ニックは彼女の手をとった。「その価値は充分あったよ」

「それは、朝、鏡を見てから言ってちょうだい」

両親が帰宅したときには、ローレンはカウチを自分用のベッドにしつらえ、ガウンに着替えて待っていた。

二人が玄関を入ってくる物音がして、父親の怒った声が聞こえた。「そんな脅すようなことを言わないでくれ、ジェーン」

「別に脅したりなんかしていないわ」ジェーンの抑えた声が答える。「だけど、これだけは言えると思――」そこで娘に気づいて、唐突に言葉を切った。「ローレン、こんなに早く帰ってきたなんて、いったい、どうしたの？」

こんな言葉は初めて聞く。〝こんなに早く帰ってきた〟って言ったって、いまは夜中の一時よ。「その……ダンスパーティーで怪我した人がいて」

「おまえじゃないんだろ？」フィルがあわてて訊いた。

「ええ、わたしは大丈夫」

「じゃあ、誰なの？」とジェーン。

「そ……それは、ええと……ニック・アンジェロよ。覚えてる？　わたしといっしょに学校の劇に出た人」

「彼がどうしたの？」まるで興味なさそうにジェーンが尋ねた。

「彼は……その、喧嘩に巻きこまれて。彼が喧嘩を始めたんじゃないんだけど。でも、鼻を折られちゃって、今夜はどうしても家に帰れなくなったの。ほら、雪が降ってたり、いろいろあるでしょ。それでうちへ連れてきたのよ」早口で話しすぎてるのはわかっていたが、止められなかった。「じつを言うと、彼はわたしのベッドで寝ているの。心配するようなへんなことは全然ないから大丈夫よ、お母さん。わたしはカウチで眠るわ」

フィルは激怒した。「あの子がここに——おまえのベッドで寝てるって?」

「そうよ、お父さん」ローレンは辛抱強く言った。「でも、わたしはベッドで寝てないわ。こうやってお父さんたちといっしょに下にいるじゃない。そうでしょ?」

フィルとジェーンは怯えたように目を合わせた。

「わたしたちに相談もなしに、こんなことしてほしくなかったわ」ジェーンが不満をもらした。「他人があなたのベッドで眠ってるなんて気分がよくないわ。第一、その子はどんな子なの?」

「さっき言ったでしょ、お母さん」ローレンは我慢強く答えた。「ニック・アンジェロ。劇でブリックをやった子よ」

「ああ、あの子ね。へんな恰好の子でしょ」とジェーン。「誰かが言ってたけど、トレーラー・パークに住んでるんですって? ほんとうなの?」

「そんなこと、どうでもいいでしょう」ローレンは抗議するように言った。

ジェーンは眉をひそめた。娘は言いだしたら手に負えなくなることがある。いまはまさにそういう状態だ。「あなたがカウチで寝たいって言うなら、わたしたちはどうすることもできないわね。それじゃ、おやすみなさい」

ローレンは三十分ほど待った。両親がバスルームを使い終わって、彼らの寝室のドアが閉まる音がした。それから小さな話し声がかすかに聞こえたが、やがて、しんと静かになった。

家のなかが完全に静まりかえると、ローレンはそっと二階に上がり、ニックの様子を見に行った。彼は仰向けになって両腕を投げ出し、目を閉じている。

ローレンは長いこと、彼を見つめていた。

ニック・アンジェロ、あなたはわたしの人生を変えたのよ——ローレンは心のなかでつぶやいた。そのことをわたしはすごく感謝してるわ。ほんとうに、すごくうれしいの!

ローレンは朝の六時に起きた。両親と顔を合わせなくてもすむよう、ニックを家から早く連れ出そうと決めた。物音をたてずに迅速に行動すれば、両親が目を覚まさないうちにステーションワゴンを借りて、リプリの病院に彼を連れていくことができるだろう。

彼女はほとんど眠っていなかった。何もかもが変わってしまった。彼女自身もだ。これから直面するすべての障害に立ち向かっていけるだけの強さを持たなければ。これまではずっといい子のローレン——頑張り屋のローレンだったけれど、これからはきかん気のローレンというレッテルを貼られる。町いちばんの金持ちの男の子との婚約を解消したのだから。

これからどうなるのだろう。自分はなんとかやっていける。問題は、両親がこの事態に対処できるかどうかだ。

二階のローレンの部屋でニックはすっかりよれよれになったタキシードを着て、ベッドに座っていた。彼女は部屋に入ると、唇に指を当ててささやいた。「シーッ……出かけるわよ」

彼はここから出られるのでほっとしてうなずいた。

ローレンは急いでクローゼットに行って、ジーンズを穿き、トレーナーの上に厚手の短いダッフルコートを着こんだ。「ついてきて」と小声で言う。ニックは言われたとおり、いっしょにそっと階下に下りていった。

ローレンはキッチンで車を使う理由をメモに走り書きして、冷蔵庫のドアにテープで留めた。

まもなく二人は外に出た。「ふう！」ローレンは車のロックを開けて、大きく息を吐いた。「犯罪者の真似事も楽じゃないわね」

「おれが運転するよ」

「だめ」ローレンはきっぱり言った。「いまはだめよ」

「少しは眠れたかい？」ニックはおとなしく助手席に乗りこんだ。

「ううん、あなたは？」

彼は哀れっぽく、腫れ上がった鼻にさわってみせた。「どう思う？」

ローレンは車を縁石から離した。雪はやんでいた。道路は融けかかった雪でぬかるんでいたが、車が通れないほどではない。

「わたしたちって、二人とも絶対に頭がおかしいよね！」ローレンは思わず声を上げた。最高に幸せだった。

「でも、いい気分なんだろ」

「すっごくね！」と臆面もなく答える。「ひさしぶりに自由になれた感じ」

ニックはじっとローレンを見つめた。「ホントに？」

「ええ、ほんとうよ。ストックはわたしの頭の上に大きな真っ黒い雲みたいにずっと覆いかぶさってたんだから」

「だったら、どうしてずっとつきあってたんだい？」

「そのほうが楽なような気がして……」

「楽が楽とはかぎらない」ニックは利口ぶって言った。

ローレンは彼の顔をちらっと見た。「ひどい顔をしてるわ」

「そいつはどうも……」

「気分はどう？」

「トラクターに顔を轢《ひ》かれたみたいな感じ。それを除けば気分は上々」

「お医者さんがあなたの鼻を治してくれるわ」

「どの医者さ？」

「いまリプリに向かっているのよ」

「へえ」

「わたしはあなたに新品の鼻を返さないといけないもの。あなたが殴られたのはわたしのせいだから」

「あれぐらい、どうってことないよ。もしそれできみのベッドに眠れるんならね」ニックはにっこり笑った。「スヌーピーのシーツ、かわいかったよ」

「からかわないでよ。わたしの母はなんでも捨てないで取っておく主義なの」

ニックの鼻はまだずきずきして、ひどく痛んだ。それなのにどうして歌でも歌いだしたいような気分なのだろう。なんといっても、ローレンは彼にとっての唯一の女の子――そう、世界じゅうでいちばん美しい、ただ一人の女性なのだ！

ニックは彼女の端整な横顔を観察した。「きみの両親はなんと言ってた」

ローレンは顔をしかめた。「あとで教えるわ」

ニックはラジオに手をのばし、ロックの番組をつけた。このままずっとこうしていられたら。何もかも捨てて自分といっしょに逃げてくれと頼むのは、欲張りすぎだろうか？

二人は一時間半かけてリプリに着き、救急処置室に直行した。大晦日の負傷者数はそうとうのものだった。病院はさまざまな喧嘩の犠牲者で溢れていた。血まみれの刃傷沙汰に、銃による負傷が一、二件。殴られて怪我をした女性が二人に、卑猥な言葉を叫んでいる黒人の大男が一人。ローレンはニックの腕にしがみついたまま、椅子に座った。

「大丈夫だよ」と言うニックもなんとなく落ち着かなかった。

五時間近く待ってようやくニックの番になった。疲れてげんなりした表情の若い医者があわただしく診察室に招き入れると、ええ、たしかに鼻が折れてますね、と断言した。医者は鼻の骨を元の位置に戻し、絆創膏で固定した。

「まるで戦争帰りみたいな気分だよ」ニックは病院の出口に向かいながら、冗談を言った。心の底では、絆創膏が取れたときどんな顔になっているだろうと考えていた。これまでずっと自分の容貌に満足してきた。それがいまはどうだ？　いま以上にひどくなって、泣きっ面に蜂みたいなことになるんだろうか？

「心配ないわよ」ローレンがまるで彼の心を読んだように言った。「へんな顔にはならないから」

外に出るとまた雪が激しく降りだしていた。「大都会ってなんだか怖いわ」ローレンは震えながら言った。

ニックは笑いだした。「こんなの、大都会じゃないよ。ニューヨークやシカゴと比べりゃ、ディズニーランドみたいなもんさ」彼は両手を打ち合わせた。「チクショー！　凍えちまいそうだよ！」

「わたしもよ。それにお腹がぺこぺこ」

「おれもだ」

ローレンは時計に目をやった。「もうじき三時よ。うちの親に殺されちゃうわ。すぐに戻らなきゃ」

「何か食べてからにしようよ」

どちらにしても、両親は娘を殺したりはしない。あと三十分くらい、たいした違いはないだろう。「いいわ」電話をすべきかどうか迷ったが、ローレンはかけないことに決めた。どうせ衝突は避けられないのだから、あとまわしにしよう。

二人はステーションワゴンを病院の駐車場に置いて、濡れた歩道を滑って転びそうになりながら、近くのハンバーガーショップに駆けこんだ。

ウエートレスがテーブルにやってきた。くわえ煙草で何もかも面白くないと言わんばかりの顔をしている。「ご注文は?」

「ダブルバーガーのセット——コーラとフライドポテトのね」ローレンは息をはずませて注文した。「二人前……」とニックに笑顔を向ける。「……でいい?」

彼はポケットに二〇ドル持っていた。「おれが出すよ」

「だめ、わたしが」ローレンは譲らない。「わたしのせいでここに来るはめになったんだから」

「そんなわけにいかないよ」

「いいえ、いくわ」

「ダブルバーガー二つですね」ウエートレスはうんざりしたような声で言った。彼女にとっては、どっちが払おうがなんの関心もない。代金さえきちんともらえばそれでいいのだ。ローレンがうなずくと、ウエートレスは去っていった。

ニックはテーブルごしに身を乗り出してキスをした。

「なんのキス?」

「うんと、そうだな……きみがきみであるってことかな」

ローレンはほほ笑んだ。彼女の笑顔は世界じゅうでいちばんきれいだとニックは思った。

「あのさ……」思わず言葉が口をついて出る。「おれ、思うんだけど……」

「何？」ローレンは真剣な顔で尋ねた。

「……いや、別になんでもないよ」

彼女の瞳がきらきら輝いて、先を続けるようにうながした。「なんなの？」

「そのさ、わかるだろ……つまりさ……おれ、思うんだよ、きみを愛してるって……」

「わたしもよ」ローレンはそっとささやいた。とろけてしまいそうに幸せだった。「わたしもよ、ニック……」

19

ジェーン・ロバーツが起きだしたときには、すでにローレンはニック・アンジェロと出かけたあとだった。ジェーンはそれに気づいて、最初はほっとした。朝っぱらから見も知らない他人を相手にするのは気が進まなかったからだ。それにほかにも考えたいことはたくさんある。いまは強情な娘のことで頭を悩ませている暇はなかった。

彼女はキッチンでローレンのメモを見つけて眉をひそめた。フィルは自分の許可なしに娘が車に乗っていったことを喜ばないだろう。あの子らしくもない。

ジェーンはもう一度、娘のメモに目を走らせた。

——車を借ります。すぐ戻ります。よろしく。ローレン。

二階から下りてきたフィルは、これを読んで激怒した。「わたしたちはあの子を気ままにさせすぎたようだな。よくもまあ、しゃあしゃあとわたしの車で出かけられたものだ」

「ストックがなんて言うかしら?」ジェーンはやきもきしながら言った。「ブラウニング家の新年の会食にまにあうよう戻ってくればいいけど。一時にはあちらに着いてないといけないのよ」

「戻ってくるさ」フィルは低い声で言った。「おおかた、あの少年を家に送り届けているんだろう」

「あの子は誰と喧嘩したのかしらね?」

「さあね、別に知りたくもないよ」フィルはキッチンの食器棚を開けて、コーンフレークの箱に手をのばした。「喧嘩の相手が誰だか知らんが、そいつはたぶん、あの少年よりも体の大きいやつだな。ローレンはいつも負け犬をかばいたがるから」

「でしょうね。でも、ローレンを一人で置いてきぼりにするなんてストックもどうかと思うわ」

フィルはコーンフレークを皿に入れてミルクをかけた。「それより、われわれのことについて話し合わないと」

彼女は顔を紅潮させた。「昨夜、話したじゃないの」

「あれでは充分とは言えない」

「わたしには充分だわ」そう言って唇をきっと結ぶ。

あわや、また喧嘩かというときに電話が鳴りだした。フィルが取った。「もしもし……」

「すみません、ミスター・ロバーツ。起こしちゃいました?」

「いや」彼はそっけなく答えた。

「あたし、メグです。ローレンいますか?」

「朝早く出かけましたよ」

「どこ行ったんですか？」

フィルはメグの質問を無視した。「戻ったら電話をさせましょう」

「あ、はい……じゃあ、お願いします、ミスター・ロバーツ」

まもなくお昼になるというころ、ジェーン・ロバーツはドレッサーに向かって化粧の仕上げに余念がなかった。パウダーをひとはたき、口紅をひと塗り。新調したシナモン色の服にお揃いのパンプス。上に羽織るのは毛皮のコートに決めてる。コートは買ってから五年もたつしろものだけれど、ローレンがブラウニング家に嫁いでフィルの仕事が上向きになれば、きっと新調することができるだろう。

フィルが部屋に入ってきて、ジェーンの後ろに立った。いらだたしげに自分の腕時計を指でこつこつ叩く。「まだ戻らないよ」

「どうしてあの子はわたしたちにこんな思いをさせるのかしらね」

「また雪が降りだした」フィルは窓辺へ行って外を眺めながら言った。「事故でも起こしてなければいいんだが」

「ローレンの運転技術は確かよ」

「わかってるさ」そう言うと、フィルはうろうろと部屋のなかを歩きはじめた。「あの子の行きそうな場所なんて思いつかないな」

「わたしもよ」よりにもよって今日、こんな面倒を起こすなんて。ジェーンは少なからぬいらだちを覚えていた。

電話が鳴った。「ローレンからだ」フィルが受話器をつかんだ。

それはローレンではなく、ダフネ・ブラウニングからだった。「フィル、ジェーンにかわって」いつもの、いくぶん横柄な命令口調で言った。

「はい、いますぐ」彼は手のひらで送話口を覆った。「きみにだ。ローレンのことは言うなよ」

ジェーンはあわてて受話器を取った。「新年おめでとうございます」いっきに言葉を続ける。「昨夜はローソン家のパーティーからずいぶん早く、お帰りになったのね。でもとても楽しかったわ。そうじゃありませんこと？」

ダフネは社交辞令には乗ってこなかった。「まったく信じられないわ、おたくのお嬢さんのやりかたには、ほとほとあきれたわよ」とにべもない。

ジェーンはびっくりした。「なんのことですの？」

「ローレンの態度よ」ダフネは呑みこみの悪い子供に言い聞かすように繰り返した。

「何かあったんですの？」

「あら、ご存じでしょ？」

ジェーンは闇討ちにあったような気がした。「喧嘩のことでしょうか？」

「まったく不愉快だわ！」ダフネが声を張り上げた。「ローレンもね、もっと道理をわきまえて婚約者のもとにとどまるべきだって、思わないこと？　あんな貧民窟みたいなところに住んでる、どこの馬の骨だかわからないような男と逃げ出すなんて」

ジェーンは深く息を吸った。ローレンがストックと婚約したのはあまりにも幸運すぎて、なんだか信じられない気がしていたのだ。「わたくしたち、お昼にお邪魔してもよろしいのかしら」おずおずと言ってみたが、答えは聞く前からわかっている。

「もうそんなことをしても無駄だと思うんだけど。そうじゃない？」ダフネは答えた。長く冷たい沈黙ののち、ダフネが続けた。「ローレンにはほんとうにがっかりしたわ。おたくだってそうでしょ？」

「ローレンのすることはいつも正しいわ」ジェーンはようやく、娘の弁護に立った。

「今回は絶対、そうじゃないわね」

「そうかしら」ジェーンはためらいながらも言った。「ストックとローレンのあいだに何があったにしろ、きっと二人で解決すると思いますけど」

「今度のこと、ちょっと軽く考えすぎてるんじゃないの？」ダフネは反論する。「ローレンがうちの子に指輪を突き返したこと、知ってるくせに」

「そんな」ジェーンは呆然となった。

「あの子はちっとも気にしてませんけどね」ダフネは意地悪く言った。「おたくのお嬢さんにあんな仕打ちを受けたあとでもね」

「わたくし、ちょっと用事があるので」ジェーンはこれ以上、会話を続ける気になれなかった。

「結構よ、それじゃ」ダフネはふん、と鼻を鳴らして電話を切った。

フィルがネクタイを直しながら、部屋に戻ってきた。「もうそろそろ出ないと。先に行くって、ローレンにメモを残しておいたほうがいいよ」

「手遅れよ」とジェーン。「婚約は解消よ。お昼の招待はキャンセルになったわ」


ローレン・ロバーツがストック・ブラウニングとの婚約を破棄したというニュースは、午前中のうちに町じゅうに広まった。ストックがニック・アンジェロの顔にパンチをくらわしたことも、同様に全員の知るところとなった。そして、ニックとローレンの行き先を誰も知らないらしいということも。

ジョーイは不安を感じた。彼は二人のあいだに電流のような激しい感情が通いあっているのに気づいていたし、それがもめごとの種になることもわかっていた。正午になる直前に、ジョーイはシンドラを迎えに行った。

「ニックから何か連絡あった?」シンドラが尋ねた。

「いや、きみんとこには?」

「知らなかったかもしれないけど、うちには電話はないの」

ハーランは外でうろうろしていた。「ニックはおれたちを映画に連れてってくれるって言ってたのに」と悲しげな声で言う。

「彼は怪我をしたのよ」シンドラが説明した。「喧嘩に巻きこまれてね」

「いつ帰ってくる?」

「もう少ししたら」

「だって、約束したんだよ」ハーランは寂しそうに言った。「ルークが楽しみにしてたのにさ……」

「また別な日に連れてってくれるわよ」

「じゃあ、姉ちゃんが連れてってよ」ハーランがぱっと目を大きくした。

「そのうちね」シンドラはあわてて答えた。「さあ、ジョーイ、行きましょ」

認めたくはなかったが、シンドラはジョーイに会うのがうれしかった。昨夜、家まで送ってくれたとき、彼はおやすみのキスもしようとしなかった。彼といると安心できる。異性といて安心感を覚えるなんて、うれしい変化だった。

二人はジョーイのバイクで町に乗り入れ、ドラッグストアの前で停めた。ジョーイは隅の席にシンドラを座らせ、仲間のたむろしているところに話を聞きに行った。戻ってくると彼は言った。「わかったよ。こういう話になってるらしい。ニックがストックに殴りかかったんで、あのデカいのがニックをのした、と」

「そんなの嘘じゃない」シンドラはカッとなった。「ニックはまったく不意を襲われたんだもの。ストックはニックが見てないときに殴りかかったのよ」

「ああ、おれたちにはわかってるさ」ジョーイはうなずいた。「だけど、なにしろ行方がわかんないから弁護もしづらいんだ。そうだ、メグの話だとローレンもいないんだって。メグがずっと電話をかけてるらしいけど、まだつかまらないようだ」

ジョーイとシンドラはしばらくじっと考えこんだ。

「あのさ――」ようやくジョーイが、なにごとかひらめいたように勢いこんで言った。「二人がトンズラして、もうすませちゃったなんて思ってないよね？」

シンドラはいたずらっぽい笑みを浮かべた。「すませたって、何をよ？　ジョーイ」

彼はにやっと笑い返した。「わかってんだろ。いつかおれたちもすることさ」

へえ、そうなの？　そんなこと考えてるのね。「それはありえないわね」と言って、コークに口をつけた。

ジョーイは、ぱっと両手を上げた。「わかった、わかったよ。ただの冗談だってば」


午後も遅くなると、舞っていた雪は猛吹雪になった。

「警察に通報しよう」フィル・ロバーツは言った。「車のナンバーを言えば居どころをつきとめてくれるだろう」

ジェーンはうろたえた顔で言った。「どうしてあの子はわたしたちにこんな思いをさせるのかしら。気が狂いそうなほど心配してるのがわからないのかしら」

フィルは首を振ると大股で電話に歩み寄って手をかけた。「警察にかけるよ」彼は繰り返した。

ジェーンはうなずいた。解決策はもうなさそうだった。

20

二人はハンバーガーショップに二時間いた。そしてずっと話していた。おたがいのことをもっと知りたい。二人は手をつないで、じっと見つめあい、静かにほほ笑みあった。どちらも時間のことはまったく頭になかった。

見たところ、二人はじつに奇妙なカップルだった。ローレンは冬服で完全装備、一方のニックはよれよれのタキシードで鼻には絆創膏。黒い髪を額に垂らし、緑の瞳はいつにもまして強い光を放っている。

とうとうウエートレスが二人のテーブルにやってきた。「いつまでもねばられちゃかなわないわね」とぴしゃっと言う。「何かほかに注文するか、出てくかして」

ニックは立ち上がった。「じゃあ、帰るよ」

「いけすかないババア!」ローレンがささやいた。

「悪い言葉を使うなよ」とニックが笑う。

「わたしはもう、みんなが思ってるようないい子ちゃんじゃないもの」

「きみがいい子ちゃんじゃないって、おれは前から気づいてたよ」

彼はローレンの手をとり、外へと駆け出した。雪はいまでは氷の突風となって吹きおろしてくる。

「家に電話したほうがいいわね」ローレンは気がとがめて言った。

「怒鳴りつけられるだけだよ」とニック。「それよりも早く家に帰ったほうがいい」

ステーションワゴンに戻ってみると雪がうずたかく積もっていた。気温が低く、一部はもう凍りついている。ローレンは車のトランクからシャベルを出して、手で氷をかき落としていたニックに手渡した。

「両手がもげちゃいそうだよ。指が凍っちゃった！」

「手伝いましょうか？」

「それじゃ、車のなかに入ってエンジンをかけてよ。暗くなる前に出発しないと」

車は動きだす気配を見せなかった。ローレンがいくらやっても、エンジンがかからない。彼女が助手席に移り、ニックが運転をかわる。二度ほどやってみてようやくエンジンがかかったので、彼は車を発進させた。

道路が滑るので車がスリップしだした。ニックはラジオのニュース番組をつけた。天気予報は暴風雪警報を告げている。猛吹雪に通行不能の道路。

「いったい、どうなってるの？」ローレンが途方に暮れて言った。

「なんとかやってみるさ」

「もし、動けなくなっちゃったら？」

「さあ、どうするかな」

「ここに泊まったほうがいいかもね」ローレンはためらいがちに言った。

「だったら、やっぱり家に電話を入れたほうがいい。きみがこれきり戻ってこないと思われるといけないから」

「そうね」

「町はずれのガソリンスタンドのそばにモーテルがあったよ。泊まれるかどうか、確かめてみよう」

　ローレンは両親にどう説明したらいいか考えながら「いいわ」と答えた。

　モーテルに着いたときには、ローレンは心配で震えが止まらなかった。ニックが部屋を頼んでいるあいだに公衆電話に駆け寄った。電話をかけると「はい」という父親の固い声がした。

「お父さん？」ローレンは思いきって言った。

「ローレンか」フィルは怒って答えた。「どこにいるんだ？　お母さんもわたしも死ぬほど心配してたんだぞ」

「わかってる。ごめんなさい」

「ごめんなさい？　わたしたちはおまえが行き倒れになって雪の下に埋まってるんじゃないかと心配してたのに、おまえときたら電話で『ごめんなさい』だと。それでいいと思ってるのか。いますぐ家に帰ってきなさい。わかったね。いますぐにだ！」

「帰れないのよ、お父さん。いまリプリなの。道路が通行止めになっちゃって」

不穏な沈黙が続いたのち、フィルが訊いた。「誰といっしょだ？」

「その……ニックとよ。お父さんに訊かずに車を借りてはいけないのはわかってたわ。でも、起こしたら悪いと思って。救急処置室は患者がいっぱいで、ずっと待たなくちゃいけなくて……それで……わたし、こんなに長くかかるなんて思ってなかったのよ」

「家に戻れないと、そういうことなんだね？」

「モーテルに泊まって、明日、帰ろうと思ったの」

「わたしの娘がモーテルに？　あのろくでなしとか？」

「ニックはろくでなしじゃないわ」ローレンは言い返した。「すごくいい人よ。ストックに殴られたのは、ニックのせいじゃないわ。わたしのせいなんだもの」

「お母さんにかわるぞ」

ジェーンは受話器をひったくった。「なんて恥ずかしい真似をしてくれたの」低いこわばった声で言った。

「ごめんなさい、わたし――」ローレンが言いかけた。

「言いわけは聞きたくありません。道路が閉鎖されたっていうなら、今夜のうちに家に戻れないのは目に見えてるわ。どうしてもリプリに泊まらなきゃならないのなら、約束してちょうだい。別々の部屋に泊まって、あの子とは絶対に関わりを持たないこと。そう約束できる、ローレン？」

言い争っても勝ち目はない。ローレンは子供が嘘をつくときにするように、左手の人差し指と中指を交差させた。念のために右手もそうした。「約束するわ、お母さん」

「このことは、明日、話し合いましょう」とジェーンは結んだ。「言っておくけど、わたしたちが大目に見るなんて思わないことよ」

モーテルの部屋にはオレンジ色のランプシェードが置かれていた。縁飾りのついたそのランプシェードは焼けこげだらけで、色褪せた黄色のベッドカバーにも新品のころの面影はない。青い絨毯は擦《す》り切れている。それでもテレビはあるし、ニックはフロントに清涼飲料水のほか、キャンディー・マシン（お菓子やガムの自動販売機）があるのを見つけた。

「二部屋とるのはもったいないよ」電話を終えて戻ったローレンにニックは言った。「同じ部屋に泊まってもかまわない？」

ローレンはかまわなかった。家に帰ればすべてが終わってしまうのはわかっている。だったらこの夜を思い出深いものにして何が悪いの？

部屋に落ち着くと、二人ともじつに幸せな気分になった。キャンディーとポテトチップスを確保し、コークとセブンアップもある。ベッドの上にあぐらをかいて、ポテトチップスをつまみながら、人気コメディー番組『アイ・ラブ・ルーシー』の再放送を見る。

「最高だな」ニックはコークを罐からグイッと飲んだ。

「ここに二人でいっしょにいるなんて信じられないわ」ローレンは幸せそうにほほ笑んだ。

「おれはずっときみのこと、ただの内気な田舎娘かと思ってたよ。臆病で何も行動を起こせないんじゃないかって」

「じゃあ、なぜわたしのあとを追っかけたりしたの？」

「救出するだけの価値があると思ったからさ」

「それはそれは、どうもありがとうございました」

「いいえ、どういたしまして」

ローレンは笑いだした。「鼻に絆創膏を貼ってると、すごくマヌケ面に見えるわ」

「もうはがしたほうがいいかもな。あの医者、なんだか頼りなさそうだったからなあ」

「あなたは、いままでがハンサムすぎたのよ」

「おれのこと、ハンサムだって思ってたの？」

「すごくね」

「きみのタイプじゃないのに？」

「あら、タイプよ」

「違うね。きみが好きなのは、デカくてごっついやつ」

ローレンは枕を投げつけた。「やめてくんない？」

「きみがやめさせられればね」

「じゃあ、やめさせてやる」ローレンはくすくす笑いながら、彼の上にのしかかり、両手をベッドに押さえつけようとした。

ニックはあっというまに体勢を入れ替えると、ローレンを自分の体の下に押さえこんだ。

「さあ、これできみはおれの囚人だ。おれの好きなこと、なんだってできるんだから」

「だったら、して」突然、真剣な顔になってローレンはささやいた。心の底で彼女はわかっていた。現実の世界に戻ったら、彼と会うことは禁じられるだろう。そばにいられるあいだはできるだけ彼と一体になりたかった。

一方、ニックは複雑な気持ちでいた。体は行動を起こせと急《せ》きたてる。けれども、頭は抑えるべきだと言って譲らない。ローレン・ロバーツは一夜かぎりのナンパ相手とはわけが違う。かわいくてやさしくて才能があって、そして何よりも特別な存在なのだ。

悩んでいるあいだにも、氷さえもひび割れそうなほど硬くそそりたってくる。

ローレンが彼を見上げた。その瞳は夢見るようにうるみ、誘いかけるようだった。

「やっぱり、おれたち、すべきじゃないかも――」とニックは言いかけた。

「いいのよ。わたしたち、すべきなのよ」ローレンは手をのばして彼の顔に触れ、熱っぽく言った。「わたしは心の準備はできてるわ、ニック。これはわたしが望んでいることなの。わたしたち二人が望んでいることだわ、そうじゃない？」

「うん……きみの気持ちが確かなら――」ニックは心もとなげに言った。

「ええ、確かよ」

ニックはキスを始めた。初めはゆっくりと。けれども、ヒートアップしてくると自分を抑えるだけで精一杯になった。いままでまわりにいたのとは違うタイプの女の子である、ローレンのキスはすばらしかった。

ニックは彼女のトレーナーに手を入れて乳房に触れると、ブラジャーのホックをさぐった。ローレンはニックが彼女のトレーナーを頭から脱がせやすいよう、体を動かす。それから彼のシャツのボタンを外しはじめた。気持ちが急いて、まるでひきはがすようにしてシャツを脱がせる。

ニックはローレンの乳房を指先でそっとなぞると、乳首をやさしく撫でさすった。彼女は小さなあえぎをもらしはじめた。

サテンのように滑らかな肌。つややかな長い髪が扇のようにシーツに広がる。そして、とても爽《さわ》やかな香り。これまで寝た女の子は、そのほとんどが強い香水を好み、煙草臭い息をしていた。ドーン・コバックに至ってはムスクの香水をつけているので、ごしごし洗い落とさなくては匂いがとれない。

「来て、ニック」いまやローレンが彼をリードしていた。身をくねらせてジーンズを脱ぎながら、ニックのズボンのジッパーに手をのばす。

彼女の脚はこれまでニックが見た誰の脚よりも長い。

ニックはローレンのパンティを脱がせると、床に放った。彼女も彼を切に求めているのを茂みに指を沈めて確かめると、ようやく体を合わせ、ゆっくりと慎重に至福の旅に乗り出していった。

ローレンは彼を迎え入れるために、体を開ききった。初体験だけれど、そんなことはどうでもよかった。

ニックは限りなくやさしく彼女のなかに入っていき、最後まで彼女を導いた。

二人で達したのち、ニックはローレンを腕に抱いた。そして彼女がほほ笑んだまま眠りにつくまで、ずっと抱きしめていた。

彼は十三歳の初体験以来、数えきれないほど女の子と寝てきた。けれども、こんなことは初めてだった。これまで一度も、愛情をこめて女性を抱いたことはなかったのだ。

ローレン・ロバーツ。

ローレン・アンジェロ。

いい響きだ。

ニックはついに運命の相手《ソウル・メイト》を見つけたのだ。二人の人生は永遠に一つに結ばれていくに違いない。

21

「もう絶対に会うんじゃないぞ」フィル・ロバーツはすごい剣幕で言った。「ローレン、わかったか、いいな」

父親の言うことはよくわかるし、厳しい叱責を受けるのも覚悟していた。それなのになぜ、こんなに心が張り裂けるほどつらいのだろう。体の奥から突き上げてくる不安はなんなのだろう。どうして、いっそ死にたいなんて思うのだろう。

彼女は母親に目を向けた。ジェーンは唇をきっと結んでいる。この表情には見覚えがある――「わたしは関係ないわ。わたしに訊かないで」と言っているのだ。

「お父さん――」ローレンは言いかけた。

フィルは手を上げた。「やめろ。言いわけは聞きたくない。おまえのしたことは許されないことだ。車を持ち出して、外泊して」

「電話したわ」ローレンは言い返した。「道路が閉鎖されたって説明したじゃないの。帰りたくても帰れなかったのよ」

「しかも、なぜストックにあんな真似をしたのか、わたしにはとても理解できないよ」

「彼は最低よ。わたしのこと、〝安手の淫売〟だなんて言ったんだから」

「ローレン！」ジェーンは腹立たしげに言った。

「お母さんの前でよくもそんなことを」フィルが怒鳴った。

ローレンは自分が他人になって、このドラマチックなホームドラマの一場面を見ているような気がした。フィル・ロバーツ――顔を真っ赤にして、一人よがりの怒りを全身で表わしている。

ジェーン・ロバーツ――容貌の衰えつつある田舎町の美女。怒りを抑えられない夫のそばで、緊張に体をこわばらせて立っている。

そして、ローレン――十六歳にして、処女ではない。十六歳にして、命がけの激しい恋をしている。

お父さんとお母さんはわたしがニックに会うのを止められやしないわ。どうするつもり？わたしを家に監禁するの？

ローレンが玄関を入ったとたん、彼らは攻撃開始した。

――なんで婚約を解消したりしたんだ？

――ニック・アンジェロなんか、クズみたいな男じゃないか。

――どうしてあなたはわたしたちにこんな思いをさせるの？

――いったい世間の人がどう思うかしら？

世間の人がどう思おうが、ローレンは気にならなかった。彼女は生まれて初めて、完全に自分の意思で人生を生きているという充実感を味わっていた。

「自分の部屋に行きなさい」フィルが険しい声で言った。「わたしたちが出てきていいと許可するまで、部屋にいるんだ」

いいわ、いまはただ、早く一人になってニックのことを考えたい。あの魔法にかかったようなすばらしい出来事を一つ残らず、甦らせたい。彼に触れ、彼を味わい、彼の腕に抱かれた、あの心ときめくひとときを……。

ローレンは両親に背を向け、二階に向かった。

「あなたにはほんとうに失望したわ、ローレン」母親の声が追いかけてきた。

お母さんはケーキでも焼いていればいいのよ。もう、わたしにはかまわないで。わたしはもう以前のわたしじゃない。でもお母さんはそれがわからないのね。

部屋は出たときと同じに散らかっていた。ベッドもニックが寝ていたときのままで、シーツがしわくちゃだった。ローレンは身をかがめて彼の匂いがしないか、くんくん嗅いでみた。どうしよう、彼に会わなきゃ生きていられない。会いたい、いますぐに……。もう、彼のことがこんなに恋しくてたまらない。

ローレンのロックのアイドル――ジョン・レノンとエマーソン・バーンがベッドの上から見おろしている。かつてはあんなに憧れたけれど、いまは遠くから崇《あが》めてるだけなんて馬鹿みたいに思える。彼女はポスターをはがしてくるくる丸め、クローゼットにしまった。それから、鏡に映った自分の姿に目を凝らした。前とまったく同じ――なんの変わったところもない。ただ、目の表情が違うかも……。はっきりとはわからないけれど、これまでなかった何かが、新しい何かがある。

彼女とニックは結ばれたあと、一晩じゅうこれ以上身を寄せあうのは無理というほどぴったりと抱きあって眠った。朝になってまた愛しあった。このときはローレンは前よりもさらに満足できた。もっともっとわたしを満たして、とニックに向かって叫んだとき、彼の愛の行為に反応して、体がビクビクッと痙攣《けいれん》し、ローレンは思わず歓びの声を上げた。こんなにも衝撃的ですばらしい経験は初めてだったので、うれしくて涙が出そうになった。

「あれはなんだったのかしら？」ローレンは荒い息をしながら言った。

「なんのこと？」

「いまの、あの感じ……」

「きみはイッたんだよ」

「行ったってどこへ？」

それからニックは、愛の行為は男だけに満足感を与えるものではないことを説明した。

「どうしてそんなによく知っているの？」ローレンは強い嫉妬が心のなかでうずくのを覚えた。

「年上の女の人たちに教わったんだよ。今度はおれがきみに教えてあげる」

ローレンはニックに手をのばした。「じゃあ、もっと教えて……」

モーテルを出たのは午前十一時だった。ニックはローレンを助手席に座らせ、凍りついてタイヤがすぐにとられてしまう道路をゆっくりと車を走らせていった。ボズウェルに着いたときには、二時半近くになっていた。

「おれ、ガソリンスタンドのところで降りるよ」ニックは言った。「おれがいっしょに行って、きみの両親と対決したほうがいいって言うんなら、話は別だけど。おれはそうしてもかまわないよ」

「そんなわけにはいかないわ。わたし一人でなんとかする」

彼はスタンドの向かいに車を停めて、車から飛び降りた。「あとで電話するよ」

ローレンは笑って、運転席に移動した。

ニックは運転席側にまわってきて、開けた窓ごしに、ローレンにキスをした。「あのさ……おれ……」

ローレンは聞く権利があるとばかりに尋ねた。「何？　ちゃんと言って」

ニックは努めて軽い調子で言った。「愛してるよ」

「わたしもよ」

ローレンは彼が道の向こうに走っていくのを見送った。血で汚れたタキシードを着て、鼻に絆創膏を貼った、彼女のヒーローを……。

そしていま、ローレンは現実の世界に引き戻された。

彼女は部屋に戻るなり、自分がいなかったときの様子をメグに訊こうと、受話器を取り上げた。ダイヤルしおわらないうちに父親がドア口に現われた。「電話を使うことは許さない」

不機嫌な厳しい顔で言った。

「でも、お父さん――」ローレンが反論しかけると、

「わたしは電話を使っちゃいけないと言ったんだ」険しい声で繰り返すと、部屋に入ってきて、電話をジャックから引き抜き、脇の下にかかえこんだ。

ローレンの想像した以上に両親は怒っていた。おそらくストックと別れたせいだろう。ニックに腹を立てているわけではないと、彼女は都合のよい解釈をした。彼のことを知りもしないのだもの。二、三週間もたてば、彼を紹介できるかもしれない。そうすれば、彼がどんなにすばらしい人か、すぐにわかってくれるわ、と。

両親がいくら頑張ろうともニックに会うことを阻むことはできない。それだけは確かだ。あと二週間で学校が始まる。そうすれば、両親が好むと好まざるとにかかわらず、毎日彼と会うことができる。

いまのところ、どう見ても外へは出してくれそうもない。車もダメ、電話もダメ。友だちに連絡もとれない。まさに囚《とら》われの身だ。心のなかで思いに耽るだけの囚われ人……。けれども、自由に思いを馳せられるのだから、ふたたびニックと会える日までわたしはずっと幸せだ。

ニックが戻ったとき、ハーランはトレーラーの外の階段にぽつねんと座っていた。「おれたちのこと、だましたんだね」空き罐に小石を投げつけながら、ニックをなじった。

「しょうがなかったんだよ。怪我をしたんだから。おれの顔を見てみろよ」

「映画に連れてってくれるって約束したじゃんか」ハーランはぶすっとして言った。

「ここに帰れなかったんだよ。いま、わけを話しただろ」そう説明しながら、ニックはハーランの脇をすり抜けてトレーラーのなかに入っていった。

なかに入ると、ルークがマットレスの上で、大儀そうに横たわっていた。

「こいつ、どうかしたのか？」

「わかんない」ニックについてきたハーランが肩をすくめた。「病気なんだ」

「おまえの母さんは、なんて言ってる？」

「母ちゃんはいない」

ニックはルークのそばに言って、額に手を当てた。すごい熱だ。

「いつからこうなんだ？」

「わかんないよ」ハーランは溜息をついた。

ニックはタキシードを脱ぎながら、これではとても返しに行けないと思った。レンタルショップから借り出したとき、ジョーイがでたらめな住所を書いておいてくれてよかった。

「シンドラはどこだ？」とジーンズを穿きながら訊く。

「ジョーイと出かけたよ」ハーランは悲しげな顔で、ドアに寄りかかった。

「あのさ」ニックは陽気に言った。「ルークがよくなったらさっそく映画を見に行こう」

「前もそう言ったのに約束を破ったじゃんか」

「だけど今度は、鼻を折ってリプリで足止めを食ったりしないからさ」

「おかしな顔だね」ハーランは首をかしげて、じっとニックを見つめた。

「はいはい、自分でもわかってるよ」

ニックはいまごろローレンはどうしているだろうと思った。ガソリンスタンドで車を降りたあと、彼は二時間ほど働いた。だがちっとも客が来ないので、ドーンの家の外に置きっぱなしにしてあったバイクに乗って、やっとトレーラーにたどりついたのだ。ドーンの家でもベルを鳴らさず、そのまま帰ってきたし、ジョーイも非番だったので、どんな噂が町じゅうに広まっているのか、知るよしもなかった。ルイーズとデイブの顔を見に、ドラッグストアに引き返すつもりでいたのだが、ルークが病気とわかったいまは彼を残して行くわけにいかない。

「この近所で体温計を持ってる人はいないかな?」ニックは訊いた。

ハーランが真剣な目で見返した。「それ何?」

「わかった、もういい」ニックは急いで言った。「ちょっと待ってろ。プリモに訊いてくる」

父親はいつもの場所にいた。眠れるカバのごとく大の字にのびて、大いびきをかいている。テレビがやかましい音をたてる横で、ビールの空き罐が三つ、ベッドのそばの床に転がっている。擦り切れた肌着に汚れたパンツ。食べかけのポテトチップスの袋から中身が胸にこぼれでていた。

ニックは乱暴にプリモを揺さぶり起こした。プリモの目は充血し、顔色はどす黒い。「なんだってんだ。どうしたんだよ」ぶつくさ言いながら、盛大にげっぷをして、半身を起こした。しょぼしょぼした目で息子を見る。「なんの用だ?」

「ルークのことなんだよ」なんとか、プリモに通じさせようとニックは真剣に言った。「ひどい熱で、グタッと寝てるだけなんだよ」

「おれには関係ねえよ」プリモは欠伸をすると、しごく当然といった風情でビールに手をのばした。

「もしあいつに何かあったら、そんなこと言ってられなくなるよ」ニックはこれまで以上に父親に嫌悪感を抱いた。もっとも〝これ以上〟の嫌いようなんてあるかどうかは疑問だったが。

「なんで、アリーサに言わないんだよ」プリモはもうテレビの画面に気を惹かれていた。ビキニ姿のブロンド娘が胸を揺すりながら、画面狭しと踊りまわっている。

「仕事に行ってるよ」ニックは突っけんどんに答えた。

「おれにギャーギャーうるさく言うのはやめろ。バケツで水でもぶっかけとけ。そうすりゃ、熱も下がるだろうし、そのうちあいつも戻ってくるさ」プリモはパンツのなかに手を入れ、勢いよく掻きはじめた。「だけど、あいつがおれのメシの支度をすませるまではルークのことは言うんじゃないぞ」

つかのまニックはそこに立ちつくし、いったいどうすればいいのか考えた。やがてテーブルの上にバンのキーがあるのを見つけ、出て行きぎわにそれを取ってきた。プリモの馬鹿野郎、クソ豚野郎。

隣のトレーラーに戻ってみると、ルークの息づかいがおかしくなっていた。

ニックはすぐに心を決めて、ハーランに言った。「町に連れてく。毛布でくるんで、すぐに出かけるぞ」

「まあ、ここに座れ、アリーサ＝メイ」ベンジャミン・ブラウニングは言った。

アリーサ＝メイは彼の書斎の入口に立ち、警戒するような目を向けた。「なんの用です?」

ベンジャミンは机の上から銀のペンをとりあげ、太い指にはさんでくるくるまわした。いやな役まわりをダフネから押しつけられたもんだ。気が進まないが、早くすませればそれにこしたことはない。「わたしがそうしろって言ってるんだ」いらだたしげに言う。「なかに入れ。いいからドアを閉めて座るんだ」

アリーサ＝メイはしぶしぶ彼の言うとおりにした。彼女が座るとベンジャミンは目を合わさなくてすむように革の椅子を回転させた。

「で、なんでしょうか?」焦れったそうにアリーサ＝メイが言った。

「仕事をやめてもらいたい」彼は冷たく言い渡した。

アリーサ＝メイは唖然とした。「なんておっしゃいました?」

「クビだと言ってるんだ。もう仕事をしてもらう必要はない」

彼女の左目の下がピクッと痙攣した。「へえ、そういうことですか」

「ミセス・ブラウニングとわたしで決めたことだが、長いあいだ、よくやってくれたから、六週間分の退職金を出すことにしたよ」彼は机の上にサイン済みの小切手を置いて、彼女に突き出した。「ミセス・ブラウニングは今日かぎりで仕事に来ないでくれと言っている。話の内容はわかったね?」

「よくわかりましたよ」彼女はぼそっとつぶやいた。

ベンジャミンは、彼女が解雇通知を異議なく受け入れたものと思ってほっとした。

「まあ、そういうことだ……」あとは、アリーサ＝メイに黙ってさっさと出て行ってもらいたい。「それだけだ」

「それだけ……」彼女はオウム返しに言ったが、動こうとはしなかった。

「もう行っていいぞ」彼はぞんざいに手を振って出て行かせようとした。

アリーサ＝メイは立ち上がると、机に両手をついてベンジャミンをにらみつけた。「あたしはどこへも行かないよ。このろくでなし」と、彼に目を合わすことを強要した。

彼女があっさり引きさがるはずはないことは彼もわかっていた。黙って出て行くことを期待するのは、いくらなんでも虫がよすぎる。昔……もう何年も前に、初めてこの家にやってきたときの彼女は愛らしかった。若くて元気いっぱいで、シンドラそっくりの、小生意気な笑顔に、長い脚。豊かな胸。とても刺激的でセクシーだった——シンドラといえば、あれも小娘のくせにいい女だ——それが十七年たったいまは、干からびた辛気臭い中年女になった。赤く髪を染め、痩せこけて頬は落ちくぼみ、目にはいつも怒りといらだちの表情が浮かんでいる。彼女より十歳も年上のダフネでさえ、これほどひどい老けかたはしていない。妻とはもうセックスこそしていないが、年に一度の結婚記念日には彼女をひざまずかせ、フェラチオをさせる。妻がどんなにそれを嫌悪しているかは知っている。あの真っ赤な唇の割れ目に自分のペニスが吸いこまれていくのを見るのが、たまらない快感なのだ。ダフネにはそれをはねつける度胸はない。ミセス・ブラウニングという偉大な肩書きは、絶対に手放すことができないからだ。

「おまえはクビだ」ベンジャミンは繰り返した。「言葉がわからないのか？　もう来なくていいと言っているんだよ」

「そんなこと、アリーサ＝メイがする必要はないさ」彼女は椅子に座り、咬みつくように言った。「絶対にそんな必要はないよ。あんたもわかってるはずだ」

彼はカッとなって銀のペンを机の上に放り出した。「おまえの退職金を二倍にしてやろう。それがおまえの狙いならな。三カ月分の金をくれてやるから、今日かぎりここを出て行け」

「出て行かないよ」彼女はしぶとく言い張った。

いまやベンジャミンは本気で激怒していた。「なぜだ？」

「三カ月ぽっちじゃ、何も仕事が見つからないからだよ。仕事もなくてお金もない。ないないづくしさ」

「また別の仕事が見つかるさ」

「ボズウェルでかい？　まさか。どこに常勤のメイドを雇う家があるっていうんだい？」

「製紙工場や罐詰工場ならいつだって仕事はあるだろう」

彼女はまたすごい勢いで立ち上がった。「やなこった！　あたしはここで働くんだ。あたしはどこにも行かないよ」

ベンジャミンはしばらく無言でいた。それからふたたび口を開いた。「何がほしい？」

「いま、もらってるのと同じだけのお金をこれから死ぬまで。それからシンドラのために、銀行に五〇〇〇ドル。ああ、そうだ、きちんと定期的にもらえるように、弁護士に一筆書いてほしい」

「それはゆすりだぞ」

「あんたが自分で約束するって言ったんだよ。あたしが言いだしたんじゃない」

「もし、わたしがいやだと言ったら？」

「そうしたら町じゅうの人がシンドラの父親が誰かを知ることになるよ。それから、あんたがあの子にした汚らわしいこともね」

「なんのことを言ってるんだ？」

「わかってるはずだよ。シンドラはあんたの子なんだ」

ベンジャミンは青ざめた。「そんな……そんなこと、ありえない」

「でも、そうなんだよ」

「いったい、なんで？」

「あたしが初めてここに働きに来たときのこと、覚えてるかい？」

彼は喉を締め上げられるような気がした。「ああ」

「あんたは昼も夜もあたしを追っかけまわした。あんたの奥さんが出かけたとたん、しつこくつきまとってさ。あんとき、あたしは地下の部屋で寝起きしていた。ある晩、その部屋にやってきたあんたは、あたしの口を塞ぎ、いやがるあたしのなかに無理やり、あんたのものを突っこんだんじゃないか」

「おまえはいやがってなんかいなかったじゃないか」腹立たしげに彼は言った。「その後は、おまえのほうからしてくれってせがむようになったんだぞ」

「あんたに妊娠させられて、あたしはどうしていいのかわからなかった。それで結局、最初に言い寄ってきた男と結婚して、トレーラー・パークに移ったんだよ。問題は、妊娠したって告げたら、そいつがあたしから逃げ出したことさ。それからずっとあたしは一人だった。だけど、あたしはあんたのために働きつづけてきた。そしてあんたは、ずっとあたしをやりまくってきた。あたしが若くて、あんたを楽しませられるあいだはね」

「わたしと女房はおまえを養ってきた。そのお返しがこれか？　おまえはわたしたちをだましていたんだな」

アリーサ＝メイはうつろな笑い声をたてた。「あたしを養ってきた？　ケッ、バカ言ってるんじゃないよ。あたしは、あんたとあんたの家族のために馬車馬みたいに働いてきた。あんたの汚いパンツを洗濯して、汚物まみれのトイレを掃除して、家じゅうの汚れをきれいにしてきたんだよ」

「そしていまは、このわけのわからん作り話でわたしをゆする気なのか？」

「あたしは自分自身と、それからあんたとのあいだにできた子供のために正当な権利を主張してるだけさ」

「わたしの子供なんかじゃない」彼の声は怒りに燃えていた。

「あんたが長いこと、あたしにやりまくってたことを町じゅうに言いふらしてほしいのかい？　どうやって自分の娘をレイプしたか、言ってもいいんだね？」

「まさか、しないだろう？　そんなこと……」

「いいかい」アリーサ＝メイは辛辣《しんらつ》な口調で言った。「あたしには失うものはなんにもないんだよ。あんたはどうだい？」

22

ニックはドラッグストアへバンを走らせた。裏口に停めるとキッチンからなかに入り、ハムエッグを運んでいくところだったルイーズをつかまえた。

彼女は足を止めると、ヒューーッと口笛を吹いた。「いったい、どうしたの！ その顔、ひどいじゃない」

「医者が必要なんだ」ニックはこう言いながらも気が急いてしようがない。

「もっと早くにそう言うべきだったわね」

「おれじゃないよ。ルークが病気なんだ。おれの弟なんだよ。バンのなかにいる。どこに連れてったらいい？」

「そうね……」ルイーズは口ごもった。「マーシャル先生は出かけてるし。シェパード先生は家に押しかけられるのをいやがるし」

「そのシェパード先生の家はどこ？」

ルイーズは注文の品をカウンターに置くと、ニックに向きなおった。「その子、どこが悪いの？」

「わからない。熱がひどくて、呼吸がおかしいんだ」

「シェパード先生を起こす前に、わたしが具合を見たほうがいいかもね。なにしろ偏屈なじいさんだから」彼女はエプロンをとった。「ねえ、デイブ」と声を張り上げる。「わたし、休憩に入るわ。シェリルにかわってもらって」

バンのなかではルークがガタガタ震えていた。ハーランは情けなさそうな顔で横に座っている。

「熱があるって言ってたわね」ルイーズはなじるような口調で言うと、ルークの額に手を当てた。「うわ、ほんとうだ。すごい熱だわ」

「なんだと思う？」ニックは尋ねた。

「わからないけど、まずいってことは確かよ」彼女はバンに乗りこんだ。「さあ行きましょう。シェパード先生を起こすのよ。左に曲がって、それから二本目の道を右に。飛ばしてね、ニック」


家へと向かうバスはこれまでになく時間がかかった。アリーサ＝メイは窓ぎわの席に座って、外を眺めていた。いつもはその日の気苦労を忘れるために、何も考えずぼんやりしているのだが、今日は違った。やりばのない思いでいっぱいだった。この十七年間、心の奥に閉じこめてきた思いで……。

ベンジャミン・ブラウニングはシンドラの父親だ。そのことをやっと彼に告げることができてよかった。そう、自分がしでかしたことの重大さに気づいて衝撃を受けたときの、あの白い尊大な顔に浮かんだ驚愕の表情を見られてよかった。

薄汚い豚野郎。なんの価値もない男。あいつがどん底の生活を這いまわらずにすんでいるのは、ひとえに金があるおかげなのだ。

深い溜息をつくと、彼女はブラウニング家に勤めた最初の日のことを思い起こした。新聞の求人広告で応募した母親に、ミスター・ブラウニングは、アリーサ＝メイがすぐにも来てくれるならカンザスシティーからのバス代を支払うと言った。母親は娘をさっそく行かせると請け合い、七人いる娘の一人を厄介払いできると喜んだ。母親は娘の年をごまかして十七歳だと告げていたが、実際は十五歳になるかならないかで、学校を出たばかりだった。「一生懸命働きな。余計な口はきかないこと。もめごとを起こすんじゃないよ」というのが、餞《せん》別《べつ》がわりの母親の別れの言葉だった。

家を離れて半年後、母親は酔っぱらい運転の車に轢《ひ》かれて死んだ。アリーサ＝メイに父親はいなかった。

初めのうち、彼女は水道や屋内トイレのある家で働けるのがうれしかった。冷蔵庫やテレビのようなこれまで見たこともない贅沢品もあった。だが、ダフネ・ブラウニングは仕えるのに好ましい女主人ではなかった。ストックが生まれたばかりだった。赤ん坊がいつもきれいで元気がよくて全然泣かないとでもいうのなら話は別だが、ダフネにはストックの世話を進んでしようという気はまったくなかった。アリーサ＝メイはそれでなくても家事いっさいをやらされていたのに、すぐにほかの仕事と並行して赤ん坊の面倒も見るはめになった。

一方、ベンジャミン・ブラウニングはこっそり獲物に忍び寄るトラのように彼女を狙っていた。好色な目つきを向けられ、何かというとさわってくるのに気づいてはいたが、なんとか避けつづけていた。当時、彼は三十代の初めで、なかなか男前だった。溢れるばかりのエネルギーと抜け目のない才覚とで、自力で成功を勝ち取っていた。ダフネは青白い肌と黄色っぽい髪をした、豊かな胸の女性だった。二人が毎晩、愛しあっているのをアリーサ＝メイは知っていた。しわくちゃになったシーツの交換をさせられていたからだ。

ベンジャミンが初めてアリーサ＝メイの部屋を訪れたのは、結婚する知人のパーティーに出た夜のことだった。彼が夜更けに酔っぱらって帰宅したときには、彼女はもう眠っていた。彼はベッドカバーをはぎとると、彼女の口を手で塞ぎ、寝間着の裾をたくしあげて、彼女のなかに入ってきた。文句を言う勇気はなかった。そんなことをしてなんのいいことがあるだろう。どこにも逃げていくところなんかないのだ。

アリーサ＝メイが沈黙を守っていることを確かめると、ベンジャミンは毎週一度、彼女を抱くのが習慣になった。彼の気分によっては、週に二度三度となることもあった。

しばらくすると、彼はアリーサ＝メイの口を塞がなくなった。

悔しかったが彼女も彼の訪れを心待ちにするようになった。

そして彼女は妊娠した。

アリーサ＝メイはなかなかどうして賢い娘だった。もし妊娠したことを口にすれば、たちまち放り出されることはわかっていた。だから何も言わずに、お産のときを待つしかなかった。彼女は必死に熱いお風呂に入ったり、ブラウニング夫妻が出かけたときにジンをガブ飲みしたりして、お腹のなかで育ちつつある赤ん坊が静かに消え去ってくれることを願った。

プリモ・アンジェロが町に来たのは、じつにタイミングがよかった。自信たっぷりに肩をいからせて歩く、体の大きな色男で、緑の目には強い光があった。職業は大工で、学校の建物の新築工事に携わっていた。アリーサ＝メイは全力で彼を誘惑した。おだててちやほやし、あんたみたいなハンサムな男は見たことがないと持ちあげた。そのくせ、体は許さなかった。そうすれば男のすることは決まっている。彼はアリーサ＝メイと結婚し、二人はトレーラー・パークに移った。それでも彼女はブラウニング家の勤めはやめなかった。

プリモはすぐに働かなくなった。「おまえを喜ばせてやるのには体力がいるんだよ」というのだ。口は巧みで軽かったが、腰は重かった。そして彼女が妊娠したと告げると、さよならも言わずに逃げ出した。アリーサ＝メイが惨めな思いをしたのは五分間だけだった。まったく男どもときたら――。男に何を期待できるというのだろう？　男なんて誠実であったためしがない。絶対に信用ならない。

アリーサ＝メイが出産したとき、誰もが父親は姿を消した夫だと信じて疑わなかった。けれども、彼女にはほんとうの父親がわかっていた。それを貴重な金塊か何かのように自分の胸にしまいこんだ。いつか、その事実がよい結果を生んでくれる日が来ることを信じて。

そしてとうとう、その日が来たのだ。

停留所に着いて、彼女はバスを降りた。疲れきってはいたが、意気揚々としていた。ベンジャミン・ブラウニングは彼女の要求を呑み、弁護士に書類を作成させることを約束した。まもなく、生まれて初めて、安定した日々が訪れるのだ。

ドクター・シェパードは広い庭のある、いかにも住み心地のよさそうな大きな家に住んでいた。玄関に掲げられた看板には次のような言葉が書かれていた――来たれ、すべての小さき羊飼いたちよ。ここに集《つど》いて、生きる糧《かて》と慰めを得よ。ニックがドアをドンドン叩いているあいだ、ルイーズとハーランはしだいに悪化していくルークといっしょにバンに残っていた。

何も返事がないので、ニックはさらにドアを叩きつづけた。

二階の窓がぱっと開き、真っ赤なパジャマを着た白髪頭の老人が身を乗り出した。「いったい、なんの騒ぎだ？」気むずかしそうな声で怒鳴った。

「急患なんです。入れてくれませんか」ニックは怒鳴り返した。

「いまかね」驚いた顔で、ドクター・シェパードは答えた。

「……明日の朝じゃだめなんだよ、ボケ」ニックは小声で文句を言った。

ルイーズがニックのそばに来て、「ドクター・シェパード」と声を張り上げた。「あたしよ、ルイーズです。ドラッグストアの……。覚えてます？　二カ月ほど前に先生に内診をしてもらったでしょう。いい形の骨盤だって言ってたじゃないですか」

それで首尾よくシェパードの注意を惹いた。「いま下りてくよ」彼はしわがれた声で言った。

「まったく、エロじじいなんだから」ルイーズはうんざりしたように言った。「真珠玉でもはじくみたいに、あたしに指を突っこんでいじりまわしてさ。二度とごめんよ」

「ドアを開けといてくれよ。おれがルークをなかに運ぶ」

ニックがバンに戻ると、ハーランが泣いていた。「どうしたんだ?」

「ルーク、死んじゃうの?」心配でぼろぼろ涙を流しながら、すがるように訊いた。

「死ぬもんか」とニックは断言して、ルークを抱きかかえた。「そんなこと、考えちゃだめだ。おまえはここに残ってろ。大丈夫、よくなるって」

ニックはルークを玄関まで運んでいった。これからどうなるのか、わからなかった。わかっているのは、どうもよくなさそうだということだけだ。

ルイーズはまんまとドアを開けさせ、ドクター・シェパードをたぶらかしている最中だった。彼は毛深い手に飛び出た目、頭頂部の禿げた白髪頭の小男だ。頑固者の年寄りだが、すっかりルイーズの術中にはまったようだ。

「これはなんだ?」彼は、ニックの腕に抱かれたルークを目にして言った。

「この子、病気なんです」ルイーズが急いで口を出した。「ちょっと診てやってもらえません? 先生、お願いよ」

「いまは診察時間外だ」薄情な老医師は言った。

「わかってます」ルイーズはやさしげな口調を崩さず、なんとかその気にさせようとした。「でも、先生だったら助けてくださるんじゃないかと思ってたの。ドクター・マーシャルはお留守だし、いま町にいるお医者さまは先生だけなんですもの」そこで言葉を切ると、流し目をつかった。「あたし、来週、先生に診てもらいにくるわ。また、このあいだみたいなお腹の痛みがあったから、診察してもらいたいと思ってたのよ」

ドクター・シェパードは顔を輝かせた。

ルイーズはなおもおだてまくった。「あたし、またあの……診察が必要みたい。先生、すごく上手なんだもの。あのあと、すごく調子がよくなったのよ」

「わかった、わかった」老医師は言った。「その子を診察室に運んでくれ」

ルイーズはニックにウインクした。彼はルークを診察室に運び、冷たい診察台の上に寝かせた。

ドクター・シェパードはかがみこんで、ルークをしげしげと見た。「この子は黒人じゃないか」と腹立たしげに言う。

だから？　ニックはそう言いたかった。それが、どうだっていうんだ。

「リプリまで連れていくには容態が悪すぎると思ったんで」ルイーズがあわてて口をはさんだ。

「だが、黒人はあそこへ行くことになってるんだ」ドクター・シェパードは親指の頭で団子っ鼻をこすりながら、不機嫌そうに言った。

「おい――」ニックはもう我慢できなかった。「いまは一九七四年だよ。それにここは南部でもない」

ドクター・シェパードはニックに向きなおってにらみつけた。「きみは誰だね。見かけない顔だが」

「会わなくて正解だったよ」ニックは小声でつぶやき、それから医師に聞こえる声で言った。「こいつの兄です」

ドクター・シェパードのゲジゲジ眉毛がはねあがった。「この子の兄さんだって？」

「ちょっと診てやってくれませんか？」

十分後に彼らは診察室を出た。「どこも悪いところはないよ」とドクター・シェパードが言ったのだ。「必要なのは一晩ぐっすり眠らせてアスピリンを飲ませること、それだけだ」

ニックは医師の言葉が信じられなかったが、かといって彼に何ができるだろう。「あの先生が言ってた医者はどうだろう？　リプリにいるっていう」彼はルイーズに尋ねた。

彼女は肩をすくめた。「さあ、聞いたことないわ。ごめんね。あたし、仕事に戻らなきゃ。デイブがヒステリーを起こすから。わかってるでしょ、彼の性格――」

ニックはルイーズを降ろし、トレーラー・パークに車を進めた。もしかしたら、あの年寄りの医者の言うことは正しいのかもしれない。ルークに必要なのは休息とアスピリンだけなのかも。

帰り道、彼は道の脇を重い足取りで歩くアリーサ＝メイの姿を見つけた。彼は道端に車を停めた。

「何やってんのよ、あんたのお父さんのバンで？」アリーサ＝メイは声をとがらせた。

ニックは手短にルークのことを話した。彼女は後ろに飛びのくようにして、ルークをひとめ見るなり、ニック同様にうろたえた。

「だから雪のなかで遊ぶなって言ったのに……」と心配でたまらない様子だ。「風邪をひくといけないからって。なんか悪い病気にかかったんだ。きっとそうだよ」

「うん、それでドクター・シェパードのところに連れていったんだよ」

「あの老いぼれ医者――ありゃ、全然だめだよ」さもいやそうに首を振る。「あたしたちなんか診ようとしないもの。法律なんか関係ないのさ。リプリに連れていくしかないよ」

「まだ道が悪いよ。さっき、戻ってくるのに何時間もかかったから」

「どうしても行くんだよ」アリーサ＝メイは頑として譲らない。

「プリモはどうする？　おれがバンを借りてきたの、知らないんだ」

「ふん、いい気味だよ」

「わかったよ」ニックは肩をすくめた。「リプリに行こう」

彼は道路の状態を考えた範囲で飛ばせるだけ飛ばした。それでもリプリに着いたときには夜中になっていた。

アリーサ＝メイはさびれた場所にある一軒家に車を停めさせると、飛び降りてその家のベルを押した。

サリーを着たインド人女性が玄関に姿を現わした。少しも驚かないところを見ると、夜中に急患が駆けこんでくるのは珍しくないらしい。

「あたしの子供なんですけど、すごく悪いんです」

「なかに連れてきて」その女性はやさしく言った。「主人を呼んでくるから」

ドクター・シン・アムロックは、男にしては華奢《きゃしゃ》な体格のインド人で、口髭も薄く、頭はすっかり禿げあがっている。ルークをさっと診察しただけで、「この子は肺炎を起こしてる。すぐに病院に収容してもらわないと」と言った。

全員がバンに乗りこんで出発した。ドクター・アムロックもいっしょだ。

病院への道すがら、ニックはローレンのことを思い浮かべた。電話をしてないから、怒っているだろうか。女の子というのは電話のことで大騒ぎする。かけると言って、もしかけなかったらたいへんだ。それでも何もかも説明すればきっとわかってくれるだろう。

両親につらい思いをさせられているのじゃないだろうか。もうローレンのことが恋しくなっている。たまらなく会いたかった。

病院に着くと、ドクター・アムロックとアリーサ＝メイがルークの入院のための必要書類の記入をしているあいだ、ニックはハーランと待合室で待っていた。

ハーランはニックをじっと見つめた。「ありがと、ニック」真剣そのものの顔だ。「あんたはおれのいちばんの友だちだよ」

ニックは照れて肩をすくめながら「こんなの、たいしたことじゃないさ」と言った。

プリモは腹がグーグー鳴って目を覚ました。かすんだ目で床に置いた大きな置き時計を手探りする。もうそうとう、遅い時間だ。アリーサ＝メイはいったいどこへ行ったんだ。

彼はよろよろと立ち上がると、ベッドから逃げ出そうとするゴキブリを払い落とし、おぼつかない足取りで外に出て、近くの茂みで小用を足した。

それからまたふらふらとなかに戻り、ビールを一罐つかんで座りこむと、どうしたもんかと考えこんだ。十分後、また表に出て子供たちのトレーラーのドアを蹴とばした。誰もいない。「クソッ、みんなどこへ行きやがったんだ」と声を張り上げる。「おれの夕飯はどうなってんだよ」

彼は自分のバンがないのに気がついた。「あんちくしょう！」ぶつくさ言いながらトレーラーに戻る。あのアマがおれのバンで子供たちを連れていきやがったんだ。遅く帰ってきたおとしまえはつけさせないとな。誰もおれさまをこんな目にあわせることはできない。なんぴともプリモ・アンジェロに待ちぼうけをくわせて、無事にはすまないのだ。

ルークは入院することになった。

「あたしは帰らないよ」アリーサ＝メイはそう言い張って、唇を固く結んだ。「絶対に帰らないから」

「だったら、おれたちも残るよ」とニック。

彼女は首を振った。「いや、あんたたちは帰ったほうがいいよ。バンがないのに気づいたら、プリモがぶんむくれるから」

「あんたとルークがいなきゃ、おれは帰らないよ」

「おれもだよ、母ちゃん」ハーランも口を出した。

「好きにしな」アリーサ＝メイはすっかり疲れて言い争うのも面倒なくらいだった。

「おれ、安いモーテルを知ってるよ」ニックは言った。「みんな、そこに泊まれる」

「プリモはどうしようね」アリーサ＝メイは心配そうに言った。

「朝になったらジョーイに電話する。トレーラーまで行ってもらって事情を説明してもらうよ」

彼女はうなずいた。「そうしようか。じゃあ、あたしはここに残ってるから、ハーランをそのモーテルに連れてってておくれ」

「みんなでここに残ろうか」

「だめだよ」アリーサ＝メイは首を振った。「ハーランまで病気にさせたくないからね。ゆっくり休んどくれよ」

ニックはしぶしぶ立ち上がった。「明日、朝イチで戻ってくるよ」

「お金はあるかい？」

「ああ……足りるかどうかわかんないけど」

彼女はバッグのなかを引っ掻きまわすと、しわくちゃになった札を数えて一五ドル差し出した。

ニックは礼を言って金をポケットにしまった。「できるだけ早く来るからね」

ニックはハーランを連れて病院をあとにし、まっすぐモーテルに車を向けた。支配人室の男はニックを覚えていた。「また来たのかい」と卑猥な口調で言って、ウインクする。「このあいだ、よっぽどいい思いをしたんだね」

ニックは耳を貸さなかった。「一晩、泊まるよ」と言って、前金で払った。

彼はハーランを部屋に連れていってテレビの前に座らせると、公衆電話に急いだ。冷えきった電話ボックスのなかに一瞬たたずみ、こんな夜更けにローレンにかけたものか迷った。だめに決まっている。ジョーイに連絡するのだって遅すぎる。彼のお母さんはきっとぶつくさ言うだろう。クソッ！　こうなったらあとはもう寝るしかない。電話するのは明日の朝にしよう。

翌朝六時にハーランが目を覚ました。「気持ち悪いよ。お腹が痛い」と泣きそうな声で言う。

ニックはベッドから出て伸びをした。「大丈夫さ、気にするなって。何もかもよくなるよ」

ハーランはかぶりを振った。「だめだよ、ニック。よくなりっこないよ」

「心配すんのはやめて服を着ろよ。早めに病院に行くから」

外へ出ると、風がうなりを上げていた。がたがた震えながらニックはジャケットの衿を立て、両手をポケットに突っこんでバンまで走った。ハーランも追いかけてきて、助手席に飛び乗った。

五分後、二人は病院の受付に立っていた。ニックは「ルーク・アンジェロはどこですか?」と尋ねた。

看護師は入院者名簿を調べて「五号棟の五階です」と答えた。

エレベーターに乗り、五階に着くと、ニックはもう一度、この階の受付で尋ねた。「ルーク・アンジェロに面会に来たんですが」

看護師が目を上げた。「身内の方ですか?」

「ええ、ぼくは、その……兄です」

「先生はいま、ミセス・アンジェロとお話しになっています」看護師は事務的に言った。

「椅子にかけてお待ちください」

「あの、ルークは……大丈夫ですか」

「座ってお待ちください」

十分ほど待つと、アリーサ＝メイが出てきた。ミセス・ブラウニングのおさがりの薄い冬のコートを強くかきあわせ、身を縮めて……。

ハーランが廊下を走っていき、母親の脚にかじりついた。

彼女が何も言わないうちに、ニックはすべてを悟った。彼は腰を上げると、ゆっくりと彼女のほうに歩いていった。喉がカラカラに渇き、胃がねじれそうだった。

アリーサ＝メイは深い絶望のなかで、かぶりを振った。「死んじゃった……」声にならない、かすれたささやき……。「あたしの子が死んじゃった……」

ハーランが悲鳴を上げた。その声は病院じゅうに響き渡った。ニックはその悲鳴を生涯忘れないだろう。

23

「ニックから電話、あった？」毎朝、ローレンは同じ質問をした。そして両親は毎朝、同じ愚にもつかない答を繰り返した。「電話があろうがなかろうが知ったことじゃない。もう二度と会うことはないんだから」

「わたしは平気よ」胸の鼓動が早くなる。「ただ、知りたいだけ」

「どっちでもたいした違いはないだろう」フィルは語気鋭く言った。

「わたしにとっては、すごく違うわ」なぜこれまで父親のことを、やさしく思いやりのある男性だと思いこんでいたのだろう。

「そういうことだったら、電話はかかってないよ」

ローレンには、両親がほんとうのことを言っているのかどうかはわからなかった。彼女は部屋でじっと考えこんだ。ニックはわたしのことをすぐに体を許す女だと思ったのかしら。彼が求めていたのはセックスだけだったの。そんなのいやよ、絶対にいやよ。

あんなにそばにいたのに、いまはこんなにも遠く離れている。彼のところには電話がないから、こちらからはかけられない。両親は電話から三メートル以内には近づかせてくれない。

ローレンを家に閉じこめ、まるで厳重な警戒を必要とする囚人なみに監視しているのだ。

「わたし、そんなにひどいことをしたのかしら？」ある日、ローレンは尋ねた。

「おまえは町でいちばん立派な青年と婚約してたんだぞ」石のような無表情で父親は答えた。

「婚約を破棄するなんて無謀なことをする前に、わたしがストックのオヤジさんに対して仕事を売りこんでいることを考えるべきだったのに」

「あれが仕事の取り決めだなんて知らなかったわ」ローレンはつぶやいた。

「おまえにはわたしたちに知らせる義務があったんだ」

両親がこんなにもさもしい人たちだったなんて、ローレンには信じられなかった。「わたしはこれまで、お父さんたちをうろたえさせるようなことは何一つしてこなかったわ。お酒もドラッグも、一部の生徒たちがはまってるようなことは何も。わたしがしたのは家の車を借りたことだけでしょう。それなのにまるで犯罪者なみのお仕置きじゃないの」

両親はこういうときは完璧に一致団結する。「厳しくしなきゃだめなのよ、ローレン。じゃないと、いつまでたっても懲《こ》りないから」

「学校が始まったらどうするの。そうしたら毎日、見張ってられないでしょ」

「新学期が始まるまでに、おまえがきちんと道理をわきまえることを願うよ」

でも、もしそうならなかったら？　ローレンはそう言い返したかった。もし、ニックと再会したとたんに、駆け落ちしてしまったら？

まるで彼女の心を読んだかのように、母親が口をはさんだ。「学校でニック・アンジェロと顔を合わすのなら、今後、彼とはいっさい関わりを持たないってきちんと約束してちょうだい」

ローレンは背中に手をまわし、人差し指と中指を交差した。このごろこれが癖になっている。「いいわ、それでお母さんの気がすむんなら」

そう、お利口さんのローレンちゃんは、両親と同じ手を使って対抗することを覚えたのだ。嘘つきになったのは両親のせいだ。

新学期が始まった最初の日、ローレンは歴史の授業に行く途中でメグと出くわした。「オー・マイ・ゴッド！　オー・マイ・ゴッド！」メグは大騒ぎだ。「すごく会いたかった。何十回って電話したんだからね。家まで行ってお母さんに会わせてくれって頼んだのよ。入れてくれなかったけどさ。いったい、どうなってるの？」

「わからないわ。何もかも遮断されてずっと囚人みたいに監禁されてたの」

メグが声をひそめた。「妊娠して中絶したって噂が立ってるわよ」

「本気で言ってるの？　何があったかメグはよく知ってるはずよ」

「大晦日のダンパのこと？」

「そう、ストックがニックに殴りかかって鼻の骨を折って、わたしがリプリの病院にニックを連れてったこと。一晩じゅう、リプリに足止めを食ってたことも聞いてるはずよ。道路が通行止めで帰れなくなったから。うちの両親はカンカンだったわ」

「あら、それだけ？」メグはがっかりして言った。

「それだけじゃ、足りない？」

　メグはもっと知りたがった。「ニックと何があったの？」

「別に何も」ローレンはとぼけた。「まったく何もしてないのに、お仕置きされてるのよ」

「ニック・アンジェロは最低よ。どうして病院なんかに連れてったの？　ストックは動転してたわ。マックとあたしとで慰めようとしたんだけど、でも、すごいしょげかえっちゃってさ」メグはかぶりを振った。「あんたが彼を踏みつけにするんだもの」

　ローレンはカッとなった。「わたしが踏みつけにした？　じゃあ、あいつが乱暴な真似をしたのはどうなのよ？」

　メグはローレンの言葉が耳に入らないかのように続けた。「婚約指輪を彼に投げつけたりしてさ。あたし、聞いたわよ。ニックがストックに襲いかかろうとしたんで、ストックが彼の鼻を折ったんだって。ストックは正当防衛をしただけなのよ」

「そんなの、嘘よ」

「嘘じゃないわ。ニック・アンジェロはほんとうに悪質よ。彼があたしにしたことを考えてよ」

　ローレンは冷静さを保とうとした。「彼はあなたに何をしたの？」

「レイプしたも同然よ」

　ローレンは得々と語るメグの顔を張り倒してやりたくなった。「へえ、じゃあ、あなたが挑発したとかじゃなくて？」

「それ、どういう意味よ？」

「あなたって男の子とデートするたびに、いつも同じことになるような気がするんだけど」

メグは真っ赤になった。「そんなこと、絶対にないわ」

「メグのこと、友だちだと思ってたわ」ローレンは悲しそうに言った。

「あたしも、あんたはつきあい甲斐のある友だちだと思ってた」メグはブロンドの巻き毛をつんとはねあげて答えた。

惨めな思いでローレンは席に座り、教室のなかをくまなく見まわしてニックを探した。彼は姿を現わさなかった。

昼休みの直前、彼女は廊下にジョーイの姿を見つけると急いで走り寄った。「ねえ、少し話せる？」

「どういうこと？」

彼は蔑むような目つきでローレンを見た。「やっとこさ、お出ましってわけか」

「あんなことがあったんだから、ニックに電話してやればよかったのに」

「何が起こったの？」

「やつの弟が死んだんだよ」

ローレンは激しい衝撃を受けた。「なんですって！」

それがお芝居でないことはジョーイにもわかったらしい。「聞いてないのかい？」

「年明けからずっと外出禁止だったのよ」

ジョーイは落ち着かない顔になった。「ごめんよ。きみが話もしてくれないって、ニックが言うもんだから」

ローレンは、ジョーイがどこまで知っているのだろうかと思った。「なぜ、わたしが彼を避けるのよ」と慎重に訊く。

「やつはきみの家に何度も電話したんだ。きみの両親は、きみがあいつと話したがらないって言ったんだよ」

「それはうちの親が言ったことでしょ――わたしはそんなこと、言ってないわ。お願い、ジョーイ。何があったか教えて」

「あいつの義理の弟が肺炎になったんだ。ドクター・シェパードが治療を拒んだんで、リプリのほかの医者のところまで連れてかなきゃならなかったんだ。そこの病院で、弟は死んだんだよ」

「そんな……なんてひどい！」

「まったくだよ」

「ニックはどこ？　どうしても会いたいのよ」

「もう学校には戻らないよ」

「どうして？」

「きみのボーイフレンドのせいで、追い出されたんだ」

「つまり、退学させられたってこと？」

「そうだよ。ブラウニング家としては、やつにこのへんをうろうろされたくない。それで圧力をかけたんだ。もちろん、やつがドクター・シェパードの玄関の看板を叩き壊して、あの老いぼれ医者をぶちのめすって脅したせいもあったけどね」

「彼がそんなことを？」

「うん、シンドラもいっしょに行った。あのやぶ医者め、保安官《シェリフ》を呼びやがったんだよ。ニックは一晩、豚箱で過ごすはめになった。シンドラは自分もいっしょに入るって言ったんだけど、おれが馬鹿な真似はよせって、なんとか思いとどまらせたんだよ」

「彼はいま、どこにいるの？」ニックはどれだけつらいことを耐えねばならなかったのだろう――ローレンは胸が詰まった。

「ガソリンスタンドでフルタイムで働いてる。ブラウニングのやつ、それもやめさせようとしたんだけど、ジョージは耳を貸さなかったんだ。でもブラウニング家がゴリ押しすれば、やつを町から追い出すのは簡単だ」

「ニックのところに連れてってくれる？」

「いいとも、だけど見つかったらえらいことになるぜ」

「そのことは言わないで」

「わかった。じゃあ、五分したら駐車場で」

「いいわ」

「それから、きみの口の軽い友だちにもこのことは言うなよ。彼女はストックやその仲間とツーカーだからさ」

「わかったわ」

ローレンは急いでロッカーに行き、バッグとジャケットをつかんだ。階下に駆け下りていく途中で、腰巾着の取り巻き連中を引きつれたストックにばったり会ってしまった。二人の目が合った。仲間は黙っている。「あの……元気?」彼女は気まずい雰囲気をなんとかしたくて言った。

ストックの顎がこわばり、右の目がピクッと痙攣した。彼は股間に片手を当て、完全にローレンを無視した。まるで彼女が存在しないようにずんずん進んでいく。

わたしは平気よ——彼女は思った。あなたがそういうつもりなら、わたしもそうするわ。

ジョーイは駐車場でバイクのエンジンをかけて待っていた。「さあ、早く乗って。当たって砕けろだ」

ローレンが後ろに乗ると、ジョーイはバイクをスタートさせた。どんな結果になろうとわたしはかまわない。これからニックに会いに行く。大事なのはそれだけよ。

24

「ありがと、ダーリン」海老茶色のキャデラックに乗った女性が言った。ぴっちりしたピンクのセーターがはちきれそうなほど豊かな胸だ。今週、ガソリンを入れに来るのは二度目で、給油の必要性はないから、三ガロンも入れると溢れ出そうになる。前回もそうだった。

ニックはなにげなさを装って車を見てまわった。「オイルと水の点検はいかがですか?」

「ええ、お願いね、ダーリン」

ボンネットを上げて点検をしながら、ニックは彼女がまばゆい銀のコンパクトで顔をチェックしているのに気がついた。細かいところまで念入りに調べている。最初は、マスカラを重ねづけして、黒のアイラインを引いた目。お次はたっぷり粉をはたいた鼻。そして最後はグロスで光らせ、キスを待っているかのようなセクシーな唇。赤みがかった長い髪。毛皮のコートを羽織っているが、セーターに包まれたとびきり目につく胸を隠すことはできない。若くはない。少なくとも三十はいっている。ニックは女性の年齢を当てる達人なのだ。

「彼女、誰です?」初めてこの女性客が来たとき、ニックはジョージに尋ねた。

「見たことのない顔だな」ジョージは嚙み煙草を嚙みながら言った。「ナンバープレートは

「ここ、お化粧室はある？」コンパクトを閉じて彼女は尋ねた。

イリノイだな。よそ者《ビジター》だろ」

「は？」

「おトイレよ」

ニックは指さした。

女性客は車から降りた。

彼女が大柄なのは幸運だったと、ニックは思う。これだけ大きな胸だと、背が低かったらきっと顔から前につんのめってしまうだろう。毛皮のコートは腰までの丈で、下にはミニスカートと、太腿まで届く黒いエナメル革のブーツを履いている。「お客さんはこのあたりの方ですか？」そうでないことを知りながら訊いた。

彼女は前歯を舌先で舐めた。「文明社会に戻る途中、立ち寄ったの。姉のところに一週間滞在してたのよ」

「何か楽しいことありました？」言ってから、ニックは自分に蹴りを入れたくなった。なんてアホなことを訊いたのか。ボズウェルで何を楽しめるっていうんだ。

彼女はゆっくりとニックを眺め渡した。誘うような視線が彼の全身をかすめていく。「何もなかったわ」そう言うと、ゆったりとした足取りで化粧室に消えていった。

ジョージがわけ知り顔にウインクした。「ありゃ、おまえにそうとうのぼせてるな。気をつけろよ。あのおっぱいで、たっぷり目の保養をしたか？　目だけじゃなくて、口のほうの保養もできるといいんだがな」ジョージは大笑いした。

二、三週間前なら、この女性を落とそうとしていたかもしれない。でもいまは……全然、気にならない。いまの関心はひたすら金を貯めることだけだ。それもたくさん。五〇〇ドル貯まったら、すぐにこんなけったくそ悪い町とはおさらばだ。

女性客のバッグが口を開けたままで、助手席に置きっぱなしになっている。ニックはドル札の詰まった財布がバッグからのぞいているのに気がついた。客が戻ってくると、彼は財布を指さした。「こんなふうに開けっぱなしでバッグを残していっちゃダメですよ。取ってくださいって言わんばかりですからね」

「わたし、いつもこうなのよ」とあっさり言ってほほ笑む。「オイルはどうだった?」

「大丈夫です」

「ほかに何か必要?」

「いいえ、まったく問題ないです」

客から渡されたクレジットカードをニックは読み取り機にかけた。ジュヌビエーヴ・ローズ。結婚指輪をしているのにはもう気づいていた。ダイヤを散らした幅の広い指輪だ。

「どこから来たんですか」サインをしてもらいながら、ニックは尋ねた。

「シカゴよ。行ったことある?」

「ぼくはないけど、友だちが住んでたんです。オヤジさんが警官だったたんですよ」

またもや失言。クソッ! 今日はどうしちゃったんだ?

「警官？　ふうん、最悪の人種ね……」彼女は五ドル札のチップを彼に握らすと、それきり何も言わずに去っていった。

「五ドルくれたよ」ニックはジョージに言った。

「額に入れて飾っときな。そんなチップをもらうのは最初で最後だろうから」

「うん」ニックはトイレに入り、くんくんと鼻を鳴らした。彼女の香水の残り香だ。冷たい水で顔を洗い、洗面台の鏡が割れたままなのに気がついた。ジョージに言わせると直してもしようがないのだそうだ。鏡のなかの自分に目を凝らし、おそるおそる鼻にさわってみた。前と同じではないが――もう二度と元には戻らないだろう――それほど悪くは見えない。鼻筋が前みたいにまっすぐではなく、いくらか曲がって粗野な感じの鷲鼻になった。けれどもそのほうが顔に個性が出て、十七歳という年齢よりも確実に大人びて見える。ベッティー・ハリスは折れた鼻のおかげで、以前にはなかった強さが顔に加わったと言った。

ニックにはよくわからなかったけれど。

「有名になれば、いつでも直せるわよ」と彼女は言った。

有名になったら？　まったくよく言うよ。彼女にとっては、単なるおせじみたいなもんだろう。

ベッティー・ハリスが常に変わりなく頼れる存在である、とニックにはわかった。もう学校に行かなくてもよくなったので、彼は金儲けと芝居の練習に時間を費やした。ベッティーによる長時間の稽古は苦労も大きかったが、喜びもまた大きかった。演技することはなにごとにもかえがたい満足を彼にもたらした。十三歳のときから彼は常にセックスに溺れてきたが、ローレンと結ばれてからは心を伴わないセックスには以前のような魅力を感じなくなっていた。それでいまは、やりばのない精力のありったけをベッティーに与えられた役どころに投入していた。なかでもハムレットと、『欲望という名の電車』のスタンレーが気に入っていた。彼は、そうした屈折した心の微妙なひだを備えた情熱的な役柄に、全精力を注ぎこんだのだ。

ベッティーはそんなニックに感動し、絶えず褒めることを忘れなかった。彼女の励ましはおおいにニックを勇気づけた。ドクター・シェパードの家の外壁を荒らしたかどで留置場に入れられたときも、ベッティーが身元引受人になってくれた。ニックは建造物損壊罪で告発されたのだった。もし思う存分やることができたら、彼はあの白髪頭のやぶ医者を永遠に葬り去っていただろう。あの老いぼれさえいなければ、ルークは死ななくてすんだかもしれないのだ。

アリーサ＝メイは最初の衝撃から立ちなおると、またいつもの冷静さを取り戻した。プリモは何も変わらなかった。ルークはプリモにとってはなんの意味もない存在だったのだ。シンドラは悲しみに暮れた。そしてハーランのショックはたとえようもないほど大きく、慰めようもなかった。毎晩、ニックはハーランが眠りにつくまで泣きじゃくるのを聞いた。シンドラはときどきハーランを自分のベッドに入れて、話をしてやったり、歌を歌ってやったりして慰めた。ときにはニックも加わった。三人はがっちりと絆を築いた。ニックは母親の死後初めて、自分にも家族がいるのだと実感した。

プリモは、勝手にバンを持ち出したといって、ニックに難癖をつけようとした。アリーサ＝メイはプリモをこっぴどく叱りつけて黙らせ、当面は文句を言わせなかった。プリモは負け犬よろしく尻尾を丸めて、こそこそと逃げ出した。

退学させられたことは父親には言わなかった。言ったところでなんになるだろう？ ジョージが常勤でガソリンスタンドで働かせてくれるので、稼いだお金はすべて取っておき、自分のマットレスの下に隠した。こうして週ごとに札の枚数はふえていった。

ローレンのことは頭から閉め出していた。彼女から何も言ってこないので――なんのことづけもないので、ニックは裏切られた思いだった。自分自身をほかの人間にさらけだした結果、どうなったか……なんにもならなかった。愛なんて、そんなものはくそくらえだ。

トイレから出たニックは、あやうくジョージにぶつかりそうになった。「おまえにお客さんだ。オフィスを使っていいよ」

「誰？」ニックは尋ねたが、ジョージはほかの仕事をしに行ってしまった。

ニックは狭くてごみごみしたオフィスに足を踏み入れた。そこにはローレンがいた。古くなってそりかえった机の隅にちょこんと座った彼女はこれまで以上に美しかった。

「こんにちは」彼女の柔らかな声はささやきに近かった。

クソッ！ 勘弁してくれよ。「こんなとこで、何してるんだよ」彼はそっけなく訊いた。

ローレンは机から下り、ニックのそばに寄ってきた。「ジョーイに連れてきてもらったのよ」

「それは、どうも親切なことで」

「大急ぎでやってきたのよ」

「二、三週間前に来てほしかったよ」彼は冷たく言った。「だけど、忙しかったんだろう」

「うちの親が外に出してくれなかったのよ。何があったか、全然知らなかったの」ローレンはさらに近づいた。「ニック、弟さんのこと、ほんとうにお気の毒だったわ。その……わたし、今日、学校であなたと会えると思ってたんだけど、会えなかったから……」語尾が消え入り、ローレンはなすすべもなく、肩をすくめた。「許してくれるわよね。わたしのせいじゃないんだもの」

ローレンの言うことはいちいちもっともに聞こえる。ただ、彼女の両親に「娘はきみと話すつもりはないと言っている。すまないがもうこれ以上、悩まさないでくれ」と言われたとき、なぜあんなにも真実味を帯びて聞こえたのだろう。しかし、親なんてものは誰よりもうまく嘘をつくものだ。

それでもニックは最後にもう一度、態度を引いてみせた。「あのさ、おれ、もう落ち着いてるから、気の毒だなんて思わなくていいよ」

ローレンの目に涙が溢れた。「あなたが気の毒？　そんなふうに思ってるの？」

「いいかい、これは——」

「あなたを愛してるのよ」うわずった声でさえぎった。「ほんとうに愛してるわ」

ローレンの言葉が彼の心の氷を融かしていく。彼女はいきなりニックの腕のなかに飛びこんできた。柔らかな、甘い香りとともに……。どうして彼女をはねつけることができるだろう。そんなことは絶対にしたくなかった。

二人は一時間以上も話し合った。何もかも打ち明けあって、ローレンが帰るときには、今後の手順がすっかり整っていた。ジョーイを連絡係にする——彼に手紙を届けてもらって、会う時間と場所を決めるのだ。

「いつかきっと、あなたのことを両親に話すわ。そうしたら好きなだけいっしょにいられるもの」

それはどうかな——ニックは思った。きみの両親とおれ——水と油だもの。

ローレンは帰る前にニックにキスをした。まだ彼女が立ち去ってもいないのに、ニックは次に会うときが待ち遠しくてならなかった。

「すぐよ」ローレンは約束した。

彼女が思っているほど簡単にいくかどうか、ニックは確信が持てなかった。

25

そんなふうにニックとローレンは、できるだけ慎重に、ひそやかにことを進めた。言うまでもないことだが、ひとたびほかの人間が知った時点で秘密は秘密ではなくなる。ジョーイが知っているし、シンドラもだ。それからもちろん、ハーラン。それにジョージ。彼はルイーズとデイブのことも信頼して打ち明けていた。

数カ月が過ぎてときおりの密会を重ねているうちに、ローレンは両親に嘘をつくことに対して精神的な疲れを覚えるようになった。言いわけを考えだすのが上手になってきたので両親はまるで疑わなかったが、それでもつらいことに変わりはなかった。

つらいのはニックも同じだった。ローレンに無理強いはしたくなかったが、短い時間にいくら情熱的な逢瀬を重ねても、彼にとっては不満が残った。もはや子供ではないから、闇雲にまさぐりあうだけの夜はもう我慢できない。それ以上のものがほしかった。ローレンとぴったりと体を合わせたくてたまらなかった。

天候がやわらぎ、春が訪れると、ニックはローレンをトレーラーに連れてくることを思いついた。ハーランは学校、シンドラは勤めに行っているし、プリモは絶対にベッドから出てこない。

トレーラーは決して理想的な場所とは言えないが、それでもガソリンスタンドの裏に放置された廃車よりはずっとましだ。これまで二人で会うときはほとんどその車のなかで過ごすしかなかったのだ。

ニックは準備を整えると、ジョーイに頼んでガソリンスタンドにローレンを連れてきてもらうことにした。

その計画を話すと、ローレンは大喜びだった。約束の日には、放課後に地域の奉仕活動があるからいつもより遅くなると両親に断わった。

二人が会う日の夜明けは爽やかで、まばゆい日の光が満ち溢れていた。ローレンと両親の関係は、堅苦しいほど礼儀正しいものに落ち着いていた。彼らは娘がニック・アンジェロのことはすっかり忘れたものと思っていた。彼は町にふらりとやってきて、娘の人生を混乱に陥れた不良少年にすぎなかったのだと思っていた。何もわかってはいないのだ。

ローレンはいつもの時間に学校に出かけた。正門から入り、出席点呼を避けて裏口から出た。危ない橋を渡っていることは承知している。学校をさぼることはあまりにも危険が大きい。一つ間違えば尻尾をつかまれかねない。でも、だったら、どうなの？

危険を冒すだけの価値はあるのだから。

幸い、疑わしく思いそうな人には誰も出くわさなかった。メグとのあいだに育んできた友情もついに終わってしまった。いまやメグはストックのグループの一員で、ストックはローレンと口をきこうともしない。

ニックと出会ってからの数カ月で、ローレンの人生はなんと変わってしまったことだろう。それでも彼女はこれまでにないほど幸福だった。

ジョーイは駐車場でバイクのエンジンをふかし、いつでも出発できるようにして待っていた。「さあ、乗って。早いとこ、ここをずらかろうよ」


最初は気づまりだった。トレーラーはあまりに汚かったから。ニックは少しでもきれいに片づけようとした。服をみんな隅に突っこみ、自分のマットレスの上に敷いた擦り切れた毛布をきれいにのばした。それでも、だらしない三人で共有しているたかだか八畳ほどのスペースをましな状態にするなんてほとんど不可能だった。

ニックには、ローレンがこのみすぼらしい状況にショックを受けながらも、それをひた隠しているのがわかった。

「すっごく汚いところだろ」ニックはとってつけたような笑みを浮かべた。「だけど、ホワイトハウスに連れてくるなんて約束した覚えはないぜ」

彼女はわざとまじめくさった顔をした。「だったらわたし、帰らなきゃ」

「帰るの?」

「たぶんね」

「ふうん、ホントに?」

「ええ、そうよ」

「ねえ、ここにおいでよ」

「どうして?」

「わかってるくせに」

ニックはローレンをそばに引き寄せ、マットレスに倒れこんだ。二人はキスを始めた。最初はゆっくりとおたがいの唇を味わっていたが、しだいに夢中になって、それだけでは足りなくなった。

ニックは彼女のセーターの下に手を差し入れ、乳房に触れた。「すごく会いたかったよ」そうつぶやきながら、ブラジャーの下に手を這わせて、その感触を味わった。

「わたしもよ」ローレンはやっとのことで言った。

ニックはセーターを頭からすっぽり脱がせ、ブラジャーのホックを外すと、身をかがめて乳房にキスをした。ゆっくりと舌を乳首から乳首へ這わせていく。

ローレンは長い吐息をついた。

もう我慢できない。もはやあと戻りできない瞬間が二人に訪れた。どちらも動きを止めて考える時間はなかった。ローレンは彼にコンドームをつけてもらうつもりだったのだが。でも、もういいわ。二人の体が溶けあって一つになることよりほかに、大事なことなんてない。

ニックはこのあいだよりも精力的で、命がけでエネルギーをほとばしらせ、ローレンのなかに入っていった。ローレンはもう何が待ち受けているかよくわかっていたので、自分でも気づかなかった激情に駆られるままに、思いきり奔放に応えた。

二人はたがいの世界を揺るがすように抱きあった。快感のジェットコースターに乗り、その頂点に達すると、火花が炸裂《さくれつ》するようなめくるめく瞬間が訪れた。その後、ジェットコースターはゆっくりと速度を落とし、停止した。

「ああ……すごい！」ニックは叫んだ。「いままでで最高だったよ」

「ホント？」

「ホントだよ」

「わたしもよ」

「おれもだよ」

それからローレンは濡れた体のままでニックの腕に抱かれて、幸せに満ち溢れた眠りについた。

彼女が目を覚ましたときは、午後になっていた。ニックは隣で、両手を首の下に組んで仰向けに寝ていた。ローレンはゆっくりと彼の胸の輪郭に沿って舌を這わせていった。彼が気に入るかどうか自信がなかったから、初めはためらいがちに。彼が悦ぶことがはっきりしたので、ローレンは夢中になった。舐めたり、しゃぶったり。焦らすようにそっと歯を当ててみたり。

「どこでこんなこと習ったの？」ニックはうめきながら訊いた。

「知りたい？」

「うん」彼女の乳房にのばした手を、ローレンは払いのけた。「知りたいよ」

「ちゃんと仰向けになって、楽しみなさい」そう言うと、しだいに彼の体の下へ下へと唇を這わせていった。

彼女の唇が固くなった彼のものに達したとき、ニックは「ローレン――」と言いかけた。

「いいのよ……」彼女は舌の先で焦らしながらささやいた。「だって、わたしがそうしたいんだもの」

「いいんだよ、そんな――」

夕方近くになると、二人は追い立てられるようにして、次の行動に移った。「もう、服を着たほうがいいよ」ニックはこのまま永遠に二人でベッドのなかにいられたらと思った。

「あの……バスルームはどこ？」

「……言いにくいんだけど、うちにはないんだ」

ローレンは、ニックが冗談を言っているのだと思って笑いだした。

「いいや、まじめな話、ここにはないんだよ」

「バスルーム、ないの？」

「ごめんよ」

「じゃあ、どこでシャワーを浴びてるの？」

「ガソリンスタンドで。正確にはシャワーじゃないんだけど、でも、そんなこと知りたくないだろ」

ローレンは訊いて悪かったと思った。ニックにきまりの悪い思いをさせたくなかった。

「毎週、ここで会えるかもね」ニックは起きあがってジーンズを穿いた。「きみとおれだけ、二人だけの世界でさ」

「そんなにしょっちゅう学校を休めないわ」

「うん。それにジョージも毎回仕事を休んだらいやがるだろうしな」

「ニック」ローレンはほほ笑むのをやめて真剣そのものの顔でニックを見つめた。「もしわたしが妊娠……」

「絶対にそれはないって！　直前にちゃんと抜いて、外で出したから」

ローレンはほっとした。「ホント？」

「もちろんだよ。危ない真似はしないよ」

「ああ、よかった……」

「もっとおれを信頼してよ。わかってるだろ、ほら……おれは、その……」

「ちゃんと言って！」

ニックはにやっと笑った。「きみを愛してる」

ローレンはほほ笑んで、そっと彼の顔に触れた。「ええ、わかってるわ」

「学校はどうだった？」

「え？」ローレンは母親の脇をすりぬけようとした。ジェーン・ロバーツは二階へ上がる階段の前に立ちはだかっている。

「学校よ」ジェーンは繰り返した。

もしローレンが二階に上がることにばかり気をとられていなかったら、母親の声の固さに気づいていただろう。

「ええ、いつものとおりよ。数学は退屈だし、歴史もつまんなかった。それに体育——。体育なんて大嫌い。じつはね、シャワーが壊れてたの。もう汗まみれって感じ。いまシャワーを使おうかな」

ジェーンはそこをどこうとしない。「何も変わったことはなかった？」

ローレンの頭のなかで警鐘が鳴りだした。学校で、わたしの知らない何かがあったんだわ……。

——うまく機転をきかせるのよ、ロバーツ。尻尾をつかまれないように。

「じつを言うとね、お母さん」ローレンは早口で言った。「心配させたくなかったんだけど、体育のあとで気分が悪くなったの。先生にしばらく横になってたほうがいいって言われて」

「ほんとう？」ジェーンは少しも態度を軟化させない。いつもなら、すごく心配するところなのに。

短い、気まずい沈黙が落ちた。ジェーンが動きそうにないので、ローレンはキッチンに行くことにした。ジェーンもついてくる。逃げようがなかった。

冷蔵庫を開け、牛乳のパックを取り出して振り返ると、ジェーンが冷たくなじるような目つきでじっと見つめている。

ローレンはもう我慢できなかった。「なんかあったの？」

「なぜ、そんなことを訊くの？」

ローレンは肩をすくめ、グラスに手をのばした。「別に……。お母さん、なんだかへんよ」

彼女は考えた。これ以上何も訊かずにジェーンの脇を急いで走り抜け、二階に行くことができるだろうか。

「ローレン」ジェーンは、言葉を選びながらゆっくりと言った。「わたしたちはあなたをずっといい子に育ててきたわ。いつも正直で嘘を言わない子にね」

――やっぱり、何かあったんだ。

ローレンは努めて無邪気なふうを装った。「ええ、それで？」

「今日、あなたは学校に行かなかった。そうでしょ？」

まだ選択の余地はある。このまま嘘をつきとおし、いちかばちかのチャンスに賭けるか。それともほんとうのことを打ち明けるか。

――あのね、お母さん、今日は一日じゅうベッドのなかにいて、ニック・アンジェロとセックスしてたのよ。

――あら、ホント？　よかったじゃない。

――うん、ありがと。お母さんって、すごい理解があるのね。

ローレンは唇を噛みしめた。進むべき道は一つしかない。「さっき言ったじゃない、わたしは学校にいたって。でも気分が悪かったんだって」

「学校から電話があって、おそらくあなたはこの数カ月で何度かずる休みをしてるだろうって言われたのよ」

ローレンは驚いた顔をしてみせた。「何それ?」

「どうやらあなたはいろんな言いわけを考えて、ことあるごとに学校をさぼってたみたいね。喉が痛い、風邪をひいた、歯医者の診察……。しかもすべての欠席届はわたしがサインしたことになっている。ミス・アダムズだってだまされてばかりじゃないわ。ついにおかしいと思うようになったのよ。とりわけ今朝はあなたがバイクの後ろに乗って学校から出て行くのを見られてるんですからね」

ああ、とうとう来たわ。とんでもないことになった。

「わたしたちはずっとあなたを信頼してきたのよ、ローレン。それなのにこんな……。お父さんももうじき帰ってきますからね」

予想どおりだわ。

「お母さんのせいよ」思わず、言葉が口をついた。頬が紅潮する。「お母さんに、わたしがニックと会うのをやめさせることなんてできないわ。わたしたち、愛しあっているんだもの」

「愛しあってる?」ジェーンは嘲るような笑みを浮かべた。「あなたは十六歳よ。愛について何を知ってるっていうの?」

お母さんが考えてる以上によ――ローレンはそう叫びたかった。お母さんが決して知ることのできないくらいに。

言葉が次つぎにほとばしり出てくる。「お母さんにはわからないの？　ニックにはわたしのほか、誰もいないのよ。ほかの人みたいに彼に背を向けるなんて、できないわ。そんなこと、できやしない」

「これからは、わたしとお父さんの言いつけどおりにするのよ」

ローレンは不安に襲われた。これは単なる脅しなんかじゃない。なんとしてでもうまく切り抜けないと。

26

「おれたち、ここを出てくよ」ジョーイが言った。

「なんだって?」ニックは整備中のリンカーンの下から滑り出た。「どういうことだよ?」

「つまりさ、町から出て行くってこと。おれとシンドラで」

「そんな金、ないだろ」ニックは両手のオイルを拭き取った。

「それは大丈夫。おれ、二つの仕事をかけもちしてるからさ。忘れた? それにシンドラも工場で働いてるし。おれたち、もうここにはうんざりなんだよ」

ジョーイとシンドラ——自分にいちばん近い二人が去っていく。ローレンに会えないだけじゃ、まだ足りないってのか。

「でさ——」ジョーイは紙巻き煙草の吸いさしに火をつけた。「おれたち、いろいろ話し合って決めたんだけど。おまえがいっしょに来たいなら、別にかまわないぜ」

「どこに行くつもりなんだ?」

ジョーイは肩をすくめた。「シカゴだよ。親戚や友だちもいるし。どこか住むとこを見つけるまで置いてもらえる」

「おふくろさんには話したのか？」

ジョーイは煙草の煙を肺の奥深くまで吸いこんだ。「バカ言ってんじゃないよ。おふくろには書き置きをしてくよ。おれが何を言ったって、ヒステリー起こすからさ」

「シンドラのほうは？」

「誰にも言わないってさ。おまえだけだよ」ジョーイは吸殻を地面に捨て、踏みつけて消した。「明日、出て行く」

ニックはかぶりを振った。「明日だって？　おれはたったいま、聞かされたばかりだぞ」

「急なのはわかってるさ。だけど、いま決行しなかったら、ずっと出てくことなんかできないぜ。おれたちといっしょに来るのか、来ないのか？」

ニックの心は二つに引き裂かれた。もちろん、行きたいに決まってる。だが、どうしてローレンを残して行けよう。もう六週間も彼女に会っていないけれど、いまも変わらず愛している。彼女の両親にバレたのは、ローレンが悪いんじゃない。おれのせいだ。もっと慎重に行動するように、おれが気を配るべきだったんだ。

事態は最悪だった。何もかもフイになり、ローレンの両親は狂乱状態になった。フィル・ロバーツはニックのトレーラーにまでやってきた。フィルがプリモと対決しようとしたが、デブでバカのプリモが悪態をついて返り討ちにした。その様子はニックの耳にも入った。まるで漫画だった。

「あなたの息子さんがうちの娘にこれ以上関わらないと、お父さんに確約してほしいんです

よ」フィル・ロバーツが、戸口でしゃっちょこばって言うと、

「いったいぜんたい、何ぬかしてやがるんだ？　とっとと、こっから出てけ」とプリモは答えた。〝紳士〟なんて言葉はプリモの世界には存在しない。

フィル・ロバーツはあわてて退却していった。

ニックは油だらけのオーバーオールのボタンを外した。「なんて言ったらいいのか、おれ、行きたいのは山々なんだけどさ」

「ああ、わかるよ。そんなに簡単には決められないもんな」

「ローレンに会わないで、彼女から離れていくことはできないよ」

「手紙を書いたらどうだい？　金ができたら、きみのところに戻ってくるからって」

「いつ、戻ってこれるんだよ？」

「おれは占い師じゃないんだからね。そんなの、誰にもわからないよ。だけど、これだけは確かだぜ。こんなとこにくすぶってたんじゃ、おまえたち二人に未来はないよ」

ジョーイの言うとおりだ。いま出て行けば、やりたいことはなんでもできる。新しい人生のスタートを切れる。ローレンが十八歳になれば、両親に家を出ると宣言できる。そうすれば、二人は晴れていっしょになれるのだ。

「考えさせてくれよ」ニックはオーバーオールを脱いだ。

「考えるんじゃなくて、実行するんだよ」ジョーイが励ますように言った。「おれだってこんなとこで終わるつもりはないからさ。シンドラだって同じだ。おれたちはもう歩きはじめ

てるんだよ、ニック。おまえがバカじゃなかったら、おれたちと来るはずだ」

ニックは一日じゅう考えた。考えれば考えるほど、その計画は魅力的なものに思えてきて、期待に胸が膨らんだ。この町を出て行く。プリモとボズウェルに、これまでニックの人生を悩ませてきたすべての否定的《ネガティブ》なものに、別れを告げるのだ。じつに心をそそられる話じゃないか。

それから彼はハーランのことを考えた。どうしてあの子を捨てられるだろう。ましてや、シンドラも去ってしまうというのに。

――おいおい、おまえはなんなんだよ？　子守なのか。自分自身が変わることを考えろよ。なんとしてもローレンに会わなければならないが、それは不可能だ。手紙を書くのはいい考えかもしれない。手紙で何もかも説明すれば、彼女もわかってくれるはずだ。そうすれば、まさか自分を捨てて逃げ出したなんて思いはしないだろう。

仕事が終わると、ニックはドラッグストアに立ち寄った。ルイーズがいつものように明るく迎えてくれる。「元気、ニック？」

「頼みたいことがあるんだけど」

「何よ？」

「ローレンへの手紙をことづけたら、渡してくれるかな」

「彼女がここに来たときに渡せばいいんでしょ」

「うん、おふくろさんといっしょじゃないときにね」

「お安いご用よ」

「ペンと紙を貸してもらえる？　いま書くから」

ルイーズはあいかわらず親切だった。彼女が紙とペンを用意すると、ニックは隅のボックス席に陣取って何を書こうか考えた。

――愛するローレンへ。おれはここを出て行くけど、きっときみのところに戻ってくる。どうせきみと会えないんじゃ、ここにいてもしょうがないから。いつでもおれの居場所がわかるようにずっと連絡するよ……。

どうもうまくいかない。ニックは初めから書きなおした。

――親愛なるローレン。

これじゃ、固すぎる。もう一度……。

――ローレン、すごくきみに会いたいよ。毎晩眠るとき、きみのことしか考えられない。きみの顔を思い浮かべ、きみの体を感じる。きみの匂いを嗅ぐ。

ダメだ。あけすけすぎる。ニックはまた書きなおし、ようやく、ふさわしい文を見つけた。

それから封筒に入れて封をし、ローレンの名前を書いた。表に大きく、〝親展〟と〝至急〟と書き添える。これであとはジョーイに自分もいっしょに行くと言えばいいだけだ。

ドラッグストアを出たところに、ストック・ブラウニングが仲間二人と、車から降りてきた。ストックはふんぞりかえってニックのそばを通りすぎたが、自分の力を誇示するにはちょうどいい機会だと思ったらしい。それが彼の趣味なのだ。「なあ、なんか臭くないか？」

ストックは下品なにやにや笑いをした。「ゴミ箱の蓋でも開いてるんじゃないか?」

ストックの仲間はげたげた笑った。

鼻を折られてから、ずっとニックはこの機会を待っていたのだ。「おい、おまえ」彼は言い返した。「なんでいつもボディーガードとつるんでるんだよ。おれさまに出くわすんじゃないかって、ちびりそうなほどビビってんじゃないのか」

「おまえにだって?」仲間の手前、強がってにやにや笑いを浮かべる。「おまえみたいな白人のクズは、ちょいちょいと足で踏みつぶしてやるよ」

「まったく、どデカいほらを吹いたもんだな」

「なんだと、このクズ野郎」

「聞こえなかったのか、タコ」

ストックは仲間の前でいいところを見せなければと思った。一度ニックをのしているので、たやすいことだと踏んでいた。彼はニックに向きなおると、たくましい右腕を上げてパンチのかまえをとった。

今回はニックも態勢ができていた。「クソッたれ!」吐き出すように言うと、ストックの睾丸を膝で蹴り上げた。

ストックは苦痛のうめきを上げた。

ニックは彼の首に空手チョップをくらわした。あっというまもなく、ストックは地べたにぶざまにのびていた。

「おい」ニックはスニーカーの先でストックを小突いた。「これで借りは返したからな」吐き捨てるように言い残すとくるりと背を向け、歩み去った。

ニックがトレーラーに戻ると、シンドラがありったけの持ち物を小さなバックパックに詰めこんでいた。

「ジョーイから聞いた？」お気に入りのセーターをくるくるっと丸めて押しこみながら言った。

「うん」

「で、どうするの？」

「おれも行くよ」

シンドラは飛び上がるとニックの首にしがみついてキスを浴びせた。「すごくうれしいわ、ニック」

「おれもだよ」

二人はたがいに顔を見合わせて笑った。時間はかかったが、やっと固い絆を築き上げたのだ。

ハーランはトレーラーに戻ってくるとすぐに、何かあることを察した。「姉ちゃん、どこ行くの？」大きな目でなじるようにシンドラを見つめる。

「どこにも行かないわよ」彼女はハーランの顔を見られなかった。

「ちゃんと話してやらないと……」ニックは低い声で言った。

「あたしだってあんたと同じくらい、この子を愛してるのよ。だけど子供を連れてくのは絶対に無理。あたし、うちの母親のことはよくわかってるもの。あたしがいなくなってもそのうち慣れるだろうと思うの。でも、ハーランまで連れてったら、警察にあたしたちのあとを追わせるに決まってるわ」

「何も言わずに置いてくわけにはいかないよ」

シンドラは苦々しげな顔でニックを見つめた。「もしあの子に言ったら、すぐにアリーサ＝メイのところに話しに行くわ」

「約束させれば、しないさ」

「何、話してんの？」ハーランが寄ってきた。

「ここにおいで」ニックは自分のマットレスの端をぽんと叩いた。「なあ、このトレーラーをおまえが全部、独り占めできるってのはどうだい？　もう大きくなったんだから、女の子も連れてこられるし、どんちゃん騒ぎだってできるぞ」

ハーランの目にみるみる涙が溢れた。悪い知らせだとわかっているのだ。「姉ちゃんといっしょに出てっちゃうんだろ？」

「ああ、行かなきゃなんないんだ」ニックは額に皺を寄せた。「だけど悪いことばかりじゃないよ」

シンドラも口を添えた。「あのね、いつかきっとあんたを迎えに来るから。約束するわ」

ハーランは首を振った。「嘘だ、戻ってこないよ」

「賭ける？」

「戻ってくるってば」シンドラは言い張った。「おれもその賭けにのった」とニック。「もしシンドラが戻ってこなかったら、おれが迎えに来るよ。それでどうだい？」

ハーランの顔は納得していなかった。それでも手の甲で涙を拭き、努めて平気そうに見せている。

ニックはかわいそうになった。だが、自分に何ができるだろう。もう決めたのだから、なんとしても押しとおすしかない。

翌朝の空はとびきり明るく晴れ渡った。この日は給料日なので、全員が仕事に行って給料をもらい、六時ごろに落ちあう計画だった。ジョーイは母親に、週末は出かけると言っていた。シンドラもアリーサ＝メイに同じことを言った。運悪くプリモがそれを聞きとがめ、半身を起こしてあぐらをかいた。「どこへ行くんだよ？」知る権利があると言わんばかりの口ぶりだ。

「あんたの知ったことじゃないわ」シンドラは顔を見るのもいやで、ぴしゃりと言い返した。

アリーサ＝メイは何かあると感づいた。片隅に娘を引っ張っていき、しゃがれ声でささやいた。「あんたにお金が入ったんだよ。それも大金が……」

シンドラはびっくりした。「あたしに？」

「ミスター・ブラウニングがさ、しぶしぶ出したんだよ」

「なぜよ？」シンドラは疑わしそうに尋ねた。

「あいつには果たすべき義務があるって、言ってやったからさ」

「あたしの言うこと、信じてないと思ってたわ」

「信じようが、信じまいが、どうでもいいのさ。あいつにはあんたに支払う義務があるんだから」

「いくらなの?」シンドラはすかさず訊いた。

「その話は来週するよ」

「なんで、いまじゃだめなの?」

「いまは、そのときじゃないからさ」

仕事に行く途中、シンドラはニックにこの話をした。「気づいてるんだわ」と、落ち着かなげに親指の爪を嚙んだ。「だから、いまになってお金のことを言いだしたのよ。どうして前に言わなかったのかしら?」

ニックは肩をすくめた。「さあね……ところで、なんでブラウニングのやつがあんたに金を払うんだい?」

「話せば長いことなのよ……」シンドラはそれ以上言おうとはしない。

ニックは無理に訊き出そうとはしなかった。いつかそういう気持ちになったら自分から話してくれるだろう。

ニックはひとたび町を去る決心をすると、早く出たくてたまらなくなった。それでも、ベッティー・ハリスには時間をとって、別れの言葉を言いたかった。ずっとよくしてくれたのだから、そのくらいするのは当然だった。

ブラウニング家をやめてから、アリーサ＝メイはずっと罐詰工場で働いていた。個人の家で働くのに比べると、仕事はきつかったが、職があることには変わりなかった。プリモにはブラウニング家をやめたことは話さなかった。彼の知ったことではないからだ。プリモとよりを戻したことは失敗だった。また男がそばにいるようになれば楽しいと思ったのだけれど、いったい彼は何をしてくれただろう？　まるきり何も、だ。

ベンジャミン・ブラウニングは約束を守った。そうせざるをえなかったのだ。色情魔の趣味をアリーサ＝メイに暴露されるのが怖かったからだ。アリーサ＝メイは、彼が手渡した現金五〇〇〇ドルを銀行に預金した。すばらしい一日だった。

最初はシンドラには金のことは話さないつもりでいた。何かのときに備えてとっておこうとしたのだ。けれどもあの朝、シンドラが行ってきますと言ったとき、アリーサ＝メイは奇妙な感覚にとらわれた――この子は何か、たくらんでいる。だから金の話題を持ちだしたのだ。彼女は自分の娘に馬鹿な真似をさせたくなかった――たとえばジョーイ・ピアソンと駆け落ちするなんてことを。シンドラほどの器量があれば、彼なんかよりずっとましな男とつきあえるのに。

金曜日はアリーサ＝メイの勤めは半ドンだった。最近は学校帰りのハーランと落ちあって、メインストリートに連れていき、アイスクリームをごちそうしてやる。ルークが死んでから二人とも寂しかった。

アリーサ＝メイはたびたびルークのことを思い、悲しみで胸が塞いだ。かわいそうなルーク。かわいそうな子。幸運の女神は最後まで彼にほほ笑まなかった。

彼女が学校に着くと、ハーランは校舎の外に座って待っていた。手をつなごうとすると、ハーランはその手を振りほどいた。

「どうしたのさ、ベイビー」彼女は、この子はなんて器量がいいんだろうと思いながら言った。

「そんなふうに呼ばないでくれよ」ハーランはあたりを見まわし、ほかの生徒に聞かれていないのを確かめた。

「アイスクリームを買ってやるからね」とアリーサ＝メイは約束した。

ハーランの心は重かった。アイスクリームなんかいらない。神様にルークを返してほしかった。それに神様ならシンドラとニックが出て行かないよう、二人を説得できるかもしれない。

ベッティー・ハリスは驚かなかった。「いつか、ここから出て行くのはわかってたわ」と、ニックをリビングルームに招き入れる。「こんなに早いとは思ってなかったけど」

「ここに残ってる理由がないんだ」ソファーに腰を下ろしながら、ニックは言った。「早くオヤジから逃げ出さないと、おれもあんなふうになっちまうから」

「なんでそんなふうに思うのかしら」

「オヤジのそばにいたんじゃ、なんのチャンスもないからさ」

「シカゴなら、チャンスがあると思ってるの?」

「じゃないのかな? 大都会でしょ」

「大都会ってのは、ときとして残酷な場所にもなりうるのよ」ベッティーは静かに言った。

「あなたは若いし、ハンサムよ。きっといろんな誘惑があるわ。あなたの期待したことばかりとはかぎらないだろうけど」

「自分の面倒くらい自分で見られるよ」ニックはいらだたしげに言った。

「わかってるわ」ベッティーは溜息をついた。その強靭そうな外見にもかかわらず、ニックの内面のいかに傷つきやすいことか。「あなたがいなくなると寂しくなるわ。あなたを教えるのはわたしにとってもすばらしい体験だった。あなたにはほんとうに才能がある。自分が演じるどんな役にもなりきれる天性の才能があるのよ」そこで一瞬ためらってから、究極の賛辞と思っている言葉を口にした。「ときどきあなたを見てると、若き日のジェームズ・ディーンを思い出すわ」

ニックは少し照れくさくなって笑った。「そんなに褒めちぎられると出て行けなくなっちゃうな」

ベッティー・ハリスは真剣な表情でニックを見つめた。「もしあなたが人に認められても、もしふさわしいチャンスが与えられても……わたしはあなたをいたずらに期待させたりはしないわ。なぜなら役者っていうものは世界でいちばんむずかしい職業だからよ」そこでふたたび溜息をついた。「ほとんどの役者が、人生の大半は仕事にあぶれてるってこと、わかってるわね？」

「いちかばちかやってみるよ」ニックはそんなネガティブな言葉は聞きたくなかった。

ベッティーは思慮深げにうなずいた。「そうね、そういう心がまえが大事だわ。ポジティブ・シンキングよね。そうだ……ちょっと待ってて」

ベッティーが部屋を出て行くと、ニックは立ち上がって部屋のなかをゆっくりと見てまわった。彼はベッティーのリビングルームにいるのが好きだった。とても温かい雰囲気でくつろげる。いかにも家庭という感じがする。銀のフレームに入った写真が並び、興味をそそる本が山と積まれていた。子供のころに本を読みなさいと勧められていたらどんなによかっただろう。小学校に入学するまでは、本がどんなものかさえ知らなかったのだ。

ニックはベッティーの写真を手に取った。白いレースのドレスを着て、ゆるくカールした髪が輝くばかりに若々しい顔を縁取っている。

「わたしも昔はきれいだったでしょ？」いつのまにか、ベッティーが部屋に戻ってきていた。

ニックはびっくりした。

「いまでもきれいだよ」彼は礼儀正しく答えた。

「あなたは若くて頭の回転も速い。これからずっと面倒を見てくれる女性には不自由しないわ」

「そんなこと、望んでないよ」

「わかってるわ」ほほ笑んで、膨らんだ封筒を手渡す。

「中身は何？」手で重さを測りながら尋ねた。

「あなたに受け取ってほしいの」ベッティーは真剣な口調で言った。

「お金なら受け取れないよ」

「違うわ」

「開けていい？」

「どうぞ」

ニックは封筒を開けた。それは著者の署名《サイン》入りの『欲望という名の電車』だった。たいへんな貴重本だ。

「わあ、すごいよ、先生」

「よかった。あなたに持っててほしいの」

彼は本を小脇にかかえた。「先生、ほんとうに……おれにすごくよくしてくれて。先生のことはずっと忘れないよ」

「わたしも忘れないわ、ニック。体に気をつけてね」ベッティーは思わず、彼を抱きしめていた。彼も固く抱きしめ返した。ベッティーはニックにとって安心して憩《いこ》える隠れ家のような存在だった。これから彼女を恋しく思うときが何度も訪れて、そのたびにニックは二人で頑張った芝居の稽古を懐かしく思い返すことだろう。

彼女の家を去るとき、ニックは後ろをちらとも振り返らなかった。旅立ちのときなのだ。彼の新しい人生はいま始まったばかりだった。

彼らは金曜の夜、六時に集合した。みんな興奮していた。おそらくちょっぴり恐れもあっただろうが、誰もそれを見せなかった。

ジョーイはすっかり計画を立てていた。最終のバスでリプリまで行く。それから貨物列車に乗りこんで、一路カンザスシティーへ。そこからシカゴへ。

三人はたがいの顔を見つめあった。

「さあ、いよいよだぞ!」ジョーイが言った。

「さよなら、ボズウェル」とシンドラ。

「成功するまでは戻らないぞ」ニックは確信するように言った。「おれは絶対に成功する。そしてローレンを迎えに来るんだ。誓うよ」

27

毎朝、ローレンは目を覚ますたびにむなしさに襲われる。目を開けたとたん、絶望の鈍い痛みがやってくる。痛みを取りのぞくすべはなかった。

彼女は両親を憎みはじめていた。キッチンに行って我慢しながらいっしょに朝食をとる。テーブルに向かい、両親の中身のない会話に耳を傾ける。二人とも娘の心を傷つけていることに気がつかないのだろうか。自分たちが心が狭くて人を許そうとしないことに気づかないのだろうか。そして何よりも、自分たちが間違っていることに。

ローレンはずっとニックのことを考えていた。心の底で、彼に会わなければならないとわかっていた。でもどうやって？　それが大きな問題だった――どうやって。

毎日の通学は、行きは仕事に行く父親の車で送られ、帰りは母親がステーションワゴンで迎えに来る。逃げ出すチャンスは皆無だった。ずる休みがバレて以来、それが六週間も続いていた。

「いつになったら、わたしのこと、信用してくれるの？」ある日、彼女は訊いた。

「お父さんとわたしが、あなたを信用できると思ったらね」きっとした母親の顔でジェーンは答えた。

食いさがったところでなんにもならない。ニックに対する両親の意見を変えようとするだけ無駄だった。

今日は月曜日。いつにもまして、ニックのことが気にかかる。ローレンは寝室の窓辺に寄って外を眺めた。この季節には珍しく、日差しがカッと熱い。階下で母親の「ローレン、朝ごはんよ」と呼ぶ声がした。

じきにローレンは父親の車の助手席に乗らなければならない。そして学校で降ろされる。両親は自分たちが送り迎えをするだけでなく、毎日、学務課の職員に娘がさぼっていないかどうか確かめていた。

ローレンはぼんやりと階下に下り、母親が用意した朝食を食べた。まるで食欲がない。ちょっと手をつけただけで、教科書を揃えた。

フィル・ロバーツは五分後に姿を見せた。両親のあいだに張りつめた空気が流れているように見えるのは、気のせいだろうか。このごろは話もあまりしていないようだ。ローレンに責任があるのは確かだった。きっと、ベンジャミン・ブラウニングの保険の契約がとれなかったことが関係しているに違いない。そのために母親は期待していた社交と経済面の両方の恩恵が得られなかった。それが夫婦の関係にもひずみを与えているのだろう。

お気の毒さま。いまわたしが耐えていることに比べれば、そんなのどうってことないわ。

「今日は暑いな」フィルはぼやきながらジャケットに腕を通し、急いでトーストを一枚食べて、キッチンを出た。

「天気予報では、昨日より暑くなるって言ってたわ」とジェーンが言った。

フィルはジェーンのほうを見ようともしない。廊下に出て鏡を覗きこむと、目についた白髪を抜いた。「今夜は遅くなる」そう声をかけ、ブリーフケースを手にした。

ジェーンは答えなかった。汚れた食器をシンクにガシャッと置き、水を出す。

学校に行く道すがら、ローレンは自分から口を開いた。「お父さん、少し話してもいい？」なんとかわかってもらおうと心に決めていた。

「今日は堪忍してくれ、ローレン」目は前方の道路に据えたままだ。「そんな気分じゃないんだ」

「いつ、そんな気分になるの？」

「うるさく言わないでくれ」

娘の人生がめちゃめちゃになってしまったというのに、父親が口にしたのは「うるさく言わないでくれ」のひと言だけだ。かつてはどんな問題でも父親に相談できると思っていたのに、いまは冷戦状態が続いている。娘の心が離れていこうとしているのも気にならないのだろうか。

車を降りるとき、ローレンは父親に行ってきますという気にもなれなかった。

ドーン・コバックがロッカーのそばで、なんとなくぐずぐずしていた。特に親しい仲でもないのに、まるで親友みたいにおはようと声をかけてきた。「ねえ、聞いた、ニックがストックに何をやったか？」

ローレンはとっさに身がまえた。「なんのこと？」

ドーンはどうしてもローレンと話がしたいらしい。「じゃあ、聞いてないの？」

「そうよ。どういうことなのか話してくれるの、くれないの？」

ドーンはタイトスカートを手でいじくった。「そんなに意地悪な言いかた、しないでよ」

「意地悪な言いかたなんかしてないわよ。わたしに話したいことがあるんなら、言ってよ」

「じつはね、聞いた話なんだけど、ニックがストックをこてんぱんにやっつけちゃったんだって」ドーンは我慢しきれないようにくすくす笑った。

ローレンは話の続きを待った。「それ、確かなの？」

「場所はドラッグストアの外だって。ストックは仲間を二人連れてなかへ入ろうとして、ニックはちょうど帰るとこだったらしいわ。口喧嘩したあげくにニックがストックをのしちゃったんだってさ。おっかしいよねえ」

ローレンはもっと詳しく聞きたくてたまらなかったが、努めて冷静でいようとした。「それで……ニックは無事だったの？」

「じつを言うとね」ドーンは事務的な報告でもするみたいに言った。「あたしとニックは、もう会っていないの」

ローレンはうなずいた。「そうだったの……」

「あのね」ドーンは急に同情するような顔になった。「彼があんたのことどう思ってるか、あたし、ピンときたのよ。で、邪魔しないことにしたの」

ローレンは目の奥がじんとした。これまでニックのことは誰も話してくれなかった。信頼して打ち明けられる相手は一人もいない。「うちの親が会うのを許してくれないの」惨めな気持ちで言った。「どうしたらいいかわからなくて」

ドーンは気づかわしげな顔で、「うん、ジョーイから聞いてる」と言ったのち、軽い口調でつけ加えた。「ホントに親ってうんざりだよね。もしかすると、そのうち、親も考えを変えるかもよ」

ローレンは首を振った。「うちの親にかぎってそれはないわ」一瞬、言葉を切ったあとで続けた。「いろんなこと、すごく後悔しているの。ニックが学校から追い出されたのはわたしのせいだわ。だって、もしわたしがいなかったら……」声がしだいに小さくなった。

「くよくよしなさんな。彼はガソリンスタンドで楽しそうに働いてるわよ。ずっと勉強をさぼれてさ。それにあんたのせいじゃないわ。ストックが手をまわして、あいつの親に汚い真似をさせたのよ」

「それはそうだってわかってるんだけど、朝起きたときこのまま逃げ出してしまいたいと、思うことがあるの」

ドーンはよくわかるというようにうなずいた。「みんな同じ気持ちよ」

「ホント？」

「そうよ。ごく自然な感情よ」

教室に急ぐ女生徒が二人、そばを駆け抜けていく。「早く、ローレン。遅刻するわよ」と、一人が声をかけていった。

ローレンは一瞬、ためらってから言った。「今日、お昼はどうするの?」

ドーンは驚いた顔になった。「誰? あたしのこと?」

「ほかに誰もいないでしょ」

「いつものとおりよ。そのへんをぶらぶらしてるわ。なんで? あたしといっしょに食べたいの?」

「ええ、もう少しおしゃべりしたいの」

ドーンはうれしそうな顔になった。「あたしもよ」

ローレンを降ろすと、フィルはまっすぐオフィスに車を向けた。二階に行く前に金物店に立ち寄って、ジェーンが注文しておいた新しいキッチンばさみを受け取った。

キッチンばさみか――彼はいやな気分になった。おそらくジェーンはこれで夫を刺し殺すつもりなのだろう。

彼が朝のうちにはさみを受け取ったのは、帰宅するときには妻の用事など忘れてしまうのがわかっていたからだ。

二階に上がると、オフィスのドアの鍵を開け、なかに入った。秘書のエロイーズはまだ来ていない。部屋のなかは空気がこもってむっとしていた。彼は窓を開け放つと、机に向かい、車のなかでローレンの話を聞いてやるべきだったかもしれないと考えた。娘とのあいだにこんな隔たりがあるのは決していいことではない。家での状況が違ったものであれば、娘とも、もっとたやすく気持ちを通わせられるのかもしれない。だが、妻とのあいだの緊張があまりにも強くなって、ほかのことにかまっている時間はとれそうにもなかった。

フィルはベンジャミン・ブラウニングに電話することを考えた。ローレンが婚約を解消したのは、保険の契約がもう少しで成立するというときだった。それ以来、ベンジャミンとは連絡がとれずにいる。

当たって砕けろだ！　彼は受話器を取り上げ、気が変わらないうちにベンジャミンのオフィスのダイヤルを回した。

落ち着いててきぱきした秘書の声が答えた。「恐れ入りますが、どちら様でしょうか？」

「フィル・ロバーツです」

「少々お待ちください、ミスター・ロバーツ。電話に出られるかどうか見てまいりますので……」十秒経過。「申し訳ございません、ミスター・ロバーツ。ミスター・ブラウニングは会議中で、手が離せません。ご伝言を承りますが？」

「ああ、もう何度も電話してるんですが、至急、話したいことがあるんです。折り返し電話をもらえますかね」

「ミスター・ブラウニングに確実にお伝えいたします。間違いなくお電話さしあげます」

そう、間違いなく、電話は来るだろうよ――フィルは心のなかで皮肉をこめてつぶやいた。

ハーランはアリーサ＝メイに喉が痛いと訴えた。

「ひどく痛むの？」

「ものすごく痛い」ハーランは嘘をついた。

「あんたの姉さんはどこ？」なんでもお見通しの目が、がらんとしたトレーラーのなかを探った。

「まだ、帰ってないよ」

アリーサ＝メイは、嘘をつくならついてみろと言わんばかりに、鋼鉄のようにきびしい目を息子に据えた。「姉さんは帰ってくるの？」

ハーランは目を合わすのを拒んだ。「知らない……」

アリーサ＝メイは顔をゆがめた。シンドラが帰ってこないのは間違いない。金曜日に、週末は出かけると言いに来たときからわかっていたのだ。

アリーサ＝メイはトレーラーのなかをくまなく探しまわった。シンドラの愛用の品は一つ残らずなくなっている。ニックのものもない。それなら、彼も逃げ出したんだ。彼女はプリモに話すべきかどうか迷った。いや、少し待って、一人息子がいなくなったことに彼が気づくかどうか様子を見よう。たぶん、何週間も気づかずにいるだろう。息子のことなんて、その程度にしか気にしていないのだから。

ある意味でアリーサ＝メイが心配しなかったのは、ニックがシンドラといっしょにいることがわかっていたからだ。少なくとも、彼はシンドラをしっかり見守ってくれるだろう。それにもしかしたら、二人いっしょのほうが、彼らにとって望ましい生活を作り出せるかもしれない。

「もういいよ」彼女はハーランに言った。「あんたは家で休んでな」

ハーランは喜んだ。学校を休めるとは思っていなかったのだ。彼はどんなに学校でひどい目にあっているか、誰にも言ったことはない。どんな悪口を言われているか——黒人だとか、臭い貧乏人とか、便所虫とか。そんなことにはもう慣れっこになっていた。みんなに殴られたときに自分を守ることだってお手のものだった。

アリーサ＝メイが仕事に出かけるのを待ちかねて、ハーランは何か食べ物をあされないかと、隣のトレーラーをそっと覗きこんだ。プリモはいつもの場所で、テレビの音をガンガン鳴らしたまま、爆睡している。カバのように大口を開けているのを見て、ゴキブリかなんかが入りこまないだろうかとおかしくなった。笑いを嚙み殺してトレーラーのなかに忍びこみ、小さな冷蔵庫を開けて、なかを覗いた。鳥の腿肉を見つけるとあとのことは考えずにそれをつかんで、大急ぎでトレーラーから抜け出した。

ドアがばたんと閉まる音で、プリモは目を覚ました。彼は半身を起こすと下腹を掻いた。まだ朝なのに、腹が立つほど暑い。ねばついた汗が全身を流れるのがわかる。

彼は立ち上がると表に出た。骨と皮ばかりの雑種犬がプリモの顔を見て、ウーッとうなった。彼はビールの空き罐を拾って、毛の抜けたみすぼらしい犬に投げつけた。

このごろプリモはなんだか落ち着かなかった。これまで一つの場所に長くいたいと思ったことは一度もない。アリーサ＝メイはいい女かもしれないが、もう飽きがきた。しばらく一人の女といっしょにいると、かならず飽きてくる。ここを出て行く時期なのかもしれない。なんといっても町の外には広い世界が開けていて、ほかにも喜んで受け入れてくれる女はいくらだっている。いまも変わらず男っぷりはいい。そのうえ精力絶倫ときては、どんな女だってこれ以上は望むべくもないだろう。

なおも下腹を掻きながら、彼は屋外便所に行って用を足した。

便所から出てきたとき、ハーランがトレーラーの階段にしゃがみこんで、鳥の足にかぶりついているのと目が合った。「何、じろじろ見てんだ？」

ハーランは目を伏せた。「何も……」

「おれにそんなでたらめ言うんじゃねえ。なんで学校に行かないんだよ？」

ハーランは顔を上げない。「具合が悪いんだ」とぼそっと言う。

アリーサ＝メイと、出来の悪いガキども。やつらはしょっちゅう病気ばかりしている。シンドラは別だがな。おれの娘。いまではじつに器量よしの娘になった。もし血肉をわけたじつの娘でなかったら、きっとベッドに連れこむことを考えていただろう。あれこれ教えてやる経験豊富な年上の男が必要だからな。

「車に乗りたいか？」プリモは尋ねた。

ハーランは目を丸くした。これまでプリモが話しかけてきたことなんか一度もない。まして、車に乗せてやるなんて。「どこ行くの?」と半信半疑で訊いた。

「町だよ。どっか、もっといいとこがあるか?」

「ううん」

「よし、じゃあ、車に乗れ」

プリモは、どうして自分が気前よくこのガキを連れて行く気になったのか不思議だった。

きっとボズウェルにはなんにもすることがないからだ。ちっぽけな辺鄙な町だからだ。まともなバーは一軒もないし、踊り子もいない。ないないづくしだ。

不意に別の考えが彼の頭を悩ませはじめた。もしボズウェルを出て行くとしたら、ニックもいっしょに連れていかないとまずいだろうか。

いや、なんでそんなことしなきゃならないんだ。あいつはもう充分大人だし、気にくわないが自分一人でもなんとかやっていける。それにどうやらアリーサ＝メイはやつを気に入ってるらしい。しばらく、あの女に責任を肩代わりしてもらうか。

といっても、今日すぐに出て行くわけではない。いまは町に出てビールとプレッツェルを買いこんでこよう。出発は来週の週末にしよう。アリーサ＝メイが給料を持って帰ったらすぐにだ。その金を借りてったってなんにも悪いことはないだろう。

出て行くのは真夜中がいい。それならあいつらがおれのいないのに気がつくまでに三〇〇キロは遠くに行けるはずだから。

プリモ・アンジェロにも人生を楽しむ権利がある。ほかの町でいいことが何もなかったら、また戻ってくればいいだけのことだ。アリーサ＝メイはいつだって待っていてくれる。

エロイーズ・ハンソンは十二時きっかりにフィル・ロバーツのオフィスに着いた。彼女は週に三日、午後だけ仕事をする。タイプと書類の整理が彼女の役目だが、最近では書類はあまり多くない。営業は不調だった。

エロイーズはふっくらとした小柄な女性で、年は三十代半ば。頬はピンク色で、洗いたてのようなきれいな肌、やさしげな茶色の目をしている。一年前に夫を亡くした。罐詰工場で起きた珍妙な事故のせいだった。彼女は自分の年老いた母親の面倒も見ていて、夫の残した金だけでは生活していけなかった。

初めのうち、彼女とフィル・ロバーツは仕事だけのつきあいだったが、月日がたつうちにしだいに親密なものとなり、ついには不倫の関係になった。

どちらも罪の意識を感じていた。

どちらも裏表のある生活をいやがっていた。

だが、どちらもおたがいに手を触れないでいることはできなかった。

エロイーズが暑い暑いと言って手で顔をあおぎながらオフィスに入ってくると、フィルは今日の仕事は終わったと感じた。彼女の手をとって、自分の部屋に連れていく。「今日はもう仕事はなしだ」と、彼女の汗ばんだ手のひらを握りしめる。

彼女はフィルが考えていることがよくわかっていたので、ほんのりと頬を染めた。「でも、手紙を出さないと」

「それは困ったな」

エロイーズは素直に彼の求めに応じてゆっくりとブラウスのボタンを外しはじめた。

フィルは入口のドアのところに行ってブラインドを下ろし、〝本日休業〟の札を掲げると鍵をロックした。

フィルがエロイーズとの関係は完全に終わったと断言しても、ジェーンはまだ続いているのではないかと疑っていた。彼はジェーンが自分の言葉を信じているかどうか確信は持てなかったが、どうしてもエロイーズと別れられなかった。彼女はじつに思いやりのある女性だった。やさしくて、よくつくしてくれる。何よりもベッドのなかでは自由奔放な雌になった。彼女に抱かれていると、フィルは自分を男のなかの男と感じることができた。

かならずしも妻とのセックスがよくなかったわけではない。長いこと、彼はジェーンと満ち足りた関係を楽しんできた。それは退屈と紙一重の満足だった。エロイーズは違う。彼女はフィルが自分のなかには消え失せたと思っていた情熱の炎をかきたててくれた。若かりし日の興奮を彼に甦らせてくれたのだ。なんといっても、彼はまだ五十歳にもなっていないのだからこの最後の不倫も許されてしかるべきではないか。

最近になってジェーンは彼に最後通牒をつきつけた。「彼女をクビにして」と有無を言わさぬ口調で告げたのだ。

「なぜ、クビにしなきゃいけないんだ?」フィルはなんとか結婚生活の支配権を保とうとして答えた。「彼女はじつに優秀な秘書なんだよ。それにわたしたちのあいだにはもう何もないって、きみだって知ってるじゃないか」

「そんなことはどうでもいいわ。わたしは、あの尻軽女を、あなたのそばにいさせたくないのよ」

ジェーンは決して悪態をついたりしない。彼女の口から〝尻軽女〟などという言葉を聞くのはじつにショックだった。

フィルはエロイーズの解雇はやむをえないことだとわかっていたが、ずっと引きのばしつづけていた。彼女は彼の逃げ場だった。彼女がいなくなったら、いったい何が残るというのだろう。


ローレンとドーンは芝生にいっしょに座って、ツナサンドをわけあって食べた。

「わたし、知ってるわ。あなたがニックとデートしてたこと」ローレンは言った。別に細かいことまで詮索《せんさく》するつもりではないが、どの程度真剣なつきあいだったのか知りたい気持ちを抑えられなかったのだ。

「彼があんたと会うまでのことよ。あんたとつきあうようになったとたん、あたしのほうは終わったわ」と肩をすくめる。「いいのよ、わかってるから。ニックみたいな男の子はたくさん見てきた。いわば当座のつなぎみたいなもんよ。いつでも必要なときだけあたしを相手にして、そのうち次の子に移ってく。ニックが愛してるのはあんたよ。あたしなんか一度も愛してくれたことはないわ」

「あのね、ちょっと聞いてもらえるかしら」ローレンはためらいがちに言った。

「言ってごらんよ」そう言って、ドーンはサンドイッチにかぶりついた。

「その……ちょっと、言いにくいことなんだけど」

「あたしを信用してよ。ありとあらゆることを聞かされてきたからね。何を聞いたって、驚かないわよ」

ローレンは長く、けだるい吐息をついた。「うちの両親はすごく厳しくて、もう二月近くもニックに会うことを禁じられてるの。だからわたし、いったい、どうしたらいいかわからなくて……」

「なんなの？　いいから、あたしに話してごらんよ」

その言葉を口にするのは容易ではなかったが、ローレンはやっとの思いで言った。「あのね……わたし……その……妊娠してるんじゃないかと思うの」

実際に言葉にするまで、ローレン自身も自分の妊娠を信じる心がまえができていなかった。けれどもひとたびその疑いを口に出してしまうと、ほっとして肩の荷がおりたように感じた。

「ええっ！　どのくらい遅れてるのよ」

ローレンは芝生に目を落とした。「六週間くらい」とつぶやく。「親にはとても言えなくて。わたし、ニックに会わなきゃいけないの。彼に話さなきゃならないから」

「そうよ、話さなきゃ」

「だけど、どうやったら会えるかしら？」

「どうやったら会えないのって、訊いたほうがいいくらいよ。あたしがあんただったら、まっすぐガソリンスタンドに乗りこんでって彼に話すわ。あんた一人で背負いこんじゃだめよ」

「もし、見つかったら？」

「事態はいまより悪くなりようがないでしょ、違う？」

ドーンは鋭いところを突いていた。

「そうするわ」ローレンは決めた。

「二人で駆け落ちして、結婚しちゃうって手もあるわね」ドーンは興奮して言った。「すごいロマンティックじゃない？」

「そんなことしたら、うちの両親は心臓が止まるわ、きっと」

「親のことは心配したって始まらないわね——ニックと話すのよ。あたしの見るとこじゃ、二つのどっちかを選ぶしかないわ。彼と結婚して赤ちゃんを産むか、それとも中絶するか」

中絶という言葉を聞いて、ローレンの体は凍りついた。もし自分のなかに赤ちゃんが育っているのなら、その命に危害を加えるなんて絶対に考えられない。

「あなたもこんなこと、あった？」

「はっきり言ってないわ。あたし、いつも避妊してるから。ニックはコンドームをつけなかったの？」

ローレンは、こんな内密の話をドーンとしているのが信じられなかった。「ううん……その……彼がね、言ったの……その……ちゃんと抜いて外で出したからって」

「なんなのよ、それ！」ドーンはうんざりした顔になった「絶対、そんなの真に受けちゃだめよ。その手の本に書いてあるいちばん古くさい避妊手段なんだから。断じて言うけど、あたしは絶対にそんなことさせないわ」立ち上がると、ローレンに手をさしのべた。「さあ、立って。計画を立てなくちゃ。いま学校を抜け出してガソリンスタンドまで行けば、彼がどう言うか聞けるし、これからどうするか決められるでしょ。うまくいけば、あんたのお母さんが迎えに来るまでに戻れるわよ」

「そうね」ローレンはふうっと長い息をついた。「答えはそれしかないわね」

「そうよ。これはあんただけじゃなくて、彼の責任でもあるんだから。あのバカヤローが避妊をするべきだったんだからね。心配ないって。あんたがどう決めても、あたしはあんたの友だちだからさ。あたしにできることは手を貸すわよ」

ローレンは感謝をこめてうなずいた。同時に以前メグといっしょにドーンの悪口を言ったことをすまなく思った。「ありがとう、ほんとうに助かったわ」そう言ってきつく彼女の手を握りしめた。

28

月曜の朝早く、彼らはシカゴにたどりついた。空腹で疲れきってよれよれになってはいたが、気分は最高だった。

「やっぱ、ここは性に合ってるなあ、このシカゴって町がさ」ジョーイはうれしそうに言った。

「はしゃぐのはいいかげんにしてさ。これから、どこ行くんだよ」とニックが尋ねた。

「そうよ、どこ行くの？」シンドラも口を出す。「あたし、もうクッタクタ」

「まかせとけって。すべて手配済みだから」

「だったら、あたしのお腹もなんとかしてよ」シンドラが文句を言った。「あんなひどい貨物列車に一晩じゅう乗ってたんだもの。お腹が空いて死んじゃいそう」

「わかった、わかったよ。なんとかしてやるよ。ほら、ここに入ろう」

彼らはぱっとしない外観のカフェに入った。ジョーイがベーコンエッグにコーヒー、オレンジジュースまで注文するのを見て、シンドラは顔をしかめた。「そんなに頼んで大丈夫？」と声をひそめる。「こんなふうにバンバンお金を使わないほうがいいんじゃない？」

「大丈夫だって。ちゃんと朝食をとったってばちは当たらないよ」そう言ったあとでジョーイは計画を明かした。「メシがすんだら電話をかけるよ。心配するなって。今夜はちゃんとベッドで眠れるからさ」

「そう願いたいわ。もうこれ以上、あんなとこで眠るのはごめんよ」シンドラはくたびれきったように言うと、洗面所に顔を洗いに行った。

ぼろをまとった浮浪者がぜいぜいと息を切らしながらテーブルに近づいてきた。「一〇セント、おくれよ」

「失せろ！」ジョーイがぴしゃっと言った。

ニックはポケットに手を突っこんで小銭を探し、二五セント銀貨を年老いた浮浪者に与えた。

「何やってんだよ。おれたちだって金はいるんだぜ」ジョーイが気色ばんだ。

「迷信みたいなもんだよ。乞食は絶対に邪慳《じゃけん》にしちゃいけないって」

「へえ、そいつはたいした迷信だな。そんなんじゃあの馬鹿馬鹿しい『ハーメルンの笛吹き男』の話みたいに、おまえのあとを乞食がぞろぞろついてくるぞ！」

シンドラがトイレから戻ってきた。長い髪を梳かし、顔も洗って「ああ、さっぱりした」と言うと、黄身のとろりとした目玉焼きと油の滴るベーコンにかぶりついた。

「これで夕食までもたせるんだぞ」ジョーイはそう二人に注意すると、トーストで皿についた卵の黄身をきれいにぬぐって食べた。「じゃあ、電話してくるよ」

十五分ほどして彼は戻ってきた。「まったく、友だちなんてあてにならないな」と苦虫を嚙みつぶしたような顔で言った。

「どうしたんだよ」ニックは訊いた。

「それがさ、おれの親友ってのはまだ学生なんだけど、そいつオヤジさんともめてるんで、とてもおれたちを泊められないって言うんだよ。そんで、そいつはペケ」

シンドラは身を乗り出した。「で、あと誰に電話したの?」

「前につきあってた女の子。だけど三人いっしょだって話したら、とんでもないって言われちゃってさ。それで次はいとこにかけたんだよ」

「あたしたち、親戚なんて考えないことにしてるんじゃないの?」

「心配すんなよ。やつは電話番号を変えてて、新しいのはわからないんだ」

「それでおしまいかい」とニック。「おれたちを泊めてくれる友だちと親戚って、それだけなのか?」

「あのさ、状況が変わったんだよ。ホテルに泊まるくらいの金はあるじゃないか」

「長くは泊まれないよ。せいぜい、三日か四日だ。そのあとは外で寝るしかない」

「仕事を見つけるさ」ジョーイが言った。

「どんな仕事よ?」とシンドラ。

「おれ、コメディーをやってるクラブに応募してみる」ジョーイは陽気な口調で言った。

「当たって砕けろだよ。おれは若くて燃えてる。きっとコメディアンとして採用してもらえるさ」

「あたし、ウエートレスならできるかも」シンドラは思案顔で言った。

「なら、おまえはガソリンスタンドでやれるじゃんか」

「ガソリンスタンドなんかで仕事をするくらいなら、ボズウェルに残ってたぜ」ニックはむっとして言い返した。

「ぶうたれるのはよせよ。いまはここにいるんだから。もう、ボズウェルは出てきたんだぞ。きっといいことがあるよ。目下、いちばん大事なのは、今夜泊まる安いホテルを見つけることさ」

「あたし、公園のベンチなんかで寝るのはいやよ」シンドラがきっぱりと言った。

「そんなこと、誰も言ってないって」とジョーイが答えた。

一時間ほど、町をうろついたあげく、彼らが選んだのは、けばけばしいネオンサインに回転ベッド、部屋のなかでポルノ映画までやっている安ホテルだった。ジョーイとシンドラがピアソン夫妻としてチェックインし、ニックはこっそり裏にまわった。ジョーイたちは部屋に着くなり、ニックを非常階段からなかに入れた。

「何よ、このボロベッド！」シンドラは表面がぼこぼこになったベッドに寝て、文句を言った。

「プラザホテルかなんか、期待してたのかよ」ジョーイがすかさず言い返した。

「やめろよ」とニック。「一晩じゅう、二人でやりあってるのを聞くのはごめんだぜ」

彼らは新聞を調べて、求人欄に丸をつけた。ジョーイはめざすものを見つけ、さっそく支度に取りかかった。髪を梳かし、オイルで撫でつけ、とっておきのジャケットを着こんで言った。「『コメディークラブ』に行ってくるよ。おれ、いくつに見える?」

シンドラが頭をそらし、顔をしかめた。「十七歳くらいね」

「そんなはずないだろ」とニックに顔を向ける。「おまえはどう思う?」

「二十歳で通るよ」

「顎髭をのばしゃ、それらしく見えるだろ」

シンドラは鼻に皺を寄せた。「げっ、あたし、顎髭なんか大嫌い」

「おまえはなんでも嫌いじゃんか」

「そんなことないわよ」

ニックはイライラしてきた。「やめろよ、二人とも」

「ねえ、これ聞いて」シンドラが飛び上がるようにして言うと、意気揚々と広告を読み上げた。「『容姿端麗の若い女性を求む。モデルの仕事。海外出張可能なこと』――これってすごくない?」彼女はベッドから飛び降り、部屋のなかをしゃなりしゃなりと歩いてみせた。「あたし、モデルになれるわよね、どう?」

「これってすごくない?」ジョーイがシンドラの口真似をした。「麻薬打たれて東南アジア行きの船に押しこまれるのがオチだぜ」

「ええっ?」

「それがやつらの手口なんだよ。そうやって集めた女の子を船に乗せて、バンコクの売春宿に売りとばすのさ」

「たいした想像力ね」

「冗談なんかじゃないんだぞ」

「おれ、そこらを歩いてくるわ」ニックは言った。「また、あとでな」

「ああ、おれもそうするよ」とジョーイ。「シンドラ、おまえは好きにしろよ。だけど、はしゃいでどっかのモデルクラブに電話する前にかならずおれにチェックさせろよ」

「かしこまりました。お偉いさま」彼女はいやみたっぷりに言った。

ジョーイはにやっと笑った。彼はシンドラのこういう小生意気なところが好きなのだ。

「信じたほうが身のためだぜ。二時間くらいで戻ってくるよ」

シカゴの町を歩きながら、ニックは気持ちが高揚するのを感じた。彼はわくわくしながら通りを歩いた。町行く人を眺め、この町の感触をつかむ。二件ばかり、求人の貼り紙を見て、なかに入ったが、どちらもすでに決まっていた。いずれにしても、ハンバーガーショップや床屋では働きたくなかった。

しばらくして彼はレストランバーの前を通りかかって、同様の貼り紙が窓に貼ってあるのを見つけた。そうだ、バーテンダーならうまくやれそうだぞ。彼は思いきってなかに入り、ほの暗い店内を観察した。陰気な店だった。暗い照明の下で疲れた感じのストリッパーが一人、ジュークボックスの曲に合わせて腰を振っている。カントリーポップシンガーのグレン・キャンベルの曲も古いジュークボックスで聴くと気が滅入りそうだ。客はほとんどいない。

バーに行くと、海兵隊員のように髪を刈り上げた年老いた男が監視するように立っていた。赤い目をして日焼けした顔には深い皺が刻まれている。

「何を飲むかね？」男はガラガラ声で訊いた。

「貼り紙を見て来たんです」

男はふんと鼻を鳴らし、背を向けた。「裏にまわれ」

「仕事はなんです？」

「皿洗いだ」

「それは、おれの考えてたのとはちょっと……」

「おまえが考えてたってのは、どんな仕事だ？」男はグラスを取り上げると、薄汚れた布で申し訳程度に磨きをかけた。

「あんたがやってる仕事ですよ」

「こいつはいいや、このガキはコメディアンだな。さっさと裏へまわんな」

ニックは皿洗いをするくらいなら車を直すほうがましだと思ったが、どうせ来たのだからと裏の狭い路地へまわった。ゴミで溢れそうなゴミバケツのてっぺんに大きなドブネズミが乗っかってこちらを見ている。ニックは体をそらすようにしてその横を抜け、裏口から汚い厨房に入った。

汚れたエプロンをかけた、痩せこけた男がスツールに座り、両脚をシンク横のカウンターの上に投げ出していた。煙草を吸っては、天井に向けて、ゆがんだ輪を吹き上げている。ガスレンジの上では鍋いっぱいのフライが、黒くなった油の海のなかでジュージュー音をたてていた。

「なんだ?」男は薄く長い鼻を、ふんと鳴らした。

「仕事のことを訊きたいんです」

「皿洗いをやりたいんなら、すぐ始めてくれ」男は、汚れた皿を積み上げたエナメルのはげかかったシンクを指さした。

「いくら、もらえますか?」

「一時間二ドル五〇セント。現金だ」

「それじゃ、少ない」

「おれさまをなんだと思ってるんだ。ロックフェラーか? やりたいのか、やりたくないのか、どっちなんだ?」

「一日何時間勤務です?」

「昼飯どきに二時間、夕方に二、三時間だ」

うまくいけば一日一三ドルになる。それでも朝と午後の時間は自由に使えるから、オーディションにも行ける。「きりのいいとこで三ドルにしてくれたら、ここで働きますよ」

「値上げの交渉をしようなんて気を起こすなよ。メキシコ人ならその半分の給料で雇えるんだ」

「なんでそうしないんです?」

男はニックの顔に煙を吹きかけた。「ずいぶん、生意気な口をきくじゃないか? メキシコ野郎はな、店じゅうの皿を割っちまうからだよ」

「二ドル七五」とニック。

「ちっ、しょうがねえな」男は自分の額をポンと叩いた。「いますぐに始めりゃ、仕事はおまえのもんだ。じゃなきゃ、とっとと出て行きな。やるかやらないか?」

ニックはやることにした。通りをうろつくよりはましだということだけは間違いないのだから。

29

やっとガソリンスタンドにたどりついたときには、ローレンは汗だくで疲れきっていた。給油場には誰もいなかったので、オフィスに行ってドアをノックした。

ジョージは机に向かって未払いの勘定を調べていた。「なんだね?」と声を上げる。

「すみません」ローレンはドアからなかを覗きこんだ。「ニック・アンジェロを探しているんですけど」

「ニックはもうここにはいないよ」ジョージは突っけんどんに言った。

「いないんですか」

「ああ、やめたんだよ」

ローレンは呆然とした。いったいなぜ、こんなに簡単にやめてしまったのだろう。彼女がさらに訊こうとしたところに電話がかかってきて、ジョージは電話の相手と話しこんでいる。

ローレンはガソリンスタンドを立ち去りながら、どうすればいいのか思案していた。

――ここまで来たんだから、とことんやったほうがいいんじゃない、ロバーツ。バスに乗って彼のトレーラーまで行って、どうなってるのか確かめたら。

ニックに打ち明けるほうが両親と対決するより、もっとドキドキする。でも、やらなきゃいけない。妊娠したと言ったら彼はいったいなんて言うだろう？　わたしを嫌いになるかしら。そんなの耐えられない。

ローレンはバスの停留所に急いだ。十分ほど待つとバスが来た。車内は息苦しくなるほど蒸し暑い。彼女は吐き気がしてきた。

「向こうは天気が悪いな」運転手が料金を受け取りながら言った。

何を言ってるのかしら。こんなにいいお天気なのに。すごく暑いには暑いけど、でも、どう見ても雨なんか降りそうにもない。

「雷雨なんだよ」運転手はわけ知り顔でうなずいた。「何キロ先でも聞きとれるんだよ」

窓際の席に座って、ローレンは外に目をやった。空には雲一つない。

バスが走りだすと彼女はさっそく父親のことを考えた。フィル・ロバーツは常に娘に向かって、嘘をついてはいけない、正直であれと教えてきた。だったら父親に対して隠しごとをしていいわけがない。自分の本心は正直に打ち明けることを望んでいるのだから。

とっさに彼女はメインストリートでバスを飛び降りた。仕事場に父親を訪ね、もう一度だけ心が通じあえるように努力してみたい。

父親のオフィスに通じる階段に着くまでに、ローレンは何を話すか、すっかり心に決めていた。もしニック・アンジェロに会うことを許してもらえないのなら、自分の人生は終わりだと。赤ちゃんのことも話すつもりだった。

オフィスのドアにはブラインドが下り、〝本日休業〟の札がかかっている。がっかりして、階下の金物店に行き、ブレークリー兄弟の一人に話しかけた。

「いつ、うちの父は戻ってくるかしら」

「お父さんは二階にいるよ、ローレン」

「いなかったわ。オフィスは閉まってた」

「たしかにいると思うんだけどな。ほら、スペアキーを持っていきな。上で待ってればいいよ」

ローレンは鍵を受け取り、二階に戻った。たぶんお昼を食べに出ているんだわ。休み時間でよかった。そのあいだに気持ちを落ち着けられる。お父さんが戻ってきたときには、充分納得のいく話をする備えができているから、きっとわかってもらえるだろう。

鍵を開け、狭い受付窓口に入る。なかに入ったとたん、彼女は人の気配を感じた――奥のオフィスから妙に抑えた物音が聞こえる。

泥棒が入ったんだととっさに判断して、何も考えずにドアを開け、戸口に立った。

秘書のエロイーズが裸でカウチの上に手足を広げ、横たわっている。その上に覆いかぶさった、やはり全裸の男はローレンの父親だった。

ローレンは手で口を押さえ、息を呑んだ。エロイーズは小さく恐怖の叫びを上げ、フィル・ロバーツは後ろを振り返った。彼が見たのはショックのあまり凍りついたような表情を浮かべた娘の顔だった。

「ローレン！」彼は転げるようにエロイーズから体を離すと、あわてふためいてズボンをつかんだ。「その……これはおまえが考えているようなことじゃないんだよ。ローレン、おまえはここでいったい何をしてるんだ？」

彼女は踵を返し、部屋から走り出た。泣かないように必死でこらえ、よろめくように階段を下りる。あれがわたしのお父さん？　あれがあのご立派なフィル・ロバーツなの？　わたしが物心ついてからずっと尊敬してきた人なの？　お父さんは偽善者の、つまらない人間だったんだ。わたしはもう一生、お父さんを許さない。

プリモ・アンジェロは酒屋に入り、ビールの六罐パックを四組買った。ハーランは金魚のフンのようにあとをついてまわった。

買物をすませ、バンに買った荷物を積みこむとプリモは言った。「腹が空いたな。なんか食うか？」

ハーランは自分の幸運が信じられなかった。「うん」とすかさず答える。「おれ、いつでも腹ぺこだもん」

「うまいハンバーガーが食えるとこはどこだ？」

ハーランはメインストリートの先を指さした。「ドラッグストアだよ」

プリモが歩きだすと、ハーランは飛びはねるようにしてついていった。

二人がカウンターに座ると、ルイーズが「いらっしゃいませ」と笑顔で迎え、手際よくメニューを渡した。

プリモはうなずいた。いいケツをしてる。オッパイもイカす。「ハンバーガー二つ。ふっくらと、ジューシーなやつを急いでな」と思わせぶりなウインクをする。「あんたみたいなみずみずしいやつを、ってことだよ。別嬪さん」

ルイーズの顔から笑みが消えた。「チーズバーガー、チリバーガー、それともプレーンバーガー?」とそっけなく訊く。

「チーズバーガーにしてくれ。パテはウエルダンで」プリモは目でルイーズを裸にしながら言った。乳房の谷間が汗で濡れているところが浮かんできて、彼を興奮させた。アリーサ＝メイにはもう飽きた。ババアになって干からびてきた。もっと若くてみずみずしい女がいい。でっかいオッパイとぷりぷりしたケツをした、この色っぽいウエートレスみたいなやつが。

ルイーズはキッチンで足を止め、デイブに注文を伝えるとぼやきながら奥の部屋に行った。客のなかにはこういう礼儀知らずの手合いがいる。連中の頭にあるのはセックスのことだけだ。

彼女は棚からバッグを取り、口紅とヘアブラシを出した。ブラシで髪をふんわりさせ、前髪は逆毛を立てる。それから口紅を重ねた。ルイーズは常に自分をいちばんきれいに見せたいと思っている。とりわけ、女をセックスの対象としか見ないような連中を相手にするときには——。化粧直しを終え、使ったものを片づけているうちに、棚の最下段に置かれたニックのローレン宛の手紙に目がとまった。

彼女が来なきゃ、渡せないじゃない――ルイーズは思った。手紙の表に〝至急〟と〝重要〟と書かれているのだから、もしローレンがすぐに姿を現わさなかったら、彼女の友だちのメグに預けて渡してもらったほうがいいかもしれない。ルイーズは忘れないように棚の奥に手紙をもたせかけて、キッチンに戻った。


学務課のミス・アダムズからジェーン・ロバーツに電話があったのは、午後の一時だった。

「ミセス・ロバーツ、たいへん言いにくいことなんですがお嬢さんがまたいなくなったようです。今朝はたしかにいたのにいまは姿が見えないんですよ」

ジェーンは唇をきっと結んだ。「娘が学校にいないとおっしゃるんですか」

「こんなこと、申し上げるのは残念なんですが、ミセス・ロバーツ、こうした素行が改まらないようですと、こちらとしても今後の対応を考えざるをえなくなります。どういうことか、おわかりですね？」

「申し訳ありませんでした」ジェーンは受話器を置いた手ですかさず、夫のオフィスの電話番号をダイヤルした。誰も出ない。

なぜ、ローレンはわたしをこんな目にあわせるの？　フィルが秘書と寝ただけじゃ、充分じゃないっていうの？　ブラウニング家ににべもなく拒絶されて、恥をかかされただけじゃ足りないの？

これまで完璧だと思っていた人生がいま、がらがらと音をたてて崩れていく。そんなこと、耐えられない。

ジェーンは車のキーをつかむと、家を飛び出した。

ローレンはメインストリートを走りつづけた。父親のオフィスと、そこで見た薄汚い場面から逃れるために。彼女はバスの停留所まで走りつづけて、やっと足を止めた。エロイーズの上に乗って、むきだしの尻を上下させていた父親の姿が、振り払っても振り払っても目の前にちらつく。

なぜ両親がいつも喧嘩ばかりしていたか、これではっきりした。おそらく父親が浮気していることに、母親はうすうす気づいていたのだろう。

ああ、神様！　あれが娘に人生をどう生きるべきか説いて聞かせてきた人なのだろうか。わたしが尊敬し、お手本にしてきた男性なのだろうか。

ローレンは泣きたかったが、涙は出なかった。かわいそうなお母さん――彼女は惨めな思いでつぶやいた。かわいそうなわたし。

頭のなかであまりにもいろんな思いが渦巻き、頭が二つに割れてしまいそうだった。

バスがやってくると、ローレンは飛び立つように乗りこんだ。これからどこに行くかはもう決まった。ニックに会わなければ。いま話せる相手は彼だけだ。世界じゅうでただ一人、ニックしか頼れる人はいない。

女性客が二人乗ってきて、ローレンの向かいの席に座った。

「今朝、リプリにいる妹と話したんだけどね」とほつれたブロンドの女性が言った。「リプリじゃ、雨がひどくて嵐みたいなんだって。雷もすごいらしいわ」

「へえ」もう一人の女性は特に興味を持ったふうでもない。妊娠後期に入ったのか、げっそりした顔をしている。

「噂じゃ、このへんに龍巻《トルネード》が来るかもしれないってことだけど」とブロンドが言う。

「そんなはずないわよ」身重の女性は首を振った。「今日はこんなに晴れてるじゃない。いいお天気でわたしたち、ツイてるわ」

ローレンはそれ以上、会話を聞かないようにした。わたしの人生はめちゃめちゃに壊れたというのに、この人たちはのんきにお天気の話なんかしてる。

これからどうするか――それが最大の問題だった。わたしはいったい、どうしたらいいの？

プリモはポケットから五ドル札を出すと、きつく巻いてルイーズの胸の谷間に押しこもうとした。

彼女は思いきり、彼の手をはらいのけ、すごい目つきでにらみつけた。「いったい、何するんのよ？」

「あんたにチップをやろうと思ってさ」

「あのさあ、お客さん、そのチップ、あんたが自分で突っこみなよ、あんたのその薄汚い

――」と言いかけたが、ハーランがじっと見ているのに気がついて言葉を切った。「もういいわ」

プリモは席を立つと、出口に向かってずんずん歩いていった。ハーランはカウンターのバスケットからこぼれたフフイドポテトをつかむと、あわててあとを追いかけた。

「さっきのアバズレを見ただろ」バンに戻りながら、プリモが吐き出すように言った。「まったく、女ってのはな。いいか、よく聞けよ。女はみんな尻軽のアバズレばかりだ。あんなやつらに引っかかるんじゃないぞ。よく覚えとけ」ビールの罐を開け、グビグビと二口飲んでから、ハーランに罐を突き出した。「さあ、飲め」

「飲みたくないよ」ハーランはアスファルトを蹴った。

「いいから飲め！」プリモは繰り返した。「おまえも男だろ」

おそるおそる罐を受け取ったハーランは、やっとの思いでビールをすすり、あやうくむせそうになった。

プリモは笑って罐を取り返した。

彼は行動を起こしたかった。

何か、やりたかった。

女と寝たかった。

「きみのせいじゃないよ、エロイーズ」フィル・ロバーツは先ほどからずっと彼女をなだめつづけていた。

衣服を着け、頬を紅潮させたエロイーズは、オフィスのカウチに座って優美なレースのハンカチに顔を埋めて泣きじゃくっている。「きっとあなたの奥さんに言いつけるわ。わたしにはわかるわ」

「その前にぼくが娘をつかまえて話せば、大丈夫だよ」フィルはなんとか彼女を落ち着かせようとして言った。「これまでのことをちゃんと説明する。ローレンはいい子だ——きっと、わかってくれるさ」

「何をわかるって言うの?」エロイーズは声を張り上げた。「わたしたちのあいだにあったのは特別なものだったのに。それがいまは……もう、汚れてしまったわ」

「汚れてなんかいないよ」

「いいえ、汚れちゃったわ」なおも泣きじゃくりながら、言いつのる。「何もかも壊れてしまったのよ」

フィルはエロイーズをどう扱ったらいいものかわからず、弱りきってしまった。「きみは家に帰りなさい。このことはぼくにまかせてくれ。明日になれば、みんな忘れられるよ」

エロイーズはかぶりを振った。「あなたの奥さんはわたしの評判をめちゃめちゃにするわ」

これまでフィルは慎重を期して、ジェーンが彼らの不倫をすでに知っていることをエロイーズには話していなかった。「家に帰るんだ、エロイーズ」と断固とした口調で繰り返した。

「ぼくはローレンを探さないと」

娘がジェーンのところに行って口を開く前に、なんとか見つけださなければ。

トレーラーの敷地にいちばん近い停留所にバスが着いたときには、大粒の雨が降りだしていた。それなのに太陽は出ていて、依然として蒸し暑い。

ニックのトレーラーには一度しか来たことがないが、バスの停留所からの道筋はよく覚えている。ローレンは父親のことは考えないようにして、道を急いだ。ニックがわたしの問題をすべて解決してくれるだろう。ニックが何もかもうまくやってくれるだろう。

この暑さといい、この雨といい、おかしな日だ。あたりを静寂が包みこんでいるようだ。何もかもがしんと静まりかえっている。バンが一台、うなりを上げて横を疾走していった。ローレンはうつむいて歩きつづけた。

ようやく前方にトレーラーの敷地が見えてきて、ローレンは足を速めた。犬の群れがゴミの山をあさっている。こんなところで、どうやってニックは生活してるの？　どうやってこんなひどいところで耐えているの？

ローレンはニックのトレーラーを見つけて駆け寄った。外に停まっていたバンから大柄な男が降りてきた。小さな黒人の少年がいっしょだ。

男がローレンに気がついた。「誰か探してんのか？」

「ええ……ニック・アンジェロを。いま家にいるか、ご存じですか」

「ニックはおれの子だ」

「ごめんなさい、いま、なんて？」

「おれの子――おれの息子だよ。あんた、誰？」

「じゃあ、あなたはミスター・アンジェロ？」

「そういうこった。家族のなかでいちばんの色男だよ、おれは」自分で言って自分で大笑いすると、ローレンの腕を叩いた。

そう、これがニックのお父さんなの。右手に罐ビールを持ち、すきっ歯を見せてへらへら笑いを浮かべた、だらしない大男が――。まずいときに、ニックを訪ねてきてしまったのかもしれない。

「わたし……お邪魔になるといけないので。また出直してきたほうが――」彼女はどぎまぎしながら言った。

「お邪魔？　何を邪魔するんだ？　いいから入りな」プリモはトレーラーのドアを手荒に開けた。「さあ、入んな」としつこく言う。「ニックもそのうち戻るだろう。ここで待ってなよ。おれも客がいるとうれしいからよ」

ローレンはやむなく狭苦しいトレーラーに足を踏み入れ、あやうく吐きそうになった。気の抜けたビールと汗の混じりあった悪臭がむっと鼻につく。

ハーランが続いて入ろうとするのを、プリモは外に押し出し、ドアを足で閉めた。それから大げさな身振りで言った。「さあ、座ってくれ。どこでも好きなところにさ。ビール飲むかい？」

「いいえ、結構です。ニックはここに?」

「あのガキが探しに行ったよ」

プリモはローレンをしげしげと観察した。かわいい娘だ。じつにかわいい。どうやら、ニックはいつものアンジェロ・マジックを彼女にもかけたらしい。この親にしてこの子あり、か。そうさ、アンジェロ家の男たちは正真正銘、種馬なみの絶倫揃いなのさ。

ローレンはたまらなく気づまりだったので、ニックが早く現われないかとそわそわしながらドアのそばを離れずにいた。

「いいから座れよ」プリモがしつこく繰り返した。「やつはすぐに戻ってくるさ。ところで――」とローレンに色目を使う。「あんたら二人は、親しいお友だちってやつかい?」

「わたしたち、同じ学校なんです。同じ学校に通ってました。でも、ニックが……その……学校に来ないので」

プリモが聞きとがめた。「どういうことだよ、学校に来ないってのは?」

ローレンは口ごもった。どうやら、ニックは自分が退学になったことを父親に話してないらしい。彼女はあわてて「あの、仕事に行くんで学校に来ないときもあるって、言いたかったんです。仕事のこと、ご存じでしょ?」

「ああ、ガソリンスタンドで週末にやってるやつな」プリモは歯の上に舌を滑らせた。「あそこには行ってみたのか?」

「彼はもう来ないって言われました」そう口にしたとたん、彼女は失言だったことを悟ったプリモは鋭い目でローレンを見た。「もう来ないって、どういうことだ？　やめたってのか？」

「あの……今日のことです。今日は、もう来ないって……」

「そうか」プリモは二本目の罐ビールを開けた。「ひと口、どうだ？」

「ほんとうにもう失礼します、ミスター・アンジェロ。帰らないと両親が心配するので」

プリモがそばに寄ってきた。その酒臭い息が感じられるほど近くまで。「あんたみたいなかわいい子ならいつも誰かが待ってるだろうよ」

ローレンはいまや、単なる不安以上のものを感じていた。彼の巨体が威嚇するように立ちはだかっている。ローレンは用心深く、ドアのほうへにじり寄っていった。

プリモはさっと身を動かすと、行く手を塞いだ。「どこへ行くんだ？」

「さっき言いました。家に帰らないといけないんです」

プリモは押し殺した声で淫《みだ》らな物言いをした。「あんたとニックはもうやったんだろ？　あんたはおれの息子とアレしてんだろ？」

ローレンは胃がむかむかしてきた。彼女が動こうとすると、プリモはいきなり足を踏み出して、ローレンの乳房をわしづかみにした。

「やめて！　さわらないでよ！」ローレンは金切り声を上げると、後ろに飛びのいて彼の手を逃れた。

プリモはくっくっと笑った。「なんともイキのいい嬢ちゃんだな。ええ？　ニックにやらせてるんなら、おれにもやらせろよ」

ローレンは怒りに燃えた目でにらみつけた。「ここから出して。じゃないと大声を出すわよ」取り乱さないで、落ち着くのよ、と自分に言い聞かす。

「叫んだって誰も耳を貸しゃしないさ。このあたりで気にするやつなんかいると思ってんのか？」

ローレンは目の隅で、シンクの横に置いてあったキッチンナイフを見つけ、後ろ向きにゆっくりとそちらに向かっていった。

プリモはこの状況を楽しんでいた。「さあ、嬢ちゃんよ、そんなにカリカリしなさんな。ガキとセックスしたんなら、大人の男ともやりたいだろ？」卑猥な目を向けながら、ローレンに迫ってくる。

ローレンの背がシンクに当たった。注意深く、右手を後ろにまわして、ナイフを探りあてる。「ここから出してって言ったでしょ」低い、怒りに満ちた声で繰り返すと、ようやくナイフの柄をつかんだ。

「おれはもう、いつでもやれるのにな」プリモはベルトのバックルをいじりながら答えた。

「もうビンビンでやれるぜ」

トレーラーの外では、空がにわかに暗くなった。稲妻が窓をかすめるように光ったかと思うと、あとを追って雷鳴が轟いた。

ローレンはナイフをきつく握りしめた。「わたしをここから出して、さもないと――」

プリモはげたげた笑いだした。「さもなきゃ、なんだい？　お姫さま」

ふたたび閃光が空を切り裂き、雷鳴の低く重い響きが続いた。空はさらに暗くなり、初めは小雨《こさめ》だった雨足がしだいに激しくなって、土砂降りになった。

プリモは狙った獲物をつかまえるのに夢中で、外の様子にはまるで気づかなかった。

ローレンはこの男がもう一度自分に触れたら、彼を刺すつもりでいた。

トレーラーの外では、ハーランがドアをどんどん叩きはじめた。「なかに入れてよ」と大声で叫んでいる。「入れてってば！」

「失せろ」プリモはズボンのジッパーを下ろしながら、怒鳴り返した。「どっか行っちまえ」

ハーランはなおも叫びながら、ドアをがんがん叩きつづけた。必死になっている。

強風が不気味なうなりを上げ、雨は雹《ひょう》となって打ちつける。

「さあおいで、嬢ちゃん」もう一度脇をすりぬけようとしたローレンを、プリモはぐいっと引き寄せた。

「やめて！」

プリモは抗う声に耳を貸す気はさらさらなかった。ローレンの肩をつかむと、分厚い唇で無理やり、彼女の唇を塞いだ。

ローレンは学校で護身術を習っていたので、それを有効に活用した。膝で思いきり強く、プリモの股間を蹴り上げたのだ。

彼は苦痛のうなり声を上げながらも、ローレンの腰を抱きこんで、自分の下半身をぐっと押しつけた。固くおぞましいものを感じると、ローレンはもっと思いきった手段をとる決心をした。後ろ手にナイフをつかんだまま、次の行動を起こすために身がまえる。

プリモはローレンのスカートをたくしあげ、下着を引き裂いた。「さあ、セクシーなアバズレ嬢ちゃんよ、きっとこいつが気に入るぜ」と、自分のズボンを脱ぎ捨てた。

ローレンはいきなりナイフで闇雲に突きかかった。と、そのときトレーラーが風で大きく揺れはじめた。そして猛烈なうなりが聞こえてきた。

龍巻だ。ローレンはとっさに思った。ああ、どうしよう、トルネードが来たんだわ！

30

ジェーン・ロバーツはメインストリートに向かって車を走らせていた。そのとき、にわかに空が不気味に黒ずんで、巨大な雹がどこからともなく車のフロントガラスを打ちはじめた。彼女は恐ろしさに身をすくませながら、道路の脇に車を停め、激しい雹がやむことを祈りつつ、天候の回復を待った。生まれてこのかたずっと中西部に住んでいたジェーンは、この種の天気が何をもたらすかをよく知っていたからだ。

ルイーズはドラッグストアの正面の窓から外を覗き、デイブに向かって叫んだ。「ねえ、早く来て、この空模様を見てよ。ゴルフボールより大きな雹が降ってるわ」

デイブが一歩足を踏み出すか出さないかのうちに、遠くで雷が鳴るような低いうなりが聞こえた。その音はしだいに大きくなっていく。

「クソッ!」デイブは窓に駆け寄った。

「どうしたの?」ルイーズは夫の不安を察して訊いた。

「龍巻の音みたいな気がする。ほら、あれが見えるか?」

たしかに見える。じょうごのような形をした灰色の龍巻がくねくねと身をよじらせている。死と破壊をもたらす龍巻。そしてそれはこちらの方角に向かってきているのだ。

エロイーズはフィルのオフィスを出ようとしていた。そこに突然、うなりを上げて突風が吹きつけ、彼女はその場に棒立ちになった。エロイーズはフィルを振り返った。「何かしら、あれは?」不安に声が震えている。

フィルも心配な表情を浮かべた。「さあ、わからないな。ラジオをつけてごらん」

エロイーズは自分のデスクに駆け寄ってポータブルラジオのスイッチを入れた。カントリー歌手が鼻にかかった声で恋人がわたしにつれなくするのと歌っている。

吹きすさぶ風は刻一刻と強さを増し、太陽は姿を消して空は真っ暗になった。「ニュース番組を探せ」フィルが咬みつくように言った。

「探してるわ」エロイーズはニュースをやっている局を必死に探した。

「早くしろ。どうやらたいへんなことになりそうだ」

ストックとマックはグラウンドでフットボールの練習の真っ最中だった。一方、メグはすぐそばでチアガールの新しい振り付けの稽古をしていた。そのとき体育の教師が遠くにトルネードを見つけ、声を張り上げた。「全員、なかに入れ! 全員、体育館のなかに入るんだ! 早くしろ!」

ストックとマックは顔を見合わせた。二人とも、空は暗くなってきているが、多少の雨ならフットボールの練習の妨げにはならないと考えた。

ストックが「先公にも困ったもんだよ――」と言いかけたとき、マックはじょうご形をした強力な龍巻がこちらに迫ってくるのに気づいた。

「クソッ！」マックはかすれた声で言った。「逃げたほうがいいな」

ミスター・ルーカスが本館から飛び出してきた。「早くなかに入れ！」彼は叫んだ。「全員、避難するんだ。急げ！」

マックは駆けだしていって、メグの手をつかんだ。彼女はこれがストックだったらいいのにと思った。「いったいどうしたの？　なんでそんなにあわてふためいてるの？」

「なかに入れ」マックは言った。「あれが見えないのか。トルネードがそこまで来てるんだぞ」

アリーサ＝メイは工場の脇の出口に駆けつけ、外を覗いてぞっと身震いした。ほんの数キロ先に、灰色の土煙でできた巨大なじょうごがうなりを上げ、身をよじりながら、こちらに迫ってくる。その道筋にあるものを何もかも破壊しながら――。

アリーサ＝メイは決して信心深い女ではなかったが、いまは十字を切り、ひざまずいて、「ハーランをお助けください、神様」とつぶやいた。「お願いです、神様。あたしの小さな息子を助けて……」

31

「床にモップをかけろ」

「おれはモップをかけるために雇われたんじゃないですよ」

「いいからグズグズ言わずにやれよ。衛生検査員のやつらにガタガタ言われちまったんだからよ」

この店のボスはQ．J．だ。脂ぎった長髪に鷲鼻、細い目の、見るからにワルといった風情の顔をしている。薄汚れた白のスーツに安手の黒いシャツ、明るいグリーンのネクタイというでたちだ。そんなに背は高くなく、足を引きずって歩く。細身の両切り葉巻を吸っている。まだ四十歳にもなっていないが、そうは見えない。もっとも、四十歳になる前に消されてしまう可能性もありそうだ。Q．J．には敵がごまんといるからだ。

ニックはしぶしぶモップをつかんで仕事にとりかかった。ここに来てほんの二、三時間しかたっていないが、もうやめることを考えていた。

「いったい、どこでこいつを見つけたんだ？」Q．J．がレンに訊く。レンはいわゆるシェフというやつだ。

レンはその長細い鼻をふんと鳴らした。「仕事を探してふらっと入ってきたんだよ。とりあえず、臨時雇いで働かせてみてるんだがね」

「やつに言っとけ、おれさまに生意気な口をきくな、とな」

「ああ、言っとくよ」

二人は、目の前にニックがいるのもおかまいなしに、彼のことを話している。おそらく、こんな薄汚いところで働こうという人間が見つかって幸運だったと思っているはずだ。

さっき見かけた、疲れた顔のストリッパーがキッチンにふらりと入ってきた。短いキモノと鮮やかな黄色のヘアバンド以外、何も着けていない。

「ハーイ、Q.J.」

「よう、別嬪さん」

「商売あがったりよ」

「この時期はな」

彼女は大型の業務用冷蔵庫を開け、ミルクを取り出すと、パックからそのまま飲んで、元に戻した。

「きったねえな、エルナ」Q.J.がぶつぶつ言った。「気の毒に、どっかのバカがおまえの唾入りのコーヒーを飲んじまうじゃないか」

「そうしたら大当たりよ。運がいいわ」エルナは欠伸をすると、キモノのなかに手を入れてせわしく掻いた。「この子誰よ、レン?」

「試用期間中なんだ」とレンは答えた。「皿を一枚も割らなきゃ仕事にありつけるって寸法さ」

「かわいいじゃない」エルナはニックに向かってウインクした。「店に出したら。ウエーターの手伝いをさせてさ――」

「すまんけどな」Q.J.がさえぎった。「ここの店をやってるのは、このおれなんでな」

「ちょっと言ってみただけよ」と、またニックにウインクをする。「女性のお客は、何か目先の変わったものを見たいかもしれないじゃない」

「やれやれ」Q.J.はレンに向かって首を振った。「おまえの女房から、今度は雇い人のことでたわごとを聞かなきゃならんのか」

レンはとりあわずに、鳥の腹から臓物を抜き取るのに忙しく手を動かしている。

ニックは、ジョーイとシンドラはいまごろどうしているだろうと思った。夜の勤務《シフト》に入る前に、一度ホテルに戻りたい。腕時計に目をやると、そろそろ六時だ。もう三時間も掃除をしていたことになる。

「何時に戻ってきたらいいですか?」彼はレンに尋ねた。

「なんだよ、戻るってのは?」Q.J.が床に置いた、しなびたレタスの入った箱をまたいできた。「これからが忙しくなるんだ。店を閉めるまでずっといるんだよ」

「ランチタイムに二時間、夕方二、三時間って言われたんで」ニックはレンのほうを顎でしゃくった。

Q．J．はまるで動じなかった。「だったら、やつが嘘をついたんだな」
「時間給ってのは、同じですか？」

「ああ、そうだ」Q．J．は面倒くさそうに言うと、両手をぐっと突き出した。袖口からとびきり大粒の真珠と金のカフリンクスがのぞいた。

真珠も金も本物だろうかとニックは思った。「給料日はいつですか」

「金曜日だよ。まったくありがたいこった！　口のへらない皿洗いを雇えてよ」

「いいじゃないの、この子、働き者よ」とエルナが言う。ニックの新しい守護天使《ガーディアン・エンジェル》だ。

「ここがこんなにきれいになったの、初めてじゃないの」

ニックが店を出たときには、午前一時になっていた。もし計算どおりにいくと、二〇ドル以上稼いだことになる。とはいえ、くたくたでいまにも倒れそうだ。しかも、ホテルがどこにあったか、思い出せない。

一時間ほど歩きまわって諦めると、地下鉄の構内にもぐりこんだ。男子トイレの外にあるベンチで丸くなる。朝になったらホテルを探そう。いまはただ、眠ることしか考えられない。

眠りにつく直前に、彼はローレンのことを思い浮かべ、ほほ笑みながら眠りに落ちていった。

誰かの手がニックを起こした。焦って執拗にまとわりつく手。目を開けると、身なりのよい初老の男性が、覆いかぶさるようにしてニックのジーンズのジッパーをしきりに下ろそうとしている。

ニックは男の両手をはねのけ、「な、何やってんだ」と言いかけた。

男は「金は払うよ」と熱に浮かされたような目で、さえぎった。「たっぷり払う。尺八をさせてくれたら一〇ドル。きみがわたしにも同じようにしてくれたら、ほかに――」

ニックは飛び立つように起きあがった。びっくりした男は壁を背にして、身を縮めた。

「そ、その……一五ドル出してもいいよ」男はそう言うと、乾いた唇を舌で舐めた。「二〇ドルでも――」

「バカヤロー！」ニックは怒鳴りつけると、階段に向かってホームを駆けだした。「くたばっちまえ、変態野郎！」

「何もそんな――」

ニックはようやく通りに出て新鮮な空気に当たった。深々と息を吸う。クソッ！　これが大都会だというのなら、もっと注意しないとな。

彼は時計を見た。七時を過ぎ、通りはすでに人でにぎわっている。明るいのでじきにホテルは見つかった。彼はこっそりフロントを抜けて、二階の部屋にもぐりこんだ。

シンドラとジョーイはまだ眠っていた。いい気なもんだな。おれのことは心配じゃなかったのか。彼はジョーイを強く揺さぶった。

「なんだ、何があったんだ」ジョーイがもぐもぐ言いながら目を開けた。

「何がって、おれが戻ってきたんだよ」

ジョーイがもぞもぞと半身を起こした。「いったい、どこにいたんだ?」

「仕事をしてたんだよ。おまえはどこにいた?」

ジョーイは目を輝かせた。「仕事、見つかったのか」

「たいしたことないよ。皿洗いだ。何かほかの仕事が見つかるまで、やるつもりだ」

「皿洗いねえ」シンドラがカバーの下から顔をのぞかせ、つぶやいた。「あたしはそんなことをするために家を出てきたんじゃないわ」

「ああ、そうさ、やるのはあんたじゃないよ、このおれだよ」ニックは答えた。「それにおれたちにいいコネが見つかるまでのことだから」

「すぐにそうなるさ」ジョーイはベッドから飛びおり、自信たっぷりに言った。「すぐそうなるって」

あいにく、仕事が見つかったのはニック一人だった。シンドラもジョーイもそれほど幸運ではなかったのだ。ニックはひそかに鼻を高くした。自分一人でもやっていけることがこれで証明された。これだけのことを成し遂げたんだから、たいしたものじゃないか。もしかしたら、もっと前に父親のもとから逃げ出せばよかったのかもしれない。

ふたたび仕事に行ったときは、ニックは自分が前回よりも慣れた感じがした。ゴミバケツをあさっているドブネズミも昔からの友だちみたいだし、シミだらけのエプロンを着けたレンは、煙草の灰を振りまきながら、親しげに手を振ってくれさえした。

ニック・アンジェロ——皿洗い。たいしたスタートとは言えない。

だけど、何も仕事がないよりはましじゃないか。

シンドラは十七歳にして、その表情が何を意味するか知っていた。男たちの大半が彼女を見たとたんに目に浮かべるものだ。

この男も例外ではなかった。ハゲ、チビ、メガネ。そのうえ、神経質に顔面をぴくぴく引きつらせる、痩せこけたバカ男だ。

「年、いくつ？」男は鼻をほじりながら訊いた。

シンドラは映画館の案内係の面接に来ていた。客を席に案内するには、いくつになっていないといけないのだろう？　彼女は思いきりよく言った。「二十歳です」

「紹介状は持ってるかい？」

「ありません」

男は鼻の掃除をやめて、分厚い眼鏡ごしにシンドラをしげしげと見つめた。「紹介状はない？」

それがなんなの？　ほらほら、笑顔を忘れずに。「勤めるのはこれが初めてですから」と、あくまでも丁寧に。

男はシンドラの胸をじっと見ている。「おれだけなら、あんたを雇うけどね。上に通すのには紹介状が必要なんだよ」

「これまで勤めたことがないんだから、どこからの紹介状もありません」シンドラは、もっと厚手のセーターを着てくれればよかったと思いながら、もっともな言いわけをした。

男はずり落ちてきた眼鏡を押し上げた。「紹介状がないと安心できないからね」

これが今日、五回目の面接だった。今週だと、たぶん十五回目になる。彼女は毎日、職探しに歩いた。ジョーイも同じだ。どうしてニックは町をうろついていてたまたま飛びこんだ店ですぐに仕事にありつけたのかしら。そんなの不公平だわ。

もし、わたしがボズウェルの罐詰工場に紹介状を送れと書いたらどうなるだろう。

――関係者各位
――シンドラ・アンジェロは当工場で数カ月のあいだ、勤勉に勤務を続けました。勤務内容は、罐に詰める桃の数が一定数を超えないようにすることです。彼女は流れ作業の生産工程に一日十時間ほど立ち作業で従事し、われわれは最低限の賃金を支払いました。ちなみに工場の男性従業員全員が彼女と性関係を持とうと試みたことをつけ加えておきます。

だめだわ。前もって退職することを伝えずに、そのままやめてしまったもの。うちの班の監督のギャラガーは、たぶん、いまでも怒っているだろう。

シンドラは映画館をあとにし、ふたたび町を歩きはじめた。暑い日で足も痛くなってきた。彼女はバス停のそばのベンチに座って、次はどうしようと頭をひねった。

あんたの美貌を利用するのよ――頭のなかで小さな声がささやいた。せっかくの美貌を有効に使わなくっちゃ。

シンドラは二日前に受けた面接を思い出した。「踊り子求む」と求人広告には書かれていた。行った先は屋根裏部屋のようなところで、ほかの二十人ほどの女の子といっしょに並ばされた。上半身裸の男がビデオカメラで撮影したのち、「よし、次はヌード撮影だ。脱ぎたくないやつは帰ってよし」と言った。

シンドラはほかの三人の子と急いで逃げ出した。残りは服を脱ぎはじめた。

もし、あそこに残っていたら、いったいどうなっていたのか。

シンドラはぞくっと身震いした。知りたくもない。裸で練り歩くなんてとんでもない。そんなの、あたしの流儀じゃない。そう、あたしにはあたしの流儀がある。どんなことが起ころうとも、どんな未来が待ち受けていようとも、あたしは常に自分自身を信じている。そうでなければ、あたしはつぶれてしまう。

「おれ、友だちが二人いるんだけど、二人とも求職中なんです」ニックはだしぬけに言った。今夜のQ．J．は、海老茶色のベルベットのジャケットを着ていた。いいかげん着古して肘のところが薄くなってはいるが、ものはいい。彼に言わせれば、ケーリー・グラントも真っ青というところだろう。「だからどうだっていうんだ？　おれに慈善事業でも始めろってのか」Q．J．は苦虫を嚙みつぶしたような顔をレンに向けた。このうすのろは何様なんだ。なんでおれのところで働いてるんだ、と言わんばかりの口ぶりだ。

レンはウサギの厚切り肉を叩いて柔らかくしていた。これはまもなくチキンに化けて客の口に入ることになっている。「おしゃべりがいやだったらキッチンに来ないことだよ。このガキはずっとしゃべりまくってるよ。自分は役者だと思ってんだ」

「役者だって?」Q.J.は、さも驚いたような顔をしてみせた。「なんとおれは、自分をごたいそうな役者だと思ってるごたいそうな皿洗いを雇っちまったってわけか」

いつものごとく、彼らは、ニックがそこにいるのもおかまいなしに、好き放題にしゃべっている。別にかまわない。もう慣れた。Q.J.の店で働きだして二週間。何もかも慣れっこになった。ボロい店だったが、ボロなりに人気のある店だということがわかった。同様にいくらもたたないうちにQ.J.の素性も知れた。Q.J.は押しこみ強盗をやって二年ほど服役したのち、改心して犯罪生活からすっぱり足を洗い、義理の弟のレンとレストラン兼バーを開いたのだ。それまでレンはシカゴにある、ここより高級なホテルでウエーターをしていた。エルナはQ.J.の妹で、自分でトップ・ストリッパーと称している。Q.J.は彼女がいないときはかならずレンに向かって「さっさとあいつを引退させろよ。あいつが脱ぐと、おれの客の半分は席を立って店を出てっちまう」と文句を言う。

「あんたが言えよ」というのが、レンのお決まりの答えだ。「おれは、あいつと寝なくちゃいけないんだからな」
Q.J.の常連客は、前科者、現役を問わず、じつに多種多彩なシカゴの犯罪者集団の構成員たちだった。しがない連中ではあったが、彼らはこぞって店に金を落としてくれたし、Q.J.は全員がかならず楽しめるように気を配った。エルナと、エルナによる七枚のベールをじょじょにはいでいくダンスだけはいただけなかったが。

Q．J．は片手間に故買品の売買もやっていた。愛想のよい店主で、口は悪いが気さくでお人好しのところがある。それでニックはまた同じ話を持ちかけた。
「おれ、友だちが二人いて、二人とも休職中なんです」

「おれは職安の人間に見えるってか」Q．J．は両腕を大きく広げて訊いた。「おれは毎週、九人に給料を払わなきゃならない。掃除もろくすっぽしない掃除夫も入れると十人だ。おれさまはな——」そこで芝居がかって、わざと声を張り上げた。「東部からやってきたクソガキどもの避難所じゃないんだぞ」

「西部です」ニックが訂正した。
Q．J．はニックをにらんだ。「おまえがうるさいから、おれは自分の店の厨房にも足を踏み入れられないじゃないか。まったく、なんだってこんな目にあわなきゃならないんだ？」
レンはカウンターの上で煙を上げていた煙草に手をのばした。ひとふかしすると、太い灰が、叩いたウサギ肉の上にぽたっと落ちた。Q．J．もレンも気にする様子はない。

「二人を連れてきていいですか」ニックはバーにすぐ戻せるように、きれいになったグラスをプロ並みの手つきで重ねながら言った。

「だめだ」とQ．J．が言う。

「だめだ」とレンが言う。

「二人とも気に入りますよ」とニック。

二日後の夜、ニックは六時に店に着いた。彼の背に隠れるようにしてシンドラとジョーイがあとに従う。

Q．J．はシンドラをひとめ見るなり、目をむいた。「美人すぎるな。こりゃ女どもの反感を買うだろうな。客より器量のいいストリッパーは雇えんよ。客がいやがるからな」

「あたしはストリッパーなんかじゃないわ」シンドラはむっとしてニックをにらみつけた。

Q．J．は彼女のほうを目をすがめて見た。「それじゃなんだい、別嬪さん？　おっぱいのデカい脳外科医かなんかか？」

「歌手よ」

「なんだって？」

「聞こえたでしょ」

Q．J．はストライプのシャツの衿を直し、さくらんぼ色のネクタイをゆるめた。この娘は美人だ。おれの好みには少し色が黒すぎるし、危なっかしいほど若すぎるが、彼女には品がある。エルナに言って、胸の大きく開いたぴっちりした赤いドレスで飾り立てれば、客が喜ぶかもしれない。そうだ、ここは一つ、ものわかりのいいやさしいおじさんになって、彼女にチャンスを与えてみるか。

「おれヤキがまわってきたな」と彼は首を振りながら言った。「一晩だけだぞ。一〇ドルだ。もし客が喜ばなきゃ、それでおしまいだ」

「おれはどうですか」ジョーイが訊いた。「おれがやれるのは――」

「黙んな、若いの。一日一善だ。今日のぶんは使いはたしちまったよ」
ジョーイは黙るべきときをちゃんと心得ていた。

シンドラの歌手デビューはなんとも不運なものだった。エルナに着せてもらった、必要以上に肌を露出したタイトなドレスはシンドラのお気に召さなかった。それを着て髪に逆毛を立て、厚化粧して彼女は酔った客の前に立った。曲はアレサ・フランクリンの『リスペクト』を自分流に声を震わせて歌おうとした。失敗だった。これまでシンドラは人前で一度も歌ったことがない。それにせっかくハスキーないい声をしているのに、それを生かす方法を知らなかった。

数分たっただけで客はざわめきはじめた。「早く脱げよ、彼女」一人の客が声を上げると、すかさず他の客もいっしょになって、「脱げ、脱げ」とはやしたてた。

つまようじをくわえて、店の後ろで見ていたQ．J．は、渋い顔になった。こいつはめっけもんだと思ったのに、またいつものように早とちりだったらしい。この娘にいっぱい食わされた。できもしないことをできると言って、まんまとだましやがったのだ。

「もうあの子とやったんだろ」と常連客の一人、〝カエルのピーティ〟が、飛び出た目玉をむきだすようにして尋ねた。

「いや、あの子にやったのはチャンスだけさ」Q．J．はジャケットを撫でつけながら答えた。

「なんでだよ、さっさとやっちまえよ」カエルのピーティは音をたてて酒をすすった。

「若すぎるぜ」Q．J．はそっけなく言って、ピーティのそばを離れた。

シンドラは、ぱらぱらの拍手と、それよりは少し多い「脱げ、脱げ」の声援に送られて、初ステージを終えた。

彼女は狭い舞台から駆け戻ると、「あたし、やめるわ」とQ．J．に言った。

「やめる、だって？」彼はあきれ顔で繰り返した。「やめさせられるの間違いじゃないのか。こっちがやめさせるんだよ」

シンドラはQ．J．をにらみつけた。「自分からやめた人間を、やめさせることはできないわ」

「それにおれは金も払わんからな」Q．J．は真っ赤な顔でつけ加えた。

「いいえ、払ってもらいます」シンドラは憤然として言った。「ちゃんと舞台を務めたんだから、払うべきよ。ここの客が歌のわからないバカばっかりなのは、あたしのせいじゃないもの」
Q．J．はこれまでシンドラのような娘に出会ったことがなかった。まだ若いのに度胸がすわっている。じつにたいしたもんだ。惜しむらくは、才能がまるでないことだ。
最初の女房のサラもこんなだった。生意気な女《サッシー・サリー》をもじって、サッシー・サラと誰もが呼んだ。彼女は、Q．J．がわびしい牢獄生活を送っているあいだに電気工と遁走した。二番目の妻が選んだのは配管工だった。それから八年間、Q．J．は独り身を通している。これからもそのつもりだった。

彼はシンドラの言うままに一〇ドル支払った。シンドラは特に感謝しているふうにも見えない。「おれはここまでする必要はないんだからな」と言い聞かせる。

「いいえ、あるわ」と答えて、シンドラは夜の町に出て行った。

それにしても彼女の態度はいただけない。もう少し愛想がよければ、かわいげがあるのに。

「もう金輪際、友だちは連れてくるなよ」とニックに釘を刺す。

「練習かなんかさせてやればよかったんですよ」ニックは言った。
Q. J. はレンに向かって首を振った。「いったいぜんたい、ここはどうなってるんだ？皿洗いに生意気な口をたたかれるわ、ろくすっぽ歌えもしない小娘にひどい目にあわされるわ。なんでおれがこんな目にあうんだ？」
「それが人生ってもんさ」レンはクリームの入ったボウルに指をひたした。

「クソッ！」とQ. J.。「クソッ、クソッ！」

「あのう――」とニックが切りだした。

「もうひと言でも口にしたら、おまえはクビだ」Q. J. はうなった。

エルナが顔を輝かせて厨房に入ってきた。「あの子、よかったわ。大当たりだったわね」

「ふん、大当たりなんてものはな、そいつがてめえのケツに咬みついてくるまではわからんものなのさ」

ニックが仕事を終えてホテルに戻ってみると、シンドラとジョーイが荷物を持って表で待っていた。夜中の二時だ。

「どうしたんだよ」ニックは答えを聞くのが怖かった。

「追ん出されたんだ」ジョーイは夜の冷気を紛らすために足を踏み鳴らした。

「なんで?」

「ホテル代が払えなくてさ」

「だけど、その分の金はおまえに渡しただろ」

ジョーイはばつが悪そうな顔をした。「街頭賭博ですっちゃったんだよ」

「まったく、ドジなんだから」とシンドラ。

「でもさ、どっちみち、ここは高すぎたよ」ジョーイがすかさず言った。「明日、ワンルームのアパートを借りようよ。そのほうが安いぜ」

ニックは怒った。いまだに、働いているのは彼一人だけだ。しかもニックが苦労して稼いだ金をジョーイは、マヌケな観光客狙いのいかさま勝負につぎこんで、すってしまったのだ。そろそろ別々にやるときが来たのかもしれない。

「あたし、寒い」シンドラが幼い少女のような声を出した。「どこで寝るの?」

シンドラは自分の姉さんだ。姉を見捨てるわけにはいかない。

「どっか、座り心地のいい公園のベンチを見つけてやる。新聞紙をかけて、赤ん坊みたいに寝かしつけてやるよ」

シンドラは辛辣な口調を取り戻した。「へえ、それは楽しみだわ」

ジョーイがパチンと指を鳴らした。「どこだったらいいんだ。リッツ・カールトンのペントハウスか」

シンドラはジョーイを下等な虫けらでも見るような目つきで見た。「そうよ。いつかきっと、そうしてみせるわ」

「ああ、そうなるさ」ニックはうなずいた。「だけど今夜のところは公園だ。さあ、行こうぜ」

三人は荷物を持って出発した。

とぼとぼと公園に向かいながら、ニックはローレンのことを思い浮かべた。たまらなく彼女が恋しい。もういまごろは手紙を読んでいるだろう。ドラッグストアのルイーズ気付としてまた手紙を書こう。郵便局の私書箱を借りたらローレンから返事がもらえるかもしれない。まずいちばんにやらなければならないのは、住む場所を見つけることだ。ジョーイの言うとおりだ。ホテルはどんなに安いといってもやはり高くつく。もっと前に出るべきだったのだ。

角を曲がったとたん、凍りつくような風がうなりを上げて吹きつけてきた。ジョーイはゴミバケツに新聞紙の束が捨ててあるのを見つけて拾い上げた。毛の抜けた猫が驚いて、ギャッと叫んで逃げ出した。酔っぱらった浮浪者が二人、千鳥足でそばを通りすぎた。麻薬常習者のカップルが戸口で身を縮め、さかんにヤクを打っている。

シンドラは身を震わせ、ニックの腕にしがみついた。「あたし、怖い」と声をひそめる。

「心配すんなって」ニックは彼女を元気づけようとした。「絶対にうまくいくから」

シンドラはさらにきつくしがみつく。「約束する？」

「いいかい、よく聞けよ。おれにくっついているかぎり、絶対におれはあんたを見捨てたりしないから。いいね？」

「うん、ニック」

ニックの言葉は自信たっぷりに聞こえたかもしれない。けれども、世間の風は冷たく厳しい。彼だって怖くなることはある。

32

すべては一瞬の出来事だった。いまプリモと闘いだしたと思ったら、次の瞬間には目の前がぼやけて意識が遠のいていた。最初に恐ろしいうなりを上げて突風が吹きつけ、雷のような轟音とともにトルネードが襲いかかってきた。その進路にあったトレーラーを空中に巻き上げると、まるで紙細工の家のように、そのまま何百メートルも運び去った。

ローレンはトレーラーの戸口から投げ出され、地べたに叩きつけられて気を失ったときのことを、ほとんど覚えていなかった。意識が戻ったときには、トルネードは遠くに去っていた。行く手にあるすべてのものを切り裂き、破壊しつくして、町の中心に向かっていく。

地面に横たわって、ローレンはうめき声を上げた。頬に手を当てると、血がべっとりついた。やっとの思いで上半身を起こし、押しつぶされそうな絶望感にさいなまれながら、さっき起きたことを思い出そうとした。

ニックの父親が……わたしを押さえつけて……わたしの服をむしりとって……それから、ナイフ。

そうだ、ナイフ！　わたしは彼を殺してしまったんだろうか。

パニックに襲われたローレンは、頭をはっきりさせるために、ふらつきながらも無理に立ち上がった。思い出せるのは、トルネードがすさまじい勢いで襲ってきたこと、トレーラーが巻き上げられ、さらっていかれたときに、まるで魔法の手につかまれたように戸口から放り出されたことだけだった。

どういうわけかわたしは助かったのだ。なぜだろう。

ローレンはあたりを見まわした。トレーラー・パークのなかはほとんど跡形もない。何もかも消えていた。木々でさえ根こそぎ引き抜かれていた。

中西部に暮らしているので、生まれてからずっとトルネードのことは聞かされていた。だが、実際に体験したことは一度もなかった。いま、それを現実のものとして体験し、どれほどの破壊をもたらすかを、自分の目で見ているのだ。

遠くにまだ、灰色のじょうごが渦巻きながら進んでいくのが見える。その恐るべき破壊力で、出くわすすべてのものを打ち壊し、巻き上げながら。

雨はぴたりとやみ、不気味な静寂だけがあたりを覆っている。死んだような静けさだ。

ローレンはなんとか体を動かそうとしたが、足に力が入らなくて、体重を支えきれない。

どこからか、犬の悲しげな遠吠えが聞こえてきた。

家に帰らなきゃ――ローレンは思った。きっと、すごく心配してるわ。

彼女は歩きはじめた。町に向かって。わが家をめざして。ローレンは家が残っていることを必死に祈らずにはいられなかった。

トルネードは死をもたらす凶器のようにメインストリートに襲いかかり、信じがたい力ですべてを破壊しながら進んでいった。その途中にあるものは一つ残らず、灰白色のじょうごのなかに吸い上げられた。木も人も動物も車も——龍巻は対象を選ばなかった。

進むほどに力をましていくトルネードは、メインストリートを襲ったとき、そのピークに達し、時速四〇〇キロに達する最大風速で、進んでいった。

ドラッグストアの窓ガラスが砕け散り、無数の破片となって地面に降りそそいだ。

ルイーズは懸命に祈りながら、デイブにしがみついていた。

彼がルイーズを引きずるようにして通りに連れ出した瞬間、天井が落ち、建物が崩れ落ちてきた。デイブはとっさにルイーズを地面に押し倒すと、自分のできる最善の方法で彼女を守るために、その上に身を投げ出した。どちらも恐怖で震えが止まらなかった。大きなガラスの破片がデイブの脚を直撃し、膝から下を切断した。

ルイーズはどくどくと吹き出す彼の血を全身に浴びながら、声をかぎりに叫びつづけた。

トルネードはブレークリー・ブラザーズ金物店を破壊し、なおも進みつづけた。金物店の階上の、フィル・ロバーツのオフィスでは彼とエロイーズが固く抱きあっていた。二人とも何が襲ってきたのか、わからなかった。フィル・ロバーツが最後に聞いたのはエロイーズの叫び声だった——「決してこんなことをするつもりじゃなかったんです、神様。わたしの罪をお許しください。どうか、許して！」

　そして、何も聞こえなくなった。


ジェーン・ロバーツは車ごと龍巻に巻き上げられ、二キロ近くも飛ばされてショック死を遂げた。

　車は彼女の遺体を乗せたまま二十四時間後に発見された。奇跡的に車はまったくの無傷だった。


ボズウェル高校はトルネードの直撃を受けた。生徒たちが体育館に駆けこんだとたん、龍巻が屋根をはぎとり、なかにいた全員に、飛び散るガラスや、先がとがったコンクリートの破片を浴びせかけた。倒壊した建物の破片がガスの本管を直撃し、大火事を引き起こした。

　体育館で残っているのは練習用の昇りばしごだけだった。メグはそのはしごにしがみついているストックのもとにやっとたどりついた。必死に彼を抱きしめ、ヒステリックに泣きじゃくるストックの声を頭から振り払い、冷静さを保とうとした。

　マックの姿は消えていた。恐ろしい砂埃のじょうごに吸いこまれ、連れ去られたのだ。

「助けてくれ！」ストックは半狂乱になって泣き叫んだ。「誰か、助けてくれよ！」

「あたしがいるわ」メグがあやすように言った。「心配いらないわ。あたしがあんたの面倒を見たげる。あたしがいるからね」

アリーサ＝メイの目の前で、工場は跡形もなく消え去った。何もかも破壊された、そのまったただなかにいながら、かすり傷一つ負わなかった彼女は、なおも祈りつづけた。

トルネードがボズウェルを去ったときには、死者十四名、負傷者百五十名以上にのぼっていた。六十戸以上の建物が全半壊し、この小さな田舎町は被災地域と宣告された。

トルネードのニュースのなかでは、誰もボズウェルについてふれようとしなかった。殺人龍巻は中西部全体に死と破壊をもたらし、ボズウェルのようなちっぽけな町の被害など、ものの数ではなくなっていたからだ。

トルネードのニュースを大手の通信社が扱ったときには、ボズウェルの名はほとんど取り上げられなくなっていた。

33

一九七九年　シカゴ

ニックは自分のワンルームのアパートにいた。彼はベッドに仰向けになり、先ほどから赤毛の女性が裸で、狭い部屋のなかをうろついているのを目で追っていた。彼女の名前はドヴィル。赤毛は染めたのでなく、本物だ。

ニックは自分の家で彼女を眺めるのが好きだった。舞台に立っている彼女とは比べものにならない。ドヴィルのセクシーなしぐさに欲情して、しきりに色目を使う何ダースもの中年客を相手に腰を振っている彼女を見るより、はるかにいい。

ゆるやかなウエーブの長い髪。淡いアクアマリン色の瞳とぷっくりした唇。なまめかしい胸。それに陽気な性格。いっしょに住むようになって、もうじき半年になる。

「何か、持ってきてあげようか」まろやかな曲線を描く彼女の体がはずむように、部屋のなかを歩きまわっている。

「ああ」ニックはベッドのヘッドボードにもたれかかり、曲げた片腕に頭をのせた。「ここにおいで」

ドヴィルは逆らわなかった。いやと言ったことは一度もない。ニックはときには拒んでくれればいいのにと思うことがある。たしかにいつでも応じてくれるのはいいのだが、彼女の場合はそれが度を超していた。

ドヴィルはベッドに近寄り、ニックの脇に立った。彼は手をのばして、片方の乳房に触れた。バストは九〇センチという完璧なサイズ。シリコンは入ってない。ドヴィルはどこからどこまでも本物なのだ。唯一の偽物は彼女の名前だ。

つんと立った乳首を指で転がし、ニックは彼女が拒みようのない行為をほのめかした。ドヴィルは喜んだ。前の恋人は二十歳も年上で、ぶつくさ文句ばかり言っていたけれど、ニックはいつも心から満足させてくれるからだ。

「うわあ、すごい！」ニックの体からシーツをはぎとり、目を丸くした。「すごく太くてたくましいわ。あんたの……太腿」

「太いほうが都合がいいだろ、お尻をはさむのに」彼はドヴィルを引き寄せ、腹の上にのせた。彼女が白く長い脚で馬乗りになると、二人は同時に笑いだした。ドヴィルは上になるのを好んだ。ニックはかまわなかった。このほうが彼女は幾倍もすごい。

二人は激しく愛しあった。ドヴィルはさかんによがり声を上げる。隣室の住人たちには文句を言われどおしだった。

同時に果てると、ニックはベッドから下り、狭苦しいバスルームに行った。

「パンケーキでも焼こうか」ドヴィルが声をかける。

「腹、減ってないよ」彼はあわてて答えた。彼女の苦手なものの一つが料理だった。

ニックはバスタブの片側にクモが這っているのに気づいた。足の一本をつまむと、慎重な手つきで窓枠に乗せ、クモが一目散に非常階段の向こうに逃げていくのを見守った。

「じゃあ、コーヒーをいれるね」と、ドヴィルが歌うように言う。

コーヒーなら大丈夫だ。ニックはエナメルがはげて錆《さ》びかかったバスタブに入り、壁のシャワーの栓をひねった。いつものとおり、ぬるい湯がちょろちょろ出てくるだけ。

彼は二日酔いだった。昨晩はいろいろなことがあって遅くなり、帰宅したのは夜中の三時を回っていた。
Q．J．の店がニックの居場所になるなんて、誰が思っただろう。
そう、ちょっとした出世物語《サクセスストーリー》。皿洗いからマネージャーへ。しかもたった五年でだ。

「今日は何をしようか」ドヴィルがバスルームの戸口からひょいと顔をのぞかせた。

「おれはなんでもいいよ」

「映画を見るのもいいかもね――ポール・ニューマンの新作をやってるわ」

ポール・ニューマンか。ということは、その後、またもう一度寝ることになるな。「いいよ」とあっさりのる。

ニックがバスルームから出てくると、ドヴィルはもう服を着けていた。彼女は日曜日には普通の女の子の恰好をしたがる。ジーンズとセーターを着て、長い髪を三つ編みにする。今日の彼女を見たら、これがこの町でいちばん男をむらむらっとさせる踊り子だとは誰も思わないだろう。

「ああ、そうだ、言うのを忘れてたわ。昨日、この手紙が来たの」と封書を手渡す。

ニックは表書きの字を確かめた。シンドラからだ。「何度言ったらわかるんだ？　おれに手紙が来たら、すぐに渡せって」彼は怒って言った。

「言ったでしょ——忘れてたって」

封筒がやけに皺になっている。「何をしたんだ、湯気に当てて開けたのか？」

「まるで、あたしがそうしたみたいな口ぶりね」

「まるで、やってないみたいな口ぶりだな」

ドヴィルには焼きもち妬きのところがあって、そこが困りものだった。

「姉さんから？」と、彼の肩ごしに覗く。

「開けてみたんだろ？」

「開けてなんかないわよ。後ろに名前が書いてあるでしょ。なんてことないわ」

馬鹿みたいだけれど、いまでもニックは、いつかローレンから手紙が来ることを願っていた。まったく馬鹿げている。ローレンのことはもう過去の、過ぎ去った昔のことなのに。何度も手紙を書いたが、一度も返事は来なかった。しばらくたってニックは諦めた。ローレンが自分のことをなんとも思っていないのは明白だからだ。

けれども、だからといって彼女のことをときどき思い出さないわけではない。ニックはローレンがいまでもボズウェルにいると思っていた。結婚して、何人か子供もいて、幸せな生活を送っているに違いない。おれのことを思い返すことなんて一度もないだろうな。おそらく、名前さえ覚えていないだろう。

彼はシンドラの手紙を開いた。彼女は四年前にジョーイとシカゴを去っていった。二人とも仕事が続かず、冬の寒さに耐えられなくなって町を去ったのだ。ニックもいっしょに行こうと説得されたが、断わった。そのときにはQ．J．の店で、バーの引き継ぎからQ．J．の使い走りまで、すべてをまかされていたからだ。

シンドラはジョーイと二年ほどニューヨークにいたが、ある日リース・ウェブスターという胡散《うさん》臭い男と知り合った。彼はいろいろいいかげんな約束をしてシンドラをその気にさせ、カリフォルニアに連れ出した。シンドラはいまでも彼と手を切らずにいる。ニックの知るかぎりでは、彼には妻がいるが、離婚寸前だった。その状態がこの二年、続いている。

ニックは手紙にさっと目を通した。

ニックへ、

ここ、ロサンゼルスでは何もかも順調よ。あんたもきっとここが気に入るわ。ここは年がら年じゅう暑くて、大きな椰子の木が至るところにあるの——でも、このことは耳にたこができるくらい、話したわよね。

どうして、訪ねてきてくれないの？　部屋の広さは充分あるわ——もし、ソファーベッドで寝るんでもかまわなければね。リースは、週末は絶対にいないから、二人で楽しくやれるわよ。あたしがどれだけ、あんたに会いたがってるか、わかってるでしょ。

あたしの仕事についてはね、いま歌のレッスンを受けてるとこ。笑えるでしょ？　ハッハッハ！　喜んでくれる？　あと、リースが会っておいたほうがいいって言う人にもいろいろ会ってるわ。

ジョーイからはしばらく連絡がない。タクシーの運転手をしてると思うんだけど。ジョーイの性格はわかってるでしょ。幸運がやってくるのをずっと待っている。あたしたち、みんなそうだけどね――笑っちゃうね、ハッハッハ！

まじめな話、ニック、お願いだからここに来ることを考えて。週末に長めの休みをとるだけでもいいから。

愛してるわ。すごく会いたい。

愛をこめて、
あんたの姉、シンドラより。


シンドラは決して手紙を書くのが上手だとは言えなかったが、書くことを億劫《おっくう》がらないのは確かだった。

「カリフォルニアに行ったこと、ある？」ニックは手紙をたたんでポケットにしまった。

「一度だけね。あたしが十八のとき。自家用飛行機を持ってる金持ちの男がいてね。あたしのほか、三人の女の子を乗せて、ラスベガスのパーティーに連れていってくれたの。あたしたち、そう簡単には忘れられないようなショーをやったのよ」

「服を脱いでいって、この体を見せるのよ。ほかに何があるっての？」

「どんなショーだ？」

「これまでに、金をとって客と寝たこと、ある？」

ドヴィルは唇をきっと結んだ。「なんで、そんなことを訊くの？」

「なんとなく、口にしてみたくなっただけさ」

「だったら、もう口にしないでよ」と、ニックをにらみつける。「あたしは服は脱ぐけど、あたしがするのはそこまでよ」

「そうだな、おれが悪かった。なんでそんなことを言っちゃったのか、わかんないよ」

「あたしもだわ」ドヴィルはさっさとバスルームに歩いていって、ぴしゃっとドアを閉めた。五分ほどむくれてから、ドヴィルはバスルームから出てきた。彼女はいつまでも怒っているような女ではなかった。

Q．J．は独特の女性観を持っていた。彼に言わせると、女は一皮むけばみんな娼婦なのだそうだ。彼はときおりニックにも自分の見識の恩恵を分け与えようとした。「つまりな、こういうふうに考えるんだ——女が男と結婚したら、いったい何をすると思う？　金のためにセックスをするんだ。だから亭主はひと晩、女房とやったら次の日にはドレスを買ってやる。哀れな男はあらゆることに金を払うんだ。ナイトテーブルの上に一〇〇ドル残して、いいかげんに別れちまえばいいのに」

Q．J．は根っからの皮肉屋だった。もしかしたら、人生とはそうしたものなのかもしれない。ニックには結婚する気はさらさらなかった。これまでドヴィルが結婚をほのめかすたびに、彼は笑いとばし、真剣に受け止めようとはしなかった。

またしても、ニックの思いはローレンのもとに戻っていった。彼はローレンのことを考えずにはいられなかった。心の片隅から彼女の面影が離れない。遠い日の思い出を忘れることはできなかった。彼はジョーイかシンドラがそのうちボズウェルを訪ねることを願っていた。だが、どちらもその気はなさそうだった。彼の知るかぎり、ジョーイは一度も母親に連絡をとっていなかったし、シンドラもアリーサ＝メイに便りを出そうとはしなかった。それでも、ハーランのことは折にふれて口にした。ニックもシンドラも、ハーランを置いてきたことで気がとがめていた。「あたし、きっと成功してあの子を迎えに行くわ」とシンドラは言った。

ああ、もちろんさ。

ときおりニックはドラッグストアのルイーズに電話することを考えた——町がどうなっているか訊くだけだ。だが、何かが常に待ったをかけた。じつを言うと、彼はほんとうは知りたくなかったのだ。

長いことニックはがむしゃらに働き、Q．J．の店を今日のように繁盛させるのに貢献した。五年前まで店は、しけたいかさま師と、それに群がる一夜かぎりの情婦とのたまり場で、まずい料理とくたびれたストリッパー二人のほかは、これといった売り物もなかった。ディスコが大流行になると、ニックは、ストリッパーを放り出してディスクジョッキーを雇い入れるように、しきりにQ．J．に進言しはじめた。

「おまえは頭がいかれちまったんじゃないのか。うちの客は女どもにいかれてんだ。どっちにしろ、うちには踊るスペースなんかありゃしねえよ」

「そこをなんとかさ」ニックは食いさがった。「ディスコが下火にならないうちに、流行に乗らないと」

「ったく、ろくでもない皿洗いを雇ったと思ったら、いきなりそいつがおれにあれしろ、これしろと命令するようになっちまった」

「おれはもう皿洗いじゃないよ」

「じゃあ、なんなんだ？」

「あんたのアシスタント」

「よく言うぜ」

Q．J．はディスクジョッキーを雇い入れるほど太っ腹ではなく、ストリッパーをやめさせて客を失う危険を冒す度胸もなかった。それで妥協案として、ニックをディスクジョッキーに仕立て、エルナにはストリップをやめるよう説得し、新しく雇った二人の女の子の教育係をまかせることで手を打った。店にはにわかに客がふえた。

ニックは鼻高々だった。「だから、言ったでしょ」

「ああ、たしかに言った」とQ．J．も認める。「おれがとっくにわかってなきゃいけないみたいな口ぶりでな」

ニックは音楽の虜《とりこ》になった。レコード店をまわって新曲を残らず試聴し、最新作を選ぶのは胸がわくわくした。
Q．J．が選び入れた音響システムはちゃちなものだったが、ニックはすぐに効果的な使い方をマスターした。古いナンバーと新曲をうまくとりまぜる。エルビスをちょっと流したのち、黒人ソウルシンガーのアル・グリーンとボビー・ウォーマックを持ってくる。それからディオンヌ・ワーウィックとスモーキー・ロビンソンでしっとりとキメるというわけだ。ディスクジョッキーをしていないときは、ニックはバーに立った。
住みこみのバーテンダーはそれが気に入らなかった。「このむかつくガキをおれから離してくれよ」と文句を言った。「じゃなきゃ、おれがこっから出て行くよ」

脅し文句くらいQ．J．の嫌いなものはない。それにニックなら、老いぼれバーテンダーに払う給料の半分ですむ。「そんじゃ、やめろ」とQ．J．は言い渡した。

バーテンダーはやめ、ニックはバーもまかされることになった。

「誰かもう一人雇わないと。レコードをかけながら、バーもやるのは無理だよ」ニックは文句を言った。

「なんだなんだ、おれを破産させる気かよ」Q．J．はぶちぶち言う。

「違うよ。うんと儲けさせてやるよ」

いちばんの味方はエルナだった。レンまでがのってきて、腕のいいアシスタントシェフを雇わせた。Q．J．の店はますます繁盛した。

といって、誰に感謝されたわけでもないが、ニックには礼の言葉など必要なかった。安定した仕事さえあればそれで充分だった。

彼はいままでの境遇を振り返った。五年前まったくの無一文で町をうろついているときに飛びこみで入って、いまでは子供のいないQ．J．の息子も同然だ。悪くはない。が、よくもない。役者をめざしてシカゴにやってきたのに、まだ何もしていない。いま二十二歳。すぐにとりかからなければ、役者には一生なれないだろう。Q．J．の店にいるかぎり、ほかのことをする暇はない。演劇学校に通うことさえできない。なんとか二〇〇〇ドルの貯金もできたことだし、カリフォルニアへも招かれている。シンドラからの手紙はその招待状だ。いま行動を起こさなければ、永遠にQ．J．の店から動けなくなる。Q．J．みたいにさくらんぼ色のシャツを着て、袖口からカフリンクをのぞかせて……考えるだけで、ぞっとする。

ドヴィルがバスルームから出てきた。きれいでセクシーで気だてのいいドヴィル……。もう終わりだ。半年が自分の限度だ。それに、彼女を連れていくことはできない。荷物をふやすのは決していいことではない。

「映画に行く？」ドヴィルが訊いてきた。

「いいよ」

ああ、なんて素敵な唇なんだ。

別れのキスをするのは、さぞつらいだろう。

34

一九七九年　フィラデルフィア

「ああ、ちょっと。ミス・ロバーツ」

「はい、ミスター・ラーデン」

「雨が降ってきたようだよ。車で家まで送っていってあげようかと思ってね」

「ご親切にありがとうございます、ミスター・ラーデン。でも、いとこと会いますので」

「ああ、そう」ミスター・ラーデンはじっとローレンを見つめた。三十代。中背で薄くなりかけた髪に、への字に垂れた唇。妻帯者で子供が二人。犬一頭にハムスターが数匹。それがローレンの上司だ。

「ほんとうに大丈夫かい、ミス・ロバーツ?」彼はまだ望みを捨てない。

「ええ、ほんとうに大丈夫ですわ、ミスター・ラーデン」

　こんなやりとりはしょっちゅうだ。彼は、秘書が常に最良の状態で働けるよう気づかう思いやりのある上司を演じ、ローレンは、雨だから送ってくれるのだと、純粋に親切心と受け取っているふりをする。けれども、二人ともそれが嘘だと知っていた。彼は機会さえあれば、ローレンをベッドに連れこみたいと思っているのだ。

ローレンはこれまで二年間、ミスター・ラーデンに秘書として仕えてきた。やめるべきだとはわかっている。でなければ、頭がどうかなってしまう。

「それじゃ、また明日」と彼は書類鞄を手にした。

「ええ、ミスター・ラーデン」

彼が去るのを待って、ローレンは受話器を取り上げた。「ブラッド、今夜は会えなくなったの」と小声で言う。

「どういうことだよ、会えないって」彼は焦って訊いた。

「電話じゃ、説明しにくいの。明日、話すわ」ローレンは彼が言い返す前に急いで受話器を置いた。

ブラッドフォード・ディーンはローレンのいとこだ。幼なじみのやさしいブラッド。彼がいなかったら、おそらくこの五年間を乗りきることはできなかっただろう。けれども彼との関係は病《や》んでいる。もう終わらせなければならない。ローレンのほうから終止符を打つのだ。

五年前、フィラデルフィアに着いたときのローレンは心身ともにぼろぼろだった。母の兄のウィルが、妻のマーゴといっしょに空港で出迎えてくれた。

「ほんとうにたいへんだったわね。かわいそうに。わたしたちも残念でたまらないわ」と、マーゴは言ったが、涙は見えなかった。

ウィルのほうがもっと誠実みがあった。「きみのお母さんはすばらしい女性だった。わたしにとっても、ずっといい妹だったよ。これから寂しくなるな……」

ディーン夫妻はルーズベルト通りにある彼らの家にローレンを連れて帰った。いい家だったが、家庭とはなりえなかった。十九歳になるいとこのブラッドは大学生で家を離れていたので、ローレンは彼の部屋を使わせてもらうことになった。その晩、彼女は伯父夫婦がひそひそ声で話しているのを偶然、耳にした。まずマーゴが「あの子をどうするつもりなの？ここには置けないわよ」と言った。

それからウィル――「ローレンはわたしの妹の娘だよ、マーゴ。ほかに身内がいないんだ。わたしたちがあの子を引き取ってやらないと。なんといってもまだ十六なんだよ」

「そんなこと、わかってるわよ。だけど、いったいいつまで置いとくつもりなの？」

ジェーンとフィル・ロバーツは二人とも、ボズウェルの町を事実上破壊したトルネードで命を落とした。あの悪夢のような出来事をローレンはほとんど覚えていない。フィラデルフィアに着いたときも、ショックで虚脱状態のままだった。それからまもなくして、彼女はマーゴに妊娠していることを打ち明けた。

伯母は平静を失った。「なんで、そんなことが？ 誰かにレイプされたの？」とローレンを問いつめた。

「ただ……そうなっただけ」

「相手は、あなたが婚約してた子？ ストックなの？ 彼が相手なら結婚に持ちこめるでしょう」

「違うの、ストックじゃないわ」

「じゃあ、誰なの？」

「相手が誰かなんて、たいしたことじゃありません」

「あなたの両親が気の毒だわ……生きていたら……どんなにあなたに失望したことか」

「わたし、赤ちゃんを産みたいんです」ローレンは静かな口調で言った。

マーゴは首を振った。「とんでもない。問題外よ。あなたをここに置くだけで手一杯なのに。赤ん坊の面倒まで見られないわ」

「ほかにどうしようもないだろう」伯父は言った。「堕《お》ろすしかないよ……」

ローレンはすべてが終わった日のことを、まるで昨日のことのように覚えている。マーゴは彼女を男の婦人科医のところに連れていった。眠そうな目をした禿げ頭の医者は両手にゴム手袋をはめていた。

「何をやったんだい、お嬢さん」ひやっとした固い診察台にローレンが横たわると、医者は陽気にウインクをした。看護師の指示どおりに着けた紙の診察着の下は裸で、身の置き場がないような気がした。

「さあ、両脚を開いてその足置きにのせて」

医者は指を突っこみ、さんざんになかを探ったので、ローレンはもう耐えられなくなった。

「わたし、赤ちゃんを失くしたくないんです」彼女はつぶやいた。

「何、なんでもないよ」医者は言った。「何も心配はいらないよ。今度脚を開くときは、もうちょっと気をつけることだね。それだけだよ」

その後、ローレンは注射を打たれ、意識が遠のいた。脚のあいだに押しつけられた、冷たい金属の不快な感触以外、何も覚えていない。

目が覚めるともう赤ちゃんはいなかった。ニックはどこにもいなかった……。

あのころ彼女は一日じゅうニックのことを考えていたが、もうやめようと自分に言い聞かせた。ニック・アンジェロはわたしを捨てたのだ。さよならも言わずに町から逃げ出し、それきりなんの便りもない。あんな大災害が起きたあとでさえ。

彼女はある部分で、ニックを憎んでいた。一人よがりの自分勝手な理由でローレンをもてあそび、ゴミのように捨てたのだ。彼女を妊娠させたあげく、一人置き去りにした。ニックが黙って出て行ってしまったのが、ローレンにはショックだった。一通の手紙も、ひと言の言葉もない。何一つとして。彼女はニックに対して心を硬化させた。それでもなぜか説明のしようがないのだけれど、彼の赤ちゃんを失いたくなかったのだ。

伯父夫妻はローレンに学校に戻るよう、しきりに勧めた。彼女はやむなくそのとおりにした。ほかにどうしようもなかったからだ。

ある晩、彼らはローレンを居間に呼んで、悪いニュースを告げた。「きみのお父さんの遺産なんだが、何も残らなかった。いくらかあったものは、税金にすべて持っていかれてしまった。それに借金がハンパじゃなかったんだよ」

「ごめんなさいね、ローレン」マーゴが口を添えた。「あなたを大学にやるお金はないの。わかってくれるわね、わたしたちにはそんな余裕はないのよ。わたしたちは少しでもブラッドフォードのためになるようにと、ずっと汗水垂らして働いてきたわ。やっとこれから残された人生を楽しめるようになったところなのよ」

「大学に行きたいとは思ってません」ローレンは言った。「高校を出たらすぐ仕事を探します」

「奨学金はいつでも申請できるよ」気がとがめたのか、ウィルが口を出した。「なにしろ、きみは優秀だからな」

彼らには、ローレンが大学に行きたくないと本気で言っているのが、わからなかったのだ。何年間も彼女はトルネードの悪夢に悩まされた。灰白色のじょうごがトレーラーに襲いかかるさまがまざまざと脳裏に浮かぶ。ときには、夢のなかでトルネードはプリモに姿を変えた。彼は龍巻の一部だった。色目を使い……肌に触れてくる……淫らな言葉を吐き、そのあげくにローレンがナイフを振りかざすように仕向けたのだ。

——わたしは彼を殺してしまった。

それとも、殺してないのだろうか。

確信が持てなくて、ローレンは頭がおかしくなりそうだった。

彼女は高校を卒業するとすぐに地元の銀行に就職し、お金を貯めはじめた。充分な貯金ができしだい、ディーン家を出て自活するつもりだった。

大学から戻ってきたブラッドはいつもローレンのそばにいた。茶色い縮れ毛のブラッドは、笑顔を絶やさない好青年だった。ニックより背が高くて、もっと筋肉質だ。いまでも男の人と会うたびにニックと比べてしまう。その癖は直せなかった。

十九歳になったときには一人で暮らせるだけの貯金ができた。優秀な秘書の技能を身につけていたので、ラーデン・アンド・スコーパーズ法律事務所にすぐに採用された。ミスター・ラーデンがみずから面接し、まさに自分が求めていた人材だと絶賛した。

ローレンの生活は単純なものだった。それをブラッドが複雑にするまでは。彼はローレンの狭いアパートに立ち寄り、度を超して長居をし、度を超して酒を飲んだ。そして、彼女を愛していると告白した。それからどういうわけか、二人はベッドをともにすることになった。どちらも、これは間違ったことだとわかっていたので、ローレンは一度きりにしようとしたが、ブラッドがそうさせなかった。彼はローレンを説き伏せた。ひとたび関係を持ってしまうと、彼女は抜けられなくなった。それに自分を気づかってくれる人がそばにいるのがうれしかった。

ブラッドと結ばれてから数カ月がたち、ローレンは罪の意識で息が詰まりそうになっていた。彼との関係を終わりにしたかった。彼にそうしたいと言えばいいだけのことだ。

彼女はオフィスを出るとバスに乗った。バスを降りてから、アパートの建物まで二、三〇〇メートルの距離をずぶ濡れになりながら走って帰った。

部屋に入ると、ブラッドがローレンのカウチに座ってローレンのテーブルに足をのせ、ローレンのテレビを見ていた。

「今夜は会えないって言ったじゃないの」レインコートを脱ぎながら彼女は言った。

「本気で言ったんじゃないだろ」

「この部屋の鍵を返してほしいの」ローレンはテレビを消した。

ブラッドは顔をしかめた。「どうしたんだい、このごろ?」

「ブラッド、あなたもわかってるでしょ。わたしたちはいけないことをしてるんだって。もう終わらせなきゃならないのよ」

「だめだよ、ベイビー」彼はふたたびゆったりとくつろいで言った。

その〝ベイビー〟という言いかたがローレンの気にさわった。彼がほかの女の子とも寝ているのは確かだった。

「お願い、終わりにしたいの」

ブラッドは両腕を広げた。「ここにおいでよ」

「だめよ、ブラッド」

「焦らしてぼくの気を惹こうっていうの?」

彼は去ろうとしないし、ローレンも出て行かせられない。

「あなたの両親に言ったらどうする?」と脅しをかけた。

「きみはそんなことしないよ」

「するかもしれないわ」

「うちの親はきみを責めるだろうな」

「わたしが気にすると思ってるの? もともと、あなたの両親は、わたしがここに来ていっしょに暮らすことを歓迎してなかったのよ」

ブラッドはローレンの脅し文句を考え、彼女ならやりかねないと思った。「いったい、どうしたんだい？　毎月のお客様が来ててイライラしてんの？」そう訊いて、またテレビをつけた。

ローレンには考えがあった。もし彼が出て行かないなら、わたしが出て行くわ……。

一週間後、事務所のパーティーで、酒に酔ったミスター・ラーデンが彼のオフィスで抱きついてきた。彼はローレンをデスクに押しつけた。

彼女は、自分の望まぬことを強要する男たちの撃退法をよく知っていた。ペーパーナイフをつかんで、腕を刺したのだ。

ミスター・ラーデンは驚きと苦痛の叫びを上げた。「気でも狂ったのか」

「いやという返事だと受け取ってください」ローレンはドアまで逃れた。

「おまえはクビだ」

「結構ですわ」

ローレンはこの地を去る計画を詳細に練り上げていた。出発の前日、彼女はディーン家を訪れ、昼食をともにした。マーゴとウィルは、ローレンが家を出て、支援の必要がなくなってからずいぶんやさしくなった。ブラッドはジェニーという名の女の子を連れてきていて、一日じゅうイチャイチャ抱きあってふざけたり、キスを繰り返していた。

「二人は婚約するんじゃないかと思ってるの」マーゴはキッチンで打ち明けた。

「それはよかったわ」ローレンは言った。もし焼きもちを妬かせようとしてガールフレンドを連れてきたのなら、おあいにくさまだ。

食卓についたローレンは、ブラッドの手がテーブルの下にのび、ジェニーの太腿を這いのぼるのに気づいた。

マーゴは明らかに息子のけしからぬ行動には気づかない様子で、ローレンに顔を向けた。

「あなたもデートの相手を連れてらっしゃいな。誰か、つきあってる人はいないの？」

ローレンは首を振った。「いいえ」

「きみみたいにかわいい子がねえ」ウィルが陽気に口をはさんだ。「何十人もボーイフレンドがいてもおかしくないのに」

「たぶん、ぼくたちには隠してるんだろ」ブラッドが確信のある言いかたで笑った。そのあいだも、ジェニーの濡れた谷間を覆っている下着のゴムに手をかけている。

ローレンは溜息をついた。ブラッドはセックスが上手で、それを自分でも自覚している。ローレンに対しても、全身くまなく申し分のない愛撫を加え、セックスの達人のように振舞っていた。

その夜遅く、ジェニーを追い返したブラッドは予告なしにいきなりローレンのアパートに現われた。彼女は最後に一度だけブラッドに体を許した。彼はこれが最後だということを知らない。これからも、自分がその気になればローレンがいつでも身をまかせると思いこんでいた。

ブラッドが去るのを待って、ローレンはバスルームに急ぎ、シャワーで彼の痕跡を永遠に流し去った。それから荷造りをすませると、翌朝早くタクシーでバス停まで行ってニューヨーク行きのグレイハウンドバスに乗りこんだ。

転送先の住所は残してこなかった。ローレンにすれば過去を嘆き悲しむのはもうたくさんだったからだ。

ローレン・ロバーツはいま、新しい人生に踏み出そうとしていた。

35

さまざまな出来事がニックにここを去る潮時だと確信させた。なかでもカルメロ・ローズの件が大きく響いた。カルメロは年のころは五十代。ごま塩頭に鷲鼻、浅黒い肌の小男で、相手を威嚇するようなやかましい声を出す。シカゴの殺し屋という噂で、ときどきQ．J．の店を訪れた。そのたびにセクシーな若い娘を何人もはべらせていたが、常にいい娘がもっとほかにいないかと目を光らせていた。

問題の夜、カルメロはたった一人の女性しか連れてこなかった。年は三十代後半。胸が大きく、背の高い赤毛の女で、ムスッと不機嫌そうな顔をしている。

「こりゃたいへんだ」Q．J．があわてふためいた。「あの女はやつのかみさんなんだ」

「で、なんで大騒ぎしてるんです？」ニックは訊いた。

「いいか、これまでやつが連れてきた女のことは、ひと言ももらすんじゃないぞ。おまえだけじゃなく、ほかの連中も絶対に口を滑らせないように気をつけるんだ。もしやっこさんの女房にバレたら、やつのしなびたケツをキューバまでふっとばしかねないからな。ともかく、すごいかみさんなんだよ」

「心配のしすぎですよ」ニックは穏やかに言った。「ミスター・ローズのテーブルにはおれがつきます」

そうして何が悪い？　カルメロ・ローズは、一〇〇ドルのチップをくれることで評判なのだ。

テーブルに近づいてよく見ると、ニックは以前どこかで、この女性に会ったような気がした。危ういほど衿ぐりの深い黒のカクテルドレスを着ていて、その豊かな胸の谷間に思わず目が吸いこまれそうになる。

カルメロはニックの視線に気づいて、カエルのような目玉で見るだけならかまわんがさわったらただじゃおかんぞとばかりに、にらみつけた。

「なんになさいますか、ミスター・ローズ？」ニックは訊いた。

カルメロはシャンパンを一本、注文した。

「いまわかったんだが、今日はやつのかみさんの誕生日なんだ」Q．J．があたふたとバーのニックのところにやってきた。「レンに言ってケーキを用意させろ」

「奥さんは何かやってるんですか？」

「何かやってる？　あのかみさんが何をやってると思うんだ？　やつの世話を焼いてるんだよ」

「だったら、どうしてやっこさんは年がら年じゅうほかの女を連れて歩いてるんです？」

Q．J．はいらだってきた。「そんなこと、おれたちにわかるわけないだろ。やつにいちばん上等のボトルを持ってけ。おれからのお祝いだ」

「なんで、自分で行かないんです？」

「死ぬほどカルメロが怖いからよ。そんだけの理由じゃ足りないか。やつの古女房にちょいとでも色目を使ってみろ。あいつはブチキレちまうぜ」

「おれ、彼女と前にどっかで会ったような気がするんだけどなあ」

「なんだよ、ニック。おまえ、女に不自由してんのか。どっちにしてもありゃ、おまえには年増すぎるぜ」

「興味を持ったなんて言ってないですよ。どこで会ったか思い出したいだけなんだから」
Q．J．は首を振った。「そんなこと気にすんな」
ニックはQ．J．からだと言って、シャンパンをテーブルに届けた。「ミセス・ローズのお誕生日ということで」と、にっこり。

カルメロはうなり声を上げた。

「ありがと、ダーリン……」ミセス・ローズが言った。

気のせいなのか、それともほんとうに、彼女はウインクを寄越したのだろうか。ニックはその印象的な胸をもう一度盗み見た。不意にひらめくものがあった。何年か前、ボズウェルで車にガソリンを入れに来た女性だ。思わせぶりなしぐさの、セーターの女。あのオッパイを誰が忘れられるだろう。

「お姉さんはお元気ですか」彼女のグラスにシャンパンをつぎながらニックは訊いた。

彼女は急にそわそわして前歯を舌で舐めながら、すばやく夫の顔色をうかがった。「え?」と無表情で言う。

カルメロがすかさず聞きとがめた。「なんで、女房の姉さんのことを知ってるんだ?」

「お姉さんはボズウェルの人ですよね。ぼくもあそこに住んでたんですよ」

ニックが彼女に強い印象を残していなかったのは明らかだ。なんのことを言っているのか、まるで見当がつかないらしい。

「ほら、あなたの車に二度ほど、ぼくがガソリンを入れたんですよ。あなたがお姉さんのところを訪ねてきたとき……。思い出しませんか?」

カルメロは彼女をいやな目つきで見た。「この男を知ってるのか?」

「いいえ、全然、知らないわ」彼女はぴしゃりと言った。その指には大粒ダイヤの指輪が三つ、燦然《さんぜん》と輝いている。

「たしかにおまえのことを覚えてるみたいだぞ」

「わたしのことを忘れる人はいないわ」彼女はふてぶてしい口調で言った。

「いや、そんなたいしたことじゃないですよ」ニックはまずいと察して、あわてて言った。

「どうもぼくの勘違いだったみたいです」すかさずつけ加えると、カルメロのグラスにシャンパンをつぎたしてテーブルを離れた。

五分後、ニックが食品保管庫にいると、カルメロが入ってきてドアを足で蹴って閉めた。ニックが何か言うまもなく拳銃を取り出し、腹に押しつける。

ニックはへなへなと足の力が抜けた。足がなくなってしまったみたいだ。「な、何するんだよ」恐怖に駆られてニックは口ごもった。これまでの人生が走馬燈のように次つぎに目の前に浮かんだ。

「おれが何をするか、知りたいってか」カルメロはうなると、銃でニックを小突いた。「そんじゃ、おまえはおれの女房に何をしたんだ？」

喉がからからになって、なかなか、言葉が出てこない。「……く、車にガソリンを入れた、そんだけですよ」

「女房の車にガソリンを入れた——そういうことか？」

全身に冷や汗が吹き出てきた。「誓うよ。あんとき、おれはまだほんのガキだった。ほんとうですよ」クソッ、ションベンがしたい。ちびりそうだ。

カルメロはさらに強く銃を腹に押し当てた。「もっとデカい声で誓え。このふぬけ野郎。ひざまずいて誓うんだよ」

「ほんとうです。神に誓って真実です」

「ひざまずけって言ってんだろ、クソガキが！」

もしかしたら、カルメロはニックを撃っていたかもしれない。撃たなかったかもしれない。彼はついに知ることはなかった。その瞬間、Q．J．がドアを開け、なかに割りこんできたからだ。「変わったことはないか？」と、そしらぬ顔で訊く。もちろん何があったか百も承知だ。

カルメロはしぶしぶ銃をしまった。「ああ、別になんでもないさ。こいつとおれと——二人で話をしてたんだよ」

それでおしまいだった。危機は去った。だがニックは、いよいよ去るときが来たのを知った。

二日後、彼はQ．J．のオフィスを訪ねた。

「おれ、やめます」

「なんだって？」

「聞こえたでしょう」

「ああ、たしかに聞こえたよ。だけど、自分の耳が信じらんなくてな」

「シカゴにはもう充分いたから」
Q．J．はニックをにらみつけた。「そうだな。おれの知ってることを何もかも覚えるには充分すぎるほどだ。そういうことか？　自分の店をやるつもりなんだな。もっと前に気づくべきだったよ」彼は立ち上がると、憤然として部屋のなかを歩きまわった。「おまえを雇ってよくしてやった。なのに、おまえは恩をあだで返そうってのか」
「そういうことじゃないんだ。おれ、カリフォルニアに行こうと思ってるんです」
Q．J．は煙草のヤニのしみついた指をこすりあわせた。「なんのために？」
「チャンスをつかむために」

「チャンスだったら、おれがやったろ。それじゃ、足りないのか」

「おれ、芝居をやりたいってずっと思ってたんです。いまやらないと、一生やれなくなる」
Q.J.はうんざりしたように鼻を鳴らした。「芝居だって? アホたれが。おまえのやってるのは酒場稼業だよ。おまえは水商売に向いてるんだ」
「落ち着いたら電話を入れますよ。どんな具合にやってるか、知らせるから」

「そんなこたあ、どうだっていい。おれにとって大事なのは、おまえがここに残ることだけだ。おまえはおれのマネージャーなんだぞ。この店はおまえにまかせてる。ちっとは感謝ってものを感じないのか?」

「ここで働くようになったとき、一生勤めるなんてひと言も言わなかったよ」ニックはなんとかQ.J.にわかってほしかった。

「クソッ!」Q.J.は目をむいた。「もう誰のことも信用できんな」

「かわりが見つかるまでは、ここにいますよ」
Q.J.は頭から湯気を立てた。「かわりなんていらんよ。心配は無用だ。恩知らずのクソガキめ。こっからとっとと出てけ。おれは全然かまわんからな」
Q.J.が本気で言っていないのはわかっている。「あと二週間いるってのはどうです?」
「好きなようにしろ」Q.J.はそっけなく言った。

それからしばらくたって、エルナがニックの腕をつかんだ。「あんた、ハリウッドに行くって噂だけど」とわくわくした口調で言う。

「ああ、一発挑戦してみようと思ってるんだ」

彼女はいたずらっぽく、肘で小突いた。「あたしについてってってほしい？」

「レンが喜ばないと思うよ」

エルナはくすくす笑った。「そうよね」とずり落ちたブラジャーのストラップを直しながら言った。「昔、一度だけ行くチャンスがあったのよ。行ってたら大女優になれたかもね」と、したり顔でウインクする。「もちろん、チャンスってのはデブで年寄りのプロデューサーと寝るってことだから、あたしはここに残ってレンと結婚したのよ。で、いまはこのざまよ」

「幸せなんでしょ？」

「レンとの結婚で、身も心も恍惚状態ってわけにはいかないわ」

「いい男だと思うけどな」

「Q．J．とは比べものにならないわ」

それを聞いて、ニックはかねがね疑っていたことに確信を抱いた。エルナは間違いなく自分の兄にのぼせている。

ドヴィルは、ニックの出立《しゅったつ》が迫っていることを聞きつけて、怒り狂った。ニック本人の口からは聞いていなかったからだ。いつもはニックよりも早く店を出るのにその夜は残って、一人客のテーブルについていた。これまで一度もしなかったことだ。

ニックはこいつは厄介なことになると悟った。バカだった。誰にも告げずに旅立ってしまえばよかったのだ。

閉店時間になると、ドゥヴィルはいっしょにいた客には目もくれず、ニックの腕にぶらさがって店を出た。彼女は酔ったうえに怒っていた。酒と怒り——あまりいい組み合わせではない。

「ねえ、ニッキー」彼女はニックの耳もとでささやいた。ニッキーと呼ばれるのをいやがるのを知っていて、わざと呂律がまわらない声で言う。

「なんだよ」ニックはドゥヴィルのふらつく体をタクシーに押しこんだ。

「あんたって最低の男ね」彼女は自分で自分の言葉にうなずいた。「そうよ、サイテー——それがあんた……」

「いいから聞けよ。おれはちゃんと話すつもりだったんだ」ニックは弁解した。「だけど、まずQ．J．に言わなきゃならなかった。話す義理があるからな」

「話す義理があるからな」ドゥヴィルは彼の声をオウムのように真似た。「じゃあ、あたしにはどんな義理があるの？」

ニックは眉を上げた。「何か義理があるって思ってんのか？」

「人でなし！」彼女は吐き出すように言った。

疲れきった感じのベテラン運転手が、警戒するような目でバックミラーを覗いた。

「人でなしの鬼畜生！」ドゥヴィルは彼を叩こうとして、腕を後ろに引きながら叫んだ。「いっしょに暮らしてんのに。それって、あんたにとってはなんの意味もないの？」

運転手は急にハンドルを切って車を道の端につけると、振り向いた。「もめごとはお断わりだ。降りてくれよ、二人とも」

「なんでもないんだよ」ニックはドヴィルの手首をしっかりつかんだ。「もめごとは起こさないよ。安心して運転してくれ」

「このあいだ乗せたアベックは、車んなかで取っ組み合いになって、おれの車をめちゃめちゃにしやがったんだ」運転手は苦虫を嚙みつぶしたような顔で言った。

「いいから運転してくれ。おれがちゃんとするから」

なおも小声でぶつぶつ言いながら、運転手は車を出した。

ドヴィルが泣きだした。怒るのは我慢できるが、泣かれるのはうんざりだ。

「たった一月か二月、行くだけだよ」彼はなんとかなだめようとした。

「嘘ばっかり」そう叫ぶと彼女はニックにすがりついた。一着しかないジャケットに涙で落ちたマスカラがついた。

「もしかしたら、おまえを呼ぶかもしれないよ」

「それこそ嘘だわ」彼女はしゃくりあげた。

ドヴィルは馬鹿ではなかった。もう終わりだと二人ともわかっていた。

彼のアパートに着くと、ドヴィルはさっそく荷造りを始めた。あんなに泣いていたのにけろっとして、自分のものをスーツケースに放りこむ。「あんただけは違うと思ってたのに」とわめき散らしながら。「でも、とんでもなかったわ。ほかの男と全然変わんない。わがままでジコチューで、世のなかがなんでも自分中心に動くと思ってる。あんたが気にかけてるのは、自分の大切なおちんちんのことだけなのよ」

怒っているときの彼女は魅力的で、なぜか、結局はベッドをともにしていた。ドヴィルは、技巧のかぎりをつくして、いままでで最高だとニックが思ったら、自分も連れていってもらえるかもしれないと考えたのだろう。これまでになくすごかった。午前四時になると、うめき声やよがり声に我慢できなくなった隣人たちが警察に通報した。二人は死ぬほど笑い転げた。

朝が来て二人は別れた。すっかり酔いの醒めたドヴィルは、神経を張りつめさせ、不思議な威厳さえ漂わせていた。

彼女が去ったのち、ニックは寂しくてたまらないような気がした。あくまでも気がしただけだったけれど。

「おまえは恩知らずだ。わかってんのか。忠誠心ゼロだ——」Q．J．の舌鋒はとどまるところを知らなかった。

「もういいじゃないのよ」エルナがニックの肩を持った。

Q．J．は怒りに燃えた目で妹をにらみつけた。

「おまえの意見なんか聞いてないぞ」

「そりゃ、そうだけど、でも——」

「おれはな、こいつを息子みたいに思ってるんだ」とエルナの言葉をさえぎる。「息子のつもりで教育してきたんだよ。おれの言ってる意味がわかるか」

「なんのための教育よ」エルナが鋭く突っこんだ。「一生、水商売をやらせるためなの。あたしたちみたいに？　そんなの誰が望むのよ」

二人はまたさかんに言いあった。まるでニックがその場に存在してないみたいに。レンも会話に加わった。「やつは戻ってくるさ」ともっともらしくうなずく。「カリフォルニアは暑すぎるからね」
Q．J．は確信がなさそうだった。「そう思うか？」
「戻んないわよ」エルナが邪慳に言った。「なんで戻るのよ」

最後の夜にはQ．J．も態度をやわらげ、閉店後に盛大なお別れ会を開いてくれた。ニックは初めて、自分が正しいことをしているのかどうか自信がなくなった。みんな、こんなにやさしく、よくしてくれる。ウエートレスとストリッパーたち、エルナにレン。Q．J．もだ。ある意味、彼らはいままでは家族だった。これまで決して持つことのできなかった家族なのだ。

ドヴィルがステージに立った。じつにすばらしいショーだった。挑発するように腰を突き出し、なまめかしくくねらせる。これには聖職者だってたまらず、興奮を覚えただろう。もしかしたら彼女はニックに白分が捨てていくものの価値を知らせたかったのかもしれない。彼はよくわかっていた。それでも行かずにはいられないのだ。
Q．J．がニックの肩を叩いた。「なあ、ニック。戻ってきたくなったら、いつでも戻ってこい。ずっとおまえの仕事はあけとくからな。おれのとこで働いた人間にこんなことを言うのは初めてだ。名誉に思えよ」

「名誉に思ってますよ」ニックはにやっと笑った。

「ところで、話は変わるが……」Q．J．は言葉を続けた。「ロサンゼルスに着いたら、おれの元の相棒を訪ねてほしいんだ」

「誰なんです、元の相棒って？」

「かつて〝脅しのマニー〟として鳴らした男だ。いまはきっぱり足を洗って堅気になってる。ミスター・マンフレッドと呼ぶんだぞ。間違ってもやつのあだ名を口にするな。ブチキレて、手がつけられなくなるからな」

「何をやってるんです？」

「リムジンサービスの会社を経営してる。立派な商売だ。おれと同じにな」

ニックは爆笑した。「立派だなんて誰が言ったんです？」

「笑わせるな」Q．J．はピンストライプのズボンの消えかかった折り目をのばした。真っ赤なジャケットとグリーンの水玉模様のネクタイが、見事にズボンと合っていない。

「そのお友だちは〝おホモだち〟じゃないでしょうね？」ニックは、今夜のQ．J．の恰好は売春宿の呼びこみみたいだと思った。

「おれが嘘をつくってか？」

「そう」

「とにかく会いに行けよ、ニック。やつが仕事をくれるから。〝便宜をはかってほしくて電話をした。あんたにはその義務がある。Q．J．からの取り立てだ〟――と、おまえはそんだけ言えばいい。やつにはその意味がわかるから」

「先に連絡しといてくれないんですか」

「おれたちは話なんかしない」

「それで、どうして頼みごとなんか――」

「おれを信じろ」Q．J．は紙に走り書きして、ニックに渡した。「やつの電話番号だ。向こうに着いたらすぐ、言ったとおりに電話しろ」

ニックは礼を言って、メモをポケットに突っこんだ。たしかに何もなしにロサンゼルスに降り立つよりはましだろう。

エルナがニックを抱きしめ、彼は強い香水の匂いに包まれた。「あたしたちのこと、忘れないでよ、わかった？」

「忘れようったって忘れられないよ」ニックはにっこりした。

「さあ、どうかしらね」と、なまめかしい笑みを浮かべる。

レンはいつもの冷静さを崩さない。二人は握手を交わした。「おまえは戻ってくるよ」と心得たように言う。

「たぶん――いつかね」

いまやニックはここを去る決断をしたことを本気で悔やみはじめた。ロサンゼルスがどんなところだか、全然見当がつかない。友人は一人もいないし、仕事もない。シンドラだけだ。しかも、不意打ちでびっくりさせてやろうと、行くことを伝えてもいない。

朝になると、Q．J．は行方をくらましていた。「あの人はさよならが嫌いなのよ」レンの車で空港に送る途中で、エルナが言った。「カッコつけちゃってさ。あの人流の送り出しかたなのよ」と、ウインクする。

駐車できなかったので、二人はニックを道路の脇に降ろした。ニックはレンの車のトランクから機内持ち込み用のバッグを出し、歩道に立った。前のフェンダーがへこんだ金色のツートンカラーのシボレーが走り去るのを、彼は手を振って見送った。

彼らの車が見えなくなったとたん、ニックは孤独感に襲われた。だがそれもほんのつかのまのこと。彼はバッグを取り上げ踵を返すと、しっかりした足取りで航空会社のチェックインカウンターへと歩いていった。

36

グレイハウンドのバスは正午にニューヨークに着いた。ローレンは運転手に手を振ると、スーツケースを持ち上げた。混雑したバス発着所の真ん中で、彼女は一人で立っていた。

二歩と進まないうちに、安物のアフターシェーブ・ローションの匂いをぷんぷんさせた、だらしない身なりの男が寄ってきた。荒れた唇の端から煙草がだらんと垂れ、油ぎった長髪が顔にまとわりついている。

「やあ、彼女。泊まるとこ、探してるの？」

ローレンはニューヨークのバスを降りたばかりの、世間知らずの田舎娘などではなかった。虎視眈々とカモを狙っているポン引きなんかの手にはのらない。

「もう決まっているから、結構よ」と相手をひるませる厳しい目つきで答えた。

「ただ訊いただけだよ。あんたみたいなかわいい子には、なんにもしないって」

彼女は足早に立ち去ったが、数メートルも行かないうちに、後ろからにじりよってきた男にいきなり声をかけられた。薄汚れた白のスーツを着た、浅黒い肌の男だ。

「ねえねえ彼女、モデルになりたくない？」と、声をかける。

ローレンは無視して歩きつづけた。

「モデルになって、うんとお金を稼ぎたくない?」男はぴたっと隣に並んだ。

彼女はとりあわなかった。

「なら、おれとアレしないか?」

ローレンは足を止め、男に向きなおると大声で言った。「わたしにかまわないで。さもないと警官を呼ぶわ。わかった? この変態!」

男はこそこそ逃げ出した。

バスの発着所を出てタクシーを拾い、運転手に女性専用のバルビゾンホテルの住所を告げた。

「あそこで何回くらい男に声をかけられたかい?」運転手がアクセルをぐっと踏みこみ、猛スピードで道路脇から飛び出したので、あとほんの数センチのところでほかの車にぶつかりそうになった。

「いやになるくらいたくさん」窓の外の景色にじっと目を凝らしながらローレンは答えた。薄汚い歩道を小走りに急ぐ群衆。騒々しい車の渦。

まるで夢のようだ。わたしはいま、ニューヨークにいる。ついにやってきたのだ。しかもまったくの自由。自分以外の人間には、誰にも何も報告する必要はない。

バルビゾンホテルはフィラデルフィアを発つ前に予約してあった。そのほかにもニューヨークの新聞を買って、めぼしい求人広告に印をつけ、電話で面接の約束をいくつか取りつけておいた。

ホテルの部屋に落ち着いて荷をほどくと、ローレンは五番街まで歩いてみた。そう、『ティファニーで朝食を』そのままだ。同じ広い通り、同じ高級店の数々。気がつくとティファニーの店の外で観光客みたいにじっとショーウインドウを覗きこんでいた。彼女は笑いを嚙み殺した――これであと、猫さえいれば完璧じゃないの。

翌朝、ローレンは早くに目を覚ました。ニューヨークの秋は晴れ渡り、身の引き締まる思いがする。シンプルな紺のドレスとかかとの低い靴、それに母の形見の真珠で入念に装う。その上に濃紺のトレンチコートを着てぎゅっとベルトを締めた。豊かな栗色の髪はアップにしてバレッタで留める。お化粧はほとんどしない。地味にするにこしたことはないと、彼女は思っていた。けれども、理想的な卵型の輪郭をした顔に、べっこう色の魅惑的な瞳、眩しいばかりの笑顔を備えた二十一歳のローレンが生まれついての美人だということは、隠しようのない事実だった。

何はともあれ、ローレンは銀行に口座を開き、これまで貯めた四〇〇〇ドルを預けた。それから三件の面接のうち最初の場所に出かけた。

最初はパーク・アベニューの法律事務所で、ガラスとクロームメタルでできた高層ビルのなかにあった。そこで魅力的な黒人女性から面接を受けた。ローレンは身分証明に関する一連の質問を受け、性格分析テストもやった。その後は実際にタイプに向かって書類を試し打ちした。

面接官の女性はローレンのタイピング速度を測定し、「すごいわ！」と声を上げた。「連絡先はどちらかしら？」とひどく気に入った様子だった。

次の面接先はレキシントン・アベニューにある会計事務所で、建物自体はそんなに立派ではなかったが、近くにブルーミングデールがあった。この高級デパートのことはいやというほど聞いている。会計事務所のジュニア・パートナーが、ローレンを面接した。彼は人当りがよくて、出世や金儲けにあくせくしているふうはなかった。ローレンの紹介状に二度目を通し、来週から勤められるかと訊いた。彼女はあとでご連絡しますと答えた。

三度目の面接は、マディソン・アベニューにある〈サムズ〉という名のモデルクラブだった。求人広告ではブッカー（モデルの仕事スケジュールを組む担当者）を求むとなっていたが、ローレンはそれがどんな仕事なのか見当がつかなかった。でもモデルクラブで働くのは面白いかもしれない。人生、ちょっとくらい楽しんだっていけなくはないはずだ。

応対したのは紫のジャンプスーツを着た若い女性だった。そちらが面接の日を間違えたのだ、今日は誰もいないから明日出直してくるようにと、迷惑そうに告げた。

「明日は来られません」とローレンは言った。「お約束の日はたしかに今日でした。ほかにも内定をもらったところが二カ所あって、今日のうちに決めなきゃいけないんです」

若い女性はローレンを頭がおかしいんじゃないのと言わんばかりの目で見た。「だったら、来なくて結構よ。ほかのどっちかの仕事にすれば。あたしは少しも困らないわ」

「わたしは、ここも選択肢のなかに入れたいんです」ローレンは理屈立てて話す。「なぜ、ほかの方が会ってくださらないんですか?」

「フラッシュ化粧品の大がかりな写真撮影があるんで、みんなそっちへ行ってるのよ。これで納得いった?」

ローレンはうなずくと、階下に下りて公衆電話を見つけ、フラッシュ化粧品を調べた。それから本社に電話をかけた。「恐れ入りますが、そちらの宣伝用の写真撮影が行なわれている場所を教えていただけますか。こちら、サムズのローレンと申します」

「はい、少々お待ちください」電話の相手が答え、二分後にローレンは撮影が行なわれている六十四丁目の写真家のスタジオの住所を訊き出した。

ローレンはスタジオに向かった。わずか十五分ほどでスタジオに着くと、受付の女の子にサムズから届け物があると告げた。ローレンは奥のスタジオに行くように言われた。

狭い廊下を行くと、まばゆい照明に照らされた広いスタジオに出た。

なかは人でいっぱいで、まず目をひいたのは、据えつけたカメラの後ろで動いている小柄な男だった。まわりに何人か立っていて、その様子を見守っている。カメラの前でぐったりしているのは、ローレンがこれまで見たことのないような驚くべきルックスのモデルだった。ずばぬけた長身で、ブロンドのカーリーヘアー。大きなブルーの瞳とふっくらした唇。銀のスパンコールをちりばめた衿ぐりの深いドレスが吸いつくように体の線を浮き立たせている。ローレンは、それがネイチャーだと気づいた。ファッション雑誌で活躍中の売れっ子モデルだ。

「早くやってよ、アントニオ」ネイチャーが金切り声を上げた。魚屋のおかみさんみたいなロンドンの下町訛りで、いまにもナイフを研ぎだしそうなキンキン声だ。「もんのすごく寒くて、凍えそう」

「脚を閉じなさいよ。少しは違うかもしれないわ」片側に立っていた四十がらみの痩せた赤毛の女性が低く言った。

ローレンは戸口でうろうろしていた。

ネイチャーはポーズをとった。

アントニオは撮影を始めた。「いいわね、いいわね、すごくいいわ。あんたは世界一すばらしい女性よ！」

彼が褒めれば褒めるほど、ネイチャーはのってきた。得意のポーズを決めて、カメラに思わせぶりな目線を向ける。つややかに濡れた唇を思い入れたっぷりにわななかせ、吸いこまれそうな大きなブルーの瞳で魅惑する。

アントニオはフィルムを何本か使いきると、休憩にした。

全員が拍手した。ネイチャーは頭を後ろにのけぞらせ、気の狂ったオウムみたいな声で笑った。「足が痛くって、もお死んじゃいそう」ぼやきながら椅子にどさっと座りこんだ。すぐにメイクとヘアの担当が飛んできて、化粧直しを始めた。

「すみません」ローレンはカメラの助手の一人の腕をつついた。「サムズの責任者の方はどこにいるか教えていただけますか」

「あそこだよ」彼は赤毛の女性のほうに親指を突き出した。

ローレンはおずおずと彼女のそばに近づいた。彼女は細身の長い葉巻に火をつけるところだった。

「あの……すみません」ローレンは声をかけた。「わたしはローレン・ロバーツと申します。今日、サムズのどなたかと面接の約束があったのですが、みなさん、こちらに来ているとうかがったので」

サムズの責任者は葉巻を大きく吸いこんで、ローレンを見つめた。「背が低すぎる。太りすぎてる。熱心すぎる……」

ローレンは顔をしかめた。一七〇センチあるからこれまで背が低いと言われたことは一度もない。ましてや太りすぎだなんて……、とんでもない。この人、ほんとうに変わってる。

「なんておっしゃいました？」ローレンは気色ばんで言った。

「あなたは絶対になれないわ。向いてないもの」

「絶対に、なんになれないんですか？」

「モデルよ。モデルになりたいんじゃないの？　猫も杓子もモデル、モデルって。でもね、言っておくけど、滅多にいないわね、スタジオまでわたしのあとをつけてきた人は――」

ローレンは一歩も引かなかった。「あなたのあとをつけてきたりなんかしません。それにこれまで太りすぎなんて一度も言われたことはありません」

「一般人としたらあなたは全然太ってなんかいないわ。でもモデル志望にしてはみっともないほど太りすぎなの」

「面接のお約束をいただいてました」ローレンは言った。「ブッカーの求人で、どなたか会ってくださるはずだったんです。オフィスにうかがったら、面接をしてくださる方は誰もいないと言われました」

「それでここに来たってわけ？」

ローレンは三センチ近くありそうな血のように真っ赤な爪に目を奪われた。亡くなった母親だったら、魔女の手だと言っただろう。

「そうです」

「そういう事情なら、機転をきかせたってことで、満点をあげるわ。タイプはできる？」

「履歴書はお送りしましたけど」

「タイプはできるの？」彼女はいらだたしげに繰り返した。

――怒っちゃだめよ、ロバーツ。冷静に、冷静に……。「ええ、できます」

「電話の応対はできる？」

ローレンは声に皮肉な響きをこめずにはいられなかった。「あまり、やり甲斐のある仕事には聞こえませんけど」

相手はまるで動じない。「あら、心配はいらないわ。充分にやり甲斐のある仕事だもの。試験的に使ってみるから、明日の九時にオフィスに来て」

「もしこの仕事をすることに決めたら、わたしは月曜日から働けます」

赤毛の女性は、聞き間違えたのかと言うような顔でローレンを見返した。「〝もしこの仕事をすることに決めたら〟って、あなたのほうが決めるわけ？　驚いたわね。あなたも〝翔んでる女性〟の一人なの？」

「このほかにも二カ所から来てくれと言われていて、考えているところなんです」

「じゃあ、もしもわたしがこう言ったらどうする？　このオファーが有効なのは、いまこの瞬間だけ。いま断わったらもう来る必要はない、って」

つかのま沈黙が流れた。それを破ったのはネイチャーの金切り声だった。「そのへっぴり腰を上げて、さっさと始めてよ。あたしは準備オーケーなんだからさ」

ローレンはそれぞれの仕事の可能性を計算した。その気になればすぐにでも法律事務所の仕事に就ける。だけどどんな仕事かはもうわかっている。退屈、退屈――ひたすら、このひと言につきる。会計事務所の口もあるけれど、これもお笑いぐさだ。三つ目の可能性は、このやり手の女性と仕事をすること。これは面白そうだ。

「どうする？」といきなり訊いてきた。「うちに来るの？　来ないの？」

「お給料はいくらですか」

「多くはないわ」と、にべもない。

「人並みの収入がないとやっていけません。アパートも借りなくちゃいけないし、食べていかなきゃならないし」

「アパートは誰かと共同で借りればいいわ。空腹は我慢しなさい。辛抱強くなって人間ができてくるから。気持ちが決まったら教えて。きっかり五分、考える時間をあげるわ。それが過ぎたらこの仕事の話はなかったことにするわ」

37

リース・ウェブスターは意のままに彼女を組み伏せ、刺し貫いていた。彼女は彼の体の下で、あの瞬間が来るのを泣いてすがらんばかりに待ちわびていた。リースは自分が彼女を充分に満足させられるのを知っていた。彼女がこれまで味わったことのないような悦びを与えることができる。だからこそ、ずっと彼女をそばに引きつけていられるのだ。

彼は途中で動きを止めた。「お嬢さんのお名前は？」

「シンドラよ」彼女はあえいだ。

彼はその瞬間を引きのばして、焦らした。「姓のほうは？」

「意地悪しないで、リース」

「姓はなんていうんだい？」

「シンドラ・ウェブスター」

彼はにやりとしてシンドラのなかで動きはじめた。「いまのおまえは誰のものだ？」

彼女はうめいた。もうイキそうだ。「あんたのものよ」

「死ぬまでおまえを愛するのは誰だ？」

そこで、彼は彼女に最高の歓びを与えるために、激しく動きはじめた。「そして、おれは誰だ？」

「あんた……」

「あんたは……あたしの……夫よ」

「そのとおりさ、ベイビー。そのとおりだよ」彼は抑えていたものをいっきに放ち、彼女も同時に達した。まったくたいした絶倫男だよ、おれは！　誰もおれほどうまくはやれないさ。

シンドラはぶるっと身を震わせると、彼の体から離れ、膝をかかえて丸くなった。終わったとたんに身を離すなんて、ほかの男だったら気分を悪くするかもしれない。だがリース・ウェブスターは男のなかの男だから気にしない。それどころかじつはほっとする。セックスのあともかじりついて話をしたがる女には、〝さっさと出て行け〟と言いたい気分になるからだ。

最近のいい話はなんとかうまく立ちまわってようやく、さえないブロンドの古女房と離婚できたことだ。その二日後にはさっそく、小さな黒い歌姫と結婚した。それがこのシンドラだ。彼女こそが成功を運命づけられた女性であり、このリース・ウェブスターこそが彼女を幸運に導ける男なのだ。シンドラ・アンジェロは彼にとっての投資の対象で、彼は自分を守るために彼女と結婚したのだった。

リース・ウェブスターは身長一七七センチ。明るい金色の髪、ブロンドの薄い口髭、細い目で、三十八年前にブルックリンで生まれたくせに、チャラチャラしたカウボーイの服を着るのが好きだった。シンドラよりも十六歳年上だが、この年齢差は彼にとっては都合がよかった。彼女は彼ほど物を知らないからだ。どんなふうにでも自分の好きなようにリードしていける。そして、彼はまさにそのとおりにしてきていた。

二人が会ったのはニューヨークのクラブで、彼女のボーイフレンドがそこで臨時の用心棒をやっていた。ひとたびリース・ウェブスターが入りこんでくると、ジョーイにはもう勝ち目はなかった。

リースはフリーの芸能マネージャーだと自己紹介したのち、シンドラに何をしているのかと尋ねた。

「プロの歌手になるつもり」自信たっぷりに彼女は答えた。

「だったらきみは自分をスターにしてくれる男とたったいま、出会ったことになるね」彼は負けず劣らず、自信満々だった。

なんとも陳腐きわまりない台詞だが、常にそれが功を奏した。

初めは彼の関心はもっぱら性的な面だけに向いていた。すぐに寝て、またすぐ次に移る。だが、シンドラは彼のアパートについていくことに興味を示さなかった。お手軽なセックスを求める気はさらさらなかった。彼がレコード制作に携わり、ジョン・トラボルタが世に出たのにもひと役買っていると話しても、それは変わらなかった。もちろんどちらも嘘だったが、リースはどうせ誰にもわかりゃしないとタカをくくっていた。

普段リースはあまり若すぎる子は好まない。だが、シンドラには何か特別なものがあった。

それで執拗に追いつづけ、慎重に彼女をたぐりよせた。〝歌手としての成功〟がリースの殺し文句だった。彼はスタジオを二時間借りて彼女のために金を払い、売り込み用のデモテープを作らせた。シンドラは歌は下手だったが、たしかにすばらしく人を惹きつける声を隠し持っていた。それを引き出すことができればしこたま金を儲けることができるとリースは踏んだのだ。

「おれはハリウッドに戻るよ」ある日、彼はさりげなく切りだした。「ハリウッドってのは、きみみたいな女の子が本物の成功をつかめる場所なんだ」

「だけど……」シンドラは口ごもった。「いつか、ジョーイとあたしは――」

「ジョーイのことは忘れろ。やつは負け犬だ。あいつにくっついていれば、きみもやつみたいになるのがオチだ。だが、おれについてくればきみが歌手としてデビューするのに力を貸してやれると思うよ」

そして結局シンドラはジョーイを捨てて、リースとともに彼のショッキングピンクの一九六九年型キャデラックで大陸を横断することになった。テキサス州ガルベストン近郊のチェーンホテル、ホリディインで二人は結ばれた。

ロサンゼルスに落ち着くと、リースはさっそくシンドラが歌のレッスンを受けられるように手配した。シンドラは彼の期待を裏切らなかった。彼女は生まれながらの歌手だった。

そして二年後のいま、彼がせっせと投資した金と労力が利益を生みだす見通しが出てきた。彼の努力が実って、二つのレコード会社がシンドラに興味を示した。どちらも彼女に会うことを考えており、うまくいけば試聴盤も作ってくれるかもしれなかった。

そうこうしながら彼はシンドラと結婚した。リースは生涯、食いっぱぐれることのない金づるが目の前に現われたことを知っていたのだ。

膝を抱いて丸まったまま、シンドラは何もかも前と同じ気がするのはなぜだろうと、考えた。わからなかった。とにもかくにも、あたしは結婚した。結婚したのよ！　それなのに、少しも変わった感じがしないのだ。

まだ結婚してたった一日しかたっていないからだわ、と自分を納得させた。もしかしたら明日は違う気分になるかも。

彼女はアリーサ＝メイのことを考えた。このことをなんて言えばいいんだろう。ボズウェルを去って初めて、彼女は家に戻ってもいいなと思った。もちろん、訪ねるだけ。それもちょっとだけ。リースの古い大型のキャデラックに乗っていったら、ハーランは大喜びですっとんで迎えてくれるだろう。きっと大きくなっているだろうな。もう十六歳だもの。アリーサ＝メイはフライドチキンやら、油のジュージューいってるフライやら、お得意の腕を振ってくれるだろう。考えただけでよだれが出そう！

ただ一つ問題なのは、自分の貧しい生い立ちをリースに話してないことだ。彼はシンドラが中流のきちんとした家の出だと思っている。母親は専業主婦で、父親は自動車のセールスマンだと思いこんでいるのだ。シンドラには真実を彼に話す勇気はなかった。ほんとうのところ、自分の生まれを恥じていたからだ。

リース・ウェブスターは絶妙のタイミングで彼女の人生に登場した。ジョーイとひっきりなしに喧嘩をするようになったころだ。ニューヨークは厳しい町だった。シンドラは七回も勤めを変え、疲れきっていた。あと一枚でも枝豆とハッシュドビーフの皿を運ばさせられたら気が狂ってしまうのが自分でわかっていた。

リース・ウェブスターが最初にシンドラのもとに来たとき、彼女は女の尻ばかり追いかけているペテン師の一人としか思わなかった。「あたしが歌うのを聴いてもいないのに」彼がきみをスターにしてやると言うと、シンドラはせせら笑った。

「聴くまでもないさ。きみほどの器量があればただ口を開くだけで、男どもはみんな歓声を上げて踊りだすよ。わかったかい?」

そう、充分わかっている。男のことや、男がどんな反応を示すかなんて、リースに教えられるまでもなかった。

彼女が出て行くと言うと、ジョーイは激怒した。二人はずっと言い争った。「あの男のこと、何を知ってるって言うんだ?」

「充分知ってるわ」

「うまくいくと思ったら大間違いだ」

そうかもしれないし、そうじゃないかもしれない。でも、このチャンスに賭けてみるしかなかった。もう立ち去るときなのだ。それで彼女は荷物を詰め、ジョーイの反対を押しきって飛び出した。

ロサンゼルスに着いてリースがシンドラに用意してくれた住まいは、彼女には豪華そのものだった。ファウンテン・アベニューにあるしゃれたアパートメントで、ゴギブリやネズミなんか一匹もいないし、窓の外にはなんとヤシの木が……。まるで天国みたい、とシンドラは思った。

リースはシンドラと、ターザナに住む妻のあいだを行ったり来たりしていた。二年間、離婚する、離婚すると言いつづけ、ついに離婚にこぎつけると、シンドラをキャデラックに乗せ、ラスベガスまで車を飛ばして、そこで結婚した。

「少し待ってくれ」リースは言った。「おまえが有名になって、金持ちになったら、式をやりなおそう。そんときは、世間が向こうからやってくるさ。な、いまに見てろ」

飛行機から降り立ったニックを最初に襲ったのは、ロサンゼルスの陽光だった。目もくらむばかりの眩しい日の光。次に印象深かったのは、この町の住人のいかにものんびりした気さくな人懐っこさで、これはシカゴの街角では見られなかったものだ。

ニックは激しい日差しの照りつけるなかを歩道に立ってタクシーを拾い、運転手にシンドラの住所を告げた。

タクシーに乗るが早いか、彼は外の景色に見とれた。広い通り。埃をかぶった高いヤシの並木。ガソリンスタンドとファーストフードのチェーン店、中古車ショップが至るところにある。歩行者の姿はまばらだが、車は多い。

ニックは興奮せずにはいられなかった。なんたって、これは本物のロサンゼルスだ。おれはついにロサンゼルスに来たんだぞ。映画の都、ハリウッド。運がよければ、ダスティン・ホフマンやアル・パチーノが通りを歩いているところに出くわすかもしれないな。

タクシーはシンドラのアパートメントの前で停まった。三階建てでピンク色に塗装された建物だ。ニックは車から飛び出して、正面玄関の横に並んだブザーの列をチェックした。そのなかに、確かにシンドラの名前が記されているのを見つけて、ブザーを押して待った。

五分たっても、まだ返事がない。ニックは先に電話をしておけばよかったと思った。

白のテニスウエアにランニングシューズの若々しい中年婦人が、買物袋を二つ両腕にかかえて歩いてきた。

「こんにちは」ニックは声をかけた。

「こんにちは」婦人は荷物を腕に持ったまま、鍵を出そうとした。

ニックは荷物を持ってやろうと、そばに寄った。「荷物、持つの手伝いましょうか?」

婦人はきれいに揃った白い歯をのぞかせた。「ええ、お願いするわ」

シカゴだったら、あっちに行ってと言われるところだ。ロサンゼルスの人のほうが、他人を信用しやすいってことは明らかだ。

ニックは買物袋を二つとも片方の腕にかかえ、もう一方の手で自分のバッグを持つと、門扉を開けた婦人のあとに続いた。

真っ先にプールが目に入った。すごいや! シンドラもきっとここで泳いでるんだろうな。

プールのまわりに数戸のアパートメントがあった。

「シンドラ・アンジェロはどこの部屋か、知りませんか?」

「あなたは、お友だち?」

「弟です」

「三号室よ、向かい側の」

ニックは荷物を渡しながら言った。「すみません、助かりました」

婦人はまたほほ笑んだ。「どういたしまして。楽しんでらっしゃいな」

「そのつもりです。ありがとうございました」

彼はシンドラの部屋に行って、念のためにノックしてみた。やはり返事がない。バッグを玄関のドアの前に置き、さて、どうしたものかと考えた。なにしろロサンゼルスに着いた初日だ。プールサイドに誰も出ていないのでひと泳ぎすることにした。パンツ一枚になって飛びこむと、魚のように水しぶきを上げて泳ぎまわった。すごいよ、なんて贅沢なんだろう。

彼は午後いっぱいラウンジチェアで日光浴をしながらシンドラを待った。六時になると、彼女の帰宅が遅くなる公算が大きくなってきた。ほかの住人は仕事から帰ってきて、それぞれの部屋に入っていく。そのなかの二人が怪訝そうな目をニックに向けた。

誰かが怪しみだす前に行動を起こしたほうがいい。クレジットカードを器用に使ってシンドラの部屋の錠を開けた。あたりに誰もいないのを見さだめ、なかに入りこむ。頭のなかのメモに、シンドラにもっとちゃんとした錠をとりつけるよう言うこと、と書きつける。

なかに入った彼は、室内を見まわした。愛しの姉さんは、なかなかいい暮らしをしていた。冷蔵庫を開けて、スパゲティーの皿を取り出し、おいしそうだったので、それを食べた。それから牛乳をパックから飲み、狭いアパートメントのなかを見てまわった。詮索するつもりはなかったが、バスルームのキャビネットのなかを覗いたり、クローゼットを開けたりせずにはいられなかった。たしかに男が住んでいる。カウボーイブーツとテンガロンハットがお気に入りの、どこかのマヌケ野郎が……。

リビングルームに行くと、ソニーのステレオの上にシンドラと年上の男性が写った写真立てがあった。ニックは手にとって、しげしげと眺めた。

すると、これが悪名高いリース・ウェブスターか。シンドラの父親と言ってもおかしくないくらいの年に見える。金髪に垂れた口髭。薄い唇にずるそうな目つきの痩せこけた男だ。シンドラはセクシーなタンクトップとショーツで、じつに色っぽい。シンドラちゃんもすっかり大人になったものだ。

ニックは煙草に火をつけると、テレビの前に座りこんだ。数分後には、眠りこんでいた。目が覚めたときにはもう真夜中で、カウチの肘掛けに煙草の焼けこげができていた。あいかわらずシンドラの気配はない。彼は寝室から毛布を持ってくると、カウチに丸くなってふたたび眠りに落ちた。

シンドラは家に戻りたくなかった。すっかりラスベガスの虜になっていた。

「ここって最高だわ」彼女はあきれ顔のリースに言った。

「ここは、ゴミためみたいなところだよ、ベイビー」ラスベガスを本気で好きになれる人間がいることにびっくりしている。

「じゃあ、どうしてあたしをここに連れてきたの？」

「このゴミためは、おれたちにしこたま金を儲けさせてくれるからさ」

「どうやって？」

「おまえはここのスターになるんだよ、ベイビー。おれにはわかってる」

シンドラは彼の言うことを信じたかった。彼の意気込みが伝わってくる。「あたし、スターになれるかしら？」

「ああ、なれるともさ。明日、二つの大ホテルのタレントスカウトに会う約束をとりつけてある。おまえの魅力をしっかりそいつらに印象づけてやるんだ」

「どうしたら、そんなことできるの？」

「うんとセクシーに装って、そいつらの前で歌ってやればいいのさ」

「どうして？　ロサンゼルスに帰れば、レコード会社が試聴盤を作ってくれるんでしょ」

「仕事を成功させようと思ったらな、絶対に一カ所にすべてを投じちゃだめなんだ」リースは自信たっぷりに言った。「明日、やつらに会ったら、黙って話を聞いてるだけでいい。何もしゃべるな」

その夜、リースはシンドラに高級ホテルを見せてまわった。サンズ、デザート・イン、トロピカーナ――彼女はぞくぞくした。こんな贅沢なホテルなんてこれまで目にしたこともなかった。七色に彩られた噴水。特大の彫刻。目を奪う巨大なカジノは、汗水垂らして働いた金をすってしまう中西部の人間で溢れていた。

「これはまあ、言ってみれば実践教育のツアーみたいなもんだ」リースはカウボーイブーツとテンガロンハットといういでたちで、テキサスの億万長者のような顔をしてホテルからホテルへと肩で風を切って歩きまわった。カジノ〈ゴールデン・ナゲット〉のラウンジで彼は若い女性歌手を指さして言った。「あの子を見たか？　歌はからきしダメだが、見かけはかわいいだろ」

「なんでそんなこと、あたしに言うの？」

「それはな、ウェブスターの奥さん、おまえは器量がいいだけじゃなくて、歌えるからなんだ。おれたちは持ってるもんは全部使って、おまえを誰よりもビッグなスターにするんだ」

リースに言われると、シンドラはどんなことでもできる気がしてきた。「ねえ、もう二日、ここに泊まれない？　いいでしょ、お願い。なんたって、あたしたちのハネムーンなんだから」

「もし、いいって言ったら何をくれるんだ？」

シンドラはにっこりした。「決まってるじゃない。あんたの好きなものはなんでも。リース、なんでもあげるわ」

朝、ニックは暑くて気持ちが悪くて、目が覚めた。シンドラの姿はない。きっと、どこかに出かけたのだ。ここに来ることを知らせるべきだった。後悔、先に立たず……。

ニックはバナナ一本とインスタントコーヒーで朝食をすませ、ぶらっとプールサイドに行った。

ワンピースの水着を着たいかにもスポーツ選手っぽい娘が、プールを往復していた。吸いこまれそうな青い水のなかを、小麦色の腕と脚がひらひらと泳いでいく。

ニックは声をかけた。「あのう、もしかして、シンドラ・アンジェロがどこにいるか、知らないかい？」

彼女はニックにはまるで気づかずに、水のなかを泳ぎつづけた。ほとんど息継ぎに上がってこない。彼はプールサイドにしゃがみこんで、彼女が水面に浮かび上がるのを待った。

何分かたって、彼女はプールの浅いほうの端に泳ぎつき、プールから上がると、濡れた犬みたいに体をぶるっと震わせた。いわゆる美人というのではないが、興味を惹く顔立ちだった。先のつんとした鼻に、生き生きと輝くブルーの瞳。ちょっと小生意気な顔つきだ。一六〇センチの小柄な体。赤毛の髪をベリーショートにしている。

「すみません」とニックは呼びかけた。「シンドラ・アンジェロを探してるんだけど」

「あなたは？」

「弟だよ」

「弟さん、あなたが？」彼女はタオルで体を拭きながら、疑わしそうに言った。「弟がいるなんて、シンドラは言ってなかったわよ」

「シカゴから飛行機で来たんだ。びっくりさせてやろうと思って。それが裏目に出ちゃって」

「で、どうしたの？　彼女の部屋に忍びこんだのね」したり顔に言って、日に焼けた太腿をタオルで拭いた。

「平たく言えばそうなんだけど、でも、姉さんだってぼくに部屋に入ってくつろいでもらいたいと思ってるさ」

「管理人にそう言いなさいよ」

「いま、いるかな？」

「わたしがあなただったら、何も言わないでおくわ。見つかったら叩き出されるに決まってるわよ」

「じゃあ、シンドラのことはわからないんだね」

「そうだ、そう言えば、シンドラがここを出て行くのを見かけたわ。スーツケースを持ってたわ。ええと……木曜日じゃなかったかな。たぶん、週末にちょっと長く出かけたんじゃないかしら」

「今日は火曜日だ。だったら待っていよう」

水着の娘は疑わしそうな目を向けた。「こんなことして彼女のボーイフレンドに気に入られる自信あるの？」

「姉さんのボーイフレンドって?」

彼女は笑いだした。「彼はちゃんとした人よ。あなたがカウボーイかぶれを嫌いじゃなければね」体を拭き終わると、プールの向こう側の自分のアパートメントへと歩きだした。

「それじゃ」と肩ごしに声をかけた。

彼女はじつにいい体をしている。

「うん、またね。あの……きみ、なんて名前?」

彼女は自分のドアのところで振り向いた。「アニー・ブロデリックよ。そうだ、言っとくけど、もし彼女をレイプなんかしたら、あたし、あなたのこと、警察でだって証言できるし、ほんとうにそうするわよ」

ニックは当惑した目を向けた。「おれ、そんなことしそうな人間に見える?」

「ううん、役者みたいに見えるわ。それも最悪のね」彼女はぴしゃっとドアを閉めて部屋に入ってしまった。

それにしても彼女はいいことを言ってくれたものだ。役者だって? すごい褒め言葉じゃないか。あまりにも長いこと、芝居をやっていないから、演技の仕方をもう忘れてしまったんじゃないだろうか。

お昼になると、ニックは退屈してきた。漫然と待ちつづけるのは性に合わない。ほんの好奇心から、彼はQ.J.がくれた電話番号にかけてみた。

「マンフレッド・グラマー・リムジンズです」と女性の声が答えた。

グラマーなリムジン？　グラマーな美人じゃなくて？　冗談キツイよ。「ミスター・マンフレッドをお願いします」おれの気が変わらないうちに急げ。

「どちらさまですか」

「あの……こちらは……Q．J．の友人からだと伝えてください」

相手の声が甲高くなった。「Q．J．？」

「そう、そう伝えてもらえればわかるはずです」

お待ちくださいと言ったきり、うんともすんとも返事がない。あんまり長く待たされたので、切ってしまおうかと思ったとき、咬みつくような男のドラ声が聞こえた。「誰だ？」

「おれのことはご存じないはずです」と説明が早口になる。「でも、あなたの元の相棒に言われたんです。ロサンゼルスに着いたら、電話を入れるようにって。あなたがおれに仕事をくれるだろうとQ．J．が言ってました」

「いったいぜんたい、おまえは何者だ？」

「ニック・アンジェロです。シカゴのQ．J．のバーで働いてました」

「で、おれんとこで、何をやるつもりなんだ？」

「やれと言われればなんでも、法律にふれないかぎりは」

「ったく信じらんないぜ」マニーはぶつくさ言った。「いきなり電話をかけてきたかと思えば、もう口もきいてないフヌケ野郎の名前を言いやがる。それでおれが仕事をくれてやると本気で思ってんのか？」

「あの、聞いてください。もしだめなら、もういいです。Q.J.に電話しろとしつこく言われたもんで——Q.J.からの取り立てだと言って便宜をはかってもらえ、あなたにはその義務があるからって。だけど、もしそれがあなたにとって、なんの意味もないんだったら……」

電話の向こうで、うんざりしたような溜息が聞こえた。「おれに会いに来い」

「いつです?」

「一時間以内に、ここに来い」

「ここって?」

「サンセット大通りの、ラ・ブレアを過ぎたところだ。すぐにわかる」マニーはまたあとでとも言わずに、がちゃんと電話を切った。

ニックは行ってみることにした。どうせ失うものは何もないのだ。

38

「あんた、デートはしないの？」ネイチャーは、大きな拡大ミラーを超大型のバッグから取り出して、顔を覗きこみながら尋ねた。

「しなくてすむときはしないわ」

「しなくてすむときは、だってさ！　とんでもないこった。変な子だわね。あたしなんか、自分を待ってる男がいなかったら、一日が終わんないけどね」ネイチャーは、ロンドンの下町言葉《コックニー》でまくしたてた。

「あなたはあなたで、わたしはわたしよ」と、ローレンはもっともな言葉を口にした。

「ったく、そのとおりだけどさ」ネイチャーはうなずくと、シミ一つない滑らかなピンク色の肌に何かトラブルが生じてないかくまなくチェックした。

　ローレンがサムズで働くようになって三カ月がたった。たしかにこれまでとは違う。絶対に退屈することがない。それどころか、あんまり忙しすぎて、仕事以外のことを考える暇がない。ブッカーの仕事がどんなものかはすぐにわかった。美女のパレードさながらに出入りするモデルの一団のために、ありとあらゆることをしてやるのだ。彼女たちはすばらしい美人ぞろいだったけれど、どうやら、誰もがめちゃめちゃな私生活を送っているらしかった。

　ネイチャーはサムズ一の人気モデルだが、そのハチャメチャぶりもいちばんひどかった。彼女はよくローレンのところに立ち寄っては、デスクに座りこみ、おしゃべりをしていった。おべっか使いの連中はうんざり、とネイチャーは打ち明けた。

「あんたはうわべだけじゃないみたいだから、あたし、あんたには話せるのよ。あんたはごく普通のまともな人間だからさ」

　それはよかったわ、とローレンは言いたかった。だけど、わたしは仕事をしなきゃいけないのよ。

　サムズの電話は鳴りやむことがなかった。このモデルクラブは、ネイチャーのほかに、ニューヨークのトップモデルを三人かかえていた。セリーナ、ジプシー、ベット・スミスで、ネイチャーを入れてこの四人をサムズではビッグフォーと呼んでいる。セリーナはすらりとした肢体のしなやかなブロンド美人で、猫のような瞳が魅惑的。ジプシーはヨーロッパとアジアの混血で、エキゾチックな美女。そしてベット・スミスは純アメリカ産で、キュートな鼻と、適度に散ったそばかすが愛らしかった。

　あとでわかったことだが、最初にローレンが押しかけた撮影現場で会った女性が、サムその人だった。サム・メーソン——元トップモデルで、いまは大当たりのモデルクラブの経営者だ。

　五〇年代後半、サムはアメリカでも指折りの一流モデルの一人だった。モデルを引退した彼女は自分でモデルクラブを開き、アイリーン・フォードやカサブランカ・エージェンシーの手強いライバルとなるまでに育てあげたのだ。サムは強靭な精神の持ち主で、それが彼女には有利に働いた。モデルの仕事には厳しく管理の目を届かせ、彼女たちを守ることに心を砕き、従業員全員に同じことを要求した。「この業界では、モデルがいとも簡単に人間扱いされなくなるのを、いやってほど見てきたから」というのが、部下に対する彼女の口癖だった。「うちの子たちをそんな目にはあわさせないわ。わたしのところで仕事をしているかぎりはね」

ローレンはピアと呼ばれているアメリカ生まれの中国人女性と友だちになった。彼女はサムの個人秘書として、サムズに何年も勤めていた。ピアに助けてもらわなかったら、ローレンは勤めはじめてすぐに仕事を断念《ギブアップ》していたかもしれない。たしかに法律事務所で働くのとはまるで違う。モデル業界はまさに混沌とした世界だった。仕事の依頼者は昼夜おかまいなしに、あの子を寄越せ、この子を寄越せ、とがなりたて、モデルはモデルで、やれアラスカは行きたくないだの、バハマ諸島の撮影だったらいいのにだのと、黄色い声を上げる。モデルのボーイフレンドからはジャンジャン電話が入り、男たちは彼女たちの居場所をつきとめようとし、クライアントはぶうぶう文句を言う。実際、電話はさまざまな用件でのべつまくなしにかかってくる。ローレンの仕事は、全員のモデルが時間どおりに指定の場所にきちんと着くようとりはからうことだった。同時にみんなをハッピーな気分にすることも期待されていた。彼女はすぐに仕事に熟達した。

二、三週間したころ、ピアが言った。「あなたはうまくやってるわ。サムはすごく喜んでる。楽しんでやってる?」
ニューヨークで過ごした最初の二カ月を表現するには、楽しいという言葉はかならずしも適切ではなかった。楽しむどころか、ものごとを考えている時間はほとんどなかった。常に用事があった。勤めだしてまもなく、サムから週末も働いてもらえないかしら、と訊かれてローレンは愚かにも、かまいませんと答えてしまったのだ。けれどもあいかわらずほかにすることはなかったし、そのぶん収入もふえた。

彼女はホテルから、グリニッヂ・ビレッジにあるワンルームのアパートメントに移ったが、理想的な環境とは言いがたかった。上階の女性は怒りっぽくて、しょっちゅう腹立ちまぎれにピアノをガンガン弾いていたし、パフォーマンス・アーティストと称する下の階の若者は、じつは男娼で客を部屋に引きずりこんでいた。

ニューヨークにいていいことは、孤独を感じる暇がないことで、ローレンはいつでも何かしら忙しくしていた。

「昨日の夜に会った背高のっぽはヨーロッパの超大金持ちって感じだったわ」ネイチャーはローレンのデスクに寄りかかった。「ディスコをうろついてたのよ。すっごい押しが強くてさ、さすがのあたしもはねつけられなかったんだけどね。それがひどい話でさ」と鼻で笑う。「まったくイタ公ってのはさ、こっちが名前を訊く前にもう全身をさわりまくるんだもんね。だけど、あたしはいい撃退法を知ってるよ。タマタマを蹴り上げて逃げ出すのよ。ママが教えてくれたんだ」

「その人と出かけたの？」ローレンは、ネイチャーが睾丸を蹴ったら、普通の男ならひとたまりもないだろうと思った。彼女は一八〇センチ以上あって、並はずれて体格がいい。最大のライバルのセリーナのように華奢《きゃしゃ》ではなかった。

「外に出たんじゃなくて、なかに入れられたと言うべきだわね」とネイチャーはからから笑った。「彼はあたしを自分のホテルに引きずって帰ってさ、そこでパーティーをやったの」

「どんなパーティー？」

「どんなパーティーだと思う？　マリファナをやって、ロックンロールをガンガンかけてさ。もっとも彼は、フリオ・イグレシアスをかけたがったけどね。すぐにやめさせてやったわ」

ローレンはタイプを打ち終わった用紙をネイチャーに渡した。「これが、アカプルコの撮影についての指示よ。出発は木曜日。あなたのマンションに迎えに行くよう車と運転手を手配しておいたわ。帰国は翌週の火曜日。水曜日にスタジオ入りする予定の『コスモポリタン』の表紙撮影にまにあうでしょ」

ネイチャーはほとんど見もしないで、用紙をつかんだ。「アカプルコねえ」フンと鼻を鳴らす。「やんなっちゃうくらい暑いんだよね」

「前に行ったことあるの？」

「十回くらいね」

ローレンは溜息をついた。エキゾチックな国々への旅を当然のこととして、喜びもしないモデルがうらやましくなることがある。「きっと、すばらしいでしょうね」と、思わず本音が出た。

ネイチャーは顔をしかめた。「ギンギンの日差しとそこらじゅう走りまわってる浅黒い連中が好みならね。あたし的には、もし自分で選べるならさ、ロンドンに帰ってママとおいしい紅茶を飲みたいわ」

「どのくらいおうちに帰ってないの？」

「もう一年になるかな。クリスマスには二、三週間休暇をくれるってサムは約束してくれたけど」

「彼女の許可が必要なの？」

ネイチャーは得意げに言った。「万事うまくいってるときは文句なんかつけないわ。サムのおかげでいまのあたしがあるんだもの。彼女の言うことにはちゃんと耳を貸すわ。彼女はなかなかしたたかな利口者よ。そうだ、そう言えばサムに会わなきゃいけないんだった。いまいるかな？」

「サムのオフィスのブザーを鳴らしてみるわ」

「ありがと、頼むね。あんたってほんとうにやさしいね」

サムがいることがわかったのでネイチャーは、鳴りっぱなしの電話に追われるローレンを残してさっさと行ってしまった。ほかにも二人ブッカーがいたが、どちらもローレンほど気配りができない。サムズにとってなくてはならない存在になるつもりはなかったが、ほんとうのところは誰もが自分をあてにしているのはわかっていた。責任は大きかったが、少なくとも必要とされているという思いはあった。

その日もあっというまに終わった。何もかもいつものようにフル回転でこなすと、退社時にはローレンはへとへとになっていた。

彼女はドアのところでピアに呼び止められた。「来週、サムの誕生日なの。みんなが内緒でパーティーを開いてびっくりさせてやろうって言うんだけど、彼女はいやがると思うのよ。どうしたらいい？」

「サムがいやがるなら、みんなにだめだって言ったら」

ピアはフェイクのシャネルバッグの脇を、長い真っ赤な爪でせわしく叩いた。「あの甘やかされるだけ甘やかされたわがまま娘たちに、いままでだめだって言ってみたこと、ある？」

「大丈夫、言えるわよ」

「これって、サムには大事なことなのよね」ピアは悩んでいる。「やっぱり、パーティーはやるべきだと思うわ。食べ物とか音楽、それにお花なんかの手配を頼める？　あと、あなたが必要だと思うものはなんでもね。セリーナが、ボーイフレンドの部屋を使っていいって言ってくれてるし」

「どのボーイフレンド？」

「あら、聞いてないの？　彼女はまた恋をしてるのよ」

モデルたちはしょっちゅうボーイフレンドを変えている。下着をはきかえるたびにボーイフレンドも変えるというのは、この業界では周知の事実となっている。男たちはいわばご祝儀みたいなものなのだ。

「今度は誰に恋しているの?」ローレンは訊いた。

「それがね、あのイギリスのロックスター、エマーソン・バーンなのよ」ピアはくすくす笑った。「ネイチャーに知れたら、殺されるわね。彼女、イギリス産のものはなんでも自動的に、自分のものだって思ってるから」

ローレンは冷静であろうとした。ある意味、あまりにも刺激的でわくわくする出来事ばかりだ。ついこのあいだまではフィラデルフィアで、しつこくつきまとう上司とのいやな仕事を頑張っていた。それがいまやニューヨークでモデルやロックスターに囲まれている。エマーソン・バーンは有名な人気歌手だ。その彼に会えるのだ。エマーソン・バーン！　ジョン・レノンと並べて彼のポスターを壁に貼っていたのはついこのあいだのことのような気がする。

——落ち着きなさいよ、ロバーツ。彼だって、ただの人間なのよ。それも、世間の評判はあんまりかんばしくない人みたいじゃないの。

「ねえ、まかせちゃっていいかしら。やってもらえる?」ピアはもう腰を浮かせている。「できればわたしがやりたいんだけど、あなたはなんでも上手にできるし、てきぱきこなせるから」

そんなになんでもかんでもてきぱきこなせないわ――ローレンはそう叫びだしたかった。わたしは二十二歳よ。わたしだって人生を楽しみたいわ。

「いいわ」ローレンは言った。「わたしのデスクの上に、それぞれの電話番号を置いといて。明日から始めるから」

「わあ、たいへん！」ピアは腕時計を覗きこんだ。「もう七時過ぎだわ。彼に殺されちゃう。『マンハッタン』を見ることにしてるの。わたし、ウディ・アレンに狂ってるのよ。消灯と鍵の確認、お願いね」

まったくありがたいかぎりだわ。なんだったらあなたのお給料もわたしが受け取ってあげてもいいわよ。

ローレンは家まで地下鉄に乗った。中年過ぎの露出狂がいたが、無視する。男はこういう場合のお約束であるヨレヨレのレインコート姿だった。

ローレンの向かい側に座っていた女の子が二人、最初は低い声で笑っていたが、男が彼女たちに注意を向けると、ギャハハと大声で笑いころげた。「ちゃんと勃《た》たして使い物になるようにしてからにしなよ！」と一人が淫らなしぐさをしながら叫んだ。

露出狂はこそこそと彼女たちの前を去り、もっとおとなしい犠牲者を求めて車両を移っていった。

ローレンはアパートメント近くの角のマーケットに寄って、豆の罐詰を一罐と焼きたてのパンを一斤買った。今夜もまたたいへんなごちそうだわと、苦笑する。

ニューヨークで暮らすようになってからまだ一度も遊びに出ていない。いつも職場と家との往復で、そこから外れることはなかった。これまで二人の男性からデートに誘われた。一人はサムに会いにオフィスに来た写真家で、もう一人はサムの会計士のアシスタントだった。彼女はどちらの誘いも断わった。誰が男の人のことなんかであくせくしたいと思うだろう。まっぴらごめんだわ。

ニック・アンジェロ……。

ときおりわけもなく、彼の名前がふっと浮かぶことがある。そして気がつくと、いつのまにか彼のことを考えている――彼はいま、どこにいて何をしているのかしら。そして何よりも、ニック、あなたはいまは幸せでいるの……？

そんなこと、どうでもいいじゃない。ニック・アンジェロはもう過去の人。もう二度と会えなくたってわたしは全然平気。

39

マニー・マンフレッドは疑いもなく、ニックがこれまで会ったなかでもっとも太った男だった。デブだなんてなまやさしいものではない。巨体。小さな光る目。何重にもたるんだ顎。黄色く染めた髪は根もとの三センチ近くが地の色の黒になっている。特注のノーガハイドの椅子に座って散らかった机に向かい、ストローでセブンアップを吸っては、カシューナッツをわしづかみにして、貪欲なおちょぼ口に放りこんでいる。ニックの想像とはえらい違いだった。Q．J．とマニーが並んだところは、なかなかの見ものになるだろう。

「あの、ニックです……」

「それがどうした？」

「あなたに来るように言われたんですよ」

「ああ、そうだったな。Q．J．に言われて来たんだな」

「そのとおりです」

「なんの用だ？」

「仕事がほしいんです。パートタイムで。オーディションがあったときに受けられるよう、身軽でいたいから」

「オーディションって、なんのだ？」

「おれは役者なんですよ」

「誰がそんなこと言ってるんだ？」

「おれがです」

マニーはその巨大な体を動かして、大きく息をついた。「車の運転はできるか？」

「ええ」

「運転はうまいか？」

「ええ」

「違反歴はないか？」

「もちろんですよ」

「ルイージのところに行け。おれが空港番につけたと言うんだ」

「仕事はそれですか？」

「ほかに何がほしいんだよ――抱っこしてキスして、か？　さっさと行け」

ニックはさっさと行って、ルイージに会った。ピストルの弾丸みたいな形の頭に苦虫を噛みつぶしたような顔で、前歯が一本欠けたルイージは、リムジンを運転する際の注意事項を手短に説明し、夜の八時にはここに戻るよう言った。じつに簡単だった。

シンドラのアパートメントに戻るのはそれほど簡単ではなかった。ちょうどクレジットカードを使ってドアを開けようとしたところを、管理人につかまったのだ。管理人は金歯が二本、長い縮れ毛を細かい束にして肩に垂らし、〝おれからは誰も逃げられやしねえ〟とやる気満々の顔をしている。彼はそのがっしりした手でニックの肩をぐいとつかんだ。「何やってんだよ」

ニックは説明しようとした。

管理人はまったく耳を貸そうとせず、ニックを外に放り出した。

ニックは警察を呼ばれなかっただけでも幸運だと思った。

彼はアパートメントの外をぶらぶらして、アニー・ブロデリックが現われるのを待った。

彼女は服を着ていると別人に見える。練習用のトレーニングウエアが体の曲線をすっぽり隠し、短い赤毛も野球帽で見えない。

「おれのこと、覚えてる?」ニックは言った。

「いいえ」

「もちろん、覚えてるだろ」彼はその悩殺的な緑の瞳で射すくめるように見つめた。

「なんの用?」彼女は特に動じる様子もない。

「きみの助けがいるんだ」

彼女は茶色のパッカードの中古車のもとに歩いていき、ドアを開けた。「なぜ?」

彼はアンジェロ・マジックの魔法の粉を振りまき、いつもどおりの反応を待った。「だってきみはおれを知ってるからだよ。おれたちは友だちだからさ」

彼女は驚いた顔をした。「わたしたちが？」

「もちろんさ」彼はなんとか言いくるめようとした。

アニーはこれ以上、時間を無駄にしたくないと言わんばかりに声を荒らげた。「ちょっと聞いて。シンドラの弟さんだかなんだか知らないけれど、もう、わたしにつきまとうのはやめて。わたしってつけこみやすく見えるのかもしれないけれど、そんなこと絶対にないんだから」

「きみの金を狙ってるわけじゃないよ」ニックは侮辱された気分になった。

「それならよかったわ。だって、わたしは一文なしだもの」

「おれはただシンドラにメモを残したいだけなんだよ。おれの連絡先を知らせるのに」

「なんでそうしないの。誰も止めないわよ」

「それが管理人に邪魔されたんだよ。彼女の部屋からバッグを取り出すこともできやしない。ちゃんと説明しないと」

「だったら、わたしに説明して。わたしが伝えるから」彼女は聞く姿勢になった。ニックは何も言わない。

「どうしたの？」アニーはいらいらしてきた。「あなたがどこにいるって言えばいいの？」

「おれ、泊まるところがないんだ」

さあ、どうだ。これで彼女もおれをかわいそうに思って、うちのカウチを使ってもいいわと言ってくれるだろう。

「泊まるところがない？」アニーはどうでもよさそうに繰り返した。「それは気の毒ね」

さしものアンジェロ・マジックも歯が立たなかった。この女、心臓が氷でできてるのかも。

「ああ、だけど、仕事は決まったんだ」もしかしたら、これで彼女の気が変わるかもしれないと思って、急いでつけ加えた。

「それはよかったわね」彼女は意味ありげに時計に目を落とした。「クラスに遅れちゃうわ」

もしかして彼女、レズの男役か――なんでもあり、だもんな。「おれがここに来たことと、電話をするって言ってたことだけ、姉さんに伝えてよ、いい？」

アニーはうなずいて、車で去っていった。

その日いっぱい、ニックはハリウッドをぶらついて過ごした。ハリウッド大通りの歩道に埋めこまれた、スターの名入りの星形の敷石を見て歩き、映画のスチール写真やブロマイドで溢れた小さな店を冷やかした。最後はフェアファックス通りにあるファーマーズ・マーケットに立ち寄り、ありとあらゆる伝統料理を食べさせる露店のうちの一軒でコンビーフとキャベツの炒《いた》めものを注文した。

彼はこれからどうしたもんだろうと考えた。金の心配はない。一二〇〇ドルほどふところに入れてシカゴを発ってきた。稼ぎながら使うことを考えれば、少ない額ではない。その気になれば、アパートを借りて、落ち着くこともできる。それでも、シンドラが帰ってくるのを待つほうがいい。二、三週間、カウチで寝かせてもらって、この町の感じがつかめてから、ここに残るかどうするかを決めよう。

　なんといっても車を借りるのが最優先だ。すぐに気づいたことだが、ロサンゼルスのバスはのろのろ運転で、しかも市の全域をカバーしていない。地下鉄もないから車は必需品なのだ。イエローページでレンタカー会社を探し、旧式のビュイックを一カ月契約で借りた。

　車のハンドルを握ると、やっと安全な場所に落ち着けた気がした。少なくとも自分の居場所ができたのだ。自分の家と呼べるところが。

「まさか、その恰好で行くつもりじゃないだろうな」ルイージは、ニックの服装を横目で見て、うんざりした顔になった。

「この恰好のどこが悪いんだい？」

「ふざけんじゃねえよ」彼は片手で弾丸みたいな頭をつるりと撫でた。「まるでルンペンじゃねえか」

　二人はぐっとにらみあった。幸先よいスタートではない。

「ほかに持ってないんだよ。バッグをなくしちまったもので」

「そこにクローゼットがあるからさ」ルイージは奥の部屋を指さした。「サイズの合ったやつを探せ。それから、今日はおまえは空港番だ」

「出迎えの相手は？」

「ミスター・エバンズ。ビジネスマンだ。名前を書いたカードを掲げて待って、見つかったらリムジンまで案内するんだ。リムジンに乗せたらプライバシーガラス（運転席と後部座席の間の仕切りガラス）

を閉めて、どこへでも行けと言われたところまで運転するんだ。そうだ、おとなしいスムーズな運転を心がけろよ。ミスター・エバンズは急停車をするといやがるからな」

「わかったよ」

「あと、もう一つ。向こうが口をきくまでは、こっちから話しかけるな。こいつがこの商売の肝心なところだ。客は高い金を払ってリムジンに乗る。こうるさいおしゃべりなんか、望んじゃいねえんだよ」

ケッ！　それじゃまるでこっちが見ず知らずの他人に意義ある心の通いあいを求めてるみたいじゃないか。こいつはおれのこと、どういう人間だと思ってるんだろう。

ニックはクローゼットのなかから、黒のズボンに、黒っぽいジャケット、あまりきれいとは言えない白のワイシャツを選びだした。服はぴったりとはいかなかったが仕方ない。どのみち、運転席に座っているのだし。

ひと仕事終えたほかの運転手が二人、煙草をくゆらせながらカードゲームに興じている。どちらもニックには目もくれない。

ルイージが一枚の用紙を突き出した。「これに記入しろ」

ニックはシンドラの住所を記入し、運転歴については、シカゴのリムジン会社で運転手をしていた経験があると、嘘を書いた。それを見てルイージは仏頂面を少しやわらげた。

ニックはぼんやりと、マニーがQ．J．から受けた恩というのはなんだろうと考えた。いつかきっと、つきとめてやろう。

ルイージがニックにまわしたのは銀色のリムジンだった。よく磨かれてぴかぴかに光ってはいるが、いざ乗りこんでみるとかなりの年代物だということがわかった。乗客の座る後部座席は、薔薇を飾ったガラスの一輪ざしに、新鮮な果物を盛った鉢、酒を揃えたサイドコンパートメントと、何もかもしゃれた感じに整えられている。だが、前のほうはというと、シートの革はひびわれ、窓ガラスに貼ったスモークガラス用のシールもはがれかけている。グラマー・リムジンズもしょせんこの程度のものなんだな。このリムジンを見て、ニックは見かけは華やかだが淋病持ちの美人を連想した。

「空港の行き方はわかるか？」ルイージが渋い顔を向けた。

ニックは全然わからなかったが、とにかくうなずいた。ガレージから出るとすぐに道路の脇に車を停め、グローブボックスのなかにあった地図を調べた。どうってことはない。ロサンゼルスは碁盤の目のように、すべてまっすぐな道路が東西南北に走っているからだ。彼はラジオのスイッチを入れ、ジミ・ヘンドリックスをボリュームいっぱいに上げて聴きながら、空港まで突っ走った。

空港には約束の時間より二十分早く着いたが、どこへ駐車したらいいか見当がつかない。交通整理にあたる警官が至るところにいて、すべての車両が止まらずに動きつづけるよう声をからして叫んでいる。

ニックは車のウインドウを下ろすと、ポーターに一〇ドル札をひらひらさせ、どこかに車を停めておけるところはないかと尋ねた。

ポーターは金をひったくると、違反切符を切られずに車を停められる場所を丁寧に教えてくれた。

ニックの客はスイスからの便で到着した。ミスター・エバンズはエナメル革みたいにてらてら光った髪に浅黒い肌の男で、夜の十時だというのに、黒いラップアラウンド型サングラス（顔の上半分を覆うような形のサングラス）をかけている。妙と言えば妙だが、ニックはロサンゼルスの住民の奇抜な癖には慣れつつあった。

エバンズの荷物は蛇革のブリーフケースだけで、しっかりと小脇にかかえこんでいる。ニックが持とうとすると、ありがたがるどころか逆に怒られた。

「手を貸そうと思っただけですよ」ニックは肩をすくめ、エバンズをリムジンに案内した。

ミスター・エバンズはウィルシャーの高層マンションに住んでいた。ニックは彼を降ろすと、チップとねぎらいの言葉を待った。

エバンズにはその気は毛頭ないようで、ちらとも後ろを振り返らずにマンションに入っていった。

「ちぇっ！　しみったれ野郎」ニックは悪態をついた。リムジンの運転手生活は自分には向いてないかもしれない。

グラマー・リムジンズに戻ると、ルイージが自分の部屋で鼻の掃除をしながら電話でしゃべっていた。「早くおまえの濡れたあそこに入れたいよ、ベイビー。おまえのあそこ――」

彼はニックが入っていくと、あわてて言葉を切った。「なんだよ、てめえ。いったい、なんの用だ?」と送話口を手で押さえる。

「車を戻してきたよ。無事に客を送り届けたかどうか知りたいんじゃないかと思って」

「だからどうだってんだ。ご褒美のメダルでもほしいのか?」ルイージはまさにマニーの縮小版だ。どうやら、二人とも同じマナー教室の卒業生らしい。

「明日も同じ時間でいいのかい?」ニックは、ルイージが電話の向こうに待たせているのは、いったいどんな女なのだろうと思った。

「そうだよ」ルイージは早く恋人とのおしゃべりに戻りたくて、咬みつくように言った。

「じゃあ、また明日来るよ」

……たぶんね。

……ほかにいいことがなかったらね。

彼は借りたビュイックに乗りこむと、ハリウッド大通りを進み、今夜の予約を入れたモーテルで車を停めた。

「女はいらないか?」手垢のついたポルノ雑誌からしぶしぶ顔を上げたフロント係が訊いてきた。

「今夜はいい」

フロント係は怪訝そうな目でニックを見た。「いったい、なんでまた?」

ニックはとりあわなかった。

デコボコのベッドに寝そべってニックはテレビのスイッチを入れた。ジョニー・カーソンの司会するショー番組を見ながら、ふと、シカゴを出てきたのは正しい選択だったのだろうかと思った。せっかくQ．J．の店でいい仕事に就いていたのにそれを蹴って、最高の女も捨ててきた。それで得たものは、おんぼろモーテルと他人《ひと》さまにサービスする屁みたいな仕事だ。

あと二週間頑張ってみて、いい方向に変わらなかったら、ここを発つ飛行機に乗りこむんだ。

40

エマーソン・バーンはどんな女性よりも見事な髪をしていた。ローレンはその長いシャギーヘアに見とれずにはいられなかった。彼の音楽が大好きで、昔からファンだった。その彼がなんと目の前にいる。とても現実とは思えない。肩の下まで流れた、蜂蜜色の豊かな髪。カールした長いまつげに縁取られた夢見るようなグレーの瞳。鷲鼻に男にしては珍しいほどふっくらとした唇。

——そんなにじろじろ見ちゃだめよ、ロバーツ。だって、つい目がいっちゃうんだもの。

そこにいたのは彼とローレンだけではない。彼のマネージャーに、パブリシスト（インタビューなどをとりしきる広報担当者）、個人秘書、それに豹柄のジャンプスーツを着たセリーナだった。セリーナは彼のマンションを、わが物顔に歩きまわっている。彼女は信じられないくらい細くて、ネイチャーと変わらないくらいの身長がある。腰までのばしたプラチナ色のストレートヘア。古典的な美しさを備えた顔に、猫の目を思わせる魅惑的な瞳。エマーソンから片時も目を離さない。「これはあたしのものだから、誰にもさわらせないわよ」と言わんばかりだ。

エマーソンは立ち上がると伸びをして言った。「そういうことでいいんだな」

三十代の後半になるというのに、彼はいまでも見事な体形を保っている。長い脚にぴったりした黒い革のパンツと、擦《す》り減ったブーツを履き、前身ごろにへんてこなフリルのついた白いシャツを着ている。へんてこでもなんでも、彼が着ればサマになるのだ。

特大のノートに忙しくメモを取っていたローレンは、彼が一度も自分を見ないことに気がついた。なぜ、彼がわたしを見なきゃいけないわけ？　わたしは単なる従業員にすぎないのよ。

セリーナがすっとエマーソンに近づき、唇を重ねた。自分が舌まで入れてキスしているのを全員に見せつけようとしている。「あなたってすごく気前がいいのね。自分の部屋をあたしたちに使わせてくれて」小さな吐息のあとで「サムはきっとびっくり仰天するわ」と続けた。

「おれたちみんなが楽しめるんならね」と答え、彼はセリーナの腰のくびれに腕をまわして、二度目のキスに導いた。

彼らは部屋には自分たちしかいないかのようにキスを続けた。実際、あまりにも長いことキスをしているので、ローレンはいまにも二人が打ち合わせなどそっちのけで、寝室になだれこむのではないかと思った。ローレンのほかには誰も気にしていない様子だ。おそらくみんなは前に何度もこんな場面に出くわしているのだろう。

キスの終了と同時に、エマーソンも退場した。「じゃあみんな、またな」と言い置いて、さっさとドアに向かう。

彼の付き人たちはぱっと立ち上がり、あとを追った。

「またあとでね、ダーリン」セリーナは低くささやくと、投げキスで送り出した。

エマーソンが出て行ったとたん、彼女は、はかなげな花のような雰囲気をかなぐり捨て、本来の、男の急所を握りつぶすほどの手強い女に戻った。「全部、準備は整ってるの、ローラ？　ドジ踏んだらやだからね」

「ええ、セリーナ。準備万端よ」ローレンはいやみたっぷりに答えた。

「それは結構」まるでローレンが自分の奴隷みたいな威嚇的な口調で言ったあと、くるっと振り向いた。「もしパーティーが始まる前にサムにバレたら、あんた個人の責任だからね」

ローレンは居並ぶモデルのなかでもセリーナがいちばん性悪女だと思った。

オフィスに戻るとサムにお目玉をくらった。「いったい、どこに行ってたのよ？　午前ちゅうずっといなかったじゃないの」

「歯医者に行ってたんです」ローレンは嘘をついた。

「褒められたことじゃないわね」サムはにべもなく言った。「歯医者の予約は勤務時間内じゃなくて、自分のフリータイムにしなさい」

「わたし、自分の自由になる時間が全然ないんです」ローレンは説明した。「週末も仕事に出てますし、毎晩、遅くまで残業しています。急に歯が痛くなって――いったい、どうすれば、よかったんでしょう？」

「そうねえ……それじゃ仕方ないわね」サムは折れた。「こんなこと言いたくないんだけど、ここはあなたがいないとシッチャカメッチャカでどうにもならないのよ」と、眉をひそめる。

「わたしが来る前はちゃんとやってらしたじゃないですか」

「そうよ、だけど昔は昔、いまはいまよ。さあ、仕事に戻りましょう」サムはデスクを指でとんとんと叩いた。マニキュアをした爪は高級なつやだし塗料を塗った車のようにつやつやと輝いている。

ローレンは椅子に座ってメモを取る用意をした。

「まずシャンパンを一本アントニオに届けて。彼、セリーナの撮影でひどい目にあったのよ。いまみたいにわがまま放題にしてたら、きっとつまずくわ。そうならないうちに、あの子と話をしてみないとね。あ、それからフラッシュ化粧品に電話を入れて。ネイチャーにスタジオ入りしてほしいって言ってきたのが、ちょうど『ヴォーグ』の大きな仕事がある日なのよ。ネイチャーと連絡をとってその日は早くスタートするように言ってね。彼女がぎゃあぎゃあわめいてもとりあわないこと。その後『スイムウエア・マガジン』と話をして。十日にうちの子全員揃えてほしいと言ってきてるの。十二日にならなきゃ一人だってヴァージン諸島に連れ出すのは無理だって言ったんだけど、どうしてもってしつこいのよ。うまくおさめてね、ローレン。あなたはほんとうに人あしらいが上手だから」

「すべて引き受けました」ローレンは立ち上がった。

彼女が自分の席につくが早いか、ピアが寄ってきてささやいた。「万事うまくいってる？」

「準備完了よ」

ピアはほっとした顔をした。「あなたはほんとうにこういうこと、得意なのね」

そうよ、ピア。わたしはあなたの仕事をやって、あなたのお給料を稼いであげてるのよ。

昼休みにモデルたちが何人かでケーキ持参でオフィスに来て、サムにフェイントをかけた。

「……誕生日なんて大嫌いなのに」サムはしぶしぶローソクの火を消した。「誰が言いだしたの？」

誰も白状しなかった。

「少なくともこれで終わったとサムは思ってるわ」ピアは声のトーンを落として言った。

「きっと、びっくりするわよ」

「どうやって、エマーソンのマンションに連れていくの？」この一点についてはローレンは関与していない。

「セリーナが連れていくわ。彼女とエマーソンで、サムを驚かす話を個人的にしたいって言ってあるのよ」

「サムは引っかかったの？」

「バッチリよ。二人が結婚を考えてるんだって思ったみたい。なんとか説得してやめさせようって張りきってるわ」

その後、ネイチャーがローレンのデスクに詰め寄らんばかりにやってきた。ブロンドの髪に青い瞳のネイチャーはアカプルコで見事に日焼けしていた。「ったく、信じらんないわ。

セリーナがエマーソン・バーンを仕留めたなんてさ」とぶつくさ言う。「彼のタイプじゃないのに。痩せすぎで骨と皮だけじゃん。彼は骨に適度にお肉がついてる子が好みなのよ。たとえば、あたしみたいにさ」

「彼とは知り合いなの？」

ネイチャーはぺろっと唇を舐めた。「ううん、だけど、そうなるつもり」

ローレンは先々、厄介なことになりそうだと感じた。

彼女は大急ぎでオフィスを飛び出すと、すべて手配どおりにいっているかチェックするためにエマーソン・バーンのマンションに向かった。今日の服装は、プリーツスカートに地味なブルーのセーターで、髪は後ろにひっつめ、三つ編みにしている。とても自分のアパートメントに戻ってお祝いにふさわしい服に着替える暇はない。でも、それがどうしたっていうの？　でしゃばらないで裏方に徹しているかぎり、誰もわたしの恰好なんか気にしないわ。

セリーナはもう来ていて、部屋のなかを優雅に歩きまわりながら、あれこれ指図している。エマーソンの四人の使用人は苦々しげな表情で奥に控えている。彼らは、エマーソンのガールフレンドが次つぎにやってきては、場を仕切ろうとするのを快く思っていなかった。

「よかった、あんたがいてくれて」セリーナが声が上げた。「ケータリングサービスの連中と話をしてきてよ。何をどうするかちゃんとわかってるか、確かめて。そうだ、ローラ。全員が八時ぴったりに揃うようにダメ押ししといてくれた？」

「大丈夫よ、まかせておいて」そう言ってひと息おいた。「……ところで、わたしの名前はローラじゃなくて、ローレンなんだけど」

「なんだっていいじゃん」セリーナはきれいにマニュキュアした手をひらひらさせた。「性悪女！　ローレンは心のなかでつぶやきながら、ケータリング業者と相談するためにキッチンに急いだ。

エマーソンの付き人軍団は不満げな顔で、部屋のなかをうろうろしていた。彼がサムのパーティーのために、マンションを開放してしまったからだ。

ケータリング業者と話をすませたのち、ローレンは花の飾りかたを確認してから玄関へ行き、たくましいガードマンと客のリストをチェックした。それからやっと一人になれる時間ができた。

客用のバスルームに入って鍵をかけると、ローレンは鏡のなかの自分に目を凝らした。これがわたしが計画していた人生の過ごしかたなの？　ほかの人たちが楽しめるようにパーティーの手配をすることが？　わたしはニューヨークの有名な舞台女優になりたかったんじゃないの？　いまのわたしは、他人のために使い走りをする、とるにたりない雑用係にすぎない。ローレン・ロバーツ――目に見えない透明人間。

誰かがバスルームのドアをノックしている。ローレンは無視した。待てるはずだ。

誰だか、またドアをどんどん叩いた。

ローレンが怒ってドアを開けると、エマーソン・バーンと顔をつきあわせた。

「誰だ？」エマーソンが尋ねた。

「ローレンです」彼女は蜂蜜色のシャギーヘアに触れたいという強い欲望を抑えながら答えた。「サムズから来ました。わたしがこのパーティーの手配をしたんです。覚えてますか?前に一度お目にかかったけど」

彼は金色の髪を振ると、ローレンの腕をとった。「ついてきてくれ。きみに聴いてほしいものがあるんだ」

「え、なんのことですか?」

「いいから来いよ」彼はローレンの腕をつかんで、贅沢なカーペットを敷き詰めた廊下をマンションの奥へと連れていった。そこは彼の最新の録音スタジオになっていた。「座ってこれを聴いてくれ」

いったい、彼は誰に対してあれこれ命令してると思っているのかしら。

「ミスター・バーン」ローレンは言った。「わたしは聴いてる暇はないんです。あなたのかわりにパーティーのことをやらなきゃいけないから。すべて計画どおり、滞りなく進んでいるか、目を光らせてなきゃならないのよ」

「これはおれのマンションだよ。このたわけたパーティーの金はおれが払ってるんだ。だから黙って座るんだ」

彼の言いかたはネイチャーそっくりだ。もしかしたら、二人は同じ種類の人間なのかもしれない。なにしろ同じお国訛りでしゃべるのだから。

ローレンがムスッとして椅子に腰を下ろすあいだに、エマーソンはコントロールパネルに歩み寄って二カ所のボタンを押した。たちまち部屋は大音響に満たされた。

彼の声はすぐに聞き分けられた。自信たっぷりのセクシーなしゃがれ声。彼が突然、華々しくデビューし、彼の最大のヒット曲『真夏のイカした女たち《ドッグデイズ・アンド・ワイルド・ウィメン》』でアメリカじゅうを虜にしたのは、ローレンが十三歳のときだった。

いま流れている曲はラブソングだが、ロマンティックな色合いのものではなく強烈なハードロック調のラブソングで、タイトルはずばり『悪女《バイパー・ウーマン》』だ。

「こいつを聴いてどう思うか聞かせてくれ」エマーソンはスタジオのなかを行ったり来たりしながら言った。

「わたしがどう思うかなんて、関係あるの？」

「ああ、きみは一般人だからね」と、呑みこみの悪い子供に言い聞かせるように言う。「きみはそのへんにいる普通の女の子だ。きみならおれのご機嫌取りはしない——ほんとうのところを言ってくれるだろう」彼は、ローレンを部屋の外にふっとばしそうなくらいに、ボリュームを上げた。

その歌の詞が彼女の心にがんがん響いてきた——。

あの子はおれを愛してる——おれには金があるからさ。
あの子はおれを愛してる——おれに力があるからさ。
でっかい車があるだけで、おれが死ぬほど好きだとさ。

あの子はバイパー・ウーマン。

ロックンロールに夢中さ。

あの子はバイパー・ウーマン。

あの子の目当てはただひとつ。オー、イエー！

金《マネー》、金《マネー》。

セックスと甘い話《ハニー》。

――つれないあの子は、イカした女さ！


あの子の望みはただ一つ。オー、イエー！

マネー、マネー。

セックス、ハニー。

――冷たいあの子に、おれは首ったけ！


どう考えてもこの曲は極上のエマーソン・バーン作品とは言えなかった。

彼はボリュームを落として、ローレンを見つめた。「どうだ？」

「ええ……悪くはないわ」彼女は立ち上がり、スカートを撫でつけた。

「悪くはない？」彼はさも汚らわしい言葉を口にするように繰り返した。「なんだ、耳が聞こえないのか?」彼は声を荒らげた。「これはおれの新しいシングルなんだぞ。ヒット間違いなしなんだ」

へえ……真実なんか聞きたくないんだ。嘘でもいいから、いままで聴いたなかでいちばんよかったと言うべきだったのかもね。

ううん、そんなのまっぴら。なんでわたしがそんなこと言わなきゃならないの?

「わたしは好きじゃないわ」ローレンは言った。「金とセックスだけなんて、女のことを馬鹿にしてるみたいで、いただけないわ。ラブソングならもっとラブソングらしく、愛を歌えばいいのに」

「いったいぜんたい、自分のことを何様だと思ってるんだ?」彼はいきりたった。「『バイパー・ウーマン』はこれまでおれがレコーディングしたなかでも最高の一枚なんだぞ」

「いったいぜんたい、自分のことを何様だと思ってるの?」ローレンも怒鳴り返した。「わたしはあなたにメロメロの親衛隊なんかじゃないわ。すごいと思わなくても褒めちぎるような追っかけの子とは違うのよ。あなたに意見を求められたから言ったまでよ」

「出て行けよ」彼はうなった。「おまえなんかに何がわかるか」

ローレンはカッとなったが、どうしようもなかった。もうじきパーティーが始まる。すべてが順調に運ぶようにとりしきらなければならないのだ。

ありったけのプライドをかき集めて、ローレンは録音スタジオをあとにした。

「今日はいい日になるってわかってたよ」

ローレンが振り向くと、そこにジミー・キャサディーの顔があった。彼は写真家で、二、三週間前にデートに誘われたことがある。

「こんばんは」ローレンは親しい顔に会えてほっとした。

彼も笑顔で「やあ」と答えた。

ローレンは会話の種を探した。「サム、驚くと思う?」

「驚く?」彼は笑いだした。「怒りだすってほうが合ってるな」

「四十になるのって、あまりうれしく思えないのかもね」

「四十?」彼はさらに大声で笑った。「サムのこと四十だと思ってるの。あの人は五十だよ」

「ええっ」ローレンは仰天した。「そんなふうに見えないわ」

「彼女は四十にだって見えないよ」とジミー。「サムは驚異的な女性だよ。彼女がモデルをしてたころの写真、見たことある?」

「ないわ」

「最高にしびれちゃうよ」

ローレンは人で溢れた会場にすばやく視線を走らせた。大半の客が時間どおりに到着して、サムがセリーナとエマーソンにはさまれて姿を現わしたときには、いっせいに声を揃えて「誕生日おめでとう」と叫んだ。その後もすべて順調に進んでいるから、ローレンはもう、こっそり抜け出そうかと考えていたのだ。

「きみの話を聞かせてくれない？」ジミーは煙草に火をつけながら言った。

ローレンは彼に視線を戻した。ジミー・キャサディーは三十代そこそこ。小柄で痩せ形だが、強靭な体つきだ。顎のとがった顔の輪郭。頭頂部の薄くなりかけた髪は後ろをのばしてポニーテールにしている。ジョン・レノン風の丸い眼鏡にぴったりしたブルージーンズ。ジーンズに目をやったとたん、ローレンはニックのことを思い出した。

彼女は断固として、ニック・アンジェロを頭から閉め出した。

「別に話すようなことはないわ」ローレンはキッチンから出れば、誰にも気づかれずに帰れるだろうと思った。

「誰にだって、話すことはあるよ」彼はきっぱりと言った。「それに、ぼくはきみの話に興味があるんだ」

ローレンは肩をすくめた。「小さな田舎町の女の子がニューヨークに出てきて、仕事を見つけた。それだけよ」

「それだけじゃないさ。もっとたくさんある。ぼくはきみにいつデートを申しこんだかだって言えるよ」

「断わられるのに慣れてないからでしょ」

彼は煙草をふかすと、ローレンをしみじみと見つめた。「きみは結婚してないんだろ？」と指輪をしていない彼女の左手に目をとめた。

「ええ、結婚してないわ」ローレンは守りの態勢に入った。

「決まった恋人はいるの？　男の人といっしょのところ、見たことないけど」

「誰とも会ってないわ」

「だったらデートしてくれてもいいじゃない？」

いい質問ね。でも、彼に説明しなきゃならない義務はないわ。「わたしは出不精なんだとは思わない？」この話はもう終わりにしたかった。

彼ははぐらかされまいとした。「相手にしないのはぼくだけ？　それとも男はみんなお断わりなのかい？」

それには答えずローレンは「わたし、もう帰るわ」と言い、「すべて順調にいってて、わたしがいなくてももう大丈夫みたいだから」と、つけ加えた。

ジミーはすぐに察して言った。「このパーティーはきみが企画したの？」

「そうよ」ローレンはゆっくりとキッチンに向かいはじめた。

彼はあとをついてきた。「きみはじつによくやった。だけど、まだ帰らないほうがいいんじゃないかな」

「なぜ？」

彼は部屋の隅を指さした。「セリーナがいまにもネイチャーを殺そうとしてるからさ。見てごらん」

ローレンは目をやった。エマーソン・バーンが両脚を投げ出してカウチにゆったりもたれている。その彼に全身でしなだれかかっているネイチャーがいた。彼女の甲高い笑い声が部屋のこちらまで聞こえてくる。

軽やかなシフォンのドレスに身を包んだセリーナが、エマーソンの背後をうろうろしている。彼女の猫のような目は、危険信号を発していた。

「わたしには関係ないわ」ローレンは言った。

「どうしてだい？　きみはどんな問題でも解決するって評判じゃないか」

「わたしが？」

彼はにんまりした。「そうさ。みんなが陰できみのこと、なんて呼んでるか、わかる？」

ローレンは早く一人にしてくれればいいのにと心のなかでぼやいた。「早く言いたくてうずうずしてるんでしょ」

彼は面白がっているようだった。「ミス・Eだよ」

ローレンは本気でいらいらしてきた。「ミス・イー？　それはどういう意味なの？」

彼は笑いだした。「ミス・有能《Efficiency》」

「あら、それはうれしいわ」そんなあだ名をもらって、彼女は特に喜ぶでもなくそう言った。

彼はなおもたたみかけてくる。「ほんとうかい、きみが誰に対してもどんなことでもやってあげるというのは？　きみはなくてはならない存在になってるんだ。あそこへ来てどのくらいになるの――三カ月かい？　ほかのブッカーはさぞきみを憎からず思っているだろうね。賭けてもいいけど、ピアでさえ、自分の仕事については戦々恐々としてるはずだよ」

どうして彼はこんなにわたしのことを知っているの？「いったい、なんのことを言ってるの？」

彼は手もとの灰皿で煙草をもみ消した。「きみのことを言ってるんだよ。きみは理想的な個人秘書だ。それがサムの目にとまらないはずはないじゃないか。彼女はどんな些細なことも見逃しはしないからね」

「わたし、誰の仕事も狙ってなんかいないわ。いまのままで一〇〇パーセント満足してるもの」

彼はジョン・レノンふうの眼鏡の奥からじっとローレンを見つめた。「そう？」

「そうよ」喧嘩腰になりながらも彼女は立ち去ろうとした。

「うわっ、たいへんだ！」

「何？」

「あそこを見てごらん」

ローレンはセリーナと、ネイチャー、エマーソンの三人に目を向けた。ちょうどセリーナがグラスになみなみ入ったシャンパンをエマーソンの頭にゆっくりと注ぐところだった。

「かまうなよ」ローレンが仲裁に飛び出さないように、ジミーが腕に手を置いて制止した。

「連中は自分たちで解決するさ」

エマーソンは、酔っぱらってふらつく足で立ち上がった。シャンパンが顔に滴り落ちている。「この馬鹿女！」彼は叫んだ。「おれの髪を台なしにしやがって」

「そうよ」ネイチャーもいっしょになって言う。「なんてことするのよ」

「あんたは引っこんでなよ、ズベ公」

「なんだって」ネイチャーが怒鳴り返した。

そして周囲が止めるまもなく、二人は二匹の野良猫さながらに取っ組み合いを始めた。たがいの髪やドレスやイヤリングや、およそ手でつかめるものはなんでも引っ張り、むしりとる。

エマーソンは誰も彼女たちのそばに近寄らせなかった。「やらせろ、やらせろ！」彼はうれしそうに叫んだ。「このクソ面白くもねえパーティーの最高の出し物さ」

「行こう」ジミーはローレンの腕をとった。「ここから出よう。送っていくよ」

彼女が異を唱える前に、彼はローレンをドアへと向かわせた。二人はそっと夜の町に姿を消した。

41

シンドラは怒って怒鳴りちらしながら部屋のなかを歩きまわった。「誰かがここにいたのよ。まったく、信じらんないわ。見てよ、リース。ほら、灰皿に吸殻がある。おまけにカウチの肘掛けに焼けこげまでできてる」

「悪いことばかりじゃないよ」寝室を調べていたリースが叫んだ。「おれたちのものを取ってくかわりにバッグを置いてったぜ」

「何よ、それ」シンドラはリースの言うことを確かめに寝室に入ってきた。なるほど、着替えを詰めこんだバッグがある。彼女はなかをあらためはじめた。

「しかし、わかんねえな」リースはぼりぼり顎をかいた。

「あたしはわかるわ」シンドラは履き古したジーンズを引っ張り出した。「これ、ニックのよ」

「ニックって誰だい？」

「話したじゃないの。あたしの弟よ」

そいつはたいへんだ。リースは心のなかでつぶやいた。身内だって！　勘弁してくれよ。

「どうやって入ったんだ？　それに、いまはどこにいるんだ？」

「ニックのことだから、忍びこんだのよ。そのへんにメモかなんかない？」

「とんでもないこったな。人の部屋に忍びこむなんてさ」リースはぶつぶつ言った。

「何よ、あんただってするくせに」

リースは唇を嚙んだ。「弟とどのくらい、会ってないんだ？」

「四年になるわ」

リースの想像はとんでもないほうに広がっていった。ちっちゃくてかわいい黒い肌のシンドラ。おそらく、その弟というのは、背は一八〇センチを超え、おれのエナメル革の靴みたいに真っ黒に違いない。それだけじゃない。そいつはおれをションベンも出なくなるくらいにぶちのめそうとするだろう。「身内ってのは気をつけたほうがいいぞ」

シンドラは怒った顔を向けた。「ニックはあたしの弟よ。あたしはあの子を愛してるわ」

「まあ、おれたちにはどうもできないよ」リースはシンドラの弟がこのまま戻ってこないことを願った。「バッグはクローゼットにしまっておくよ。連絡があるまで、様子を見よう。一つ、言っとくけどさ。連絡が来ても身内とはあまりべったりつきあいすぎないほうがいいぞ。おれにも経験があるんだけど、いったん居座られちまうと金輪際、厄介払いできなくなるからな」

「ありがと。あんたの忠告どおりにするわ」シンドラは皮肉たっぷりに言った。「血のつながった弟を道端にほっぽりだして、二度とうるさくつきまとわれないことを祈るわ」

シンドラとの結婚生活が長かったら、リースは彼女を殴っていたかもしれない。彼は生意気な女は好きではなかった。だが、女というものは手をあげたら最後、逃げ出さないようにあらゆる手段を講じてつなぎとめておかなければならなくなる。彼はそのことをよく知っていた。それに、まだ結婚したばかりということもある。まだやりなおせると思って簡単に出て行ってしまうかもしれない。そうしたらリースはどうなる。歌のレッスンやら着るものやらにつぎこんだ金はどうなる。

「打ち合わせに行ってくるよ」リースはテンガロンハットのつばをちょいと直して言った。

シンドラは答えなかった。ニックはどこにいるだろうと考えるのに気をとられていて、気がつかなかったのだ。

グラマー・リムジンズで働きだして二日目の夜、ニックにまた空港番がまわってきた。今回の客は、髪を短く刈りこんだ拒食症気味の女性プロデューサーで、見るからに不機嫌そうな顔をしている。たしか、ジュリアなんとかという名前だ。リムジンの後部座席でコークを飲みながら携帯電話でひっきりなしにしゃべっている。

ベル・エアまで来て曲がりくねった丘でニックが道を迷うと、彼女は金切り声を上げ、バカ、ドジ、マヌケとさんざんに罵った。ニックはすんでのところで車を停め、彼女を外に放り出してやりたくなったが、理性の力がその衝動を打ち負かした。

家に着くと彼女はころっと機嫌を直して、家に上がるように勧めてきた。

「何かご用ですか？」ニックは訊いた。

女性プロデューサーは暗い目をして口臭がひどかった。「セックスするのよ」

「すみませんが、まだ仕事があるので」

ざまあみろだ。他人のチンポを借りたって、誰がおまえなんかとやるもんか。

いまのところロサンゼルスではいい思いをしていない。

その夜、ニックは同じモーテルに泊まり、朝になってからシンドラに電話をした。

「ニック！」彼女は興奮して叫んだ。「ずっとあんたからの電話を待ってたのよ。ここに来てるのはわかってたから。あんたのバッグを調べて、中身を出したのよ。もちろん、あんたの着替えは全部洗濯しなきゃならなかったけど。まったく不潔なんだから。ちっとも変わってないのね」

「どこに行ってたんだよ。はるばる来たっていうのに家にいもしないんだからな」

「いま、どこにいるの？」

「ハリウッド大通りのちんけなモーテルさ」

「早くこっちにいらっしゃいよ。リースとあたしだけだから、うちに泊まってよ。急いでね。あんたに朝食を作ってあげるから」

「いつから、料理をするようになったんだい？」

「ここはカリフォルニアよ。フリーザーから出してトースターに放りこめば、ワッフルのできあがり。あんたもきっと、あたしの料理を気に入るわ！」

ニックは彼女のアパートメントまで全速力で飛ばし、道路に駐車した。

シンドラは玄関で彼を迎えた。うれしさのあまり、飛びはねんばかりだ。ニックに両腕を巻きつけるときつく抱きしめ、引きずりこむようにしてなかに入れた。

「あれはあんたのしわざね。あたしのアパートメントに不法侵入したでしょ」

ニックはにやっと笑った。「ほかにどうしようもないじゃないか。あんたが留守なんでひと晩ここで過ごしたんだよ。で、次の日戻ってきたら、管理人がなかに入れてくれないんだ」

「ラスタにはかまわないほうがいいわ」彼女はくすくす笑った。「あいつ、狂暴人間だから」

二人は小さなキッチンに行った。シンドラはニックにコーヒーをいれてやり、彼女の得意料理の冷凍ワッフルを温めた。

「で、どこに行ってたんだよ」ニックはまた訊いた。

「どこだと思う?」と、さも幸せそうににんまりする。

ニックは思わせぶりが大嫌いだった。「わかんないよ」

彼女は大きく息を吸った。「あたし、結婚したの」

そいつは、すげえや。「ホントに?」

「そう、あたしとリースはラスベガスで結婚したのよ」彼女は半分うれしくて半分後ろめたい表情でニックの顔を見た。彼が認めてくれたかどうか確かめようとして――。「ねえ、ニック。あたし、あんたに彼のこと、好きになってほしいのよ。あたしが歌手になる夢をかなえる手伝いもしてくれてるし。ほんとうにあたしのこと、心配してくれてるのよ」

「そいつはよかった。そうじゃなかったら、そいつのことぶっ殺してやんないといけないかな」ニックは冗談めかして言った。

「ほんとうにそうだって、あんたもわかるわ。初対面のときは、あたしよりちょっとばかり年上だって感じるかもしれないし、カウボーイの恰好がなんだかバカっぽく見えるかもしれないけど、彼はあたしのこと、きっと有名にしてくれるわ」

「あんたがそう言うなら、そうなんだろうよ」

シンドラが結婚したのは驚きだった。ニックは、彼らがシカゴのときみたいに、部屋を二人で借りていっしょに住んでいるだけかと思っていたのだ。もう彼女には夫がいるのだから、ここに泊まるわけにはいかない。

彼はもっとシンドラの夫のことを知りたかった。「その人は何をしてるの?」

「フリーの芸能マネージャーよ」シンドラは誇らしげに答えた。

「誰のマネージャー?」

「誰だと思う? あたしよ、もちろん!」

もちろんねえ……。「じゃあ、どうやって金を稼いでるの?」

「わからないわ。彼はオフィスに通ってるけど。あたしたち、お金のことは話題にしないの。いつも彼はたっぷり持ってるし」

ときどきニックの姉は度を超して世間知らずなところを垣間見せる。よくも自分の亭主が何をしているか知らないで平気でいられるもんだ。

「ここにいなさいよ」シンドラは言った。「あのカウチはベッドになるの。ここにいれば、すごく快適に暮らせるわよ」

もう状況が変わったんだ。彼女に会えてうれしいのは確かだが、ここに移ってくるつもりはなかった。「いや、そうはいかないよ。新婚さんといっしょじゃね」

シンドラは失望を隠せなかった。「あんたはここに泊まんなきゃだめよ、ニック」

大きな茶色の瞳でじっと見つめられてはニックも抗えない。「じゃあ、今晩だけなら。でもそのあと、自分でどっか泊まるところを探すよ」

「あたしのテープを聴かせてあげるね」彼女は得意そうに言った。「制作者はプロよ。これであたしも本物の歌手だわ」

「へえ、そう?」ニックは、Q.J.の店でシンドラが歌手としてのデビューを果たしたことを思い出した。あれはじつに悲惨だった。

「ずっと歌のレッスンを受けてるのよ。リースのおかげでレコード会社があたしの試聴盤の制作に乗り気になってくれたの。それにね、ラスベガスに行ったとき、大ホテルのタレントスカウト二人と会ったのよ。あたしを雇ってラウンジで歌わせてくれるかもしれないの」

「そいつはすごいな」

「それもみんなリースのおかげなのよ」

「そっちが幸せでおれもうれしいよ」

「ところで、なんでロサンゼルスに来たの？　シカゴでは何もかもすごくうまくいってるんだとばかり思ってたわ」

そうさ、すごくうまくいってたさ。だけど、どれだけやっても結局は何も残らない。

「ようやく決心したんだ。芝居に賭けてみようって。おれがずっとやりたがってたの、知ってるだろ？」

「ここはおあつらえむきの場所よ。もしかしたら、リースはあんたのマネージャーもやってくれるかもしれないわ」

そいつはいいや。やつを家族の一員に引きずりこんでさ。

リースが帰宅すると、彼とニックはおたがいそれと悟られぬよう、相手を品さだめした。フリンジつきのスエードのジャケットにおかしなテンガロンハット、垂れた口髭のリースの恰好を見て、ニックはこれはアホそのものじゃないかと思った。シンドラには全然ふさわしくない。それに年寄りすぎる。

リースのほうはニックが白人とわかってほっとしていた。今日一日、彼の想像はどんどん膨らんでいき、とどまるところを知らなかった。シンドラの弟はますます大きく、黒さをましていき、一日が終わるころには、テラテラと黒光りする大男になっていた。いま目の前にいるのは痩せこけた白人のガキにすぎない。まるで脅威を感じなかった。

「いまは何をやってるんだい、ニック？」リースは〝気さくなお義兄《にい》さん〟路線でいくことにして、やさしく訊いた。

「シカゴでバーをやってたんだけど、芝居をやりたくて、ここに来たんだ」リースは思わず口を滑らせた。「ああ、ここにはそういう勘違いしたアホばかり来るんだよな」

「なんだって?」ニックはむかっとしたが、抑えた。シンドラを困らせたくなかったからだ。

「ああ、いや、気にしないでくれよ。つまりさ、有名になりたいガキが引きも切らずにハリウッドに押し寄せてくるってことさ。誰も彼もがスターになりたがってる」

「おれはなってみせる」ニックは自信たっぷりに言った。

「そいつはいいや」とリース。「いいかい、おれがついてりゃあんたの姉さんは大スターになるよ」

「だから、姉さんと結婚したのか?」ニックはずばり、本質に迫る質問をした。

リースは彼をにらみつけた。「愛してるから結婚したんだ」

「そいつはいいや」ニックは鋭い目でじっとリースの顔を見据えた。「なぜかって、もしおれの姉さんを悲しませるやつがいたらそいつはあの世行きだからさ」

リースは急いでシンドラをキッチンの隅に連れていった。「おい、あいつはどのくらいここにいるんだよ?」彼はやきもきして訊いた。

「今夜だけよ」シンドラは夫の心配には気づかない。「もっと長くいるように説得してる最中なの。あんたからも言ってやってよ」

「いいともさ」そう請け合ったものの、そんな気はさらさらなかった。弟が出て行くのは、一刻でも早いほうがいい。

翌朝、ニックはキッチンのテーブルで新聞を広げ、条件のよさそうな物件に印をつけた。

「海岸のそばに住んでみたいな」

「そんなの簡単よ」シンドラが答えた。「ベニスはここらより部屋代が安いって聞いたわ。今日、あとで見てまわろうよ」

「そいつはいい考えだな」ニックは新聞をたたんだ。

その後、二人は車で出かけた。ニックはサンタモニカの町を運転しながら、ジョーイから連絡はあるかと、シンドラに訊いた。

彼女は長い髪を後ろに振り払った。「連絡があればいいんだけど。何度も手紙を出したのよ。でも一回も返事は来なかった。最後に電話したら、電話に出た相手が彼は引っ越しちゃって転居先の住所とかも残してかなかったって」

「ジョーイらしいな」

シンドラは遠くを見る日になってうなずいた。「ときどきフッと彼が懐かしくなるの。あたしたち、ほんとうにいろんなことをいっしょにやってきたものね」

ニックも同じように感じていた。「ああ、そうだな、そのとおりだよ」そうつぶやいて、古きよき日々に思いを馳せた。三人だけで、現実の世界に立ち向かった日々のことを。ヒッチハイクをして、公園のベンチで寝て、モーテルの一室に三人で泊まったっけ。

ニックとシンドラが最初に見た部屋は、豚小屋同然だった。窓は割れ、カーペットはシミだらけで、まさにゴキブリの巣窟《そうくつ》。表に出るやいなや、シンドラは言った。「あんなところしかないんだったら、やっぱりあたしたちといるべきよ。リースは気にしないわ。あの人、あんたのこと、好きなのよ」

そうだろうともさ——ニックは思った。ネズミがコブラを愛する程度にはね。

「ねえ、考えてみてくんない？　お願い」

彼は考えてみるよと約束したが、もちろん、そのつもりはない。一晩、リース・ウェブスターといっしょにいるだけだって長いくらいだ。

次に見た部屋はずっとましだったが、残念ながら、部屋代が高すぎてこれもパス。それからの三軒はもう処置なし。六軒目にやっと、いささか荒れてはいるが好ましい物件に行き当たった。ベニス・ビーチの一軒家をワンルームのアパートメントに仕切ったものだ。

家主は薄汚れたオレンジ色のガウンを着て、絨毯生地でできたスリッパを履いた無精ったらしい女性で、ニックたちにビーチを望む正面のアパートメントを見せた。日当たりのいい広い部屋で小さなキッチンがついている。

「バスルームはないんですか？」ニックが訊いた。

「正面のもう一つの部屋と共同よ」大家はくわえ煙草のまま言った。

「だけど、おれは——」

「部屋の主がここにいることはないわ。彼女はしょっちゅう旅行してるから。だからほとんど専用みたいなもんよ」

ニックはシンドラの顔を見た。「どう思う?」

「これまで見たのと比べたら、断然いい」

「あなたは迷信を気にする?」大家は歯についた煙草のカスを取りながら訊いた。

ニックは彼女の片方のスリッパに穴があいているのに気がついた。「なんでですか?」じろじろ見ないようにして訊く。

「というのも先週、ここで男の人が一人死んだんでね。首を吊ったのよ」大家は落ちてきたブラジャーのストラップを上げながら言った。「あたしはそのことを隠しだてしないであらかじめ言っておきたいの。だますのはいやだから。もしも怨念だの幽霊だのを信じてるんなら、ここには住みたくないでしょうから」

ニックは首を振った。「迷信なんかくそくらえだ。家賃は手ごろでおまけにビーチに面した部屋。おれ、借りますよ」

シンドラはニックの手をぎゅっと握った。「リースとあたしでここをきれいにするの、手伝うわ。今度の週末にみんなで来てペンキを塗れば、見違えるようになるわ」

「じゃあよろしく頼むよ」ニックはシンドラに言ったのち、大家に向きなおって、「これからよろしく」と頼んだ。

手付け金を入れたあと、彼はシンドラをハリウッドへ送っていった。彼女は車のなかで昔のことや将来のこと、そして歌手への道について話しつづけた。そのうち思い出したようにこう言った。「ローレンから便りはある? 覚えてる? 高校のときにあんたが好きだった子」

まるでいまにもおれが忘れてしまいそうな口ぶりだ。馬鹿言うなよ。ローレンのこと、絶対に忘れるはずないじゃないか。

「便りなんかないよ。おれはフラれちゃったんだと思うよ」努めて軽い口調で答える。「何回も手紙を出したんだけどね。一度も返事は来なかった」

「たぶん、あの図体のデカい頭が空っぽの婚約者と結婚したんじゃないの」シンドラは窓を開けながら言った。「名前はストリックだっけ?」

「ストックだよ」

「ああ、そうそう、ストックだったわね」彼女はくすくす笑いだした。「ノータリンのでくのぼう……。ねえ、覚えてる? 大晦日の夜に、あいつがあんたの鼻を折ったこと?」

「まったく、とんでもないクソ野郎だよ」

「で、その何週間かあとに、今度はあんたがあいつをのしちゃったのよね」

「もう昔のことさ」ニックはそっけなく言った。

「戻るつもりはある?」シンドラは目を見開いて訊いた。

「あんたは?」

彼女はためらった。「もしあたしがスターになったらね。本物の大スター。そしたら素敵なリムジンを雇って町に凱旋するわ。どんなに立派になったか、みんなに見せつけてやるの。町じゅうの人に一人残らずね」しだいにノッてきて話しかたに熱がこもる。「あたしは体にぴったりしたきらきら光るドレスを着て、その上にはダイアナ・ロスみたいに狐の毛皮のコートを羽織るの。車にはアリーサ＝メイとハーランへのお土産を山ほど積んで」

「ハーランに会いたい？」ニックは赤信号で車を停めた。

彼女は思い悩んだ表情をした。「ときどきね、置いてきちゃってかわいそうだったなって思うの――なんか、気がとがめるのよ」

「うん、言ってることとわかるよ。だけど連れては来られなかったからね」

「わかってるわ」

「そうだ。おれたち二人ともビッグになれば、いっしょに帰れるかもしれないじゃん。どう、そういうの？」

シンドラは勢いこんでうなずいた。「そうよ。あのクソいまいましい町をあっと言わせてやろうよ」

シンドラをアパートメントで降ろしたとき、ちょうどアニー・ブロデリックが車に乗りこもうとしているのに出くわした。

「やっと会えたのね」アニーが言った。「この人、ホントにあなたの弟さん？」

シンドラはうれしそうにうなずくとニックの腕にしがみついた。「もちろんよ。弟の言うこと、信じなかったの？」

「だって、二人は肌の色が違うじゃない」アニーはあけすけな言いかたをした。

「あたしたち、父親は同じだけど、母親が違うから」シンドラが淡々と説明した。

「わたしはただ、あなたによかれと思っただけ」アニーは赤色の短い髪を片手でかき上げた。

「あなたの部屋に見知らぬ他人を侵入させたくなかったのよ」

「たしかに姉さんのことはよく気づかってくれたよ」とニック。「おれはもう少しで車のなかで寝るところだった」

「少なくとも、車はあったんだから、それだけでも幸運だと思わなきゃ」

「どうもありがと、アニー」険悪な空気をやわらげようと、シンドラがあわてて口をはさんだ。

「彼女、なんか、悩みでもあんのかな?」アニーが立ち去るなり、ニックは訊いた。

「ロサンゼルスで女が一人生きていくのはたいへんなのよ」

「ボーイフレンドはいないの?」

「彼女にはめざす道があるからね」

「それはそうと、彼女は何をしてるの? こないだの夜、なんかのクラスに行くんだって言ってたけど」

シンドラは愉快そうな顔になった。「何してると思ったの? ロサンゼルスじゃみんな、何してると思う? 彼女は女優よ、当然じゃないの」

「それじゃ、その彼女のクラスに入るにはどうしたらいいのかな。金がいるのかな?」

「さあね。あたしは一度も行ったことないから。アニーに話してみたら?」

「そうしてみるかな」

二、三週間もすると、ロサンゼルスでのニックの生活は落ち着くべきところに落ち着いた。ベニス・ビーチのアパートメントに住み、グラマー・リムジンズで仕事をする。おまけに健康にいい食事をし、少しだがトレーニングまで始めた。シンドラとは電話で一日おきに話をしていた。

シンドラが話すのは、リースが彼女のために結ぼうとしている契約のことばかりだった。ニックはリースを信用していなかった。〝偽《にせ》アーティスト〟と顔に書いてあるようなタイプの男だからだ。ニックはQ．J．の店で、三流の詐欺師はいやというほど見てきたからすぐ見分けられる。耳に快いおべんちゃらと、大風呂敷の二点セットがやつらの武器だ。それでも……ニックの出る幕ではない。シンドラは幸せそのものに見えるから。

ある日、ニックは彼女にアニー・ブロデリックの電話番号を訊いた。

「どうするの？　デートに誘うつもり？」

デートのことは頭にはなかったのだが、それも悪くはない。彼女が通っている演劇クラスのことをもっと知りたいし、それに下半身もムズムズっときている。もっともアニーはいつものニックの好みのタイプではない。あまりにも活発でおてんば娘みたいだし、小柄すぎる。それでもじつに見事な体をしていることは認めざるをえない。それにここのところセックスのほうはとんとご無沙汰している。ドヴィルが恋しくさえなってきているのだ。

シンドラから番号を聞き、ニックは一日待ってからアニーに電話した。「昼メシをごちそうしたいんだけど」すぐに〝いいわ〟の返事があると期待して、ニックは言った。

「なぜ？」彼女は不審そうに尋ねた。

クソッ！　なんとしても〝いいわ〟と言わせてみせる。「なぜって、おれたちは二人とも芝居なんて気の滅入るものに夢中だし、それにここじゃあんまり友だちもいないから」

無言――。

ニックはもうひと押し――ゴリ押しではなく――してみることにした。「そんなにたいしたことじゃないだろ。昼メシは食べたいだろ？」

アニーは気乗りのしない口調で答えた。「まあね」

電話をかけてるのがニック・アンジェロって気づいてないのか？「たぶんって、どういう意味だい？」

「それはね……あの、わたしの職場に来られる？」

「場所はど――」

「サンタモニカの〈ボディー・ビューティフル〉よ」

「そんな、冗談みたいな名前……。なんだい、そのボディー・ビューティフルってのは？」

「ヘルスクラブよ」

グラマー・リムジンズにボディー・ビューティフル。きっと、ロサンゼルスの人間は幻想を育むのが好きなんだな。「わかった」ニックは言った。

「お昼に休憩をとるから」

「じゃあ、そのときね」

ボディー・ビューティフルは、サンタモニカにある白い大きな建物だった。忙しく出入りする人びとで活気があった。全員がトレーニング用の服装で、ショーツやタンクトップ、カットソー、タイツなど、いろんな種類のウエアを身に着けた人びとが揃っている。

「いらっしゃいませ」と受付に座っているブロンドのカリフォルニア娘が声をかけてきた。白いボディー・ビューティフルのTシャツの下でぷりぷりした胸がはずむようだ。

「アニー・ブロデリックはいますか?」彼女の体にチェックを入れながら、ニックは言った。

受付嬢はニックの視線に気づくと、長いつけまつげの目をぱちぱちさせて、ほほ笑んだ。

「あら、それじゃ……あなた、ニックね」

ニックは、アニーが自分のことを話してあったのにびっくりした。案外、見かけよりもおれのこと、気に入ってるのかもしれないぞ。

「彼女、いる?」

「いま着替えてるわ。すぐに来るわよ」彼女は眩しい笑顔になった。「まだこの町に来たばかりなのね」

「まあね」

「どうやってアニーと知り合ったの?」

「おれの姉さんと同じアパートメントに住んでるんだ」ニックは彼女がブラジャーを着けて

いないのに気がついた。

「そうなの……」彼女はニックに物ほしげな視線を向けた。「アニーじゃなく、わたしがそこに住んでたんならよかったのになあ」

それが自分に誘いかけている表情であることをニックは知っていた。「きみの名前は？」ニックはその餌に食いつこうとした。

それをさえぎるように、アニーが受付に姿を現わした。「さあ、行くわよ」そっけなく言うと、ニックの腕をとって、建物から連れ出した。

「どこへ行こうか？」ニックは、アニーがいかにも健康そうに輝いていて、とても魅力的に見えると思った。彼のタイプではないにしても――。

「通りの向こうに健康食品の店があるの。七面鳥《ターキー》バーガーって食べたことある？」

「まるきし味のしないハンバーガーみたいなやつ？」

アニーは笑顔になった。「やめてよ。きっと好きになるわ」

「ホントに？」

「ほんとうよ。絶対、気に入るから」彼女は断言した。

二人は通りを渡って、そのレストランに入り、窓際の席に座った。アニーはさっそくヘルスバーガーを二つ注文した。「ターキー豆腐バーガー。いままで食べたなかで最高の美味よ」アニーは請け合った。

「ああ、ヨダレが垂れちゃうよ！」

「あなたっておかしいわね」

二人は笑いあった。

「でさ、きみはヘルスクラブで働き、健康にいいものを食べ、プールで運動をする。何をめざしてトレーニングしてるの？　オリンピック？」

彼女は指でせわしくテーブルを叩いた。「あなたに言ったかどうかわからないけど、わたしはほんとうに女優なのよ。だから、自分のベストの体型を維持してかなきゃならないの」

「優秀な女優ってだけじゃ、だめなのかなあ？」

「プロデューサーは、六〇年代のセックスシンボルと言われたラクエル・ウェルチ並みの体を要求してるのよ」

「それだと、ヌードシーンもこなさなきゃならないのかい？」

「かもね」

「きみも脱ぐの？」

「もし、どうしても全体のストーリーに欠かせない場面だったらね」

ニックは大笑いした。「やめてくれよ。それって、おれが『プレイボーイ』は記事が読みたくて読んでるって言うみたいなもんだぜ」

アニーもつられて笑いだした。そこへウエートレスがターキーバーガーを運んできた。ニックは疑わしげな目でじっと見た。

「さあ、食べてみて」アニーが勧めた。

「ケチャップをかけてもいいの?」

「なんでも好きなものをどうぞ」

「なんでも?」ニックはからかう口調になった。

「常識の範囲内でね」アニーはさっきのウエートレスを呼んだ。「スージー、ビッグAを二杯。それとケチャップをお願い」

「きみはいつもここに来てるの?」

「ここは便利なのよ」そう言ったあと、一瞬、言いよどんだ。「あのね、ニック。初対面のときにわたし、あなたに対して少しぴりぴりしてたみたいに見えたかもしれないけど、ごめんなさいね。でも、あなたがいったいどこの誰か、まるでわからなかったし。それに、なんだか妙に思えたの。ほら、シンドラはその……」彼女はためらったのち、いっきに言った。「黒人だから」

「うん、きみの言ってることはわかるよ」

ウエートレスがケチャップと濃い茶色の液体の入った大きなグラスを二つ持ってきた。

ニックはグラスを取り上げた。「なんだい、これ?」

「一〇〇パーセント天然のリンゴジュースよ。保存料はいっさい入ってないわ。さあ、飲んで。おいしいから」

「げっ! こいつはよっぽどきみに慣れないとな」

「もしかしたら、チャンスはあるかもしれないわ」さりげなく、アニーは言った。

やっと、壁が崩れてきたんだろうか。「シンドラが言ってたけど、演劇クラスに通ってるんだって？」ニックは自分のハンバーガーにケチャップをたっぷりかけた。

「そうよ」

彼はひと口かぶりついた。ほんとうに少しもまずくない。それどころか、なかなかいける。

「どうやったらそのクラスに入れるのかな」

アニーはリンゴジュースをすすった。「もし活動してないんだったら勉強するべきよ。大事なのは学びつづけることよ」

「どういうクラスなんだい？」

彼女は目を輝かせ、勢いこんで言った。「役者たちのワークショップなの。面白いことならありとあらゆることをやるのよ。お芝居や映画のシーンをやったり、即興で劇をやったり。実際に仕事をしてる役者もたくさん来てるわ」

「そいつは面白そうだな」ニックはリンゴジュースをひと口、ガブッと飲んだ。

「面白いわよ」

ニックはアニーのいかにも小生意気なかわいい顔を眺めた。「これまでプロの仕事はやったことある？　映画とか、テレビとか？」

彼女は訊かれたのがうれしそうだった。「じつを言うとね、わたし、三本コマーシャルに出たの」

ニックは感心した。「それじゃ、きみにはエージェントがついてるんだね」

「なぜそんなにいろいろ質問するの、ニック？」

彼はアニーに打ち明けることにした。「なぜだと思う？　じつはね、おれはシカゴですごい仕事をしてたんだ。バーを一軒まかせられててさ。いわば、小さいながらも一国一城の主《あるじ》だったんだよ。だけど、高校のときからずっと、役者になりたいと思ってきたんだ」

「ただやるだけじゃだめなのよ。優秀でなけりゃ」

「ああ、おれは優秀だよ」彼は自慢した。

「それを聞いて安心したわ。だって、まず必要なのは、自分に自信があることだもの」アニーは溜息をついた。「一日に二十回もはねられたときに役立つわ」

ニックははねられるつもりはまったくなかった。いったんドアのなかに入ったら――それが誰のドアであろうと――絶対にこいつは手放せないと相手に思わせてみせる。

「きみのクラスにいっしょに行きたいんだけど。後ろに座って見学させてもらうよ」

「いいんじゃない。見学は二回まで許されてるの。その後は有料になるわ――ミス・バイロンが受け入れてくれればの話だけど」

「ミス・バイロンって？」

「ジョイ・バイロン――ロスいちばんの演劇コーチよ」

もしロス一というならニックには彼女が必要だった。「いつ行けるかな？」

「今夜はどう？」

「ごめん、夜はだめなんだ。リムジンの会社でおんぼろ車を運転してるんだよ」

「わたしの友だちにプロデューサーをサンタバーバラまで乗せていって脚本を売りこんだ人がいるわ」

「ほんとうかい？」

「そういうこともあるのよ。あなたも、自分が誰を乗せてるのかちゃんと見きわめて、売りこみに努めるべきよ。これは友人からの受け売りだけどね。彼の場合はまさしく成功したわけ。彼の話の大事なとこはね、リムジンを雇えるだけの余裕があるんだから、そのお客はそれなりの人物に違いないってことなの」

ニックはルイージの険しい顔を思い浮かべた。「お客には話しかけちゃいけないって、厳しく命令されてるんだ」

「あなたは命令に従うような人には見えないけど」

アニーの言うとおりだ。もうそろそろ自分の客の素性を知って、行動を起こしてもいいころだ。

「この町で生きていくためのちょっとした秘訣を教えてあげるわ」きらきら輝く目がニックの目を見つめる。「わたしはここに来て三年になるの。もしもなんかコネをつかめる手段があったら、とにかくぶつかっていくこと。道を阻むものがあっても、絶対に負けちゃだめよ」

彼はテーブルに身を乗り出して、アニーの手をとった。その手は驚くほど小さくて柔らかかった。「ありがとう。いいアドバイスをしてくれて。助かるよ」

昼食を終えて別れるときに、アニーは来週の土曜日にいっしょにクラスに行かないかと誘った。

「そいつはいいな。迎えに行くよ」

「いいわ。じゃあ、四時に」

その夜、ルイージはふたたびミスター・エバンズの迎えをニックに担当させた。彼はうれしくなかった。このエバンズという客には、金もコネもまったくありそうになかった。

その日もまったく前と同じだった。同じ不機嫌な顔。脇にかかえこんだ同じブリーフケース。チップのないところもまったく同じ。ニックはもう彼は乗せたくないと、ぜひともルイージに言おうと思った。ほかの運転手たちと話してみて、大半の客が請求金額と手数料のほかに現金でチップをくれるということを知ったからだ。このしぶちんにそんなことは望むべくもない。「あのエバンズって客はほんとうにしみったれてるよ」リムジンを戻したあとで彼はルイージに愚痴を言った。「頼むから、やつをおれに担当させないでくださいよ」

「おれの耳がおかしくなっちまったのか?」ルイージが目をむいた。「ミスター・マンフレッドが親切にも仕事をくれたってのに、生意気な口をききやがって。てめえの勝手で、客を乗せる、乗せないをおれに指図しようってのかよ」

「おれにだって意見を言う権利はあるでしょう」彼は頑として言い張った。

「てめえの権利なんざ、おれさまのキンタマをしゃぶらせてもらう権利ぐらいなもんだ」ルイージは息巻いた。

「せっかくだけど、そいつは遠慮させてもらいますよ」

ルイージは卑猥なしぐさをした。「きさまの目ん玉に突っこんでやろうか、クソガキが」

次の日の夜、ニックが仕事を終えた報告に行くと、ルイージは知ったかぶった顔にせせら笑いを浮かべて迎えた。「ミスター・マンフレッドがおまえに会いたいとさ」

「なんの用で？」

「おれのこと、情報センターかなんかだと思ってやがるのか？」

マニー・マンフレッドは前よりもいっそう太ったように見える。そんなはずはないだろうが、さらに一〇キロ近く体重がふえたのではないか。

「どんな具合だ、ニック？」

驚いた。このデブはおれの名を覚えてたよ。

「順調ですよ」と慎重に答えた。

「で、芝居のほうはどうだ？　オーディションはもう受けたのか？」

「探してるとこです」

「ま、やってみることだな」マニーはゼリービーンズを入れたボウルに手を突っこんで一つかみほど取り出すと、すかさず桃色のおちょぼ口に詰めこんだ。

ニックは彼のロレックスに目をとめた。重厚な金時計がライトの明かりを受けてまばゆく光っている。

「Q．J．と話したよ」ゼリービーンズをむしゃむしゃ食べながら言う。

「そうですか」

「やつはおまえを買ってるんだな」

「そうだと思います」

「おまえを信頼してる」

「だといいんですけどね。五年も彼のもとで働いたから」

マニーは赤いゼリービーンズを吐き出した。それは汚らしい痰《たん》とともに巨大な膝に落ち、彼は床に払い落とした。

「忠誠心と信頼。これは金じゃあ、買えないもんだ」

「……ですね」ニックはチャンスが近づいているのを知って、じっと待っていた。

「で、ものは相談なんだが」ニックの期待を裏切らず、マニーは切りだした。

ニックはうなずいた。

「おまえは頭が切れそうだ」

ひえっ、褒められちゃったよ。御大みずからね。

こいつはすごいことだぜ。

「なんでも自分で処理できますからね」彼は慎重に答えた。

「そいつを聞きたかったんだ」マニーは顔を輝かせた。「おまえがぶうたれてるってルイージが言ってきた瞬間に、おれはわかったんだよ。おまえは運転席におさまって車を転がすことなんかに満足できないって。てめえのほうがましだとわかってる金持ちのクソッたれ野郎を相手に運転手なんか続けられっこないって」

「でも仕事ですからね」

「それでな、おまえにどうかと考えてる仕事があるんだよ」

「合法的なもんですか？」

「気になるか？」

「話を聞こうじゃないですか」

42

ローレンは何度かジミー・キャサディーとデートをした。正確には四回。最後の二回は、彼女のアパートメントの玄関のところで、清純そのもののキスをして別れた。今回は五度目のデートで、ローレンは今夜のジミーがそれ以上のことを期待しているのを知っていた。実際にはっきり言ったわけではないが、彼女はそこここにそれらしい徴候を見てとっていた。ロマンティックなイタリアンレストランで静かに食事をしたのち、彼はタクシーを拾った。そして運転手に彼女のアパートメントではなく、自分の住まいの場所を伝えた。

「きみにジョニ・ミッチェルのニューアルバムを聴かせたいんだ」と、彼はローレンに腕をまわしながら言った。

「ぜひ聴きたいわ」彼女は答えた。

——さあ、ロバーツ、どうするつもりなの？

わからないわ。

——心を決めるべきよ。

できないわ。

――どうして？

そうよ。どうして、決められないんだろう。

どこにも答えはない。

それはね。いまでもわたしがニック・アンジェロを愛しているからよ……。

「今夜はいやにおとなしいね」ジミーが彼女の手をとった。「ぼくがなんか気にさわるようなこと言った？」

ローレンは身を震わせ、ニックの思い出を頭から追い出そうとした。「いいえ、疲れてるだけ。今日はすごく忙しかったから」

「ジョニ・ミッチェルも聴けないくらい疲れてる？」

彼の目は、口とは別の質問を問いかけている。

「それ以上のことは思いつかないわ」そう答えながらも、頭のなかでは甲高い声が争いつづけている。

――彼が望んでいるのはお手軽なセックスの相手――男はみんなそうよ。

まるでお母さんみたいな言いかたをするのね。

――必要とあれば、そういう言いかただってするわ！

「さあ、着いたよ」ジミーは運転手に料金を払い、ローレンがタクシーを降りるのに手を貸した。

彼女は不安におののきながら、ジミーのあとについてエレベーターに乗った。ジミー・キヤサディーは申し分なくいい人のように思える。

そうよ。自分の望むものを手に入れるまでは、誰でもそう見えるものなのよ。そのあと、あなたを捨てるのよ。あなたから逃げ出し、妊娠したあなたを一人、置き去りにするのよ。あなたを置き去りに……置き去りに……置き去りにするのよ。

「何を考えているんだい?」彼はぎゅっとローレンの手を握った。

「なんでもないわ」ニックを心から閉め出し、ジミーに思いを集中させる。わたしは彼の何を知っているのだろう? あまりよくは知らない。いつか聞いた話では、七年前にミズーリからニューヨークに出てきて、ある写真家の助手としてキャリアをスタートした。独り立ちしたのはその四年後。それから三年のあいだに、彼はとぎすまされた白と黒の映像で、気鋭の写真家の一人として名声を築き上げてきた。

ほかの女の子と話していても彼の私生活についてはまったくわからなかった。一般にモデルたちは、仕事をともにした写真家であれば誰についても正確かつ詳細に語れるものなのだ。そのなかには、体のサイズや性的嗜好、ひと晩に何回やりたがるかといった生々しい細部の情報も含まれる。それがジミーに関してはなんの情報もなかった。唯一、彼について語ってくれたのがネイチャーで、彼と一度仕事をしたのち、驚きに目を丸くしてこう告げた。「彼ってホモなんじゃない? だって、あたしを口説こうともしなかったのよ!」

彼がアパートメントの外でキスだけして別れた四度目のデートのあと、ローレンはもしかしたらネイチャーの言うとおりかもしれないと思った。けれども、今夜、そうでないことを知った。彼の目は熱っぽい光を放ち、重大な一歩を踏み出す意欲満々でいるのがよくわかる。

彼の住まいはいわゆる普通のアパートメントとはまるで違った。いくつかの小部屋に区切られたロフトで、仕切りの化粧漆喰の壁は一メートル八〇センチそこそこ、高い天井にははるかに届かない。家具は基本色でまとめたミニマルアート調で、すべて白黒のモノトーンかステンレス製。彼の写真と同じく、シンプルでキレがいい。

「素敵なところね」ローレンは歓声を上げて、部屋のすみずみまで見てまわった。「自分でデザインしたの？」

ジミーは笑いだした。「どんなインテリアデザイナーもこんなのは思いつかないよ。それに、たまたまぼくが気に入ったというだけで」

「わたしも気に入ったわ」と、さらにあちこちを探検する。「でも、言わせてもらえばちょっと変わってるわね」

「だからこそ気に入ってるんだ」ジミーはローレンのあとについて、コンパクトにまとまったステンレス製のキッチンに入ってきた。彼は「だからこそ、きみを気に入っているんだよ」と言うと、いきなり冷蔵庫の冷たいスチールの扉にローレンを押しつけ、唇を合わせた。

〝なんか飲む？〟でも、〝部屋のなかを案内しようか？〟でもなく……。今夜、ずっと話題にしていたジョニ・ミッチェルのニューアルバムすらかけようともしなかった。

ただ、キスだけ……。

強烈で官能的なキスだった。いつもの軽いさよならのキスではない。もっと生々しい現実感がある。

ローレンは息ができずにあえいだ。けれども彼はやめようとしない。

一瞬、彼女は抵抗した。体がこわばり、それ以上彼が近づくのを拒んだ。

彼はそれでもやめようとはしなかった。ローレンは自分の体がゆっくりと応えはじめるのを感じた。熱いものが体に溢れ、彼女を無力にして抗えなくした。それはあまりにも長いこと抑えつけてきた欲望の波だった。彼女は驚きに打たれた。

やがて、彼の両手が胸に下りてきた。

ローレンは半分うわのそらで抗った。「ジミー……わたし、わからない――」

「ぼくはわかってる」彼はきっぱりと言うと、両手を彼女のドレスの衿ぐりに忍びこませ、背中にまわしてブラジャーのホックを外した。

そのあいだも彼の唇はローレンの唇を離れなかった。熱い息を吐きながら、執拗に舌で口の内部をまさぐる。

ローレンの乳房はむきだしにされた。ジミーの舌がゆっくりと乳首の先端に降りていく。彼女は頭を後ろにのけぞらせ、身をゆだねた。

彼はやさしく両方の乳房を押し合わせると乳首を二ついっしょに舌で転がしながら、背中のジッパーを下ろしてドレスを床に落とした。

ローレンは目を閉じて、ニックのことを考えないように――きっぱり忘れようと努めた。何もかもあまりにも急激に進みすぎているとは思うけれど、ジミーをとどめるには無力な気がした。

「きみはなんていい匂いなんだろう」

もうかまわないわ。何もかもどうでもいい。わたしはもう引き返せないところまで来てしまった。彼がしたいことはなんでもすればいいのよ。

ジミーは彼女を抱き上げ、寝室までかかえていくと、大きなウォーターベッドの真ん中にそっと下ろした。

彼女はベッドに横たわって彼に向かって心を開いた。もうほかに道はない。わたしはあまりにも長いこと、一人ぼっちだったから。

そしてニック・アンジェロはもう二度と戻ってはこないのだ。


「わたし、結婚することにしました」ローレンはこぶしを握りしめ、身を固くして言った。

サムは読んでいた契約書から顔を上げ、大ぶりの角縁の眼鏡をずり上げた。「いまなんて言ったの?」

「結婚するって言ったんです」まるで、たいしたことじゃないことを告げるようにローレンが答えると、ようやくサムはローレンとの話に集中した。

「そんな、信じられないわ!」サムは眼鏡をデスクに置いた。

「ほんとうです」そう言った声は、自分が思っている以上に落ち着いて聞こえた。

サムは細身の葉巻に手をのばした。血のように赤い爪が凶器のように光る。「それで、お相手を訊いてもさしつかえないかしら？」

「ジミー・キャサディーです」

「わたしのジミー・キャサディーなの？」サムは自分のところのモデルが仕事をしている写真家に対して独占欲が強かった。彼らは一人残らず、自分のものだと思っているのだ。

ローレンはうなずいた。「そういうことです」

サムはしばらく黙りこみ、この思いがけないニュースを頭のなかで消化しようとしていた。やがて「これはどっちかっていうと、急なことなの？」と言った。

ローレンは校長先生の前に立った生徒のような気分になった。話さなければよかったかしら。サムに説明しなければならない義務はないのに。「二人で会うようになって六週間になります」ローレンは、寝るようになって三週間になります、とつけ加えたかったが、黙っていた。セックスライフは他人には関係のない、まったくの私事だからだ。

サムは細い金のペンをとりあげ、ニスを塗ったデスクの表面をこつこつと叩いた。「誰かを知るのに、六週間は長い時間とは言えないわね」

「わたしには充分です」そんなこと、何も講義してもらわなくてもいいわ。

「あなたはこうは思わない、つまり――」とサムが言いかけたのを、
ローレンは「おめでとうと言っていただけたらうれしいんですけど」と、ぴしっとさえぎり、〝いい子のローレンちゃん〟のイメージを自分から打ち砕いた。「それから、あらかじめお伝えしておきますけど、二週間後にこちらをやめたいんです。ジミーが自分のところで働

いてほしいと言うので」

サムは賢い女性だから、それ以上は何も言わなかった。ローレンは明らかにジミー・キャサディーに感化されているから、何を言っても事態は変わらないだろう。まったく男ってやつは！　長年何かというと問題を起こされて、考えるだけでうんざりする。普通は魅惑的なプレイボーイや口のうまい自称マネージャーに引っかかるのはモデルと相場が決まっているのに、まさかローレンが連れ去られるなんて。サムは予想だにしていなかった。

サムは危ぶんでいたかもしれないが、サムズの女の子たちは衝撃的なニュースとして受け止めた。ピアは特に喜んだ。そしてネイチャーは話を聞くと、わざわざオフィスまで出かけてきて、金切り声を上げた。「メッチャすごいじゃん！　結局あいつ、おかまじゃなかったんだね」

うっかり言うと彼女のことだから、ぼろっとしゃべりかねない。

ローレンとベッドをともにしたとたんに、ジミーは結婚のことを口にしはじめた。彼はすぐに結婚したいと言った。「なぜ、待つ必要があるんだい？」というのが彼の言い分だった。

それは、わたしたちのしていることが間違いかどうか見きわめるためなのよ――ローレンは思った。サムは正しい――六週間は誰かを知るのに長い時間とは言えない。けれども、ジミーを知れば知るほど、彼は特別だと思うようになった。たしかに、彼はこれまでにニューヨークで会ったどの男性とも違った。

それでも、彼女は最初は〝ノー〟と言った。

「なぜだい？」とジミーは食いさがった。

ローレンは納得できる理由を何も思いつかなかった。

ジミーに迫られてついに彼女は気持ちを変えた。ジミーは魅力的だし、仕事熱心で、素敵な恋人だ。心から気づかってくれるみたいだし、彼の欲望の激しさに流されてもいた。それに、誰かのものとなって安心感を得ることに抗いがたい魅力を感じる。

愛がどのようなものだとしても、ローレンはジミーを愛してるとは言えなかった。けれども、そのうち愛せるようになるだろう。

ひとたびローレンが承諾すると、できるだけ早く結婚すべきだと二人の意見が一致した。フィラデルフィアに住む伯父夫婦に電話しようかとも思ったが、すぐに考えなおした。誰がブラッドに知らせたいと思うだろう？　それにローレンもジミーも式はできるだけ簡素にやりたかった。

「あなたのご家族は？」

「つきあいはしてないんだ」

「どうして？」

彼は眉を上げた。「きみにも同じことを訊いていいかい？」

わたしたちは似た者同士……。

ピアは新婦に贈り物をするウェディングシャワーを自分が企画したいと申し出たが、ネイチャーにたちまち却下されてしまった。ネイチャーは、自分が催す独身女性のどんちゃん騒ぎこそが、ローレンにふさわしいウェディングシャワーだと言うのだ。「あんたはやってもらって当然なんだからね」と、ネイチャーは陽気に言った。「あたしたちみんなの面倒をそりゃあよく見てくれたんだもの。今度はあたしたちがあんたに何かしてあげる番よ」

ある意味で、誰にも言わなければよかったとローレンは思った。何も騒ぎたてずにひっそりとことを進めたほうがよかったのかもしれない。

だが、もう手遅れだ。ネイチャーはせっせと計画を立てていた。

ローレンは異議を唱えたが、例のごとくネイチャーは耳を貸さなかった。「来週の土曜日、あたしのアパートメントに六時に来て。明け方の三時までは帰れないと覚悟してね。それも運がよかったらの話だけど！」

ネイチャーと争っても無駄だった。彼女はマック（頑丈なことで有名なトラック）の大型トラックみたいなものだ。とにかく乗って、おとなしく座っているのがいちばん安全なのだ。

日がたつにつれ、ローレンはサムズを去るのは身を切られるようにつらいことだと実感した。じつにたくさん、いい友だちができたから。けれども、ジミーは彼のスタジオを手伝うのはきっと楽しいはずだと自信を持って言うし、それほど悪い考えでもなさそうに見えた。

そのあいだにもすることはたくさんあった。血液検査を受けて結婚許可証をもらう。最後は完璧な式服を一揃い探しにピアと買物に出かけた。この費用はサムがもつと言ってきかなかった。

ウェディングシャワーの夜には、ローレンはくたくたに疲れきっていた。ネイチャー自身、これ以上はないというくらい張りきって、ああでもないこうでもないとキンキン声で場を仕切っている。彼女はこの夜のためにリムジンの一団を手配し、その後ろには革のジャケットに身を包み、ハーレーにまたがった六人のオートバイ野郎を従わせて、見る人の度肝を抜いた。

「護衛されるのってカッコいいよね」ネイチャーは軽口を叩いて、バイク野郎集団に親しげにウインクした。「黒革と筋肉って、あたしにはこたえらんない組み合わせだわ」

一同はまず最初にイタリアンレストランに行き、そこで全員がローレンに結婚祝いを贈った。彼女は常にうれしそうな顔を心がけ、一つずつプレゼントを開けるたびに、義理堅くこれがほしかったのよと歓声を上げた。

ネイチャーのプレゼントは巨大な黒いバイブレーターで、これにはテーブルがわっと沸いた。

ローレンがプレゼントを開け終わったとき、ハンサムなオートバイ野郎の一人が肩で風を切ってレストランに入ってきた。彼はテープレコーダーのボタンを押し、ローリング・ストーンズの『サティスファクション』に合わせて卑猥なストリップを始めた。彼はほんの前座にすぎなかった。というのもこのあと、全員でリムジンに乗りこみ、男性のストリップクラブに繰り出したからだ。

ローレンはクラブの男たちが誇らしげに彼らの持ちものを披露し、熱心に見入る観客の鼻先に突き出すのを、驚きと興味に目を丸くして眺めた。

「どこを見てもアレばっかり」ピアがおごそかに言った。

「それを言うなら、どこを見てもバカばっかりだわ」ローレンは早くここから出たいと思いながら、小声でささやいた。

ネイチャーは本領を発揮して、まさに一瞬一瞬を楽しんでいた。男性ストリッパー相手に、さかんに〝早く脱げ〟とわめき、ヤジっては局部を申し訳程度に隠したTバックに一〇ドル札を突っこんでいる。

ようやくそれも終わって、一同はローレンをアパートメントまで送って引き揚げた。彼女はほっとしてベッドに倒れこんだ。彼女にしてみればこの夜は悪夢だった。それでもみんなはよかれと思ってやってくれたのだ。自分のことを気にかけてくれる人たちがいるのは幸せなことだった。

翌朝、ローレンは自分のアパートメントを引き払い、荷物をすべてジミーの部屋に移した。その夜はキャンドルを灯して夕食をとり、そのあとで愛しあった。ボズウェルを去って初めて、ローレンはやっと自分の居場所を見つけたと感じた。ジミーとの結婚を決意したのは間違っていなかったのだ。彼女は彼の腕に抱かれて、満ち足りた幸せな気分で眠りに落ちた。

結婚式の前日、ピアはローレンを自分のアパートメントに連れ帰った。「式の前の晩は未来の旦那さまと過ごしちゃいけないのよ」と叱りつける。「大きな不運に見舞われるって言われてるんだから」

朝になるとネイチャーがやってきて、まるで自分の部屋のようにずかずか上がりこんだ。

「ほら、これ」と、彼女は指から大きなサファイアの指輪を外した。「これをはめなよ。これは、〝借りもの、青いもの、新しいもの〟の条件を満たしてるから。あとは〝古いもの〟を手に入れないとね」

ピアが、見事な金線細工のイヤリングを取り出した。「これは、わたしのひいおばあさんのものだったのよ」とローレンに渡す。「あなたがつけてくれたら、うれしいわ」

ローレンはサムが買ってくれたオフホワイトのサテンのスーツを着て、ピアのイヤリングをつけ、ネイチャーの指輪をはめた。

ネイチャーは仕上がったローレンの姿をじろじろ眺めた。「あたしに髪を結わせてくれればよかったのにさ」

「わたしはこのままが好きなの」

「まあね。すっきりと落ち着いた感じでいいかな。あたしとは違うもんね」そう言って、波打つブロンドの髪を手でふわっとかき上げた。

「きれいよ、ローレン」ピアがささやいた。

三人は、白のストレッチリムジンに乗って出発した。これもネイチャーの選択だ。「目をつぶって、自分がロックスターのつもりになって」とくすくす笑う。

シティ・ホールに着いたときには、ローレンは胃がひっくり返りそうになっていた。運転手に手をとられて車を降りると、両側に友人が並んで出迎えるなかを建物に入っていった。

三人はエレベーターのところでサムに出くわした。「気分はどう?」と尋ねるサムは鮮やかな紅のシャネルスーツで、いつにもましてシックに装っている。

「どきどきして……なんだか落ち着かなくて……」

「そうは見えないわ。とても素敵よ」

「ありがとうございます」喉がカラカラになった気がして、ローレンは純白のカトレアのコサージュを握りしめ、早く何もかも終わってほしいと願った。

彼女はピアとネイチャーに付き添われて控え室に入り、新郎が到着するまで待つことにした。ジミーは一人で来ることになっている。新郎の付添人は誰にするのかとローレンが訊くと、彼はいらないと答えた。「ぼくは一人でいい」

彼女はかまわなかった。それだから彼とはこんなにうまくやっていけるのかもしれない。

ローレンはじっと座っていられなかった。席を立つと、そわそわと狭い部屋のなかを行ったり来たりした。頭のなかではさまざまな思いが次つぎに浮かんでは消えていく。ほんの数分のことが、永遠にも感じられる。

ネイチャーがひっきりなしに腕時計を見ている。「なんか彼、すごく遅くない？」と、ついにいらだった声を上げた。

「車が混んでるんじゃないの」ピアがネイチャーをとがめるような目で見た。

「でもさ、車が混もうが混むまいが、彼が遅れてるのは確かよ。自分の結婚式に遅刻するなんてさ、褒められたことじゃないわ」

十五分たつとピアはそっと部屋を抜け出して公衆電話を探し、ジミーのアパートメントに電話を入れた。誰も出ない。

ネイチャーがピアを廊下の隅に追いつめるようにして尋ねた。「いったいぜんたい、どうなってんの？　あのろくでなしはいったい、どこにいるのよ？」

ピアは首を振った。「全然、見当もつかないわ」

「あんたは下で待っててよ」ネイチャーは言った。「あたしは彼女のそばについてて、彼女の気を紛らせてるから」

それからさらに二十分が過ぎてもジミーは姿を現わさなかった。ピアはサムをメインルームから呼び出し、そこにネイチャーも加わって廊下で話しあった。

「どうやら彼女、捨てられたみたいね」とネイチャー。「まったく、最低の男だわ！」

「誰か、彼のアパートメントには電話してみたの？」サムが尋ねた。

「わたしがしました」ピアが答えた。「誰も出ませんでした」

サムはかぶりを振った。ジミー・キャサディーのことでは予感があったのだ。

「これからどうしましょう？」ピアが訊いた。

「ジミーのクソッたれ！」ネイチャーはあいかわらず勇ましい。「ったく、男なんて。どいつもこいつもろくでなしばっか」

一時間が経過すると、ジミーが来ないことは明白となった。ローレンはその知らせを取り乱すことなく、冷静に受け止めた。心のなかはずたずたになっていたけれど。

ピアとネイチャー、サムといっしょに、ローレンはジミーのアパートメントに戻った。冷蔵庫の扉に走り書きの手紙が留めてあった。

――すまない。仕事でアフリカに行く。戻るのは二、三カ月先になる。新しく住む場所が見つかるまでここにいてかまわない。

ローレンは手紙をもう一度読みなおしてから、みんなに見せた。

「あんちくしょう！」急いで目を通したネイチャーが叫んだ。

「なんてこと！」とピア。

サムはもっと雄弁だった。「あのくわせ者の人でなし！」と激しい口調で言った。「だからあいつは信用できなかったのよ」

ローレンは呆然として、頭のなかが真っ白になった。また、拒絶された。別にかまわないわ。何もかもどうでもいい。一つだけ、わかっていることがある。わたしはもう二度と、男の人を信じない。もう決して……。それだけは確かだった。

ザ・ミステリ・コレクション

天使《てんし》の迷《まよ》い道《みち》〈上〉

［著　者］　ジャッキー・コリンズ

［訳　者］　佐藤《さとう》 知津子《ちづこ》

［発行所］　株式会社 二見書房
東京都千代田区神田神保町1－5－10
電話　03（3219）2311［営業］
03（3219）2315［編集］
振替　00170－4－2639

［印　刷］　株式会社 堀内印刷所
［製　本］　株式会社 明泉堂

落丁・乱丁本はお取り替えいたします。
定価は、カバーに表示してあります。

ISBN4－576－05080－X
http://www.futami.co.jp

北朝鮮 最終決戦（上・下）
ハンフリー・ホークスリー
棚橋志行［訳］

横田基地に北朝鮮のミサイルが来襲！ 軍部強硬派が政権を握った北朝鮮の狙いとは？ アメリカは報復に出るのか？ 壮大なスケールで迫る政治サスペンス！

韓国軍北侵（上・下）
デイル・ブラウン
伏見威蕃［訳］

韓国領空を侵犯し撃墜された北朝鮮軍機は、核爆弾を積載していた。あらためて北の脅威を目のあたりにした韓国大統領は、遂に侵攻計画を実行に移す。

「影」の爆撃機（上・下）
デイル・ブラウン
伏見威蕃［訳］

バルカンに突然の空爆!! 復興ロシアの黒幕が仕掛ける凶悪な陰謀を阻止するため、米空軍の精鋭が緊急発進。しかし新大統領が下した意外な決断とは!?

砂漠の機密空域
デイル・ブラウン
上野元美［訳］

秘密兵器開発基地〝ドリームランド〟が閉鎖か？ 基地の命運を賭け車椅子のパイロット、ジェフ少佐が自ら開発した新兵器とともに捕虜救出のため飛び立った！

炎の翼（上・下）
デイル・ブラウン
伏見威蕃［訳］

アラブ統一国家の野望を抱くリビアの独裁者が、エジプト大統領を暗殺し、油田の略奪を狙う。それを阻止せんと元米空軍准将率いるハイテク装備の部隊が飛び立った！

幻影のエアフォース
デイル・ブラウン
上野元美［訳］

人間の脳とコンピューターを直結して、思いのままに操縦できるハイテク実験機が矛先を向けたのは？ 核弾頭を搭載した最新鋭機との壮絶な空中戦！ 軍事小説の最高傑作！

二見文庫 ザ・ミステリ・コレクション

倒錯の舞踏
ローレンス・ブロック
田口俊樹［訳］

レンタルビデオに猟奇殺人の一部始終が収録されていた！ビデオに映る犯人らしき男を偶然目撃したスカダーは…現代のニューヨークを鮮烈に描く大作！

獣たちの墓
ローレンス・ブロック
田口俊樹［訳］

麻薬密売人の若妻が誘拐された。犯人の要求に応じて大金を払うが、彼女は無惨なバラバラ死体となって送り返された。常軌を逸した残虐な犯人の姿は…

死者との誓い
ローレンス・ブロック
田口俊樹［訳］

弁護士ホルツマンがマンハッタンの路上で殺害された。その直後ホームレスの男が逮捕され、事件は解決したかに見えたが…ＰＷＡ最優秀長編賞受賞作！

死者の長い列
ローレンス・ブロック
田口俊樹［訳］

年に一度、秘密の会を催す男たち。メンバーの半数が謎の死をとげていた。調査を依頼されたスカダーは意外な事実に直面していく。（解説・法月綸太郎）

処刑宣告
ローレンス・ブロック
田口俊樹［訳］

新聞に犯行を予告する姿なき殺人鬼の次の犠牲者は誰だ？ＮＹを震撼させる連続予告殺人の謎にマット・スカダーが挑む！ＣＷＡダイアモンド・ダガー賞受賞。

砕かれた街（上・下）
ローレンス・ブロック
田口俊樹［訳］

同時多発テロから一年後、復讐、頽廃、情欲が渦巻くＮＹに突如起きる連続殺人事件の謎。復讐の儀式はさらに続くのか？名匠によるサスペンス巨編！